1

L'important était de rester calme. De ne pas lui montrer qu'il lui faisait mal. Encore.

– Rob, je n'ai pas le temps de discuter de ça. Je vais être en retard au boulot, dit Henley en ramassant ses clefs de voiture sur la tablette.

– C'est bien le problème. Tu n'as jamais…

Le claquement de la porte d'entrée noya le reste, mais elle savait ce qu'allait dire Rob.

Tu n'as jamais le temps. Ton travail passe toujours avant tout.

L'inspectrice détective[1] Anjelica Henley se retourna vers la maison mitoyenne dont la porte venait d'être repeinte en bleu. Une fois de plus, elle se demanda par quelle aberration elle se sentait mieux quand elle s'occupait de violeurs et de meurtriers qu'avec son propre mari. Elle jeta un coup d'œil à son reflet dans le rétroviseur : trop pressée de sortir, elle n'avait pas eu l'occasion de dissimuler la petite cicatrice sur sa joue droite et les cernes noirs sous ses yeux. La sonnerie de son téléphone interrompit les derniers rapports de

1. Les grades de la police anglaise sont, dans l'ordre, agent, sergent, inspecteur, inspecteur-chef, surintendant et surintendant-chef. La mention « détective » ajoutée au grade signifie que le policier appartient au CID, *Crime Investigation Department*, en gros l'équivalent de notre PJ. *(Note du traducteur.)*

circulation routière de la BBC Londres. Le nom STEPHEN PELLACIA s'affichait sur l'écran.

– Où es-tu ? demanda Pellacia en guise de salut.

– Bonjour à toi aussi. Je suis sur Deptford Broadway. Je serai là d'ici dix minutes, répondit Henley.

– Ne viens pas ici. Avant, tu vas faire un détour. Tout au fond de Watergate Street.

– Watergate Street ? Pourquoi ?

– Un meurtre. On a trouvé plusieurs morceaux de cadavre éparpillés dans le coin. Trop tôt pour dire si tout appartient à la même victime ou s'il y en a plusieurs. Ramouter est déjà en route. Il te retrouvera là-bas.

Henley pila pour éviter le scooter qui lui coupait la route. La tension revint comme sous l'effet d'un clic de souris et se répandit dans tout son corps.

– Comment ça, Ramouter est en route ? (Elle tentait sans succès de ne pas laisser sa colère percer dans sa voix.) Qu'est-ce qui te fait croire que je...

– Je t'envoie les détails par e-mail, conclut Pellacia en l'ignorant.

Henley abattit la main à plat sur le volant. La dernière chose dont elle avait besoin était qu'on lui colle dans les pattes un flic inexpérimenté mais hyper enthousiaste.

Watergate Street donnait sur la très passante Creek Road mais était en général tranquille. Ce jour-là, à 7 h 40, pourtant, les portes d'entrée s'ouvraient et les habitants se rassemblaient dehors, curieux des voitures de police arrêtées dans leur rue bordée de cerisiers dont les branches formant canopée au-dessus de la chaussée y jetaient une étrange pénombre crépusculaire malgré le soleil ardent. Henley se gara en face du pub The Admiral, à quelques mètres du cordon de police derrière lequel une petite foule s'était rassemblée.

L'élève agent détective Salim Ramouter se tenait de l'autre côté, à courte distance de la foule. Il portait costume bleu marine, chemise blanche, cravate, et Henley voyait briller ses souliers noirs. Nouveau dans l'équipe, quoique pas dans la police, il paraissait encore « frais », épargné par la réalité qu'il découvrirait bientôt en accomplissant son travail dans les rues de Londres.

Pellacia l'avait assurée que le responsable de Ramouter serait le sergent Paul Stanford. Que ce serait donc Stanford, pas elle, qui montrerait les ficelles du métier au nouveau. Henley était en train de mettre à jour les informations de la base de données criminelles, ce qu'on appelait faire un rapport CRIS[1], pour une autre affaire, quand le chef lui avait présenté Ramouter. L'élève détective lui paraissait aujourd'hui plus grand que dans son souvenir, presque un mètre quatre-vingts. Il portait une barbe que, selon elle, il laissait pousser afin de dissimuler sa jeunesse.

Ramouter croisa et décroisa les bras, avant de joindre les mains dans le dos. Henley n'aimait pas son aspect aussi anxieux de bien faire que mal préparé – quoiqu'elle-même n'eût pas l'air très autoritaire avec son jean, ses baskets, son tee-shirt Wonder Woman et un blazer ayant traîné une semaine sur la banquette arrière de sa voiture. Une tenue plus propice à rester assise dans un bureau qu'à diriger une enquête sur une scène de crime.

– Bonjour, inspectrice.

Ramouter tendit la main. Henley l'ignora.

– Où est le sergent Stanford ? interrogea-t-elle en montrant sa carte au policier en uniforme qui souleva le ruban en plastique pour qu'elle le franchisse.

1. *Crime Reporting Information System.*

– Je ne sais pas. On m'a seulement dit de vous retrouver ici et de vous dire que l'AD Eastwood est en route pour la scène de crime de Greenwich avec agents en uniforme et police scientifique, répondit Ramouter.

Il abaissa sa main et suivit l'inspectrice. Tous les deux marquèrent une brève pause devant le 15 Nelson Mews. Deux experts en combinaison bleue, accroupis, recueillaient des indices. Un troisième, debout, prenait des photos de l'allée.

– Tu sais où on va, hein ? demanda Henley comme Ramouter posait la main sur le portail.

– Nous allons parler à M. Matei, non ?

– Oui, et, quand on aura terminé, je te suggère de demander des surchaussures à un des experts avant d'atteindre les marches.

Une courte distance séparait le 15 Nelson Mews des Watergate Steps, les marches qui menaient au fleuve et qu'on rejoignait par un chemin gravillonné. Les deux policiers longèrent un jardin public. Sur le côté, une femme assez âgée et une jeune Chinoise parlaient avec un agent en uniforme.

– C'est Heather Roszicky, dit Ramouter. Elle a trouvé le…

– Je sais ce qu'elle a trouvé.

Comme ils descendaient le chemin, l'odeur de la Tamise se fit plus forte. Un mélange d'eaux usées stagnantes et d'huile de vidange. Henley entendait l'eau se briser sur la berge couverte de galets. Une rangée de maisons mitoyennes bordait Borthwick Wharf, une ancienne boucherie industrielle avec des chambres froides, désormais remplacée par un mélange de logements ayant vue sur le fleuve et de locaux commerciaux.

L'expert scientifique Anthony Thomas, un vétéran dans sa partie, apparut au bout de l'allée, enfilant une paire de gants en latex violets. Henley ne se serait fiée à personne d'autre pour protéger une scène de crime. Il était méticuleux et, plus important, il était loyal.

Henley n'avait pas travaillé avec lui dans ces conditions depuis deux ans. Un souvenir s'échappa des boîtes qu'elle avait dans la tête : l'image floue d'Anthony qui la guidait jusqu'à une grande bâche en plastique étendue par terre ; la chair de poule qui la saisissait quand la climatisation jetait sur elle un voile glacé ; les paroles de l'expert, qu'elle n'entendait pas tout à fait, pendant qu'il lui curait les ongles et la peignait afin de faire choir à ses pieds les indices ; sa vulnérabilité lors de l'examen médical, ses coupures et ses bleus notés sur un diagramme de corps humain. Et puis la conscience que le tueur l'avait frappée, elle, ce qui lui brûlait plus cruellement les entrailles que le couteau ayant percé son ventre : on l'avait formée pour être enquêtrice, pas victime.

– Je ne m'attendais pas à te voir, déclara Anthony. Tu viens jeter un coup d'œil, alors ?

– On dirait bien, dit Henley.

Elle lui était reconnaissante de ne pas insister sur le fait qu'il ne l'avait pas vue hors d'un bureau depuis deux ans.

– Super, ça nous rappellera le bon vieux temps.

Il tira plusieurs paires de surchaussures bleues d'un carton posé à ses pieds et les tendit à Henley.

– Qui est ton ami ? demanda-t-il, puis, comme elle faisait les présentations : Ah, un petit nouveau. J'en ai un aussi.

Il désigna le jeune homme qui se tenait figé derrière lui, un appareil photo à la main, la fermeture de sa combinaison bleue déjà remontée jusqu'au cou, ses yeux anxieux fixant tour à tour son supérieur et l'inspectrice.

– Amusant, non ? dit Anthony en poussant un long soupir. On se retrouve en bas.

– Viens, enjoignit Henley à Ramouter. Voyons ce qui nous attend.

L'inspectrice baissa les yeux sur le torse tatoué, déposé à un mètre cinquante des eaux boueuses de la Tamise. Des gouttes étincelaient sur la peau blafarde. Le trophée macabre avait été installé debout entre les marches moussues et le bois fendu, vermoulu, du vieux quai. Tout ce que pouvait en déduire Henley était qu'un homme blanc, amateur de tatouages inspirés de mangas animés, avait eu la tête tranchée juste au-dessus de la pomme d'Adam, les jambes en haut des fémurs et les bras au niveau des biceps. La découpe n'était pas aussi propre et chirurgicale que celle des cadavres en morceaux retrouvés quelques années plus tôt. La première fois qu'elle avait vu des bras, des jambes, une tête et un torse désolidarisés, jetés sous une arche du pont de chemin de fer de Lewisham, Henley était resté figée sur place. Depuis, elle avait appris à s'endurcir.

Ses mollets se tendirent quand elle s'accroupit pour examiner la plaie du cou. De petits éclats d'os s'étaient plantés dans la trachée-artère striée, au milieu des muscles déchirés et du sang coagulé. La graisse jaunâtre et le tissu conjonctif évoquaient un poulet cru découpé, laissé trop longtemps à l'air libre. Henley se releva et gonfla ses poumons. Le vent apportait l'odeur de saumure et de pourriture du fleuve. Elle avait du mal à compartimenter son cerveau pour séparer l'inspectrice logique et endurcie de la femme blessée, pas tout à fait guérie, qui se tenait elle aussi au bord de l'eau.

Tournant les talons, elle remonta les Watergate Steps. Elle avait beau s'efforcer d'ignorer les pointes d'angoisse aiguë qui la traversaient, elle ne pouvait chasser l'impression que le torse avait été déposé là à son intention.

2

– Combien de temps on a avant la marée ?

Henley, face à la rivière, regardait les petites vagues se briser sur le quai délabré. Elle consulta sa montre. Presque deux heures depuis le premier coup de téléphone à la police.

– J'ai vérifié sur Internet : la marée haute est à 9 h 55, répondit Ramouter, les yeux vitreux d'anxiété, en contournant un pneu à moitié immergé. La marée basse était à 3 h 15 et le soleil s'est levé à 6 h 32. Ça laissait trois heures pour venir poser ici cet inconnu en espérant que quelqu'un le trouve avant qu'il ne soit recouvert par la marée.

– Peut-être, reconnut Henley. Mais, pour ce qu'on en sait, le cadavre a aussi pu être déposé après le lever du soleil, ou bien on l'a jeté en amont et il a été entraîné jusqu'ici.

Elle inspecta les façades vitrées de Borthwick Wharf : commerces et bureaux vacants donnant sur le fleuve ; pas de caméras de sécurité privées. Henley doutait en outre que le conseil du *borough*[1] ait étendu son propre réseau de surveillance à cette portion de la rue. D'aussi loin qu'elle s'en souvînt, ce quartier de Deptford avait été négligé.

– Est-ce que quelqu'un a touché au torse ? demanda-t-elle à Anthony qui venait d'apparaître à son côté.

1. Les *boroughs* sont des divisions administratives londoniennes équivalant à des arrondissements. Chacun est dirigé par un conseil.

– Pour autant que je sache, c'est *in situ*. La femme qui l'a trouvé n'a touché à rien. Matei, le poseur de cuisines, dit n'avoir pas touché aux jambes mais il les a malheureusement couvertes de vomi. Avant de venir ici, j'ai jeté un coup d'œil rapide aux bras trouvés en aval : il est possible que les chasseurs de trésors les aient un peu manipulés.

– Il y en a toujours au moins un pour jouer à ça.

Le vent tomba. L'air crépitait doucement de l'électricité générée par le poste tout proche.

– Nous restreignons la chasse aux indices au trajet direct entre le chemin et le torse, dit Anthony. Je doute que celui qui a fait ça se soit ensuite installé dans le coin pour boire un café.

– Il n'a peut-être pas bu de café mais, si Ramouter a raison de penser que les éléments du cadavre ont été déposés sur place, c'est quelqu'un qui connaît le fleuve, répondit Henley. On te laisse continuer. Nous, on va faire un tour à pied.

– Où allons-nous ? demanda Ramouter.

– Retrouver Eastwood.

– Et vous voulez y aller à pied ?

Henley fit de son mieux pour contenir son agacement quand il sortit son téléphone.

– D'après Google Maps, il y a presque deux kilomètres entre ici et Greenwich Pier, dit-il.

– L'éparpilleur de cadavres n'est pas seul à connaître le fleuve, cria Anthony alors qu'Henley se mettait en marche d'un pas décidé le long de la berge.

Les sceptres d'or plantés au sommet des dômes jumeaux de l'Old Royal Naval College perçaient le ciel sans nuages. Les trois mâts nus du *Cutty Sark* restauré complétaient la fameuse vue panoramique historique de Greenwich. C'était une version de l'histoire étincelante, aseptisée, qui contrastait avec les ordures ramenées sur les berges par les eaux.

Henley cessa de marcher quand elle se rendit compte qu'elle n'entendait plus les semelles de cuir de Ramouter glisser sur les galets humides.

– D'où es-tu ? lui demanda-t-elle en attendant qu'il achève d'ôter sa veste et de desserrer sa cravate.

Elle se rapprocha du mur de soutènement moussu. La marée commençait à monter.

– Je suis né à Bromwich. J'ai déménagé à Bradford à douze ans.

Ramouter voulut brosser les taches de boue semées sur son pantalon, mais il ne fit que les étaler.

– Là-bas, il y a beaucoup de landes et pas de fleuve. On serait sûrement allés plus vite en voiture.

– On va plus vite comme ça. Sauf si tu as envie de rester coincé une demi-heure dans un bouchon pendant qu'on lève le pont de Creek Road.

– Vous connaissez bien le quartier ?

Henley ignora la question, ne voyant pas l'intérêt de répondre qu'elle aurait pu suivre ce chemin les yeux fermés. Que cette petite section du South-East London était incrustée en elle.

– Quiconque a déposé le torse est forcément passé par ici. Ça n'aurait aucun sens d'être descendu sur le quai pour remonter au niveau de la rue et gagner Watergate Street en voiture. Alors qu'ici, en contrebas, l'éclairage aurait été minimal.

– Oui, mais les bouts de cadavre, c'est lourd, contra Ramouter en pressant le pas pour rattraper sa supérieure. Une tête humaine pèse au moins quatre kilos.

– Je sais.

Henley sortit son téléphone portable qui sonnait. Voyant qui cherchait à la joindre, elle ignora l'appel.

– Tête, torse, bras, jambes. Ça fait au moins six morceaux séparés.

– Ça aussi, je le sais. Alors, dis-moi : où veux-tu en venir ?

Elle attendit que le stagiaire la rejoigne avant de le diriger vers le mur de soutènement, comme si elle chaperonnait un enfant.

– Je trouve juste que ça fait un sacré poids à trimballer sur le coup de trois heures du matin.

Ramouter s'interrompit et posa une main contre le mur, tentant de reprendre son souffle.

Henley n'exprima pas son accord ouvertement. Tirant un élastique de sa poche de veste, elle réunit ses épaisses boucles noires en queue-de-cheval. Elle avait oublié quelle énergie il fallait pour remonter à pied la rive pentue. Pire, elle ne se sentait pas émotionnellement prête à la tâche qui l'attendait, avec un élève qui la suivait en transpirant, sans se douter que cette enquête était la première qu'elle dirigeait depuis presque un an.

– Un peu macabre, hein ? lança l'AD Roxanne Eastwood quand l'inspectrice atteignit enfin la première scène de crime. Salut, Ramouter. Pas mal, comme affaire, pour ton premier jour.

Selon Henley, Eastwood avait vraiment un physique et une attitude de flic. Pour le moment, campée au bord du fleuve, les manches de sa veste relevées, son carnet de notes à la main, elle s'était habillée pour traîner sur les berges : un jean et une paire de baskets ayant connu de meilleurs jours.

– Salut, Eastie. Ça fait quel effet de se retrouver hors du bureau ? demanda Henley, tandis que son regard dérivait vers une experte en train de fourrer un bras dans un sac noir.

– C'est à toi qu'il faut poser la question, répondit Eastwood, l'air inquiet.

Sa collègue apprécia cette empathie en silence et lui posa la main sur l'épaule.

– À part ça, si tu tiens à le savoir, c'est une horreur : je crois que j'ai chopé un coup de soleil, reprit Eastwood en frottant son front qui prenait des couleurs. Les gars de la Scientifique auront bientôt terminé. Pas qu'ils aient grand-chose à faire. Mettre en sac et étiqueter.

– Où est M. Perkins ?

– Ah, notre illustre chasseur de trésors. La dernière fois que je l'ai vu, il partait vers les boutiques. Il a dit qu'il lui fallait de l'eau pour sa chienne. (Eastwood secoua la tête : visiblement, elle n'avait pas cru un mot de cette excuse.) J'ai un agent qui le tient à l'œil. Je ne serais pas surprise qu'il ait déjà mis des photos de sa trouvaille sur Instagram.

– Je veux qu'on le ramène au poste. Ramouter prendra une nouvelle déposition. (Elle déclara cela sur un ton décidé, afin de faire sentir au stagiaire qu'elle maîtrisait la situation.) S'il est comme la plupart des glaneurs dans la vase, il était là en tout début de matinée, à attendre que la marée descende. Où a-t-on trouvé les bras exactement ?

– Juste là-bas.

Eastwood baissa ses lunettes de soleil et désigna les vagues couronnées d'écume que soulevait une navette fluviale. La marée avait déjà recouvert l'endroit en question. Une sensation d'urgence imprégnait l'air tandis que la Tamise reprenait possession de son territoire.

– Est-ce qu'il a dit autre chose ?

– Seulement qu'il avait trouvé le deuxième bras à un mètre du premier.

– C'est une piste de petits cailloux blancs carrément glauque, observa Henley.

– M'en parle pas. Et, avant que tu ne t'informes des caméras de sécurité, il y en a un paquet…

– Mais aucune ne cadre cet endroit précis ?

– Exactement.

Le téléphone d'Henley se mit à sonner. Elle répondit et raccrocha après un bref échange.

– C'était la Dr Linh Choi. Tu ne dois pas la connaître, mais c'est notre pathologiste judiciaire. Elle vient d'arriver, expliqua-t-elle à Ramouter en épongeant la sueur qui lui coulait sur la nuque.

– Bon, on a les deux bras, les deux jambes et le torse, dit le stagiaire. Où est la tête ?

Bonne question. Henley passa en revue les établissements publics qui s'étendaient entre les deux sites – une école primaire, deux crèches et un terrain de sport –, coincés entre les immeubles et les maisons individuelles. Il n'aurait plus manqué que de trouver une tête dans le bac à sable des gamins.

– Je peux jeter un coup d'œil rapide ? demanda-t-elle à l'assistante d'Anthony qui griffonnait sur son bloc-notes après avoir ensaché le bras.

– Bien sûr.

La jeune femme descendit la fermeture à glissière du sac et écarta les pans de plastique.

– Merde, souffla Henley. Son pouls s'accéléra, tandis que son estomac se retournait.

– Oh, dit Ramouter en regardant par-dessus son épaule.

Un des bras était couvert de graviers et d'éclats d'algues barrant de vieilles cicatrices. L'autre… Le poignet fin, l'annulaire un peu plus long que l'index, des ongles cassés. La peau noire. Henley entendit les paroles de Pellacia résonner à ses oreilles.

« Trop tôt pour dire si tout appartient à la même victime ou s'il y en a plusieurs. »

– Appelle le SD Pellacia, enjoignit-elle à Ramouter. Dis-lui qu'on a deux victimes de meurtre présumées.

3

Qui passait devant le poste de police de Greenwich pouvait aisément le supposer fermé : les volets bleus en façade n'avaient pas été ouverts depuis trois ans, et deux cônes de circulation orange esseulés bloquaient l'allée menant à une rangée de places de stationnement inoccupées. Une affiche délavée redirigeait les visiteurs potentiels vers le poste de Lewisham mais conseillait, sauf urgence, d'appeler plutôt le 101. Les habitants du quartier en arrivaient à se demander quand ces locaux seraient démolis et remplacés par un immeuble résidentiel aux loyers dispendieux – un de plus –, détenu par des intérêts privés, avec service de concierge pour les riches et porte de derrière pour les rares veinards s'y étant vu attribuer des logements sociaux. S'ils avaient levé les yeux, les passants auraient toutefois remarqué que trois fenêtres du quatrième étage étaient ouvertes et que s'en échappaient des volutes de fumée de cigarette.

La *Serial Crime Unit*, la brigade des crimes en série, était temporairement installée au quatrième étage depuis six ans. À une époque où la police métropolitaine avait un peu d'argent, le surintendant-chef Harry Rhimes avait reçu la SCU en récompense après l'arrestation par son équipe d'Abigail Burnley, une infirmière de santé publique qui avait assassiné quinze malades confiés à ses bons soins. Puisque les tueurs en série ne surgissaient pas avec une grande régularité, la brigade s'occupait aussi des viols en série et des cambriolages ou kidnappings jugés trop extrêmes pour les vingt-six autres équipes d'enquêteurs criminels réparties dans Londres. Six ans après sa création, alors que Burnley purgeait une peine de prison à perpétuité et que Rhimes était mort depuis huit mois, c'était Stephen Pellacia qui la dirigeait avec un budget insuffisant.

– Comment oses-tu ? lui lança Henley en entrant dans son bureau, l'expression orageuse, sans chercher à empêcher la porte de claquer derrière elle.

– Tu pourrais faire preuve d'un peu de respect ! Genre : *Comment oses-tu, chef ?*

Le surintendant détective Stephen Pellacia, qui fumait près de la fenêtre, écrasa sa cigarette. Le stress imposé par la direction de la SCU commençait à laisser des traces : il y avait davantage de gris dans ses cheveux bruns, des poches plus sombres sous ses yeux plissés. L'euphorie d'être le patron s'était évaporée depuis longtemps et l'absence de Rhimes pesait encore dans l'air.

– Tu aurais pu me préparer un peu avant de me balancer là-dedans, reprit Henley. Et, pour tout arranger, tu me colles un putain de stagiaire.

– Pourquoi est-ce que tu en fais tout un plat ? Tu étais en service limité depuis dix mois. Je pensais que tu serais…

– Qui fait tout un plat de quoi ? (Henley cracha presque le dernier mot.) C'est toi qui as dit à Rhimes qu'il valait mieux me coller derrière un bureau.

– Et tu as râlé tous les jours depuis. (Les yeux verts de Pellacia s'étrécirent, tandis que les petits muscles de sa mâchoire se tendaient.) Écoute, on tourne en rond, et je n'ai pas le temps de me disputer avec toi : je suis déjà en retard pour un briefing. On a beaucoup de choses à voir, et je suis attendu au Yard.

– Avant de commencer… (Henley inspira et compta jusqu'à trois.) Est-ce que tu sais qui va diriger l'enquête dans cette affaire ? Plus vite j'aurai mis le CRIS à jour pour en finir avec le transfert, mieux ce sera.

– Ah, oui, à ce propos, il n'y aura pas de transfert, dit son supérieur en la dépassant pour gagner la porte.

– Comment ça, on conserve l'affaire ? ronchonna Eastwood. (Elle chassa une mèche blonde égarée devant son front rougi par le soleil.) Je croyais que c'était un crime isolé.

– Eh bien non, dit Pellacia d'une voix ferme – mais en évitant le regard d'Henley.

La SCU occupait des locaux désormais bien trop vastes. Naguère, son équipe les partageait avec le CID et les services sociaux, et l'immeuble vibrait sans cesse des coups flanqués par un suspect sur les vieux tuyaux de sa cellule. Dans les cellules, on avait désormais plus de chances de trouver Stanford en train de faire la sieste. L'équipe comprenait alors Eastwood, Henley, le sergent détective Paul Stanford, pour l'heure en déplacement à Old Bailey, la haute cour criminelle, où il témoignait dans une affaire de viols en série, et depuis peu Salim Ramouter. Pellacia les commandait tous et, ces temps-ci, ne quittait guère son bureau que pour répondre aux convocations de ses supérieurs à New Scotland Yard. La SCU était soutenue par des collaborateurs civils : Ezra, vingt-trois ans, ancien détenu et informaticien de génie que Pellacia avait pris sous son aile, et Joanna, l'administratrice. Nul ne se rappelait depuis combien de temps Joanna traînait dans les postes de police du South-East London, pas plus qu'on ne connaissait son âge, mais tout le monde s'accordait pour dire qu'elle savait où étaient enterrés les cadavres et combien la police métropolitaine en avait dans ses placards.

– On est déjà débordés, protesta Eastwood. J'ai bossé onze jours d'affilée sans aucun repos. Et on a perdu Stanford pour la semaine.

– Tu soulignes l'évidence, Eastie.

– Et, si je compte bien, on mène six enquêtes actives.

– Sept, lança Joanna, alors qu'elle franchissait la porte, chargée d'un grand carton empli de petits déjeuners variés, commandés au café d'en face, qu'elle posa sur le bureau d'Eastwood. Ça fait sept si tu comptes celle de la Vallée de la Tamise, sur laquelle on est… (Elle dessina des guillemets dans l'air.) consultants.

Henley vit Pellacia se mordre la langue tandis qu'Eastwood levait les yeux au ciel.

– Écoute, ça ne te plaît pas, mais c'est comme ça, répliqua le surintendant. Aucune autre équipe criminelle n'a les moyens de s'en occuper. L'enquête reste ici. C'est clair ?

– Comme du cristal, rétorqua Eastwood en secouant la tête.

Pellacia se tourna vers Henley, comme pour la mettre au défi de contester la décision qu'il venait de prendre.

– Stanford étant coincé au tribunal, Ramouter continuera à travailler avec Henley sur cette affaire de cadavre découpé.

– Tu sépares les siamois ? s'exclama Joanna, faussement choquée.

– Je me suis dit que Stanford ne se vexerait pas de ne plus servir de mentor à Ramouter ni d'être séparé momentanément d'Henley.

– C'est ce que tu crois. (Elle tira un sandwich au saucisson du carton.) Ramouter, il faut que tu le saches, ces deux-là sont unis comme les dix doigts de la main. Stanford a été le frangin d'Anjelica dans une autre…

– On a compris, Joanna, coupa Pellacia. Allez, au boulot.

Henley passa mentalement sa liste en revue. Sur la scène de crime, sa mémoire musculaire avait pris les commandes : observer les environs, noter les détails familiers ou curieux. Tout considérer comme pièce à conviction. Préparer un compte-rendu. Mettre en sûreté et protéger. De l'extérieur, elle paraissait calme, pondérée. À l'intérieur, son cœur menaçait de jaillir de sa poitrine, et son estomac se tordait, se nouait.

Son téléphone se mit à vibrer sur son bureau. Elle sentit la nausée s'emparer d'elle lorsqu'elle lut le sms de son frère Simon :

Viens de passer chez papa. M'a pas laissé entrer. T'appelle après le boulot. Bises.

– Bon, alors, dans cette affaire au bord du fleuve, reprit Pellacia, deux victimes potentielles ?

– Pas potentielles, répondit Henley, tout en commençant à taper une réponse à son frère. Il y a bien deux victimes. Le torse, les jambes et un des bras sont ceux d'un homme blanc. Le deuxième bras appartient probablement à une femme noire, même si le sexe n'a pas encore été confirmé.

Le téléphone d'Henley vibra sur son bureau pour la deuxième fois. Elle le reprit.

– Et on n'a pas trouvé d'autres morceaux ?

– Les experts ont récupéré une tête d'homme blanc dans la benne à ordures du 15 Nelson Mews, dit-elle. Par ailleurs, je reçois tout juste un texto de Linh. Les… morceaux sont arrivés à la morgue.

– Deux victimes, merde, soupira Pellacia. Quoique… on ne sait jamais. Ça sera peut-être une bonne petite enquête toute simple.

Henley ramassa son sac sans se donner la peine de répondre : chaque nerf de son corps lui disait que le surintendant y croyait encore moins qu'elle.

4

Le local qui abritait les morts était assez proche du poste de police pour qu'on s'y rende à pied : à deux pas de la rue principale où cafés, pubs et agences immobilières cédaient la place à des hôtels neufs étincelants, à des immeubles résidentiels rupins et à une salle de gym ouverte vingt-quatre heures sur vingt-quatre. Il se fondait anonymement dans la masse des maisons georgiennes et des logements sociaux qui se partageaient la rue tranquille. Henley ne se sentait pas déplacée à présent qu'elle portait son propre uniforme, un tailleur strict bleu nuit. Il projetait l'autorité, bien qu'elle eût conservé ses Adidas Gazelle noires.

– Morgue publique de Greenwich, lut Ramouter sur la plaque murale en achevant son café. On croirait une bibliothèque. Comme s'il n'y avait qu'à entrer, montrer sa carte et prendre un siège pour assister à une autopsie.

– Il te reste combien de temps ? demanda Henley.

– Avant quoi ? répondit-il en attendant pour descendre de la voiture qu'elle débloque la sécurité enfant.

– Avant la fin de ton stage ?

– Ce que vous voulez vraiment savoir c'est pour combien de temps vous êtes coincée avec moi ?

Le sourire disparut du visage brun de Ramouter quand il constata qu'Henley ne le lui rendait pas.

– Il me reste quatre mois, répondit-il en caressant sa barbe. Mais j'en ai passé six dans l'équipe Homicides et crimes graves. C'était du bon boulot, solide, mais je voulais quelque chose de plus difficile, et la police du Yorkshire n'a rien qui s'approche de la SCU.

Henley éprouva un éclair d'empathie : ce n'était pas sa faute si on le lui avait collé sur le dos… Mais la chaleur fut de courte durée.

– Eh bien, la procédure est un peu différente chez nous. Il est très rare qu'on fasse des kilomètres au pas de course, comme ça. D'habitude, les affaires nous sont refilées une fois identifiée l'émergence d'un tueur ou d'un violeur en série potentiel. Le travail préliminaire qu'on effectue en ce moment a été fait avant notre intervention.

– Mais la section s'occupe d'un tas de choses, remarqua Ramouter en la suivant vers le bâtiment isolé au milieu d'un grand terrain. Il y a eu cette histoire de kidnappings en série et de trafic d'esclaves il y a quelques années, et aussi l'affaire de l'Équarrisseur.

Un muscle tressauta dans le cou d'Henley qui fit la grimace. *L'Équarrisseur.* L'affaire qui avait tout changé. Ses collègues l'avaient félicitée, ses supérieurs avaient fait son éloge et on l'avait promue inspectrice, mais toute une partie d'elle-même lui avait été volée.

– Ça devait être génial de travailler là-dessus, continua le jeune policier. C'est ce qui m'a donné envie de faire partie de la SCU. La raison pour laquelle… Bon, *une* des raisons pour lesquelles je suis venu à Londres.

Bien qu'elle le sût nerveux, elle ne pouvait manquer l'étincelle d'enthousiasme familière dans ses yeux.

– Ne te laisse pas abuser par ce que tu as vu dans les médias, dit-elle. La SCU manque de fonds et de personnel. Je m'étonne qu'on ait seulement autorisé ton transfert. Écoute, la brigade criminelle moyenne emploie fréquemment une centaine de personnes sur une enquête, du surintendant aux civils. À la SCU, il n'y a que nous, et on passe donc énormément de temps à demander des services aux uns et aux autres. Ça n'a rien de romantique et toutes les félicitations qu'on s'attire sont de courte durée.

Henley se détourna, tapa un code qu'elle n'était pas censée connaître et poussa la porte.

La pathologiste en chef, la Dr Linh Choi, assise à son bureau, le dos à la porte, s'employait à déjeuner. Alors qu'un stylo bille retenait vaguement ses longs cheveux noirs réunis au sommet de son crâne, elle agitait la tête au rythme de la basse et de la batterie sourdes qui s'échappaient des enceintes sans fil Bose posées sur la table de travail. Henley l'avait rencontrée quinze ans plus tôt, alors qu'elles entamaient toutes deux leur carrière et se sentaient terriblement dépassées. Leur amitié avait fleuri avec le temps.

– Nom de Dieu ! s'exclama Linh en sursautant violemment quand l'inspectrice lui posa la main sur l'épaule. (L'aile de poulet qu'elle tenait en main retomba dans la boîte.) Un peu plus, je faisais une crise cardiaque, putain.

– Tu as la nostalgie de tes raves, observa Henley en souriant.

– Dis plutôt de *nos* raves. Tu aimes ça autant que moi. J'ai retrouvé un mix de la mort à la maison. Il faut que je te l'envoie. (Linh coupa le son de son ordinateur portable.) Tu ne m'avais pas dit que tu étais revenue. Il a fallu que ce soit Anthony qui me l'apprenne.

– Je t'en parlerai plus tard.

– Et tu as un nouveau partenaire ? Qu'en dit Stanford ?

– Voici l'EAD Salim Ramouter, et ce n'est pas mon partenaire. (Henley s'écarta pour permettre à l'intéressé de s'avancer.) Je suis son mentor. Il vient de nous être transféré de la police du Yorkshire.

– Oh, je vois. Eh bien, vous n'auriez pas pu rêver de meilleure formatrice que l'inspectrice Henley, assura Linh en quittant sa chaise. (Elle s'essuya la main à l'aide d'une lingette antibactérienne avant de la tendre à Ramouter.) Ravie de vous connaître. Docteure Linh Choi.

Elle avait bénéficié d'une bourse dans une école privée puis achevé ses études à l'université de Cambridge, mais on ne l'aurait jamais deviné en entendant son accent du sud de Londres à couper au couteau.

– Je viens d'achever l'examen préliminaire de la victime masculine, reprit-elle en baissant les lunettes qu'elle portait au sommet du crâne, mais laissez-moi d'abord vous parler du bras. Il n'y avait pas grand-chose à se mettre sous la dent, étant donné qu'il nous manque le reste. Ce serait sympa d'avoir aussi une tête, des jambes, un torse et un autre bras.

– Qu'est-ce que tu peux nous dire ? demanda Henley.

Linh haussa les épaules.

– Une femme noire. Sans doute entre vingt et trente ans, mais je ne m'avancerai pas plus avant que tu trouves le reste du corps.

Les deux policiers la suivirent jusqu'à une pièce évoquant une salle d'opération. L'air y était frais. La rangée de placards métalliques muraux qui fournissait un abri temporaire aux morts faisait face à trois éviers profonds et, dans l'angle, un réfrigérateur. Quatre tables d'examen chromées, dont une protégée par une bâche en plastique, s'alignaient au milieu de la pièce.

L'assistante de Linh, Theresa, travaillait sur un cadavre à la table du fond, tout en écoutant de la musique dans ses écouteurs Beats. Des odeurs d'antiseptiques industriels et de fluides corporels aigres chatouillèrent les narines d'Henley.

Theresa inséra un écarteur dans la poitrine du cadavre.

– Un culturiste de vingt-trois ans, commenta Linh en secouant la tête. Crise cardiaque à la salle de gym. Pas besoin d'un examen toxicologique pour savoir qu'il va être bourré de stéroïdes.

L'assistante ouvrit le torse dans un craquement qui évoqua un bruit de pas sur du verre brisé. Ramouter eut un mouvement de recul.

– Les toilettes, c'est la deuxième porte à droite, lui lança Linh d'une voix amusée.

Il tourna les talons et se mit à courir.

– Désolé, dit-il en revenant quelques minutes plus tard, une lueur de honte dans les yeux.

– Aucun souci. Vous n'êtes pas le premier et vous ne serez pas le dernier, répondit Linh. Bon, vous êtes prêts ?

Comme Henley acquiesçait, elle écarta la bâche protectrice. Les morceaux de cadavres trouvés sur la berge du fleuve et dans l'allée du 15 Nelson Mews étaient disposés sur la table à l'instar d'un puzzle sanglant inachevé. Henley eut un vertige. Elle recula d'un pas et tenta de se concentrer.

– Tu peux nous donner une heure de décès ? demanda-t-elle, tentant de masquer le tremblement nerveux de sa voix.

– Une estimation grossière, dit Linh. Je dirais entre vingt-quatre et trente-six heures pour l'homme.

L'inspectrice examina de plus près le tatouage sur le torse.

– Une scène de *Fullmetal Alchemist,* lui apprit son amie, apparemment très satisfaite. C'est un anime japonais, au cas où tu l'ignorerais. Ça date de bien avant votre époque, Ramouter. Et il a *Ken le Survivant* tatoué dans le dos.

– Qu'est-ce que tu peux m'apprendre à propos des démembrements ? Avant ou après la mort ? demanda Henley.

Elle tournait lentement autour des cadavres incomplets pour noter le moindre détail, ignorant le téléphone portable qui vibrait dans sa poche.

– Les deux. Le bras droit et la jambe gauche ont été coupés en premier. Si tu regardes ici… (Linh désigna la coupure de la jambe gauche.) le sang avait commencé à coaguler. La mort a dû se produire moins de quatre minutes plus tard.

Elle tourna le bas du torse vers Henley, désignant l'os, la chair et les viscères.

– Ici, il n'y a presque pas de coagulation. Donc, quatre heures après la mort, ton tueur continue à le démembrer. Il y a une blessure profonde intéressante juste au-dessus du cœur. Ça, ç'a été fait avant la mort. J'en saurai plus quand j'attaquerai l'autopsie après déjeuner, mais je vais quand même te dire un truc : ce découpage, c'est du boulot de merde. Regarde ici. (Linh désigna d'un doigt ganté deux longues coupures déchiquetées sur l'épaule droite.) Il a fallu au moins deux essais à l'assassin pour sectionner le bras. Apparemment, il ne s'était encore jamais servi d'une scie sauteuse Black & Decker.

– C'était une scie sauteuse Black & Decker ? s'enquit Ramouter, qui se tenait à près d'un mètre de la table, dos aux éviers.

– Pas la moindre idée. C'est un bon bricoleur qui pourrait vous dire ça. (Les yeux étincelant d'amusement, la pathologiste redressa la jambe droite du cadavre.) Mais il y a plus important : regardez ça.

Elle ramassa la tête, la tourna vers Henley et en ouvrit les mâchoires à l'aide des doigts.

– Ramouter, prenez la torche, je n'ai pas assez de mains.

Le stagiaire s'approcha de la table après s'être emparé d'une petite lampe stylo argentée.

– Allons, ne soyez pas timide. Éclairez-moi ça.

Il s'exécuta, dirigeant le faisceau lumineux vers la bouche ouverte.

– Euh… Où est la langue ? demanda-t-il.

Henley se força à lui prendre la torche et à éclairer le fond de la gorge. Dans la bouche tapissée de sang séché, elle découvrit les restes du muscle strié formant la base de la langue.

– Comment ? interrogea-t-elle.

– Tranchée, répondit Linh. Une coupure bien nette qui n'a pu être faite qu'avec un couteau à steak très aiguisé ou un scalpel.

– Est-ce que c'est facile de couper la langue à quelqu'un ? s'enquit Henley.

Elle fit évoluer la sienne dans sa bouche, sentant se contracter et s'étirer les petits tendons à la base.

– À quelqu'un de vivant ? C'est carrément dur. Raison pour laquelle il serait logique que celle-ci ait été coupée *post mortem*, mais ça n'est pas le cas.

– Attends, il était encore vivant quand on la lui a coupée ?

Linh hocha la tête.

– Or immobiliser la langue d'une personne vivante est très difficile, et la coupure est vraiment chirurgicale. À mon avis, la victime était inconsciente. Et puis il y a autre chose. Dis-moi si tu remarques quoi que ce soit sur les jambes.

L'inspectrice s'accroupit. La jambe droite, couverte de sable, de fragments d'algues et de vomi séché, était musclée, semée de fins poils marron clair. La gauche, globalement identique, présentait sur la cheville une bande de cinq centimètres de peau plus pâles que le reste.

– La victime portait un bracelet électronique ? dit Henley.

– Je crois bien, répondit Linh. Si tu regardes ici.

Elle retourna la jambe pour examiner la surface pâle, pas plus large qu'une boîte d'allumettes.

– Je suis presque certaine qu'il en portait un, en fait. Si on obtenait les dimensions d'un bracelet standard d'une des sociétés de surveillance, ça correspondrait sûrement.

– Alors notre victime était en liberté conditionnelle, avec un couvre-feu ? dit Ramouter. Ça devrait nous donner une piste. Il y a sûrement moyen de savoir si un type sous contrôle judiciaire a rompu ses engagements dans les derniers jours.

– Tu as une idée du nombre de gens auxquels on pose un bracelet avant de les libérer ? demanda Henley.

– Alors là, bon courage, appuya Linh. Moi, j'ai pris des échantillons de sang, d'urine, tous les trucs habituels, et je les ai expédiés ce matin. Avec de la chance, j'aurai les résultats en fin de semaine. Alors, on a un nom ? Je trouve un peu irrespectueux de continuer à l'appeler… enfin, à appeler un des deux le Mec aux mangas, à présent qu'il est presque tout entier exposé sur la table comme ça.

Henley tira de sa poche son téléphone qui n'avait pas cessé de vibrer et lut le message affiché sur l'écran. Anthony Thomas l'informait qu'il avait cherché les empreintes digitales du bras blanc tranché dans Livescan, la base de données de la police.

– Eh bien oui, on a un nom, déclara Henley. Je vous présente Daniel Kennedy.

5

Il était presque vingt heures quand Ramouter rentra chez lui, ôta ses chaussures encore tachées de boue séchée et les posa sur le paillasson. Cela faisait quatre jours qu'il avait emménagé. L'odeur de l'appartement n'était pas la sienne mais celle d'un désodorisant artificiel et d'eau de javel. Une pile de cartons encore pleins occupait la pièce à vivre, salon et cuisine ouverte. Le jeune policier alluma la radio pour avoir de la compagnie, sortit un plat cuisiné du réfrigérateur, ôta le carton et perça l'opercule en plastique de la barquette à l'aide d'une fourchette.

Quelques minutes plus tard, il repoussait des restes de spaghetti carbonara insipides et attrapait son iPhone.

– Oh, on pensait que tu appellerais plus tôt. On s'apprêtait à manger, dit Pamela, en reculant pour s'écarter de la caméra.

Comme toujours, elle était impeccablement maquillée, et pas un muscle de son visage ne bougeait. Elle portait des vêtements de yoga chers, alors que Ramouter savait pertinemment qu'elle n'avait pas la moindre idée de ce que signifiait chien-tête-en-bas et prenait probablement le savasana pour une variété de thé.

– Désolé, je ne me rendais pas compte du temps qu'il me faudrait pour revenir du boulot. La circulation sur le périphérique sud…

– Eh bien tu pourrais peut-être partir à l'heure demain. La régularité, c'est important.

Ramouter se mordit la langue pour éviter de répondre : « Les assassins ne respectent pas les horaires de bureau. »

– Où est Michelle ? J'ai essayé de la joindre en FaceTime mais elle n'a pas décroché.

– Elle doit avoir encore oublié de charger son téléphone, mais elle est là-haut. Ils y sont tous les deux. Elle était fatiguée. Dans un moment, j'irai chercher les garçons à l'entraînement de foot. Je lui apporte mon iPad.

Pamela trouva Michelle assise au bord du lit. Sa chambre avait ceci de commun avec le salon de Ramouter que valises et cartons prenaient l'essentiel de la place. Il eut un petit rire pour lui-même.

– Michelle, chérie, dit-il. Ça va, mon amour ? Où est Ethan ? Comment s'est passé son premier jour d'école ? Vous me manquez.

– Il est déjà au lit, répondit Michelle en posant l'iPad sur la table de nuit. L'école l'a complètement assommé. J'ai pris un tas de photos pour toi.

– Je sais, tu me les as envoyées ce matin, rappelle-toi.

Ramouter sentit son cœur saigner quand la confusion se peignit sur le visage de son épouse. Début de démence précoce à trente-six ans. Une forme génétique rare d'Alzheimer, avait déclaré le spécialiste. Le père de Michelle était mort à cinquante-huit ans, mais la famille avait voulu croire que le mal sauterait une ou deux générations. Le jeune policier avait reçu la confirmation de son transfert à la SCU deux semaines avant le diagnostic. Ils avaient trouvé ensemble l'appartement de Forest Hill, une école pour Ethan, et Michelle avait déjà un entretien d'embauche prévu, mais le diagnostic avait tout changé. La malade avait besoin de stabilité, et déménager dans une ville inconnue, loin de sa famille et de ses amis, ne pourrait que lui nuire, avait affirmé Pamela, sa sœur aînée. Ramouter n'avait pu lui donner tort. Il conservait dans son dossier « brouillons » l'e-mail refusant son transfert à la SCU, qu'il était prêt à envoyer quand Michelle l'en avait empêché. Elle avait dit que pareille occasion ne se représenterait pas. Elle ne voulait pas qu'il ait des regrets. Et qu'il le lui reproche.

– Tu as passé une bonne journée ? demanda Ramouter.

– Sympa. Pamela m'a emmenée déjeuner avec des copines à elle. Tu les détesterais. Et toi, bonne journée ?

– Excellente. C'est une bonne équipe et je travaille sur une affaire avec Anjelica Henley. Je t'ai parlé d'elle, tu te rappelles ?

– L'inspectrice ?

– Voilà, c'est ça, l'inspectrice, répondit Ramouter, dont la voix s'anima.

– Comment est-elle ?

– Elle est… hum… Dure. Intelligente. Je ne crois pas que ça lui plaise beaucoup d'être coincée avec moi, mais on en est au tout début.

– Mmm. Ethan voulait rester debout pour te parler de l'école…

Ramouter sentit la tristesse le submerger à la vue de Michelle sur son écran. Elle était de nouveau distraite. Il lisait dans ses yeux qu'en lui rendant son regard elle tentait de s'accrocher à ses souvenirs. Incapable de supporter cela plus longtemps, il retourna le téléphone, l'écran contre le plan de travail. Il aurait dû l'ignorer quand elle lui avait dit d'aller à Londres. Il aurait dû se conduire en homme, rester auprès de son épouse, et, au lieu de cela, il s'était enfui à la première occasion. Il portait sa culpabilité sur les épaules, aussi familière que son costume de travail. Il était en outre furieux contre Michelle, contre sa maladie, et la gêne ainsi que la culpabilité supplémentaire que lui inspirait cette colère l'étouffaient.

– Désolé, dit-il en reprenant le téléphone. La réception n'est pas très bonne dans cet appartement.

– Il faut que tu arrêtes, affirma Michelle.

C'étaient ces moments de lucidité qui amplifiaient le malaise de Ramouter, dont les yeux se mouillèrent de larmes tandis que sa femme le contemplait avec une intense clarté. Elle le connaissait et savait comment le prendre.

– On était tous les deux d'accord, dit-elle.

– Oui. Ethan et toi, vous me manquez, c'est tout, répondit-il en essuyant ses larmes.

– Tout va bien se passer. Nous allons bien, ajouta fermement Michelle.

– Je sais. Je vais avoir une petite discussion avec moi-même.

– Bien. Et maintenant, laisse-moi te raconter mon déjeuner avec les copines cinglées de Pamela. J'ai vraiment hâte qu'arrive le jour où je les aurai oubliées.

Ramouter éclata de rire en la voyant se détendre. La culpabilité ne le quitta pas mais, durant l'heure suivante, tandis qu'il parlait avec Michelle, elle ne lui parut plus aussi lourde.

6

Henley savait que les éboueurs passaient vers onze heures du matin pour collecter les ordures non recyclables. Elle posa ses sacs de courses et consulta sa montre. 20 h 26. Or la benne à roulettes bleue bloquait le portail d'entrée : son père n'avait pas dû quitter la maison de toute la journée.

Elle traîna la benne sur le côté et ouvrit le portail. Les épines d'un rosier qui avait grand besoin d'être taillé s'accrochèrent à sa veste quand elle remonta l'allée. De mauvaises herbes s'étaient frayé un chemin dans les fissures des dalles.

– C'est quoi, ce bordel ? lâcha Henley quand la clef de la porte d'entrée refusa de tourner.

C'était bien la bonne, attachée au même porte-clefs bleu Tesco Clubcard depuis cinq ans. L'inspectrice la sortit de la serrure puis l'y réinséra. Rien à faire.

– Papa, nom d'un chien.

Henley s'accroupit, souleva la fente à lettres et cria :

– Papa, c'est moi, Anjelica. Viens m'ouvrir.

Elle s'assit sur ses talons, maintenant la fente ouverte avec les doigts.

– Papa. Allez. Tu… S'il te plaît. Je veux voir si tu vas bien.

– Je vais très bien. Va-t'en.

– Pas avant que tu n'ouvres. Je t'ai apporté des provisions.

– Laisse-les devant la porte.

– Papa, s'il te plaît. Laisse-moi te voir. Je promets de ne pas entrer.

Par la fente, elle vit approcher des jambes gainées d'un pantalon de survêtement gris passé. La fente se referma quand la porte s'ouvrit.

– Tu as besoin d'aller chez le coiffeur, papa.

Ce fut tout ce qu'Henley, l'estomac noué, parvint à dire. N'ayant pas vu son père, Elijah, depuis presque trois semaines, elle lui trouvait une mine affreuse, choquante. Il avait perdu du poids. La peau de son cou était chiffonnée comme un mouchoir froissé. L'inspectrice sentit le choc céder la place à la peur qu'on éprouve lorsqu'on voit ses parents frapper aux portes de la mort.

Elijah tapota ses cheveux désormais plus blancs que gris. Son dégradé s'était changé en une afro courte qu'il n'entretenait pas.

– Simon est passé ce matin. (Henley posa la main sur celle de son père. Il se déroba.) Pourquoi n'as-tu pas voulu le voir ? demanda-t-elle doucement.

– Je ne veux pas vous voir, ni l'un ni l'autre.

– Papa, il faut que tu nous laisses t'aider.

– Je n'ai pas besoin de votre aide. Tout va bien.

– Pourquoi as-tu fait changer la serrure ?

– Pour vous empêcher de venir ici chaque fois que vous en avez envie, ton frère et toi. Je ne suis pas un gamin.

– Personne ne dit le contraire. On s'inquiète pour toi, c'est tout.

– Eh bien, ça va. Tu m'as vu, tu peux t'en aller.

– Papa… Ne sois pas… Peux-tu au moins me laisser entrer une minute ?

– J'ai dit non !

– Bien, bien. (Henley empoigna la porte pour empêcher son père de la refermer.) Je n'entre pas. Mais prends au moins ça.

Ramassant les sacs en plastique bourrés, elle les poussa dans l'ouverture.

– Je n'ai pas la moindre idée de ce qu'il y a dans ton frigo, reprit-elle, agacée. Pour ce que j'en sais, tu vis de crackers et de sardines à l'huile. Alors je t'ai apporté des trucs de base : des œufs, du pain, du jambon, du poulet et des biscuits secs. Je sais que tu aimes…

Elijah attira les sacs à lui.

– Et merde, souffla Henley quand il lui claqua la porte au nez.

– Quatorze heures, dit Rob sans lever les yeux de son ordinateur portable.

Il était assis à la table de la cuisine, son bureau temporaire pendant que les ouvriers finissaient de convertir la dépendance, derrière la maison. Journaliste financier, il avait préféré le télétravail à des indemnités de licenciement. Il quittait la maison une fois par semaine pour s'aventurer jusqu'à Old Street, où il fréquentait les studios d'une chaîne d'affaires pour discuter des nouvelles financières. L'arrangement convenait à Rob comme à Henley, mais il l'aurait tout de même voulue à la maison.

Luna, issue de danois, de labrador et d'autre chose encore, dormait sous la table. Malgré la porte-fenêtre ouverte, la chaleur de la journée imprégnait l'air lourd, chargé des parfums de jasmin et de chèvrefeuille venus du jardin. Les fragrances séduisantes d'une soirée de fin d'été ne pouvaient toutefois couvrir la puissante odeur de décomposition qui suivait Henley depuis qu'elle avait vu le torse démembré au bas des Watergate Steps.

– Tu as quitté la maison juste après sept heures et tu rentres à vingt-et-une heures vingt-et-une.

– Rob, j'ai eu une journée vraiment longue…

– Toi, tu as eu une journée longue ? Il a fallu que j'aille chercher Emma à la crèche parce qu'elle était malade.

– Et je t'ai envoyé un texto pour prendre de ses nouvelles.

– Elle n'avait pas besoin d'un texto. Elle avait besoin de sa maman.

– Arrêtons ça, soupira Henley en posant son sac sur le plan de travail de la cuisine avant de se diriger vers le réfrigérateur.

Rob, à sa décharge, n'avait pas l'égoïsme de cuisiner pour lui seul : du poulet grillé au miel et à l'ail, accompagné de riz et de brocolis, attendait l'inspectrice dans un plat en Pyrex couvert d'un film de cellophane. Elle le sortit puis le remit en place : elle devait d'abord se doucher afin de chasser la fine pellicule de mort qui couvrait son corps et le parfum d'échec qui la suivait depuis qu'elle avait quitté son père. Elle se demanda si Rob avait deviné qu'elle dirigeait de nouveau une enquête.

– Je suis passée voir papa, dit-elle.

L'expression de son mari s'adoucit, un petit peu.

– Ah ! Comment va-t-il ?

– Pas bien. Il a refusé de me laisser entrer.

– Ce n'est pas bon pour lui. Qu'est-ce que tu vas faire ?

– Je ne sais pas. (Henley rouvrit la porte du réfrigérateur et en sortit une bouteille de vin.) Il faut que j'en parle avec Simon, mais… je ne sais pas.

– Écoute, je sais que ce n'est pas facile avec ton père, mais tu aurais pu me prévenir que tu allais être en retard. J'aimerais bien des excuses.

– Des excuses pour quoi ? demanda Henley en prenant un verre à vin dans le placard. Pour être allée voir mon père ?

– Non, bien sûr que non, je voulais juste dire…

– Tu veux que je te présente des excuses parce que je vais travailler ? Je suis *obligée* de travailler, Rob. Il faut bien qu'un de nous deux ait un emploi régulier.

Elle regretta ces paroles dès qu'elles eurent quitté sa bouche.

– Ah, c'est ça ? Je joue les maris au foyer, à m'occuper de notre enfant et à faire des confitures pendant que tu travailles ?

– Tu sais exactement ce que je veux dire. Je sais ce que tu fais et je… je te remercie de travailler dur pour nous, mais on n'arrête pas de tourner en rond sur ce sujet.

– Tu *me remercies* ?

Rob leva les yeux vers elle pour la première fois depuis qu'elle était entrée dans la cuisine. Il ôta ses lunettes et frotta les petits creux sur son nez pincé par la monture.

– Je ne suis pas un de tes collègues, je suis ton mari. Je ne veux pas que tu me remercies mais que tu comprennes ce que je te dis, ce que je n'arrête pas de te dire.

– Tu veux que j'arrête de travailler. Que je renonce à mon poste…

– Tu sais que ce n'est pas ça. Je ne veux pas que tu arrêtes de travailler. Juste que tu trouves un autre boulot. C'est un miracle qu'Emma sache seulement à quoi tu ressembles.

– Ne sois pas ridicule, bordel ! À t'entendre, on croirait que je l'ai abandonnée. Je travaille en espérant faire ma part pour lui construire un monde plus sûr.

– Assise à un bureau ? En quoi est-ce que ça l'aide ? Tu es en service limité, pas dehors en train d'attraper des violeurs et des assassins à mains nues. Je me demande parfois quelle est la vraie raison pour laquelle tu refuses de démissionner.

La chaise de Rob grinça sur le carrelage quand il se leva. Henley attendit que la familière accusation de trahison lui soit jetée au visage.

– Je ne veux pas discuter avec toi, Rob. Pas de ça pour la millième fois. Je sais qu'on a besoin de parler…

– C'est bien le problème. Tu le sais toujours, mais as-tu jamais pris le temps de t'asseoir pour me parler ? Tu mets nos vies en pause à cause de quoi ? À Noël, tu disais que tout allait changer, mais ça n'a pas été le cas. On en est encore là. Au même point.

Rob prit sur la table son briquet et son bloc de papier à rouler.

– Je vais promener Luna. Je serai là dans une demi-heure.

La porte d'entrée claqua et Henley lâcha un soupir contenu. Elle aurait dû le lui dire. Lui dire qu'elle retournait sur le terrain. Qu'elle n'était plus confinée derrière un bureau, que Pellacia la renvoyait dans la rue. Que leurs vies allaient à nouveau se retrouver sens dessus dessous. Au lieu de cela, elle monta dans la chambre d'Emma. La petite fille était allongée sur son lit, en étoile de mer. Sa mère fut tentée de la réveiller juste pour l'entendre dire maman. À la place, elle l'embrassa sur le sommet du crâne. Emma sentait le beurre de cacao et le talc. En elle et en elle seule, Anjelica Henley voyait le bien.

Henley s'assit au bord du lit puis se laissa aller en arrière, et la serviette qui l'enveloppait se desserra. Quoique douchée, elle se sentait encore sale : l'enquête avait déjà pénétré au fond de ses pores. Fermant les yeux, elle laissa ses doigts glisser sur son corps jusqu'à une crête familière de peau épaisse, plissée. Cinq centimètres de tissu cicatriciel du côté droit. La deuxième trace, huit centimètres plus haut, était presque horizontale. Le couteau avait manqué de peu son foie et, s'il s'était planté plus bas, elle aurait perdu le bébé qu'elle portait sans le savoir. Deux ans et demi après, elle sentait encore l'acier brûlant percer sa peau. Henley ferma les yeux plus fort mais sans cesser de voir le corps démembré de Daniel Kennedy. Elle prit une profonde inspiration. Elle avait protesté quand on l'avait nommée à la tête d'une enquête criminelle, mais elle ne pouvait ignorer le frisson électrique qui l'avait traversée. La mort était son adrénaline, et cela lui faisait peur.

Pendant qu'elle marchait le long du fleuve, qu'elle examinait le cadavre, elle avait retrouvé le sentiment d'avoir un but. Mais les tendons de sa main à présent se crispaient, ses doigts se mettaient à trembler. Tout son corps lui disait que quelque chose n'allait pas. Elle secoua la tête pour faire taire sa voix intérieure, à peine plus forte qu'un murmure mais insistante : *Une tempête s'annonce, et tu n'es pas prête.*

7

Les règles du Quartier de Haute Sécurité de la prison de Belmarsh ne s'appliquaient pas à lui. Les portes des cellules accueillant les prisonniers de catégorie A, considérés comme trop dangereux pour frayer avec le reste de la population carcérale, ne s'ouvraient pas avant huit heures. Peter Olivier, détenu numéro A0743TP, avait quitté la sienne à 6 h 30. Il s'était brossé les dents et avait pris une douche seul, avant de passer un survêtement bleu marine Nike flambant neuf et une paire de baskets noires Air Force 1. Depuis deux ans et demi qu'il était prisonnier, il n'avait porté qu'une seule fois le survêtement marron réglementaire de la prison. Le premier paquet contenant vêtements, accessoires de toilette et livres était arrivé quarante-huit heures après qu'on l'avait incarcéré ici.

Il aurait pu regarder le journal télévisé du matin sur le petit poste installé dans un coin de sa chambre, mais il détestait voir son programme troublé par le trafiquant de drogue de la cellule voisine, un homme de trente-huit ans qui, tous les matins, incapable de supporter la prison, hurlait et se cognait la tête contre les murs. Olivier avait donc quitté sa cellule et était assis seul au foyer, devant l'écran de quarante-six pouces.

– C'est du café que vous vouliez ?

Un gardien venait d'arriver, porteur d'une grande tasse fumante. Olivier sourit, sa peau pâle se plissant autour de ses yeux bleus perçants : un nouveau, dont la chemise sentait l'amidon à plein nez.

– Du café, c'est parfait. Merci beaucoup… Désolé, je n'ai pas retenu votre nom.

– Paul.

– Ah, c'est ça. Paul. Attendez là, vous voulez bien ?

Le gardien resta immobile tandis qu'Olivier se calait dans son fauteuil, soufflait sur la vapeur qui montait de la tasse et buvait une gorgée.

– Hum, un peu trop de sirop de noisette mais ça fera l'affaire. Vous voulez bien me passer la télécommande ? Il est bien trop tôt pour supporter ce connard de Piers Morgan.

Olivier sourit quand le gardien lui tendit la télécommande.

– Alors, qu'est-ce qui se passe par chez nous ? dit-il pour lui-même en zappant sur la chaîne BBC 1.

Le journal local était commencé. Une journaliste se tenait sur Greenwich Pier.

« D'après la police, le cadavre trouvé hier matin au bord de la Tamise, à quelques mètres de l'endroit où je me tiens, a été formellement identifié comme celui d'un certain Daniel Kennedy. L'inspectrice qui dirige l'enquête confirme qu'il s'agit bien d'un meurtre ; elle ne s'est toutefois pas prononcée sur les rumeurs locales voulant que le corps ait été trouvé démembré. »

– C'est vraiment une mort horrible, commenta le gardien, qui n'avait pas bougé. Comment peut-on découper…

Il s'interrompit lorsqu'il vit Olivier se tourner lentement vers lui, en souriant.

– Vous êtes très amusant, Paul. Je doute que ce soit une rumeur, toutefois.

Olivier se rapprocha du téléviseur quand apparut une photo de Daniel Kennedy. Il inclina la tête sur le côté et tapota trois fois l'écran.

– Pourquoi est-ce que ta bobine me dit quelque chose, fiston ? demanda-t-il.

« Une conférence de presse des enquêteurs est prévue cet après-midi. Dans l'intervalle, l'inspectrice Anjelica Henley demande aux témoins potentiels de contacter la SCU, la brigade des crimes en série, dont les coordonnées devraient apparaître sur votre écran. »

– J'ai bien entendu, Paul ? La journaliste a bien dit « Henley » ?

– Henley, Henman, je ne sais pas trop.

– Je suis à peu près sûr qu'elle a dit *Henley.* (Olivier s'empara de la télécommande et éteignit la télévision.) Et elle est inspectrice, maintenant, ma copine.

8

Daniel Kennedy. Trente-six ans. En couple. Né à Londres. Domicilié à Londres. Le profil de son compte Facebook montrait la photo d'un homme souriant, debout sur un quad, avec tous ses membres en place. Son casier judiciaire, tiré de l'ordinateur national de la police, révélait deux noms d'emprunt et quatre condamnations : possession de drogues de classe A & B, un vol à l'âge de seize ans et, plus récemment, coups et blessures.

– Ça soulève des questions, non ?

Ramouter feuilletait le rapport. Il avait adouci son look néo-scolaire de la veille, abandonné les souliers vernis pour des baskets et gardé la veste de costume mais pas la cravate.

– Quelles questions ? demanda Henley en déboîtant pour éviter un cycliste sorti de nulle part.

– Qui Kennedy a-t-il assez fait chier pour finir en pièces détachées sur les bords de la Tamise ? Il prend dix-huit mois pour coups et blessures. Il sort en 2018, il termine sa période de probation il y a trois mois, et on le retrouve en liberté conditionnelle après une nouvelle bagarre. Encore des violences volontaires.

Henley s'était posé la même question, étendue sur son lit, bien réveillée, alors que Rob ronflait près d'elle, le souffle encore chargé de l'odeur douce et enivrante du cannabis.

Elle s'arrêta dans l'allée d'une maison victorienne à deux étages. Pelouse et parterres étaient à l'abandon. Plusieurs bennes vertes alignées débordaient. Deux résidents assis sur un muret, à fumer une cigarette, lorgnèrent Henley tandis qu'elle se garait entre une Transit blanche et une Mini rouge.

– Ça ne ressemble pas à un centre d'accueil, observa Ramouter en vérifiant que sa carte de police était bien visible autour de son cou.

– Tu t'attendais à quoi ?

Henley coupa le moteur, jeta un autre coup d'œil aux deux hommes assis sur le muret et ouvrit sa portière.

Ramouter haussa les épaules.

– Je ne sais pas. Ce n'est pas super bien tenu, mais je pensais que ce serait… plus glauque.

– Déçu qu'il n'y ait pas de résidents en train de se shooter sur la pelouse ?

– Non… mais…

Henley se pencha par-dessus le capot de sa voiture.

– Tu as déjà visité un centre d'accueil pour détenus en liberté conditionnelle ?

– À dire vrai, non. (Ramouter eut le bon goût de paraître un peu gêné.) Il y a un commencement à tout, hein ?

– Hum. Ne me fais pas honte devant tout le monde, l'avertit-elle en se dirigeant vers la porte d'entrée renforcée.

– Les gars de Sentinel sont déjà venus le chercher deux fois.

Beryl tira longuement sur sa cigarette électronique, laissant la trace de son rouge à lèvres rose bonbon sur l'embout, tandis qu'Henley et Ramouter signaient le registre des visiteurs.

– Pour être franche, j'ai été surprise de les voir, continua-t-elle. On peut déjà à peine compter sur eux pour venir poser le bracelet au départ. Alors, qu'est-ce qu'il a fait ? Il ne m'a jamais plu. Bon, il n'y en a aucun qui me plaise, de toute façon.

– Quand avez-vous vu M. Kennedy pour la dernière fois ? demanda Henley, ignorant la question.

Beryl referma le registre et le plaça sous le comptoir. Elle s'éclipsa un instant puis revint avec un trousseau de clefs.

– Voyons. Je ne bosse pas le week-end ni le lundi. J'étais malade vendredi, donc la dernière fois que je suis venue ici, c'était jeudi. Je ne travaille que de jour, de huit à dix-sept heures, et je ne me rappelle pas l'avoir croisé. La dernière fois que j'ai vu Kennedy, c'est donc peut-être bien mardi dernier.

– Combien de temps a-t-il habité ici avant que Sentinel ne vienne lui poser le bracelet ?

– Il est resté au moins quinze jours avant qu'ils se décident. Saloperies d'escaliers. Il était au deuxième étage.

Beryl émit un claquement de langue en montant les marches, Henley et Ramouter sur ses talons.

– Est-ce qu'il respectait son couvre-feu avant leur venue ?

– Oui, tout à fait. Il ne se faisait pas beaucoup remarquer. Il a partagé une chambre pendant la première semaine, mais son colocataire s'est battu avec le défoncé au crack de la chambre 9 et on l'a coffré. Du coup, Kennedy a eu sa chambre perso.

Beryl sélectionna une clef du trousseau et ouvrit la porte.

– Dernière question avant de vous libérer : est-ce que Kennedy a reçu des visiteurs ? demanda Henley.

– Les visites sont interdites mais ça ne veut pas dire qu'il n'a reçu personne. Il y a des caméras de surveillance. Les vidéos sont effacées tous les trente jours mais vous pouvez vérifier ça, si vous voulez.

Ramouter se boucha le nez en entrant. La chambre sentait les aliments pourris et le linge sale. Elle abritait deux lits individuels flanqués d'une petite penderie, un à chaque bout de la pièce. Henley ouvrit la fenêtre aussi grand que possible. Sur la table, des emballages de plats à emporter et des canettes de bière voisinaient avec une demi-bouteille de whisky bon marché. Une brique de lait tourné reposait sur l'appui de la fenêtre. De toutes petites mouches noires bourdonnaient autour d'un filet orange de clémentines moisies.

Henley enfila les gants en latex qu'elle avait dans la poche et se pencha pour ramasser un sac en plastique. Il contenait des prospectus, un arrêt du tribunal spécifiant les conditions de la libération de Kennedy, la confirmation d'un prochain rendez-vous avec son généraliste et des lettres de ses avocats.

– C'est dégueulasse, déclara Ramouter en traversant la pièce. Comment peut-on vivre comme ça ? Quoi qui soit arrivé, ça ne s'est pas passé là, mais, à l'odeur, il n'a pas mis les pieds ici depuis au moins une semaine.

– Tu vas aller interroger les autres résidents, dit Henley. Explique-leur qu'on ne leur demande pas de jouer les balances : tout ce qu'on veut savoir c'est quand ils l'ont vu pour la dernière fois et s'ils lui ont parlé. Ensuite, on jettera un coup d'œil aux images de surveillance. Celles de dehors seront peut-être plus utiles.

– Pas de problème. Donc on a terminé ici.

– On dirait…

Henley s'interrompit lorsque quelque chose attira son regard au pied du lit. Écartant un caleçon, elle ramassa un iPhone.

– Il a l'air neuf, dit Ramouter. Pourquoi aurait-il laissé un téléphone tout neuf chez lui ?

– Tu as des sacs à mise sous scellés ?

Le jeune policier fouilla dans sa poche et secoua la tête.

– Non, désolé. J'ai dû les laisser dans la voiture.

Henley ôta le gant de sa main gauche, l'enroula autour de l'iPhone et tendit le tout à son compagnon avant de fouiller un peu plus sous le lit. Ses doigts rencontrèrent un objet dur, à l'évidence abîmé, qu'elle reconnut sans avoir besoin de le voir. Quand elle se redressa, elle tenait en main un petit boîtier circulaire attaché à une lanière dont le plastique noir avait visiblement été tranché.

– Il a coupé son bracelet ? s'étonna Ramouter en voyant ce qu'elle faisait tourner dans sa main gantée.

– On dirait qu'il l'a aussi piétiné. Il laisse son téléphone et il enlève son bracelet. Qu'est-ce qu'il pouvait bien mijoter ?

Henley tendit le bracelet brisé au stagiaire pour sortir son propre téléphone qui sonnait. Le numéro de Stanford clignotait sur l'écran.

– Il faut que tu files à Ladywell Fields, annonça le sergent sans laisser à sa partenaire une chance de dire bonjour.

– Pour quoi faire ?

– Je crois qu'on a trouvé la fille.

9

– C’est une des dames du centre de fitness qui a trouvé ça. Elle est là-bas.

Stanford désigna une femme noire qui parlait avec un agent de police. Ses épaules tremblaient visiblement. Une femme blanche debout près d’elle, plus grande, l’entoura d’un bras.

– Inutile de dire qu’elle est dans tous ses états. (Stanford, qui avait une carrure de rugbyman, croisa ses larges bras.) Ce salopard est un malade mental. Maintenant qu’on en a deux… je repensais à la dernière fois qu’on a eu un cas comme ça.

– Je mentirais en disant que ça ne m’a pas traversé l’esprit, mais il n’est pas si rare de voir des cadavres découpés et éparpillés, alors ne concluons pas trop vite, répondit Henley en regardant autour d’elle.

Cela faisait des années qu’elle n’était pas venue au jardin public de Ladywell Fields. Le centre de fitness y avait monté ses tentes près d’un court de tennis, à deux pas de Lewisham Hospital. La police avait bouclé tout le secteur aux espaces verts brûlés par la chaleur estivale.

– Alors, qu’est-ce qui s’est passé ?

– Aisha dirige une séance d’entraînement intensif réservée aux femmes tous les mercredis à 11 h 30.

Les trois policiers se mirent en marche en direction d’une section boisée.

– Depuis une ou deux semaines, on a rapporté la présence d'un exhibitionniste, continua Stanford. Stelian Vacarescu, quarante-huit ans. Aisha avait séparé ses élèves en petits groupes, elle passait des unes aux autres, et qui est-ce qu'elle voit dans les broussailles ?

Henley se pencha pour passer sous le ruban jaune.

– Surprends-moi, dit-elle.

– Vacarescu, la bite à l'air. Elle court vers lui, elle lui crie de foutre le camp et qu'elle va appeler la police. Il se rajuste et se met à courir, mais il trébuche et il s'étale. Alors Wonder Woman Aisha se dit que c'est son jour de gloire, et elle décide de l'arrêter elle-même. Elle le rejoint, elle baisse les yeux et elle voit sur quoi il a trébuché.

La jambe fine, couleur caramel, était striée de sang séché. Trois orteils aux ongles peints en bleu vif avaient percé le voile noir d'un collant tire-bouchonné au-dessus du pied.

– Merde, dit Ramouter.

– D'abord, elle a cru que c'était une jambe de mannequin, jusqu'à ce qu'elle remarque le sang et que Vacarescu se mette à hurler comme un possédé.

À un mètre de la jambe, un bras et une tête avaient été abandonnés contre une vieille souche. La tête était couverte de longues tresses noires et violettes, sauf pour un cercle rasé de la taille d'une pièce de deux livres, du côté droit. Le front était traversé de griffures, un bleu marquait la pommette droite et des traces de rouge à lèvres craquelé s'accrochaient à la bouche. Deux trous noircis remplaçaient les yeux. Ramouter porta la main à la bouche et détourna le regard quand un cloporte s'engouffra dans l'orbite gauche.

– Où est Linh ? demanda Henley à son partenaire habituel. Et comment ça se fait que tu ne sois pas au tribunal ?

– Un juré malade. Linh arrive.

Stanford tourna le dos au cadavre. Elle comprenait ce qu'il ressentait : ils croyaient toujours avoir tout vu, jusqu'à ce que la vie leur offre un enfer nouveau.

– Comment tu te sens, toi ? lui demanda-t-il.

– Ça va, répondit-elle. Tu n'as pas à t'inquiéter.

Henley s'était préparée au moment où ils trouveraient le reste de la fille. Elle n'éprouvait ni trouble ni anxiété, mais un torrent de colère capable de tout emporter sur son passage à l'idée qu'on ait pu se débarrasser de cette jeune femme comme d'un tas d'ordures.

– On a eu une affaire à Bradford, l'année dernière, dit Ramouter, le visage figé, tentant de se reprendre. Un agent en uniforme a trouvé une femme à moitié morte au fond d'une épicerie de quartier. Elle s'était arraché les yeux. Une droguée. Bourrée de cristaux de méth. Alors que cette fille… On n'a pas l'impression qu'elle se les soit arrachés elle-même, mais pourquoi lui aurait-on fait ça ?

– Où est passé Vacarescu ? s'enquit Henley.

– Il est assis sur un banc. Un ou deux agents lui tiennent compagnie. Encore en état de choc, répondit Stanford en tirant de sa poche un mouchoir froissé avant de se moucher.

– Va l'interroger, Ramouter. S'il a l'habitude de se balader dans le coin, il a pu remarquer un détail anormal. Souviens-toi : aussi énorme ou hors sujet que ça paraisse, il doit tout nous dire.

– Et rappelle-lui de garder sa bite dans son froc, dit Stanford. (Son sourire disparut dès qu'il se retourna et baissa les yeux sur le cadavre.) Pauvre fille.

– Combien de temps avant que les techniciens arrivent ? Il faut monter une tente aussi vite que possible. Il y a déjà trop de photographes amateurs comme ça, ici.

Henley se tourna vers la petite foule qui avait grossi depuis son arrivée. Des adolescents ayant abandonné leur vélo dans l'herbe brandissaient leur téléphone.

– Des caméras de surveillance ?

– Tu ne vas pas le croire : il y en a dans tous les coins, ici. Avec de la chance, on récoltera quelque chose d'intéressant.

– Si Dieu le veut. (Henley se posa les mains sur la tête et inspira.) Qui a bien pu faire un truc pareil, merde ?

– Un amant jaloux, peut-être ? dit Stanford en haussant les épaules.

– Peut-être. Il faut identifier la victime. Si elle n'est pas dans la base de données ADN, il faudra passer par le service des personnes disparues.

– OK. Qu'est-ce que je dois faire ensuite, boss ?

Henley leva les yeux vers le ciel. Le soleil était déjà au zénith et la vague de chaleur se poursuivait, apportant l'humidité et la puanteur de la ville.

– Eastwood et toi allez rendre visite à Sentinel. Kennedy avait un bracelet électronique, qu'il a ôté. On a aussi son téléphone, mort, et il y a des caméras de sécurité au centre d'accueil. Il faudra qu'on demande aux techniciens de jeter un coup d'œil au portable et au bracelet cassé, mais je veux d'abord voir ce qu'Ezra en tire.

– Pigé.

Comme Stanford hochait la tête et exécutait un salut de boy-scout, l'inspectrice fit signe à Ramouter de les rejoindre. Une BMW X5 de la police venait dans leur direction, avec lumières bleues clignotantes mais sans sirène, suivie de près par un van Transit et une Hyundai gris métallisé.

– Comment as-tu trouvé notre exhibitionniste ? demanda Henley à Ramouter, qui rangeait son carnet dans sa poche.

– Inutile. Ma perruche parle mieux anglais que lui.

– Tu as une perruche ?

– Mon fils en a une. Il a quatre ans, répondit le jeune policier, apparemment étonné qu'elle ne connaisse pas cette information.

– Vacarescu ? Roumain ?

Ramouter hocha la tête. Henley sortit ses clefs de voiture, les lui tendit puis attrapa son téléphone. Le Transit, la voiture de police et la Hyundai étaient en train de s'arrêter non loin de leur véhicule.

– Tout ce que j'ai réussi à en tirer, c'est son nom, qu'il habite Sydenham et qu'il est désolé. Et, même pour ça, il a fallu que je me serve du traducteur Google. Ensuite, il n'a pas arrêté de répéter « la fille, la fille ». Tout le reste était en roumain et je ne tape pas si vite que ça.

– Parfait. Conduis-le à Lewisham, ordonna Henley en faisant défiler ses contacts avant de lancer un appel. Pour peu que Bianca réponde, je lui demande de te retrouver là-bas. C'est une interprète. Si on attend que le service d'assistance aux témoins te trouve quelqu'un, tu en as pour la journée.

La dénommée Bianca répondit bel et bien : elle effectuait un boulot au tribunal d'instance de la Tamise mais en avait pour moins d'une heure et rejoindrait ensuite le poste de police indiqué.

– Bon, c'est réglé. Je lui ai envoyé ton numéro. Elle t'appellera en arrivant. Pas question qu'on la fasse poireauter une éternité à la réception.

Le téléphone de Ramouter sonna. Quand le stagiaire s'écarta pour répondre, Henley balaya du regard le secteur où avaient été abandonnés les morceaux de cadavre. Le parc de Ladywell Fields, ouvert vingt-quatre heures sur vingt-quatre, possédait plusieurs entrées. Comme pour la première victime, l'assassin connaissait le quartier : il n'était pas venu ici par hasard mais en sachant qu'à un moment, la femme serait forcément découverte. Deux corps en deux jours. Tous les deux coupés en morceaux et exposés. Homme et femme. Noire et blanc.

– Ma foi, je trouve ça sympa de sortir du bureau de temps en temps, lança la voix de Linh, tirant Henley de ses pensées. On m'a dit qu'il y en avait un autre.

– Je ne veux pas trop m'avancer, mais je pense que c'est la suite de ce qu'on a trouvé hier au bord du fleuve. Comme tu disais, elle a l'air… elle avait l'air d'avoir entre vingt et trente ans.

– OK. Bon, laisse-moi l'examiner. Je ne sais pas depuis combien de temps elle est là, mais la chaleur va accélérer la décomposition plus vite qu'une strip-teaseuse engrange des billets de cinquante livres.

– Tu sais que tu n'es pas drôle, hein ?

Linh sourit et ajusta la bandoulière de son sac sur son épaule gauche.

– Avec le boulot que je fais, tu ne peux pas me le reprocher. Tu restes ?

– Un moment. Je vais m'entretenir avec Aisha, la femme qui l'a trouvée, puis je demanderai à un agent de me déposer à Greenwich.

– Je n'en aurai sans doute pas pour longtemps. Plus vite on l'expédiera chez moi, mieux ce sera. Si tu es encore là quand j'ai terminé, je te ramène. On pourra peut-être enfin fixer une date pour cette soirée entre filles. Ça fait trop longtemps, Anjelica. Je commence à me sentir négligée.

Vingt minutes plus tard, Linh tapotait l'épaule d'Henley qui venait de demander à ce qu'on raccompagne Aisha chez elle.

– Il faut que je te dise un mot, déclara la pathologiste.

Son sourire lui avait été arraché. Le front plissé d'inquiétude, elle frotta les poches sous ses yeux, puis prit le bras d'Henley et l'entraîna vers le court de tennis, à l'opposé des experts qui relevaient des indices dans les broussailles, et loin de la petite foule de trente curieux devenue foule de cinquante curieux au cours de l'heure passée.

– D'abord, il y a les yeux. Elle a déjà été en partie dévorée par des renards ou des chats sauvages, je ne sais pas encore, mais les yeux semblent avoir été arrachés. Je n'aurai pas d'idée de l'heure du décès avant qu'elle ne soit à la morgue.

– Depuis combien de temps était-elle ici, à ton avis ?

– Difficile à dire. Si je devais faire une estimation grossière, je la dirais morte depuis plusieurs jours. Quant à savoir depuis combien de temps elle est ici à attendre qu'on la trouve, aucune idée, mais ce n'est pas de ça que je voulais te parler. Elle a une marque.

Linh avait baissé la voix.

– Quoi ?

L'esprit d'Henley s'emballa, patinant sur une explication. La bile montait déjà de son estomac et lui chatouillait le fond de la gorge.

– Un symbole découpé dans la peau, Anjelica. Sur l'avant-bras. Et pas quelque chose d'ancien, c'est récent. On dirait que le sang est coagulé. Selon moi, ç'a été fait *post mortem.*

– C'est une…

Henley n'avait pas besoin d'en dire plus : Linh savait. Néanmoins, elle acheva la question :

– Une croix à deux barres avec un croissant au sommet ?

– Oui. À peu près cinq centimètres de long.

– Et Kennedy ?

– Il y a des traces de blessures qui semblent auto-infligées, de vieilles cicatrices sur les bras et le torse, mais tout ce qu'on a de lui est couvert de tatouages. Des tatouages détaillés, intriqués. En toute franchise… (Linh secoua la tête.) Non, pas question. Ça m'étonnerait vraiment que j'aie raté un truc pareil.

– Tu n'as peut-être rien raté du tout. Il n'y a peut-être rien à trouver.

Henley appuya son front contre la clôture, espérant se faire des idées.

– Merde, je vais quand même le ressortir du frigo, pour ma tranquillité d'esprit. Je vais appeler Theresa. Lui dire de le préparer et de le photographier sous tous les angles.

– Je viens avec toi. Je veux être là quand tu trouveras la marque.

– *Si* on la trouve. Et puis il y a elle…

Toutes les deux se tournèrent vers les broussailles où travaillaient les experts.

– Qui est-ce ? demanda Henley alors que jaillissait en elle l'image de la tête aux yeux arrachés.

10

– Tu as pris ton temps, commenta Henley quand Ramouter arriva à la SCU.

Il était presque seize heures. Le stagiaire paraissait épuisé. Il avait retroussé les manches de sa chemise et son front luisait de sueur.

– Désolé. Il a fallu que j'achète quelque chose à manger avant de tomber. (Il leva un sac en papier huileux contenant un hamburger au poulet et des frites.) Alors, procédons par ordre. Vacarescu aime parler. Beaucoup. Ensuite, je suis allé visiter les bureaux du conseil local, juste à côté de Ladywell Fields, et je me suis entretenu avec le responsable de la maintenance du parc. Pardon, j'aurais dû vous avertir.

– Non, c'est bon, répondit Henley. Ce n'est pas moi qui t'engueulerai parce que tu as pris une initiative. Alors, qu'a dit Vacarescu ?

– Il a catégoriquement refusé de parler avant que je lui promette qu'il ne serait pas arrêté pour exhibitionnisme. Il n'est pas impossible que j'aie accepté, mais, de toute façon, personne ne l'a arrêté pour ça, et Aisha n'a pas porté plainte.

– Une fois qu'elle a vu le cadavre, c'est sans doute devenu le cadet de ses soucis.

– Ouais. (Ramouter se fourra une ou deux frites dans la bouche.) Alors, Vacarescu dit qu'il est arrivé au parc vers 10 h 30. Il est allé au café, il a bu un thé en lisant un livre, et, ensuite, il est allé se promener. Il dit qu'il a eu horriblement envie de pisser et qu'il est allé dans les buissons.

– Il ne pouvait pas aller aux toilettes du café ?

Ramouter haussa les épaules.

– Apparemment, il est obligé d'y aller souvent parce que son ex lui a refilé une MST.

Henley fit la grimace tandis qu'Eastwood, qui venait d'entrer, éclatait de rire.

Le stagiaire s'essuya les mains sur une serviette en papier.

– Quoi qu'il en soit, il dit qu'il était juste en train de pisser, pas de se branler, et il n'a rien vu dans les broussailles avant qu'Aisha ne commence à lui crier dessus. Il dit aussi qu'il était là hier aux alentours de la même heure.

L'inspectrice hocha la tête en ouvrant les photos de la scène de crime sur l'écran de son ordinateur.

– Le corps a été trouvé un peu plus loin, dit-elle en désignant les arbustes broussailleux sur la gauche du parc. Invisible depuis le centre de fitness mais visible d'où se tenait Vacarescu. Et au conseil, ils ont dit quoi ?

– Eh bien, ils ont des problèmes d'incendies dans les parcs à cause de la chaleur. L'herbe sèche ne fait pas bon ménage avec les cons qui jettent leurs mégots dans les buissons ou n'éteignent pas comme il faut leur barbecue à trois sous. Il paraît qu'on a appelé les pompiers hier après-midi à 17 h 48 parce qu'il y avait un feu de broussailles près du court de tennis.

Henley ouvrit la photo suivante et zooma sur une zone brûlée visible non loin de la tête de la victime.

– Notre tueur voulait que le cadavre soit trouvé ou bien il cherchait juste à s'en débarrasser ? demanda-t-elle.

– Pourquoi se fatiguer à la balancer dans le parc, ou Kennedy le long du fleuve ? renvoya Ramouter. Il avait déjà démembré les corps : pourquoi ne pas fourrer les morceaux dans des sacs-poubelles et les jeter dans la benne la plus proche ? Les éboueurs les auraient embarqués et on n'en aurait sans doute jamais rien su.

Henley songea aux marques trouvées par Linh sur l'avant-bras de la deuxième victime, trop significatives pour qu'elle les cache à son stagiaire.

– Il y autre chose, dit-elle. La fille a deux symboles découpés dans la peau. Peter Olivier avait tracé les mêmes sur ses sept victimes.

Les yeux de Ramouter s'écarquillèrent et se mirent à briller quand il reconnut le nom.

– L'Équarrisseur ? dit-il en mâchant une bouchée de pain et de poulet.

Henley frissonna. Elle détestait le surnom donné à Olivier par la presse. Cette banalisation d'un tueur en série la déstabilisait.

– Celui qui a assassiné notre inconnue l'a marquée de la même manière qu'Olivier marquait ses victimes, expliqua-t-elle. Un croissant et une croix à deux barres.

– Mais Olivier est en prison, hein ?

Henley répéta pour se rassurer les paroles du juge ayant prononcé la sentence : « Il est condamné à perpétuité sept fois. Le tarif plein. Aucune possibilité de libération sur parole. Il mourra en prison. »

Henley étudiait les photos de la scène de crime. Des membres tranchés éparpillés dans le South-East London. Chez elle. Une des victimes avait un nom mais cette jeune femme noire, naguère pleine de vie, restait anonyme. Elle avait été tuée, découpée comme un animal de boucherie puis jetée comme une poupée brisée.

– Qui es-tu ? interrogea l'inspectrice à voix haute.

La photo de la femme révélait les orbites vides, l'absence du film laiteux qui couvre en général les yeux d'un cadavre.

Henley eut un frisson. Quelques années plus tôt, elle en était consciente, elle aurait pu être la femme sur cette photo, mutilée et abandonnée dans un parc.

– On n'a toujours pas de nom pour elle ?

Levant les yeux, elle découvrit Stanford debout devant son bureau. Trop perdue dans ses pensées, elle ne s'était pas même aperçue de son arrivée.

– On a entré ses empreintes et son ADN dans la base de données, mais rien n'est encore remonté. Qu'est-ce qu'ils disent, chez Sentinel ?

– Qu'il faudra quelques jours pour avoir un rapport complet.

Stanford arracha la cravate rouge dont il s'affublait chaque fois qu'il devait aller au tribunal, et jeta sur son bureau la veste qu'il ne sortait que pour les mariages, les enterrements et une audience disciplinaire de temps en temps.

– Tu n'étais pas obligé de repasser ici. Tu aurais pu rentrer chez toi. C'est ce que j'aurais fait, moi.

– Pour que Gene me colle encore un échantillon de carrelage sous le nez ? Non merci.

Henley éclata de rire en imaginant le compagnon de Stanford tenter de l'intéresser à un nouveau projet de rénovation de la maison.

– Donc tu t'es dit que tu allais venir voir comment j'allais, conclut Henley.

– Pas du tout. Gene m'a dit de t'inviter à déjeuner dimanche. Tu n'es pas forcée d'emmener Rabat-Joie : seulement toi et la petiote.

– Tu as vraiment envie de passer ton dimanche avec un enfant en bas âge ?

– Non, je compte me soûler à la cuisine avec toi.

Stanford s'empara de la bouteille d'eau posée sur son bureau depuis plus d'une semaine et en dévissa le bouchon.

– Alors, d'après Eastie, on garde l'affaire et c'est toi qui la diriges ?

– On ne m'a pas tellement laissé le choix.

Henley entreprit de mettre de l'ordre sur son bureau déjà ordonné. Elle modifia la disposition des stylos dans le pot et vérifia que ses dossiers étaient bien alignés à quinze centimètres du bord du bureau, tout en écoutant Stanford lui parler du procès qu'il suivait et se plaindre de la dernière annonce concernant le protocole de la police métropolitaine, avant de lancer :

– Bon, où est-il alors ? Ton stagiaire. Je croyais le trouver avec toi. À filer sur tes talons.

– C'est censé être *ton* stagiaire.

– Non merci. Il a un peu l'air de débarquer, si tu veux mon avis.

– Tu as été comme ça, autrefois, répondit Henley avec un rictus moqueur.

– Jamais, assura Stanford en grimaçant.

– Bon, autant que j'apprécie ta conversation, Ramouter m'attend en bas. On va à Camden voir le frère de Daniel Kennedy.

Elle se leva.

– Au nord de la Tamise ? (Il haussa un sourcil épais.) Je préfère que ce soit toi que moi. Alors, où on en est dans cette affaire ?

– Linh a trouvé une marque sur le corps de la femme.

– Une marque ?

– Une croix à deux barres avec un croissant au-dessus.

Toute trace d'amusement disparut du visage de Stanford.

– Et l'autre ? Le cadavre trouvé près du fleuve ? demanda-t-il.

– Linh est en train de vérifier. J'attends qu'elle me rappelle.

– Eh bien, ça ne peut pas être…

– On a déjà vu ça, Paul.

Henley ramassa l'iPad. La croix à deux barres et le croissant découpés dans la peau s'affichaient sur l'écran.

– À l'époque, Olivier était en liberté et complètement déchaîné. Là, c'est différent. Il est en prison. Ça peut être n'importe qui.

– Après tout ce qu'Olivier a fait, tu crois réellement qu'on a le droit d'ignorer la possibilité qu'il y ait un rapport avec lui ? demanda Henley, anxieuse.

– Assieds-toi, Anj.

Stanford s'empara d'une chaise et suivit son propre conseil.

– Je sais ce que tu vas dire, Paul, et ce n'est pas la peine.

– C'est carrément la peine, au contraire.

Henley soupira et s'assit sur son bureau en guise de compromis.

– Tu n'es pas obligée de faire ça, reprit Stanford. Tu n'es pas obligée de te mettre dans une position qui va te rappeler des souvenirs pénibles.

– Et en parler maintenant, qu'est-ce que tu crois que ça va faire ? répliqua-t-elle sèchement.

Il s'adossa et croisa les bras.

– Ne fais pas ça. Je suis ton ami, et je comprends ce que tu traverses.

– Je sais que tu t'inquiètes, mais ce n'est pas la peine.

– Tu peux refiler l'affaire à Eastie. Elle a fait ses preuves plus d'une fois pendant que tu étais en service limité. Tu sais qu'elle est capable de s'en tirer.

– Alors que moi non ?

Stanford inclina la tête en arrière et donna sa réponse au plafond :

– Ce n'est pas ce que je veux dire.

– De quoi ça aurait l'air si je refilais l'affaire à Eastwood, comme ça ? Les gens parleraient, Paul. Il y a déjà assez de rumeurs qui circulent sur mon compte. Je perdrais le respect.

– Tu ne perdrais…

Il s'interrompit quand elle lui tourna le dos et se dirigea vers la porte.

– Anjelica, implora-t-il.

– Je sais que tu as de bonnes intentions, mais ne me demande plus jamais de laisser tomber une enquête.

– Et merde, jura Stanford quand la porte claqua derrière Henley.

11

– Je n'arrive toujours pas à y croire, dit Jacob Kennedy en s'asseyant sur le canapé.

Trois tasses de café étaient posées sur la table. Quoique Henley n'en ait pas eu envie, elle avait perçu le besoin de Kennedy de s'occuper les mains. La police disposait d'une seule photo de Daniel, prise six mois plus tôt alors qu'il était en détention, mais l'inspectrice voyait bien les similitudes entre les deux frères : les cheveux bruns frisés épais, les yeux noisette perçants…

– Je suis censé télétravailler cette semaine, mais c'est foutu. Je n'arrive à me concentrer sur rien.

– Qu'est-ce que vous faites ? demanda Ramouter.

– Consultant financier. Je conseille les gens qui lancent de nouvelles entreprises, je les aide à trouver des investisseurs, ce genre de truc. Dan… mon frère travaille avec moi. Design et construction… Il est… pardon… oh, nom de Dieu… il *était* très doué… Ne vous y trompez pas : je sais que ce n'était pas un ange. Il a eu quelques années turbulentes. Il a même fait un peu de prison, mais vous savez probablement déjà tout ça…

Sa voix mourut tandis que ses yeux dérivaient vers les photos encadrées posées sur le manteau de la cheminée.

– Quand l'avez-vous vu ou lui avez-vous parlé pour la dernière fois ? demanda Henley.

– Dan ? Pendant le dernier long week-end, je crois. C'était l'anniversaire de ma femme, et on a fait un barbecue.

– Comment allait-il ?

– Très bien. Je veux dire : son couvre-feu le faisait chier, parce qu'il ne pouvait pas rester tard, mais, en dehors de ça, il allait très bien.

– Et lui avez-vous parlé après l'anniversaire de votre femme ?

– Sûrement. (Jacob Kennedy plissa les yeux et se frotta les tempes.) Comme je disais, on envisageait son retour au boulot. Oh, je l'ai même revu après la fête. On est allés regarder West Ham qui recevait Arsenal. C'était il y a environ trois semaines.

– Vous étiez proches ? demanda Ramouter.

– C'était mon petit frère. Notre père est mort quand on était gamins et notre mère ne s'en sortait pas. Elle picolait beaucoup. Elle prenait des trucs. Alors, du coup, on s'occupait l'un de l'autre, lui et moi. (Kennedy se balança d'avant en arrière, ses épaules se soulevèrent et il se mit à pleurer.) Pardon, je suis désolé.

– Pas de problème, dit doucement Henley en faisant signe à Ramouter d'approcher les mouchoirs posés sur la table basse. C'est moi qui suis vraiment désolée pour vous.

Il hocha la tête pour la remercier et prit la boîte que lui tendait le stagiaire.

– Votre frère était bien en liberté conditionnelle pour coups et blessures ? demanda l'inspectrice.

– Le tribunal a jugé son appartement trop proche du domicile de la victime, répondit Kennedy, amer. Je voulais qu'il vienne ici, avec nous, j'aurais pu le tenir à l'œil, mais ma femme a dit que ce serait déstabilisant pour les enfants, ce qui est tout à fait faux. Les gamins adorent leur oncle Dan. Peut-être… Je ne sais pas. Rien de tout ça ne serait arrivé… C'est ma faute.

– Je vous en prie. Ce n'est pas votre faute.

Henley sentait son cœur meurtri brûler du chagrin intense de Jacob Kennedy. Elle lui posa la main sur l'épaule, sans trop savoir si le geste était vraiment réconfortant.

– Que savez-vous des accusations dont votre frère devait répondre ?

– Dan n'a fait que se défendre. On travaillait sur un projet à Dalston, et il soupçonnait un des maçons de voler des matériaux. Le truc, c'est que Dan a… avait un sacré caractère. Je doute qu'il ait abordé le type poliment. Apparemment, ils se sont disputés…

– Vous étiez présent ?

– Non, c'est ce qu'il m'a raconté. Ils se sont battus. La bagarre s'est poursuivie dans la rue, et Dan a frappé l'autre sur la tête. C'est lui qui a été arrêté et inculpé.

Ramouter feuilleta les pages de son carnet.

– Tomas Nowak, dit-il. C'est le maçon avec lequel votre frère s'est battu ?

L'expression de Kennedy s'éclaira légèrement.

– C'est lui, oui. Vous croyez qu'il a quelque chose à voir avec ce qui est arrivé à Dan ?

– On va l'interroger, assura Henley. Voyez-vous quoi que ce soit d'autre à nous dire ?

À cet instant, une voix féminine lança :

– Jay, je suis là.

– Ma femme, expliqua Kennedy, l'air presque contrit.

Les deux policiers se levèrent quand s'encadra dans la porte une femme bien habillée, aux longs cheveux bruns raides. Elle lâcha à ses pieds ses grands sacs de courses en plastique jaune.

– Qui êtes-vous ?

– Inspectrice Anjelica Henley, et voici l'agent Salim Ramouter, répondit Henley.

– Vous êtes là à cause de Daniel ? demanda-t-elle sans compassion. Je ne sais pas dans quoi il trempait, mais on n'a rien à voir là-dedans.

– Zara ! Il ne *trempait* dans rien du tout, s'exclama son mari en bondissant sur ses pieds.

– Je voulais juste dire…

– Eh bien tais-toi, plutôt.

– Ils ne s'entendaient pas ? s'enquit Henley alors que l'épouse furieuse se détournait pour sortir, ses talons claquant sur le parquet.

Kennedy frissonna quand la porte claqua.

– Elle est bouleversée, voilà tout, soupira-t-il. On l'est tous.

– Il y a encore une chose, dit l'inspectrice. Daniel était allé en prison pour coups et blessures graves.

Kennedy souffla et s'essuya le visage d'un revers de main.

– Vous n'allez pas le croire, mais il essayait de défendre Zara. On était à une fête, un imbécile n'arrêtait pas de l'emmerder, Dan lui a dit de dégager, et ça a dégénéré. Pendant la bagarre, le mec est tombé sur une table et s'est fêlé l'arcade sourcillère. Dan a plaidé la légitime défense, mais le jury ne l'a pas cru.

– Et vous, vous l'avez cru ?

Il lança à Henley un regard indigné.

– Bien sûr, dit-il. Mon petit frère avait mauvais caractère et il se conduisait parfois comme un idiot, mais il ne cherchait pas les emmerdes. Ce n'est pas comme ça que je l'ai élevé.

12

– Tu as senti ça ?

L'homme baissa les yeux. Il tenta d'ouvrir la bouche en voyant des doigts saisir un couteau au manche argenté, et essaya de bouger la langue, de former des mots, quand la lame de quinze centimètres perça sa chair. Du sang qu'assombrissait la faible luminosité coulait le long de sa cuisse, mais il ne ressentait aucune douleur. Lorsque les doigts lâchèrent le manche, le couteau demeura en place, rigide.

– Question stupide. Tu ne sens rien du tout. Ça ressemble sans doute à un de ces rêves. Tu sais lesquels, hein ?

L'homme tenta de remuer la tête. De suivre la voix qui se déplaçait dans la pièce.

– Tu te crois éveillé, mais tu ne peux pas bouger. Pas un muscle. Pas même le petit doigt. En revanche, tu as peur, n'est-ce pas ? Ça, c'est quelque chose que tu peux ressentir. Une peur étouffante, dévorante.

L'homme voulut bouger la main, arracher le couteau, mais en vain. Il ne pouvait que regarder tout droit ses jambes nues étendues devant lui. Ses chevilles étaient entravées à l'aide de liens en plastique transparent qui lui rentraient dans la peau. Il ne savait trop où il était ni comment il y était arrivé. Il ne savait pas si c'était la nuit ou le début de la matinée. Il avait envie de secouer la tête. Pour déloger un souvenir. Pour mettre au point l'image floue du moment où il avait ouvert la porte à quelqu'un – qu'il croyait connaître.

– Je ne peux pas te faire de fausses promesses et te dire que ça va aller vite, parce que ça ne sera pas le cas. Ça va prendre beaucoup de temps.

Il ne sentait rien, mais il entendait tout. Des chats qui se battaient dehors. La pluie qui semblait planter de grands clous dans le toit. Et la personne qu'il ne voyait pas, allant et venant autour de lui. Il entendit le bruit d'une fermeture à glissière qu'on tirait. Du métal frottant contre un autre métal. Puis on sortit quelque chose d'un sac.

Son cœur bondit dans sa poitrine, mais son corps demeura inerte lorsqu'un objet lourd rebondit sur le sol de ciment. Une odeur de métal rouillé et de terre humide, le parfum naturel de la pluie et du sang répandu, suivi par celui de la sueur aigre, monta dans ses narines. Un mélange écoeurant de fruit pourri et de poisson rance.

Une voix bourdonna dans son oreille tel un moustique.

– Si ça peut te consoler, tu ne sentiras rien, mais je crois que regarder ce que je vais te faire… ça, je crois que ça va te ramoner les méninges.

Il cligna des paupières, c'était tout ce qu'il pouvait faire. Le bourdonnement cessa. Il sentit une odeur de sang frais et, ensuite, il n'entendit plus rien.

13

Elle s'appelait Uzomamaka Darego mais préférait se faire appeler Zoe. Elle avait vingt-six ans. La description fournie par la femme du parc ainsi qu'un portrait-robot avaient circulé dans la presse locale : on ne pouvait pas montrer à tout le monde la photo d'une morte aux yeux arrachés. Son oncle l'avait identifiée formellement à l'heure où Henley déposait Emma à la crèche. Linh avait fait du beau boulot pour donner l'impression que Zoe était entière, et lui avait fermé les paupières afin qu'elle paraisse endormie. Henley colla de la Patafix derrière une photo de format A4 et la placarda sur le tableau blanc, près de celle de Daniel Kennedy. C'était un cliché récent, pris trois semaines plus tôt lors d'une soirée entre filles. Zoe avait de grands yeux vifs, marron clair.

– Elle était infirmière à Lewisham Hospital et, comme chacun sait, Ladywell Fields s'étend juste derrière l'hôpital.

Henley tourna le dos au tableau pour refaire face à ses collègues. Stanford, Eastwood et Ramouter étaient tous arrivés en avance à la SCU. Il était presque neuf heures et Pellacia, lui, brillait par son absence, ce qui n'était pas habituel.

– Jolie fille, remarqua Eastwood en ôtant le couvercle en plastique de son gobelet de café. Quelle est l'idée ? Elle a été tuée dans l'enceinte de l'hôpital puis déposée à proximité ?

– C'est une possibilité, mais rappelle-toi qu'on a trouvé son bras droit la veille à Greenwich. Il y a 3,8 kilomètres entre les deux points. Ses grands-parents ont déclaré sa disparition dimanche soir au poste de Forest Gate, mais sa description n'a été envoyée au service des personnes disparues que le lendemain. Elle n'a été diffusée ni dans les autres postes de police, ni sur les réseaux sociaux, ni dans la presse. La dernière fois que j'ai regardé notre base de données interne, il y avait dix mille neuf cent quatre-vingts femmes noires portées disparues, or le site Internet public que Ramouter a consulté n'en mentionne que quatorze.

– Quatorze ? répéta Stanford, incrédule. Comme peut-il n'en mentionner que quatorze ?

– Le site ne s'occupe que des disparus non identifiés, mais ne nous laissons pas distraire par la nullité du système. À l'heure qu'il est, nous avons des noms pour nos deux victimes. Linh procède à l'autopsie ce matin. Celle de Daniel Kennedy est terminée, mais il nous manque toujours son bras gauche. (Henley ouvrit son carnet de notes.) Stanford, je sais que tu dois retourner au tribunal cet après-midi, mais je voudrais qu'Eastie et toi alliez à Lewisham Hospital. Interrogez les collègues de la victime et voyez ce qu'il y a à tirer du service de sécurité. Les caméras de surveillance ont dû filmer Zoe Darego quand elle a quitté l'établissement. Nos braves agents en uniforme ont visité toutes les maisons de Watergate Street : nul n'a rien vu qui puisse passer pour un comportement suspect, et il n'y a aucune caméra de sécurité dans la rue. Bref, côté témoins, on n'est pas submergés.

– D'accord, boss, dit Stanford en froissant le sac en papier qui avait contenu son sandwich avant de le jeter à la corbeille.

– Et Greenwich Pier ? demanda Pellacia.

Henley, qui ne l'avait pas entendu entrer, se demanda depuis combien de temps il était là à la fixer. Son regard révélait un intérêt autre que professionnel. Elle détourna les yeux.

– J'ai demandé à Joanna de cuisiner le conseil du *borough* de Greenwich ainsi que la société qui gère les logements au bord du fleuve, répondit-elle.

– Parfait. Elle va leur inspirer la crainte de Dieu, c'est sûr.

– Hé, lança Joanna depuis son bureau au fond de la salle. Je suis là, vous savez. Les bonnes manières, ça paie.

– Mes excuses, Jo, dit Pellacia en esquissant une révérence moqueuse. Est-ce que tu peux sortir le rapport CRIS concernant la première affaire de coups et blessures de Daniel Kennedy, ainsi que de l'histoire de bagarre encore en cours ?

– Déjà fait. Ramouter m'a envoyé un mail hier soir.

– En ce cas, je vous laisse tous travailler. Je vais appeler le directeur de Lewisham, voir s'il ne pourrait pas nous prêter un ou deux employés de son service de sécurité pour nous aider à visionner les films de surveillance.

Henley le remercia d'un signe de tête mais soutint son regard une seconde de plus qu'elle ne l'aurait dû.

– Qu'est-ce que tu vas faire, toi ? lui demanda-t-il.

– Ramouter et moi allons rendre visite aux grands-parents de Zoe Darego.

– On a voulu déclarer sa disparition vendredi soir, mais la dame à la réception a dit qu'il fallait attendre quarante-huit heures. Pourquoi quarante-huit heures ? Je lui ai répété qu'il y avait quelque chose d'anormal mais une Noire qui disparaît, tout le monde s'en fiche.

Henley vit Ramouter tressaillir. Elle-même ne réagit pas. Ce n'était pas la première fois qu'elle entendait ces mots : « Une Noire, tout le monde s'en fiche. » Elle leur avait elle-même fait écho au cours de sa vie et de sa carrière, sachant très bien que les images négatives et les stéréotypes attachés aux Noirs poussaient les médias à s'en désintéresser et à relater de préférence la disparition d'une blonde aux yeux bleus.

Khalifa Darego levait vers Henley des yeux rouges furieux, la regardant comme si elle était responsable, comme s'il lui reprochait de n'avoir pas fait davantage. Sa femme, Ndidi, assise près de lui, lui prit la main. Elle n'avait pas dit un mot depuis qu'elle avait ouvert la porte aux deux policiers. Seulement manifesté une acceptation silencieuse quand ils avaient montré leurs cartes.

Ils n'étaient pas seuls : un homme d'environ cinquante-cinq ans occupait une chaise à haut dossier dans un angle de la pièce. Darego l'avait présenté comme leur pasteur, et il considérait Henley avec circonspection. Elle savait ce qu'il se demandait : pourquoi une femme noire avait-elle choisi de travailler pour *eux* ? Le reste de la maisonnée – une tante, un oncle, un ami de la famille ainsi qu'un garçon et une fille n'ayant guère que quinze ou seize ans – avait été séquestré dans l'arrière-salle. À travers la porte fermée, Henley entendait vaguement quelqu'un pleurer.

– Tout le monde s'en fiche, répéta Khalifa Darego. Et ils n'ont rien fait.

Il retira sa main calleuse à sa femme, qui enserra le crucifix d'or pendu à son cou. Tous les deux devaient avoir un peu plus de soixante-dix ans. La pièce qu'ils occupaient était à l'évidence la « bonne pièce ». L'aspirateur avait laissé des traces légères sur la moquette couleur porridge, et les coussins du canapé étaient encore fermes ; on s'y était à peine assis. L'air embaumait la cire pour meubles en pin et un désodorisant au bois de santal. Un buffet en faux acajou, contre le mur du fond, était couvert de photos encadrées – dont une représentant leur petite-fille avec sa toge de lauréate, son diplôme roulé à la main, une toque en équilibre instable sur ses longues tresses. Aux lèvres, un sourire large, éclatant, et dans les yeux un mélange d'enthousiasme et d'impatience qui n'échappa pas à Henley.

– Uzomamaka, dit-elle doucement.

– Zoe, dit Ndidi, parlant pour la première fois.

Sa voix douloureuse portait la trace d'un accent nigérian qui s'était anglicisé avec le temps. L'inspectrice ne pouvait s'empêcher de la plaindre.

– Uzomamaka, reprit Khalifa, buté. Notre petite-fille. Elle rentrait toujours à la maison. Toujours. C'était une bonne fille. Elle ne traînait pas dans la rue. Elle étudiait pour devenir sage-femme. Elle aurait pu devenir docteur, mais elle a dit non.

Sa femme marqua son accord d'un signe de tête.

– Quand avez-vous vu Zoe pour la dernière fois ? s'enquit Henley.

Ndidi s'empara d'un sac en cuir noir et en sortit un fin carnet rouge.

– Je marque toujours ses horaires de travail dans mon agenda. Vendredi, elle était de service de six heures à dix-huit heures, mais il lui arrivait de finir plus tard. Ils manquent de personnel.

– Depuis combien de temps travaillait-elle à Lewisham ?

– Presque deux ans. Elle avait commencé à Park Royal Hospital, mais c'était trop loin : il lui fallait presque deux heures et demie pour rentrer à la maison, alors qu'il ne faut qu'une heure depuis Lewisham. Elle n'avait pas de voiture. Si elle travaillait tard, Khalifa allait parfois la chercher.

– Et, ce jour-là, elle n'est pas rentrée ?

Le vieil homme secoua la tête.

– Parfois, elle était retardée par la circulation. J'ai appelé son téléphone, mais je suis tombé directement sur le répondeur. Mon fils lui a envoyé un texto : rien. À vingt-trois heures, on est passés à l'hôpital, mais personne ne l'avait vue. Je suis allé à la police. Ils ont refusé de la porter disparue. Ils ont dit qu'elle était peut-être avec son petit copain.

– Son petit copain ? Vous savez comment il s'appelle ?

– Daniel. Je ne me rappelle pas son nom de famille.

– Est-ce que c'était Daniel Kennedy ? demanda Ramouter.

– Je ne sais pas, dit Ndidi, qui paraissait désorientée. Peut-être. Je ne suis pas sûre.

– C'était une mauvaise fréquentation, s'écria Khalifa. Uzomamaka était une bonne fille. Elle travaillait et elle allait à l'église. C'était une bonne…

Ses épaules s'affaissèrent et il lâcha une plainte gutturale.

Le pasteur, demeuré assis en silence, se leva et prit doucement le vieil homme par le bras.

– Peut-être qu'un peu d'air lui fera du bien, dit-il.

Henley hocha la tête.

– Elle l'aimait et il l'aimait énormément, lui aussi, dit Ndidi dès que la porte fut refermée. Daniel n'aurait pas été mon choix, mais… Qu'est-ce qu'on peut y faire ?

– Comment décririez-vous leurs rapports ? demanda Henley.

– Ils avaient l'air heureux.

– Heureux ?

Ramouter parut surpris. Il baissa la tête quand sa supérieure lui lança un regard désapprobateur.

– Oui, heureux. Je veux dire : elle ne parlait pas tout le temps de lui. Zoe n'était pas comme ça. Elle était discrète.

– Vous n'étiez au courant d'aucun problème ? demanda Henley.

– Non. Je ne sais pas comment c'était au début. Elle ne nous a pas dit tout de suite qu'elle voyait Daniel.

– Quand vous l'a-t-elle dit ?

– Au bout d'environ un an.

– Depuis combien de temps sont-ils… étaient-ils ensemble ?

– Je ne sais pas trop. À peu près deux ans.

– Ils ne vivaient pas ensemble ?

– Non. (Les yeux de Ndidi étaient emplis de larmes qui refusaient de couler.) Ils en avaient l'intention. Ils avaient trouvé un appartement près du travail de Zoe, mais, après toutes les histoires, ils n'ont pas pu s'y installer à cause de la libération conditionnelle de Daniel, donc ils ont dû attendre. Est-ce que vous lui avez parlé, déjà ?

Henley jeta un coup d'œil à Ramouter.

– Daniel Kennedy est mort, j'en ai peur, dit-elle.

Les mains de Ndidi filèrent vers sa bouche. Sous le choc, ses yeux s'écarquillèrent.

– Je ne comprends pas.

– Son corps a été trouvé lundi matin à Deptford.

La vieille femme se mit à pleurer. Elle sortit un mouchoir de la poche de son gilet.

– Qui a bien pu faire une chose pareille ? Pourquoi aurait-on… pourquoi ?

– J'aimerais pouvoir vous le dire, mais je n'en sais encore rien, dit Henley. C'est pour ça qu'on doit enquêter. Est-ce que Zoe vous a parlé de quoi que ce soit ? N'importe quoi qui aurait pu vous inquiéter pour sa sécurité ?

Ndidi se remit à pleurer et l'inspectrice la laissa faire.

– S'il y avait quelque chose, dit-elle au bout d'une minute, je vous en aurais déjà parlé. C'était une bonne fille, mais qui sait ? Elle a gardé le secret si longtemps pour Daniel. Qui sait ce qu'elle nous cachait d'autre ?

– Et son emploi ? Des problèmes ?

La vieille femme secoua la tête.

– Elle adorait son travail. Elle adorait aider les gens. Elle voulait favoriser l'entrée de la vie en ce monde. Comment aurait-on pu vouloir la tuer à cause de ça ?

La gorge d'Henley se serra.

– On trouvera la personne qui vous a enlevé Zoe, parvint-elle à articuler.

Ndidi se leva et s'approcha de la cheminée. Elle prit en main la photo d'un bébé souriant.

– Quand pourra-t-on la ramener à la maison ? demanda-t-elle en caressant doucement le cadre.

C'était la question qu'Henley détestait le plus : elle n'avait jamais de réponse satisfaisante à apporter car, en vérité, elle n'en savait rien.

– La police n'a rien fait quand on a dit qu'elle avait disparu, reprit Ndidi. Il faut que vous me promettiez de ne pas laisser Zoe tomber dans l'oubli.

Henley entendit la voix de son ancien patron résonner dans sa tête. Rhimes le lui avait répété encore et encore : « Ne fais pas à la famille des promesses que tu ne peux pas tenir. Tu n'as pas à t'impliquer. »

– Je vous le promets, dit-elle.

14

Henley raccrocha le téléphone, le cœur gros.

– Qu'est-ce qui ne va pas ? demanda Stanford en posant une tasse de thé sur son bureau.

Pellacia leva les yeux. Assis près de la fenêtre, il examinait les photos de la scène de crime de Ladywell Fields. Il faisait partie des rares policiers qui, même après des années de service, restaient mal à l'aise devant des images de cadavres.

– C'était Linh, leur apprit Henley. Elle a terminé l'autopsie de Zoe. Qui était enceinte de six semaines.

– Merde. Pauvre fille.

– Tu es allé à l'hôpital, tu as parlé à ses amis. Est-ce qu'il y a la moindre possibilité pour que Daniel Kennedy ne soit pas le père ?

– J'ai l'impression d'être interviewé à la radio, là. Donne-moi une seconde, dit Stanford.

– Ce serait bien d'avoir un peu de chance, remarqua Eastwood en jetant son paquet de chips vide à la corbeille avant de tendre la main vers le KitKat posé sur son bureau – Eastwood adorait la malbouffe.

Le silence de l'équipe attendant la réponse de Stanford fut brisé par l'entrée de Ramouter :

– Pardon d'être en retard.

– La réponse courte, c'est non, enchaîna Stanford. D'après sa meilleure amie, Rachel Bishop, qui travaillait dans le même service qu'elle depuis huit mois, Zoe était folle amoureuse de Kennedy. Rachel elle-même le trouvait un peu trop protecteur mais elle affirme qu'il n'aurait jamais fait de mal à Zoe.

– Bon, mais pourquoi garder cette liaison secrète si Daniel était un si bon fiancé ? demanda Ramouter.

– Les membres de la famille sont des adventistes du septième jour stricts, opposés aux rapports amoureux en dehors de leur religion, expliqua Stanford. Kennedy étant catholique, c'était hors de question. D'après Rachel, la grand-mère de Zoe s'en accommodait, mais ça ne plaisait pas du tout au grand-père ni à l'oncle. Ils ont menacé de la renier et ils l'ont bel et bien mise à la porte avant de reprendre enfin leurs esprits.

– Ses grands-parents n'ont pas parlé de ça, remarqua Ramouter.

– Ils la décrivent comme une bonne fille. Ils n'ont pas voulu abîmer son image. Où sont les parents de Zoe ?

Dès qu'elle eut formulé cette question, Henley se gifla moralement pour n'avoir pas songé à la poser à Ndidi pendant sa visite. Elle s'était laissé distraire par le chagrin de la grand-mère.

– Son père, personne ne sait où il est, ni même qui c'est. (Stanford tourna une page de son carnet.) Rachel Bishop dit que la mère de Zoe l'a eue à dix-huit ans, qu'elle l'a confiée à ses propres parents et qu'elle a fichu le camp au Canada.

– Des âmes sœurs, comprit l'inspectrice. Kennedy n'a pas eu de mère non plus, et son père est mort jeune. Revenons-en à vendredi soir.

– Elle finissait son service à dix-huit heures, mais elle n'est pas partie avant 22 h 08. On sait que l'hôpital manque de personnel. Les caméras de sécurité ont filmé sa sortie des soins intensifs à 22 h 17, et du bâtiment à 22 h 32.

– Son grand-père dit être allé à l'hôpital à vingt-trois heures, intervint Ramouter. Pourquoi attendre si longtemps s'il savait qu'elle finissait son service à dix-huit heures ?

– Superboy n'a pas tort. (Stanford referma son carnet et le jeta sur son bureau.) Tu vas me demander d'aller discuter avec le grand-père, hein ?

– Et l'oncle, confirma Henley en souriant. Ramène-les ici au besoin. Déposition volontaire. Vois si tu peux obtenir le détail de leurs faits et gestes à partir de dix-huit heures.

– D'accord. Mais il y a autre chose : Rachel Bishop dit que, deux semaines avant sa disparition, Zoe est arrivée au travail bouleversée. En pleurs, tremblante, et tout et tout.

– Qu'est-ce qui lui était arrivé ? demanda Ramouter.

– D'après ce qu'elle a dit, un homme l'avait empoignée et traitée de salope. Il l'avait accusée d'avoir bousillé sa vie. Deux jours plus tard, le même homme a été vu devant l'hôpital.

– Est-ce qu'elle l'a rapporté ? s'enquit l'inspectrice.

– Rachel ne sait pas si Zoe a appelé ou non la police, mais elle a prévenu la sécurité de l'hôpital.

Henley reprenait confiance : ils avaient trouvé une piste ; elle allait tenir sa promesse.

– Mais qu'en est-il des symboles sur le cadavre ? Est-ce qu'on n'est pas en train d'oublier que ça peut avoir un rapport avec Olivier ? demanda Eastwood.

– S'il était juste question de cadavres démembrés, je dirais non, mais avec la marque…

Henley laissa mourir sa voix.

– Je n'aime pas ce que ça sous-entend, dit Pellacia.

– Il faut envisager la possibilité que ce soit lié à Olivier ou à une de ses sept victimes.

– Lié comment ? Olivier s'est déjà vengé quand il a accompli son odyssée meurtrière, dit Eastwood.

– Pourquoi voulait-il se venger ? demanda Ramouter.

– Il s'est engagé dans l'armée à l'âge de dix-neuf ans. C'était un cliché ambulant. (Elle compta les éléments sur ses doigts.) Ses parents ne pouvaient pas s'en occuper. Il a été expulsé de l'école. Il est passé de famille d'accueil en famille d'accueil, puis il a été placé en foyer et enfin jeté dehors à dix-huit ans avec un chèque de deux mille dollars et aucune idée de quoi faire de sa vie. Donc il s'engage dans l'armée. Six mois plus tard, il se fait violer. La toubib militaire a dit que c'était un des pires cas qu'elle ait jamais vus.

Henley se pencha sur son bureau, reconnaissante à Eastwood de raconter l'histoire.

– Qu'est-ce qu'elle voulait dire par « un des pires cas » ? demanda Ramouter.

– C'était un viol en réunion. Les types ont utilisé un manche à balai et une bouteille cassée en plus de leur queue. Olivier a passé six semaines à l'hôpital.

– Merde.

– Il a porté plainte en nommant ses six agresseurs. Adrian Flynn, Toby Kendrick, Jeremy Hicks, Gary Forde, Richard Lewis et Alastair Nash. Tous membres de sa section. Il y a eu une cour martiale qui a duré douze jours. Les six ont été acquittés. Avance rapide : dix-huit ans plus tard, le sergent Adrian Flynn est accusé de viol par un civil. Une nouvelle fois il est acquitté et, trois mois plus tard, Olivier le découpe en morceaux qu'il éparpille le long de l'A2 entre le rond-point de Sun-in-the-Sands et la sortie Kidbrooke. Quinze jours plus tard, Toby Kendrick est trouvé en morceaux sous un pont de chemin de fer de Lewisham…

– C'est carrément déprimant, soupira Stanford. Il est trop tôt pour aller au pub ?

– Je viendrais bien avec toi, dit Pellacia.

L'air était chaud mais lourd. Un calme étrange régnait dans la salle, comme dans l'œil d'un cyclone.

– Olivier a tué ses agresseurs jusqu'au dernier, continua Eastwood. Et il aurait tué le procureur et le juge qui présidaient la cour martiale si Henley ne l'avait pas arrêté.

– Vous dites qu'il a tué tous ses agresseurs, mais il y a eu sept victimes. Qui était la numéro sept ? demanda Ramouter.

– On n'en a absolument aucune idée. Olivier a refusé de nous le dire.

Henley chassa ses souvenirs et en revint au présent.

– La marque sur le cadavre signifie que c'est davantage qu'une coïncidence, mais ça veut aussi dire qu'on n'a pas affaire à un tueur ordinaire. Ce qu'on cherche, c'est un imitateur, un copycat.

– Je ne comprends pas, avoua le stagiaire en se penchant au-dessus du bureau. Pourquoi un copycat commencerait-il à sévir maintenant ? Il y a deux ans et demi qu'Olivier est en prison.

– Ce n'est pas le premier, assura Henley en le fixant bien en face. La personne à laquelle on a affaire est calculatrice et elle cherche à nous tenir en haleine. Pourquoi sinon abandonner les cadavres où on les a trouvés, à vingt-quatre heures d'intervalle ? Et il y a autre chose…

Henley balaya des yeux ceux qui savaient. Pellacia, Eastwood et Stanford. Tous regardaient n'importe où sauf vers elle. Tentaient de fuir l'impression que de vieux fantômes revenaient les hanter.

– Personne n'était au courant de ça, reprit-elle en ouvrant l'image des symboles tracés dans la chair de Zoe. Ces dessins faisaient partie du *modus operandi* d'Olivier. C'était sa signature. Sa marque.

– Je n'étais pas au courant, dit Ramouter. Ça ne figurait dans aucun texte que j'ai lu.

– C'est bien le problème, Junior, déclara Eastwood. Ça n'a jamais été divulgué.

– C'est une info qu'on a refusée à la presse pendant toute la procédure judiciaire, continua Henley. On avait déjà eu deux meurtres par des copycats avant le procès, donc le juge a ordonné des restrictions de communication. Les journaux ont fait appel devant la Haute Cour, mais elle a considéré que la publication des symboles serait bel et bien nuisible…

– Combien de personnes savaient pour la marque ? s'enquit Ramouter.

– Toute la SCU de l'époque, plus Linh, Theresa et l'équipe d'experts d'Anthony.

– Aux dernières nouvelles, Olivier est à l'isolement à Belmarsh, s'immisça Pellacia. Il passe dix-neuf heures par jour en cellule. Hormis avec ses gardiens et le malheureux avocat qu'il a convaincu de faire appel de sa condamnation, il ne communique avec personne.

– Les cadavres qu'on a trouvés suggèrent le contraire, dit Henley. De trois choses l'une. Soit notre copycat a des pouvoirs psy, soit il a été mêlé à l'enquête et au procès d'origine, soit Olivier a parlé à quelqu'un.

– Vous êtes sûrs qu'on ne peut pas aller au pub ? demanda à nouveau Stanford.

– Sérieux ? lâcha sèchement Henley.

– Pardon, boss. (Il se redressa sur sa chaise.) Bon, d'accord, à qui Olivier a-t-il pu parler ?

– À quelqu'un qui dispose d'une ligne directe avec lui, suggéra Ramouter. Peut-être un correspondant ? Mais quel serait l'intérêt ?

– Olivier est un psychopathe mégalomane et narcissique, dit Henley. Il a peut-être envie de se faire valoir.

– Mais supposons que ce ne soit pas lui, qu'il se tienne peinard à Belmarsh, à s'occuper de ses oignons et à faire des mots croisés, dit Eastwood. Est-ce que ça pourrait être une fuite ?

L'inspectrice secoua la tête.

– Ça ne rime à rien. Pourquoi faire fuiter cette information maintenant ?

– Pas maintenant : quand Rhimes était aux commandes.

– Ne t'engage pas sur ce terrain, Eastwood, prévint Pellacia, la voix dure et menaçante.

L'intéressée leva les mains.

– Ce n'est pas comme si je disais du mal des morts. Je dis juste ce que doivent penser la plupart d'entre nous. On est entre nous, ici, et on sait tous que Rhimes n'était pas un ange.

– On peut dire beaucoup de choses de lui, Eastie, mais il n'aurait jamais fait fuiter une information sensible comme celle-ci, affirma Henley, plus protectrice envers son ancien chef dans la mort qu'elle ne l'avait été de son vivant.

– Tu peux dire ça, même avec toutes les rumeurs qui couraient ? Pourquoi se serait-il flingué, sinon ?

– Bon d'accord, ça ne vient pas de chez nous, dit Stanford, tentant d'écarter l'orage d'Eastwood. Et les gars du CPS[1] ? Ils ne sont pas super fiables. Je ne serais pas surpris qu'un crétin de stagiaire quelconque ait déterré le dossier et l'ait oublié dans le métro. Ça ne serait pas la première fois.

– Attendez, dit Pellacia, rien ne dit que le meurtrier n'est pas un ancien amant jaloux. Darego n'était pas franchement honnête au sujet de sa liaison avec Kennedy.

– Ne sois pas ridicule, marmonna Henley entre ses dents.

– Ou bien Kennedy a gonflé la personne qu'il ne fallait pas, continua Pellacia. Il a des antécédents de trafic de drogue.

– Une dette de deal ? dit Ramouter. Il avait vingt-deux ans au moment de sa dernière condamnation. C'était il y

1. *Crown Prosecution Service*, service des poursuites judiciaires de la Couronne.

a quatorze ans. Un peu tard pour qu'un mec réalise que Kennedy lui a vendu vingt grammes d'herbe au prix de vingt-cinq.

– Je me fais l'avocat du diable, expliqua Pellacia. D'après ce qu'on sait de Daniel Kennedy, pour l'instant, il n'y a que son frère pour chanter ses louanges.

– Désolé, m'sieur. (Ramouter haussa les épaules.) Ça me paraît quand même trop tardif pour que ce soit une histoire de drogue.

– D'accord avec toi, dit Henley. Et je ne crois pas non plus qu'il y ait eu une fuite.

Elle comprenait que Pellacia veuille explorer toutes les possibilités, mais elle ne pouvait ignorer la sensation que cela allait les engager dans une chasse au dahu.

– La plupart des gens qui font fuiter des informations de ce genre agissent avec l'impression mal inspirée de faire le bien, ou alors pour de l'argent, reprit Ramouter. Ce mec, si c'en est bien un, a plutôt envie de se faire remarquer. De sortir du peloton. Et marquer le cadavre de… Quoi, déjà ? Un croissant et une croix à deux barres ?

Pellacia hocha la tête.

– Ça, ça va le faire remarquer, c'est sûr.

15

– On dirait qu'il a l'esprit vif, fit remarquer Pellacia en refermant la porte de son bureau.

– Il pose les bonnes questions, répondit Henley. Mais il est encore tôt.

– Ça fait deux jours. Non, très exactement… (Il consulta sa montre.) ça fait deux jours, huit heures et quarante-deux minutes que tu es sur cette affaire en tant que responsable de l'enquête.

– Tu m'as appelée pour un check-up ? demanda-t-elle en s'asseyant.

– Ne sois pas comme ça. Primo, je fais mon travail. Secundo, tu ne crois pas que j'aimerais mieux être dehors qu'ici ? J'ai entendu ce que tu as dit. Que j'étais ridicule.

Henley tenta d'ignorer la douleur qui perçait dans le ton de Pellacia. Elle ne répondit pas, se rappelant toutes les discussions nocturnes, au lit, durant lesquelles il avait évoqué ses ambitions de carrière. À présent, il avait la tête de l'homme qui a cueilli la plus grosse orange de l'arbre pour la découvrir amère.

– Qu'est-ce qu'elle a de si particulier ? s'enquit-il.

– Qui ça ?

– La fille. Uzomamaka Darego. Zoe.

Henley envisagea de lui mentir. De l'apaiser en lui servant sa réplique habituelle sur sa volonté de faire du bon boulot, mais il la connaissait trop bien.

– Zoe me fait penser à elle, admit-elle. Melissa Gyimah. Je t'ai parlé d'elle.

– La fille qui a disparu de ton école ?

– Ce n'est pas juste qu'on allait à la même école. J'ai grandi avec elle. Elle habitait en face de chez moi. La police ne s'est occupée de rien et la presse n'a pas cillé jusqu'à ce que disparaisse une petite Blanche de quinze ans. Elle, on a vu sa tête partout. Dans tous les journaux, à la télé, partout, mais, pour Melissa, il a fallu qu'on fasse tout nous-mêmes. C'est nous qui l'avons cherchée, qui avons collé des affiches, et, neuf mois plus tard, c'est moi qui l'ai trouvée.

– Dans la Tamise, compléta Pellacia, familier de l'histoire.

– Zoe me fait penser à elle, c'est tout. On l'a jetée comme un sac-poubelle. L'assassin de Melissa n'a jamais été pris. Je ne veux pas que la même chose arrive à la famille de Zoe ni à celle de Kennedy.

– Ça n'arrivera pas.

Il s'avança comme pour prendre Henley dans ses bras. Au lieu de cela, il mit les mains dans les poches.

– Et, à part ça, comment ça va, toi ?

Elle le considéra avec attention, tentant de déterminer s'il lui posait la question d'un point de vue professionnel ou personnel. Entre eux, la frontière était depuis si longtemps indécise qu'elle n'avait jamais de certitude.

– J'arrive à travailler, dit-elle lentement, en articulant bien. C'est parfait. Qu'est-ce que je peux dire de plus d'une enquête sur un double meurtre ? Les familles des victimes, les deux, ont l'air sincères, mais tu sais ce que c'est : il y a toujours un tas de secrets enfouis.

– Et rien ne reste enfoui à jamais. Les secrets ont le chic pour s'étaler au grand jour.

– Comme la marque. Les symboles.

Henley ramassa un bloc de Post-it jaunes sur le bureau et le fit tourner entre ses mains.

– On a tenu ça secret, or quelqu'un est au courant.

– Bénéfice du doute… Il peut s'agir d'une coïncidence.

Elle eut un sourire crispé.

– On sait tous les deux que ce n'est pas le cas. Quelqu'un a parlé. Il faut juste qu'on détermine qui, donc il faut que je voie Olivier.

– Pardon ? Pourquoi ? Non, attends, ne réponds pas. Il doit y avoir un autre moyen, bordel de merde.

– Il n'y en a pas. Je ne vais pas te mentir, je préférerais ne pas le voir, mais je ne crois pas avoir le choix. Quelqu'un imite son *modus operandi* au point de graver ses symboles sur des cadavres.

Pellacia tourna les talons et décrocha son téléphone.

– Stephen, ne me tourne pas le dos. Qu'est-ce que tu fais ?

– Ce que tu m'as demandé. J'appelle l'agent de liaison avec la prison, qui que ça puisse être.

– Ça ne peut pas attendre.

– Je sais. Si je n'arrive pas à te faire entrer là-bas ce soir, tu le verras demain matin, d'une manière ou d'une autre.

Henley courait à toute vitesse. Elle le voyait juste devant elle, qui filait aussi à travers la bruyère, et elle entendait Pellacia crier : « Arrêtez ! Police ! » Des flèches de douleur lui transperçaient les tibias mais elle allongea sa foulée, ignorant les menottes qui lui martelaient les côtes de leurs anneaux métalliques. Elle le perdit de vue une seconde, pas plus, et son souffle s'accéléra. Alors que les gaz d'échappement de la rue la prenaient à la gorge, il s'arrêta brusquement, fit volte-face et s'élança vers elle…

– Non, non, non, non, murmura-t-elle avant de se réveiller en sursaut.

Le dos de sa veste de pyjama, trempé, adhérait au drap de dessous en coton. De la sueur coulait entre ses seins.

Comme elle repoussait le drap de dessus emmêlé dans ses jambes, ses yeux s'accoutumèrent à l'obscurité et elle distingua Rob sur le dos, en train de ronfler, la bouche entrouverte, inconscient de l'angoisse qui la torturait. Les chiffres verts du réveil posé sur la table de chevet disaient 3 h 48.

Henley ôta la veste humide et sortit du lit. Elle avait cru tout cela terminé. Les cauchemars et les crises de panique qui l'avaient consumée des mois durant. Les larmes lui brûlèrent les yeux quand la peur l'empoigna dans la salle de bains. Elle ôta son short et ouvrit le robinet de la douche.

– Non… souffla-t-elle en sentant le flux d'urine chaude couler le long de sa jambe.

Rougissant de honte, elle empoigna une serviette, la mouilla sous le robinet et épongea le carrelage. Son corps était en train de craquer lentement, de lui dire qu'elle ne pourrait pas faire son travail. Elle jeta la serviette mouillée dans le panier à linge sale puis passa sous la douche, appuya la tête contre le mur carrelé et resta là à inhaler la vapeur d'eau.

– Je ne te le permettrai pas, articula-t-elle, tandis que l'eau ruisselait dans son dos. Je ne te laisserai pas me briser.

16

– Mon Dieu, c'est toujours aussi déprimant, ici, soupira Henley quand Ramouter et elle franchirent les portes couleur rouille de la prison de Belmarsh.

La réception, dépourvue de toute personnalité, était peinte du même gris négligé que les murs extérieurs. L'inspectrice résista à l'envie de faire coucou aux petits dômes couvrant les caméras de sécurité dans chaque angle du plafond. La gardienne postée derrière une vitre renforcée leva les yeux de son *Daily Mail.* Son regard balaya les deux arrivants et elle lâcha un soupir.

Les policiers échangèrent un regard qui se passait de commentaire : tous deux saisissaient certaines choses d'instinct après avoir observé toute leur vie des réactions fondées sur leur couleur de peau. Henley perçut le racisme subtil, les mots retenus – *Qu'est-ce que vous venez faire ici, vous ?* –, et sentit la chaleur lui monter au visage

Quand elle se rendit compte que la femme arborait un rictus de mépris, elle tapota la vitre avec force, lâcha dans le tiroir métallique leurs cartes de police ainsi qu'une feuille A4 pliée en deux, et attendit.

– Inspectrice ? dit la gardienne.

Henley attendit qu'elle ajoute « Pour de bon ? », afin de compléter l'incrédulité évidente dans sa voix. Au lieu de cela, elle gagna le fond du bureau, décrocha le téléphone et déclara :

– Ouais. Ils sont deux. OK. OK. Ouais, je sais. À plus.

L'inspectrice poussa un soupir agacé tout en faisant jouer sa nuque pour chasser la raideur qui la gagnait. La gardienne lui rendit leurs cartes et la porte de sécurité s'ouvrit. Les policiers subirent une fouille au corps – la barrette à cheveux d'Henley atterrit dans une poubelle – puis attendirent que les gardiens sans visage de la salle de contrôle comparent leurs empreintes digitales à celles figurant sur leurs cartes.

– C'était un peu intense, admit Ramouter en remettant sa veste quand s'ouvrirent devant eux d'autres portes de sécurité.

Un gardien les guida le long d'un petit jardin où travaillaient trois prisonniers en survêtement bordeaux. Le parterre de dahlias quasi fluorescents paraissait déplacé dans ce décor par ailleurs sinistre. Les détenus interrompirent leur tâche pour lorgner Henley. Elle ignora le sifflement vulgaire qui retentit au moment où elle dépassait le bâtiment principal pour se diriger vers le Quartier de Haute Sécurité.

Quinze portes de sécurité plus tard, les visiteurs atteignaient la prison dans la prison.

– Attendez ici, leur intima le gardien.

On entendait au loin une télévision murmurer, des portes claquer.

Un homme assez petit, flanqué d'un deuxième gardien qui tenait en laisse un labrador noir, se présenta dans le couloir.

– Bonjour, dit-il en tendant la main à Ramouter. Je suis Terry Wallace, le gouverneur. Inspecteur Henley ?

– Euh… non, répondit le stagiaire en reculant d'un pas.

– Oh… mes excuses.

Le gouverneur se tourna vers la véritable Henley. Son sourire forcé disparut quand elle ignora sa main. Il tira sur les revers d'une veste beige trop grande pour lui, puis croisa ses petites mains sur son abdomen.

– Nous avons informé M. Olivier de votre visite. (Henley haussa un sourcil.) Ma politique est d'assurer aux prisonniers que, même si on les estime très dangereux, je n'ai pas l'intention de les déshumaniser. Tous les pensionnaires du QHS ne sont pas des tueurs.

– Non, il y a aussi des violeurs, des patrons de la pègre et des chefs terroristes ordinaires, admit Henley.

Elle se redressa un peu, tentant de ne pas trahir sa nervosité. Elle avait peu dormi et n'avait rien pu avaler au petit déjeuner. Dans ce couloir étroit, dépourvu de lumière naturelle, la chaleur dégagée par quatre personnes et un chien brassait un air mort. Il y avait de quoi devenir claustrophobe.

– Nous mettons à votre disposition la salle que nous réservons aux visites d'avocats. Bien qu'il ait manifesté de la surprise, il semble impatient de vous voir.

– Impatient ?

– On ne peut pas vraiment lui en vouloir. Les seules personnes qu'il voit sont les neuf autres pensionnaires du quartier et les gardiens.

Le gouverneur remonta la manche de sa veste pour consulter sa montre.

– Combien de temps pensez-vous que durera ce… cette réunion ? Il est important que le programme de M. Olivier soit bouleversé le moins possible.

– Ça prendra le temps que ça prendra.

Le gouverneur renifla et essuya un filet de sueur sur sa tempe.

– Ah, voici Mme Bajarami ! dit-il quand une gardienne franchit la porte.

Plus petite qu'Henley, quoique de peu, les cheveux auburn réunis en chignon sur la nuque, elle paraissait entre trente et quarante ans. Son uniforme ne la flattait pas, et elle ne présentait aucun signe distinctif. Le genre de femme qu'on n'aurait pas remarqué dans une foule, sauf pour les restes violets d'une ecchymose sous l'œil gauche. Bajarami portant une chemisette, les yeux d'Henley furent attirés par les griffures sur son bras droit, qui ajoutaient un peu de couleur à des étoiles filantes tatouées.

– Et vous devriez voir son adversaire, dit le gouverneur avec un rire faible. Bien, on a besoin de moi ailleurs. Inspectrice Henley, agent Ramouter.

Il les salua de la tête avant de franchir la porte que lui tenait Bajarami et qu'elle ferma derrière lui.

– Un prisonnier du quartier provisoire, confia-t-elle. Quand sa libération sous caution a été refusée, il a pété un câble.

Elle ouvrit une autre porte et attendit qu'Henley et Ramouter la franchissent avant de les imiter et de la verrouiller.

– À sa décharge, le juge a été un peu vache. Le garçon n'a que vingt-deux ans et c'est sa première condamnation.

– Et, d'un coup, il s'est aperçu qu'on l'incarcérait ici ? devina Ramouter comme ils montaient une volée de marches.

– Exactement, répondit Bajarami.

Elle les conduisit jusqu'à une pièce très différente des autres. Petite mais bien éclairée par une grande fenêtre, avec une table et des chaises soigneusement rivetées au sol. Un voyant rouge au-dessus d'une caméra de sécurité s'allumait par intermittence dans l'angle du fond, et une longue bande de caoutchouc noir courait sur le mur, tout juste à une longueur de bras de la table. Henley se demanda combien d'avocats, de médecins ou de policiers avaient été contraints de presser l'alarme au fil des années.

La dernière fois qu'Henley avait vu Olivier, il se tenait debout dans le box des accusés d'Old Bailey. La présidente du jury s'était levée, visiblement tremblante, quand le greffier lui avait demandé si le jury avait atteint un verdict unanime. Sa voix s'était brisée sur un « non », puis sur un « oui » à la question suivante : « Le jury a-t-il atteint un verdict approuvé par au moins dix de ses membres ? » Elle s'était un peu apaisée avant de déclarer Olivier coupable de sept meurtres.

Le tueur était resté immobile pendant qu'on le condamnait. Impassible, vêtu du costume bleu marine Hugo Boss qu'il avait porté chaque jour de son procès. De ce costume impeccable au vernis de ses chaussures, il n'avait pas l'air d'un assassin. Il donnait l'image d'un monsieur posé, prêt à vous conseiller sur la meilleure manière de faire fructifier vos investissements. Cette attitude s'était fissurée une seule fois, très brièvement, quand la présidente avait annoncé le verdict à la majorité de dix voix contre deux.

Deux membres de ce jury-là l'avaient cru innocent.

Par la vitre incassable, Henley regardait Olivier discuter avec un gardien, un Indien de petite taille, tandis qu'un autre insérait une clef dans les menottes qui lui liaient les poignets. À une réplique du détenu, le premier secoua la tête en riant. Henley frémit en voyant l'homme qui avait failli la tuer poser la main sur le bras du second puis, une fois les menottes ôtées, entrer dans la salle des visites. Son souffle se bloqua dans sa gorge.

– Ça fait bien longtemps, dit Olivier, la voix rauque. Vous avez bonne mine. Je vous demande d'excuser ma voix : je suis un peu souffrant. Il y a des courants d'air dans les cellules, la nuit. (Il tendit une main qui resta suspendue.) Je vous ai vue aux infos hier matin. Vous êtes inspectrice à présent, c'est ça ?

Son regard bleu foncé descendit sur le ventre d'Henley, à l'emplacement des cicatrices qu'il y avait laissées, et son sourire s'élargit, révélant des dents bien plantées, tachées de nicotine. Le charme était toujours présent, mais il y avait autre chose. Ce n'était plus l'homme arrivé à Belmarsh deux ans et demi plus tôt, mais il n'était pas non plus totalement brisé.

– Asseyez-vous, dit Henley d'une voix ferme en désignant la chaise face à celle de Ramouter. Bajarami, demeurée près de la porte sans manifester d'émotion, quitta alors la pièce.

– Ce n'est pas la peine de vous montrer aussi agressive, inspectrice. Assez de temps a passé. Le chemin de la rédemption est le pardon, donc nous pouvons faire preuve de politesse l'un envers l'autre.

– J'ai dit : asseyez-vous. Et je ne suis pas d'humeur à jouer.

– Je n'ai jamais de visiteurs. Je reçois plus que ma part de courrier d'admirateurs, mais on ne laisse pas ces gens-là venir me parler. Je vois le médecin de temps en temps, d'accord, mais ce n'est pas la même chose que quelqu'un qui a envie d'être avec vous. Donc votre présence me flatte, inspectrice. Dommage que vous ayez éprouvé le besoin d'amener un ami, mais, vous avez de la chance, je ne suis pas jaloux.

Olivier examina Ramouter de la tête aux pieds.

– Ma foi, vous présentez mieux que celui avec qui l'inspectrice traînait autrefois, c'est sûr. Ici, on oublie les bonnes manières : nous ne nous sommes pas présentés. Comment vous appelez-vous ? Vous avez l'air nouveau. Tout frais.

– Ramouter. EAD Ramouter.

– Vous avez un prénom ?

– Salim. Salim Ramouter.

– Ravi de vous connaître, Salim Ramouter. Vous êtes le nouveau partenaire de l'inspectrice ?

– Oui.

Henley jura en elle-même et foudroya le jeune policier du regard. Elle ne voulait surtout pas qu'Olivier pense avoir noué un contact avec lui.

– J'ai l'impression que l'inspectrice aimerait vous voir rester en retrait, observa le prisonnier d'un ton détaché, en croisant ses bras veinés de bleu. Je l'ai toujours un peu obsédée. Je me rappelle la première fois que je l'ai vue, debout devant Scotland Yard, en train de m'appeler…

– Nous sommes ici pour vous poser quelques questions, l'interrompit Henley, prenant soin de n'employer ni son nom ni son prénom.

– Elle m'a traité de monstre, continua-t-il. Ensuite, elle s'est étonnée que je la poignarde. C'était de la légitime défense.

L'inspectrice serra à nouveau le poing droit, si fort que la douleur y naquit à nouveau.

– Nous sommes ici pour vous poser quelques questions, répéta-t-elle.

– Allez-y.

– Lundi matin, on a trouvé des cadavres en morceaux sur les berges de la Tamise, dans les quartiers de Deptford et de Greenwich. Un homme et une femme.

Olivier ne réagit pas. Son visage semblait taillé dans le granit.

– Hier matin, le reste du corps de la femme a été découvert à Ladywell Fields. Les deux cadavres avaient été démembrés – jambes, bras et tête coupés – avant d'être éparpillés.

– Alors les rumeurs sont vraies, dit le détenu. Ça n'a pas été confirmé dans la presse. Personne n'a parlé de deux victimes.

– Le public n'a pas besoin d'être informé de ça dans l'immédiat.

– Vous voulez contrôler le flux de l'information. Ce n'est pas idiot, mais toujours difficile à notre époque de réseaux sociaux. Quelles infos sont officielles ?

Henley hésita, sentant qu'Olivier tentait de prendre les rênes de l'entretien. Pour leur montrer, à Ramouter et à elle, où était le véritable pouvoir. À regret, elle répondit à sa question.

– L'homme a été identifié comme Daniel Kennedy.

– Daniel Kennedy, répéta lentement le prisonnier. Vous dites ça comme si j'étais censé savoir qui c'est. Est-ce qu'il a déjà été enfermé pour le bon plaisir de Sa Majesté ?

– Pendant un moment, répondit Ramouter. Il y a environ deux ans. Il a passé six mois à Belmarsh avant d'être transféré à High Down.

– Je purge une peine très longue dans un Quartier de Haute Sécurité, Salim. Je suis un détenu de Catégorie A. Je ne me mêle pas au reste de la population. Tout le monde me prend pour un monstre.

Vous êtes *un monstre,* songea Henley. Rester assise en face de lui la rendait nerveuse. Elle était consciente de l'extrême vigilance avec laquelle elle guettait ses gestes, tant elle l'estimait susceptible à tout moment d'essayer de la tuer.

– Ce nom ne vous dit rien ? demanda-t-elle.

Olivier, au lieu de répondre, se leva, alla jusqu'à la porte et tapa à la petite lucarne. Un gardien apparut et ouvrit.

– Vous pourriez m'apporter de l'eau ? Je suis un peu desséché, là-dedans. Toute cette chaleur humaine.

Tandis que le gardien hochait la tête, Ramouter articula en silence « Et Zoe ? » à l'adresse de sa supérieure.

« Pas encore », répondit-elle sur le même ton.

Olivier passait peut-être ses journées en prison, mais c'était à l'évidence lui qui commandait : hormis elle, nul ne semblait voir quel danger il représentait.

Quand il regagna son siège, il la fixa un tout petit peu trop longtemps.

– Je ne connais aucun Daniel Kennedy, dit-il enfin. Il y a autre chose ?

– Un des cadavres a été trouvé avec un croissant et une croix découpés dans la peau.

Henley, volontairement, ne précisa pas quelle victime avait été marquée des symboles. Elle observait le prisonnier, attentive à sa réaction, mais il n'en eut aucune. À cet instant, le gardien revint avec un gobelet d'eau.

– J'espère sincèrement que vous ne me croyez pas mêlé à ça, dit Olivier.

– Ce sont les mêmes symboles que vous avez tracés sur vos victimes, toutes les sept.

Il porta le gobelet à ses lèvres et but en tournant les yeux vers Ramouter.

– Peu de gens étaient au courant de ces symboles, continua l'inspectrice. Votre…

Il leva l'index gauche tout en continuant de boire, la forçant à s'interrompre.

– C'est votre marque. Votre signature, insista-t-elle pourtant, élevant la voix sous l'effet de la frustration.

Les murs de béton de la petite pièce amplifiaient chacune de ses paroles. Olivier posa le gobelet vide sur la table. Les coins de sa bouche tressaillirent.

– Les deux victimes ne vous disent rien, mais leurs cadavres ont été mutilés exactement selon votre méthode. Tout désigne…

– Vous ne croyez pas que c'est une coïncidence ? s'enquit-il avec une curiosité presque sincère.

– Peu probable. J'ai besoin de savoir si vous avez révélé à quiconque ce que vous faisiez à vos victimes ?

Il ne répondit pas.

– D'autres prisonniers, des gardiens, des visiteurs ? l'encouragea Ramouter.

Olivier eut un profond rire de gorge.

– Des visiteurs ? Vous rigolez ? On ne me laisse voir personne, à part mes conseillers juridiques.

– Conseillers juridiques ? demanda prudemment Henley.

– Bien sûr. J'en ai encore. Nous pesons les mérites de faire appel. Être surnommé l'Équarrisseur n'est pas très flatteur, inspectrice.

– Vous avez tué sept personnes et vous croyez pouvoir faire appel ? s'exclama Ramouter, incrédule.

Olivier rit encore, se tourna vers Henley et lui adressa un clin d'œil.

– Voyez-vous la moindre raison pour laquelle ces victimes ont pu être marquées de vos symboles ? demanda-t-elle avec fermeté, tentant de remettre l'entretien sur ses rails, mais sans obtenir de réponse. Est-ce qu'on essaie de vous envoyer un message ?

Olivier croisa les bras et s'appuya au dossier de sa chaise.

– Est-ce que quelqu'un essaie d'attirer votre attention ? continua l'inspectrice.

Un craquement. Le tueur avait tourné la tête.

– *Si* vous avez un complice. *Si* ces meurtres ont quoi que ce soit à voir avec vous, je vous préviens tout de suite que…

– Ça doit vous tuer, articula-t-il lentement.

Les muscles du dos d'Henley se bloquèrent. Olivier la regardait fixement.

– D'être ici. Assise avec moi. À me demander mon aide.

– Ne vous flattez pas, renvoya-t-elle. Ce n'est pas un appel à l'aide.

– Ah non ? Qu’est-ce que c’est, alors ? Vous êtes venue me demander ce que je sais. Vous pataugez.

Henley se rassit au fond de son siège.

– Moi, je patauge ? Oh, que non. Vous savez ce que je crois ? Que ça vous ronge de l’intérieur d’être coincé ici, sans aucune chance de liberté conditionnelle. Vous sortirez dans une caisse en bois, on vous brûlera et on balancera vos cendres dans la première poubelle.

– Attention, inspectrice.

– Vous êtes coincé ici alors que, dehors, il y a quelqu’un qui découpe des cadavres comme vous le faisiez, qui utilise votre marque, et vous n’y pouvez absolument rien.

– Attention, répéta Olivier, dont la voix se fit grave et menaçante.

– Vous ne contrôlez rien du tout, affirma-t-elle.

Il sourit mais ne répondit pas. Dans le silence qui s’ensuivit, Ramouter tenta de réprimer une toux. La montre d’Henley était enfermée dans la boîte à gants, et il n’y avait pas de pendule dans la pièce : une minute paraissait durer une heure.

– On a terminé, lui dit l’inspectrice.

Tous deux se levèrent et gagnèrent vivement la porte. Henley serra les dents en entendant bruisser les vêtements d’Olivier qui se tournait pour la suivre des yeux : elle ne devait pas regarder en arrière, pas lui laisser voir la frustration sur son visage ni les efforts qu’elle faisait pour se maîtriser.

17

Le Dr Mark Ryan, psychiatre médico-légal, avait bien la tête de l'emploi : sûr de lui, fiable. Son cabinet, dans l'ancienne usine de biscuits de Bermondsey, était douillet, confortable, chaleureux. Sûr. Rien n'indiquait qu'il retentît souvent du récit de traumatismes ou de trahisons, de convictions contraignantes, d'angoisses, voire d'un silence assourdissant, pourtant Henley n'était pas détendue.

– Tu as l'air furieuse contre moi, Anjelica, dit Ryan en s'installant en face d'elle, dans un fauteuil en cuir.

– Tu sais très bien que je suis furieuse contre toi, répondit-elle en prenant la tasse de thé qu'il avait posée sur la table basse.

– Je ne sais pas pourquoi. Je t'ai répété pendant trois mois que tu n'étais pas prête à y retourner. Tu n'as pas voulu m'écouter. Je suis à peu près sûr que ton thérapeute t'aurait dit la même chose.

– J'ai cessé de le voir.

– Comment ça, tu as cessé de le voir ? Quand ?

– Depuis sept semaines environ.

– Et pourquoi ça, dis-moi ?

– Tu le sais très bien. Le Dr Afzal porte trop facilement des jugements.

– Tu fais une projection.

– Peut-être bien. J'aurais préféré te voir toi.

– Et je t'ai déjà dit qu'il y a une règle fondamentale en matière de thérapie : il faut conserver une frontière convenable entre thérapeute et patient. Qu'on se soit déjà soûlé la gueule ensemble à la Market Tavern la franchit sans problème.

Henley sourit en se rappelant la tournée des pubs à laquelle ils s'étaient livrés après la condamnation d'Abigail Burnley pour quinze meurtres.

– Donc en tant qu'ami, reprit Ryan. Pas en tant que thérapeute, parce que c'est contraire à l'éthique, comment tu te sens d'être revenue ?

Henley s'enfonça dans le canapé, cherchant les mots justes. Elle ne pouvait pas lui raconter sa crise de panique de la veille au soir : elle avait déjà repoussé cela tout au fond de son crâne.

– À l'aise. Je me sens à l'aise. Et c'est mauvais, hein ?

Elle regarda par la fenêtre derrière Ryan. Ils se trouvaient au quatrième étage, avec vue sur les toits de la ville.

– Je ne devrais pas me sentir à l'aise au milieu de tout ça.

– Si j'étais ton thérapeute, ce qui n'est pas le cas, je dirais que ce n'est pas à moi de décider si te sentir à l'aise est bon ou mauvais. Si c'est ce que tu ressens, c'est ce que tu ressens.

– En sécurité.

– Pardon ? dit-il en relevant la tête.

– Je me retrouve dehors, dans la rue, et je me sens en sécurité. Ce qui est bizarre, parce que les rues sont tout sauf sûres. Seulement être coincée au bureau…

Henley s'interrompit mais, remarquant l'expression encourageante et dépourvue de jugement de Ryan, elle reprit :

– J'avais l'impression d'être punie pour quelque chose qui n'était pas de ma faute. *Il* m'a punie pour une erreur qu'*il* a commise.

– Il ? Tu parles de Pellacia ?

– Non. (Henley posa son thé. Ryan avait oublié de mettre du sucre.) Non, je veux dire *lui*. Rhimes.

– Tu parles rarement de lui, ce qui est étonnant : vous étiez très proches.

– Il n'y a rien à en dire. Il est mort. Il faut qu'on continue.

Le psychiatre ouvrit la bouche pour faire un commentaire puis changea d'idée.

– Il a choisi la solution de facilité, continua Henley, et il nous a laissés dans un bordel absolu. J'attendais davantage de lui.

Elle ne savait pas trop d'où tout cela venait. Elle détestait le principe de la thérapie depuis qu'on lui avait imposé une séance hebdomadaire avec le Dr Afzal. Les six premiers mois, incapable de sortir de chez elle, elle était restée assise très droite, desserrant à peine les dents. Elle détestait être contrainte à quoi que ce soit, particulièrement à parler du mal qu'on lui avait fait.

– Tu es toujours en colère contre Rhimes ? demanda Ryan. On ressent souvent ça quand un proche se suicide.

– Je ne suis pas en colère. C'est une perte de temps et d'énergie.

Henley se demanda s'il savait qu'elle mentait. Elle était bel et bien toujours furieuse contre Rhimes, dont le moindre souvenir lui valait une décharge douloureuse. Son cœur se brisait chaque fois qu'elle pensait à ce qu'il avait fait.

– Tu as dit à Rob que tu retournais arpenter le pavé ? demanda Ryan.

– Arpenter le pavé ? (Henley ne put s'empêcher de rire.) On croirait que tu parles à une travailleuse du sexe.

– Désolé. La journée a été longue, mais tu sais ce que je veux dire.

– Oui, je lui ai dit ça hier soir. Il n'a pas exactement fait des bonds partout en me souhaitant bonne chance.

Songer à la réaction de son mari fit naître des nœuds tendus dans son épaule. Il l'avait accusée de mentir, de faire passer sa carrière avant son couple. Quand elle était partie travailler le matin même, il refusait encore de lui adresser la parole.

– Tu ne peux pas vraiment lui en vouloir, dit Ryan.

– Je sais mais, attends, je ne suis pas venue ici pour te parler de moi. C'est à propos de cette affaire.

Elle résuma l'enquête au bénéfice du psychiatre.

– Je n'ai rien entendu de tout ça aux infos, remarqua-t-il.

– On ne fait pas encore de déclaration à la presse. On sort des cadavres de la Tamise tous les jours, ce n'est pas un scoop, mais deux corps démembrés à vingt-quatre heures d'intervalle, c'en est un, et on n'a vraiment pas besoin que les journalistes fassent des conjectures.

– Sinon, tu as des pistes ? Des suspects ?

– On suit une ou deux théories. La vengeance, un ancien copain ou une ancienne copine…

– Le démembrement est une affaire de pouvoir, c'est une manifestation de haine extrême envers la victime, mais très peu de femmes y ont recours. Du point de vue psychologique, c'est une forme de conclusion, de gratification, et ça demande de la détermination. Les femmes, sauf ton respect, Anjelica, sont plus… impulsives.

– Mon respect se porte bien. Et le crime passionnel ?

– Dans ce cas-là, ton meurtrier se disperserait moins. Il tuerait la nouvelle copine ou le nouveau copain, mais assassiner les deux et les démembrer ? À mon avis, non.

– Et un copycat ?

Henley ouvrit plusieurs photos sur son téléphone : les symboles tracés dans la chair de Zoe.

– Attends une seconde. (Ryan ôta ses lunettes et les nettoya à l'aide de sa cravate.) Est-ce que c'est un croissant et une croix ? (L'inspectrice hocha la tête.) La dernière fois que j'ai vu ça, Peter Olivier était en liberté. Ç'a été tracé sur les deux cadavres ?

– Seulement sur celui de Zoe. Il m'a donc fallu aller voir Peter Olivier ce matin.

– Pardon. Tu as fait *quoi ?*

– Tu m'as bien entendue, Mark.

– Et tu ne m'as pas appelé d'abord ? J'aurais pu te donner des conseils, te préparer.

– Tu n'es pas mon thérapeute, rappelle-toi.

– Mais tout de même... Comment ça s'est passé ? Comment était-il ?

– Frustrant. Inutile. Je n'ai pas envie d'en parler, soupira Henley en évacuant le sujet. J'ai besoin que tu me rendes un service. Tu pourrais me préparer un profil ?

– Bien sûr, oui, mais j'ai besoin du rapport d'enquête... Tout ce que tu voudras bien me fournir, au moins, et toutes les informations dont tu disposes sur les deux victimes.

– J'ai déjà préparé ça, répondit-elle en lui tendant une clef USB.

– Super. Laisse-moi un jour ou deux pour en tirer quelque chose.

L'inspectrice se leva. Soudain prise de nausée, elle posa la main sur le dossier de la chaise pour se stabiliser.

– Hé, ça va ?

– Je me suis levée trop vite, c'est tout. Ça va très bien.

– Non, pas du tout. Voir Olivier a forcément déclenché quelque chose en toi, Anjelica. À un moment, il faudra bien que tu parles de ce qui t'est arrivé, pas d'un point de vue d'enquêtrice mais de victime. De survivante d'une terrible épreuve.

– Ne dis pas ce mot-là. Ne me traite pas de survivante. Ça me fait paraître... faible.

– En quoi être une survivante est-il un signe de faiblesse ?

– Je ne veux pas d'étiquette.

– Le trouble de stress post-traumatique ne disparaît pas comme ça. Je te connais, Anjelica. Tu es très douée pour compartimenter.

– C'est ce qui me rend compétente dans mon boulot.

– Ton boulot, c'est une chose. Compartimenter ta vraie vie, c'est différent.

– Ça marche pour moi.

– Tes compartiments vont finir par déborder. Tu as subi beaucoup de choses. Tu es encore en train de digérer tout ça. Il n'y a que sept mois que ta mère est morte. Je ne suis même pas sûr que tu aies convenablement fait ton deuil.

– Il est trop tard pour pleurer, et tu n'es pas censé m'analyser.

Henley tenta de sourire mais n'y parvint pas. Elle consulta sa montre : 20 h 20. Elle avait raté le coucher d'Emma. Rob allait sûrement l'accueillir par un silence de plomb quand elle rentrerait, et elle ne pourrait pas lui en vouloir.

Ryan gagna son bureau et ouvrit un tiroir.

– Si tu ne veux pas du Dr Afzal, laisse-moi au moins te recommander quelqu'un.

Henley prit la carte de visite qu'il lui tendait.

– Dr Isabelle Collins ?

– Elle est très douée. Appelle-la si tu décides de retourner en thérapie.

– Je ne te promets rien.

Son téléphone vibra dans sa poche. Elle le sortit pour lire un message d'Ezra : *Tu peux revenir à la SCU ? Info super importante sur Ladywell.*

Henley eut envie de répondre non. Elle avait besoin de rentrer chez elle et de passer du temps avec Emma, de la regarder dormir, de l'embrasser sur le front. D'être une mère.

– Il y a du nouveau, Mark. Il faut que je retourne au bureau, dit-elle à regret. Merci pour tout.

– Pas de problème. Rappelle-toi juste un truc : si c'est bien un copycat, s'il suit le *modus operandi* d'Olivier, il y aura d'autres cadavres, et sans doute bien plus tôt que tu ne le crois.

18

– C'est un petit escroc et un voleur.

Tels avaient été les mots de Rhimes quand Pellacia lui avait dévoilé sa brillante idée d'employer Ezra Williams à la SCU, deux semaines après qu'on l'eut libéré de la prison de Coldingly.

– On se reconnaît entre nous, avait commenté Ezra en arrachant l'opercule d'un petit pot de sauce au curry doux, avant d'ajouter, comme Rhimes marmonnait une réponse inintelligible en attaquant son hamburger : C'est une atteinte à mes droits humains, mon cher.

Il s'était présenté sans enthousiasme à la SCU, avec son ordinateur portable dans son sac, un bracelet électronique à la cheville et, à la délectation muette de Rhimes, deux petits déjeuners *Egg McMuffin* au bacon. Il avait passé deux jours assis derrière l'ordinateur dans un coin de la salle des opérations, avant d'exiger qu'on le transfère dans une pièce où il n'aurait pas à voir des photos de cadavres toute la journée.

Le bureau dans lequel Ramouter entrait à présent.

– Donne-moi une seconde, demanda Ezra en tapant sur son clavier. Voilà, j'ai fini. (Il pivota théâtralement sur un grand fauteuil en cuir qui n'aurait pas déparé une boîte de *Mastermind.*) Le téléphone, alors ?

– Oui, le téléphone de Kennedy et son bracelet. Henley dit que vous avez terminé.

– Et on ne croirait jamais que je m'y suis introduit, annonça fièrement l'informaticien en se levant.

Il s'étira et s'approcha du classeur debout dans un angle du bureau. Ayant ouvert un tiroir, il en sortit deux sacs à mises sous scellés.

– Alors, vous avez trouvé quelque chose ? demanda Ramouter en prenant les appareils que lui tendait Ezra.

Ce dernier croisa les bras et inclina la tête de côté.

– Tu me demandes si j'ai trouvé quelque chose ? Sérieux ?

– Ma foi, je ne sais pas à quel point vous êtes doué, donc il faut bien que je me renseigne.

– Mais si, tu le sais. Tu m'as googlelisé. Tu as dû tenter de t'introduire dans le système pour déterrer les dossiers me concernant. Sans doute pendant que tu cherchais celui d'Olivier dans les Archives.

– Comment savez…

– Considère-moi comme le portier de la SCU.

– Alors, comment puis-je avoir accès aux dossiers ?

– Il te faut apprendre la patience, mon vieux. Tu as essayé la méditation ?

– Hein ?

– Un peu de pleine conscience t'aidera avant que tu pètes un plomb. J'ai déjà arrangé ton accès aux dossiers, et par l'intermédiaire d'un serveur sécurisé. Toutes ces histoires de cloud, ça ne me plaît pas.

– Vous disposez carrément des dossiers ici ?

– Au sous-sol, acquiesça Ezra. Bon, alors, le téléphone portable de Kennedy. Tout neuf. Seulement trois mois. La carte SIM est neuve aussi. Sans abonnement. Seulement trois numéros en mémoire. Son frère, son conseiller d'insertion et de probation, et un dénommé Rinse. Un dealer, à vue de nez.

– Et des textos ? WhatsApp ? Messenger ?

– Que dalle. Le téléphone a été nettoyé à fond. Aucun sms. Le *chat* de WhatsApp a été nettoyé aussi, mais ce n'est pas grave. Les gens sont idiots. Ils croient que, juste parce qu'on a cliqué sur *effacer*, on est tranquille.

– Alors vous avez trouvé quelque chose ?

Ezra ouvrit un petit réfrigérateur et en sortit une bouteille de jus de fruit vert phosphorescent.

– Le numéro de compte WhatsApp n'était pas relié à ce téléphone ou, plus précisément, à la carte SIM que tu tiens en main.

– Il était lié à quoi ?

– Ben, à une autre carte SIM, évidemment, un autre numéro de téléphone.

Ramouter s'efforçait de réunir les points entre eux. La fatigue s'abattait sur lui. Attirant une chaise, il s'assit.

– Tu veux du jus vert ? (Ezra lui tendit la bouteille.) Épinards, chou kalé, pomme, citron vert et gingembre. Ça te requinque direct.

– Non, merci. Alors il y a un autre téléphone ?

– OK. Ne te vexe pas, mais je vais te parler comme à mon grand-père qui passe quatre-vingts pour cent du temps à me montrer son putain de plafond quand on se parle par Skype. (Ramouter éclata de rire.) Au moment où on s'inscrit sur WhatsApp, on fournit un numéro de téléphone. On reçoit un code de vérification par texto, on le tape, et on peut démarrer. Compris ?

– Ouais, compris.

– Bon, alors imagine que tu aies besoin d'un nouveau téléphone. Tu achètes le nouvel appareil et la nouvelle carte SIM. Or, pour une raison quelconque, tu veux qu'on continue de te contacter par WhatsApp mais pas donner ton nouveau numéro.

Ramouter hocha la tête. Jusque-là, c'était logique.

– Donc, tu télécharges WhatsApp et on te demande si tu veux te servir d'un compte déjà créé. OK ?

– Oui. Vous… Tu as les détails de l'ancien numéro ?

– Bien sûr. J'ai récupéré le numéro et, ensuite, j'ai fait mon truc.

– Quel truc ?

– Un truc dont tu n'as pas besoin de connaître les détails. Tout ce que je peux te dire, c'est que j'ai trouvé l'opérateur du téléphone, lequel est resté actif jusqu'à mardi matin.

– Mardi ? Mais le cadavre de Kennedy a été trouvé lundi matin.

– De plus-t-en plus curieux, comme dirait Alice au pays des merveilles. Bon, deux possibilités. Soit quelqu'un l'a piqué et s'en est servi jusqu'à tomber à court de crédit. Soit l'assassin de Kennedy l'a encore.

– Merde. Et le bracelet électronique ? demanda Ramouter.

– Le bracelet, c'est encore plus intéressant. On lui en avait posé un très raffiné, avec GPS. Pas une merde inutile comme à moi. Mauvais pour lui. Bon pour nous. Ça enregistre tout et il n'a pas arrêté de bouger. Des avocats de London Bridge, puis Camden, Upton Park… Il faudrait me payer cher pour que j'aille voir West Ham United, même s'ils jouaient encore là-bas, mais bon. (Ezra s'interrompit et plissa les yeux.) Ah oui, le tribunal de Blackfriars, Lewisham Hospital et la bibliothèque du quartier. Il était très actif mais il restait tranquille après le couvre-feu. Cela dit, ça ne veut pas dire qu'il était aussi sage *avant* qu'on lui mette le bracelet.

– Quand le lui a-t-on posé ?

– L'activation date du 29 août.

– Kennedy avait été libéré sur parole le 26. Quand le signal a-t-il disparu ?

– Le 6 septembre à 23 h 47, et il n'était pas au foyer à ce moment-là.

Les yeux d'Ezra s'écartèrent de Ramouter pour filer vers la porte, sur le pas de laquelle se tenait Henley, avec à la main un gobelet de café portant son nom mal orthographié.

– OK, boss, désolé de te traîner ici à nouveau.

– C'est bon. Qu'est-ce que tu veux dire par « il n'était pas au foyer » ? demanda l'inspectrice.

– Ce que je veux dire, reprit l'informaticien alors qu'un des téléphones portables posés sur son bureau se mettait à sonner, c'est que Kennedy n'était pas au foyer quand son bracelet a rendu l'âme. Il était à Ladywell Fields.

19

Henley ne parvenait pas à s'arracher aux photos de Daniel Kennedy et Zoe Darego. Des amants maudits. Le besoin de trouver leur assassin grandissait en elle, mais c'était le lien qu'elle entretenait avec la jeune femme assassinée qui la motivait. Zoe, comme Melissa, avait vu son histoire s'arrêter net. Elle avait des parents, elle avait des amis. Des frères et sœurs. D'après son vernis à ongles, son rouge à lèvres, ses tresses noires et violettes qui paraissaient tout juste réalisées, elle se préoccupait de son apparence. Ses ongles fendus et déchiquetés racontaient toutefois une autre histoire, disaient qu'elle avait tenté de s'échapper d'un local quelconque. Elle avait gratté, griffé pour sortir, pour fuir – mais fuir quoi ?

– Que savons-nous ? demanda Henley à Ramouter.

Ils étaient assis dans une pièce calme et fraîche, à deux portes de celle qu'Ezra appelait son laboratoire, et le stagiaire paraissait agité. Henley savait qu'il avait envie de la questionner à propos de ce qu'avait dit Olivier pendant leur entretien. Elle souleva son chemisier juste au-dessus du nombril.

– Quand j'ai voulu l'arrêter, Olivier m'a poignardée. (Elle désigna les cicatrices sur son ventre.) J'ai passé une semaine à l'hôpital et il a été accusé de tentative de meurtre sur moi. Des questions ?

– Non. Aucune.

Il y eut quelques secondes de silence inconfortable tandis qu'elle rentrait son chemisier dans son pantalon.

– Que savons-nous ? demanda-t-elle à nouveau.

Ramouter consulta ses notes.

– Daniel Kennedy et Zoe Darego étaient en couple depuis à peu près deux ans mais ne vivaient pas ensemble. Zoe travaillait à Lewisham Hospital.

– Kennedy était dans le parc quand son bracelet a cessé de fonctionner, et Zoe a été trouvée dans le parc, ajouta Henley.

– Il s'est écoulé quatre jours entre le moment où Kennedy a disparu et celui où on a trouvé son corps, mais la plus grande partie de celui de Zoe a été trouvée au bout de cinq jours. Le Dr Choi dit que son bras a été tranché d'abord et le reste un ou deux jours plus tard. Alors qu'a fait notre tueur ? Il l'a conservée quelques jours pour la regarder souffrir avant de l'achever ? C'est dégueulasse.

Ramouter se laissa choir en arrière sur son siège.

– Nous savons que Kennedy respectait scrupuleusement les termes de sa liberté conditionnelle, dit Henley. C'est un être d'habitudes. Or quelque chose, pas forcément quelqu'un, le force à enlever son bracelet. Qu'est-ce qui pourrait te faire faire quelque chose que tu n'as pas envie de faire ?

– Ma belle-sœur.

À son corps défendant, Henley faillit sourire.

– En dehors de ta belle-sœur. Leçon numéro un : ne prends pas les devants, écoute toujours la question avant de répondre. La question n'était pas *qui* mais *quoi*. Qu'est-ce qui pourrait te faire faire quelque chose que tu n'as pas envie de faire ?

– Une menace. Si on me menaçait, moi ou un de mes proches. Mais il y a autre chose qui me travaille. Le bracelet de Kennedy. Pourquoi prendre le temps de le couper et de le fracasser s'il pensait Zoe en danger ? Moi, je ne m'en donnerais pas la peine : je courrais mes chances avec le juge quand on m'arrêterait pour non-respect de liberté conditionnelle et destruction de matériel. Le bidule a cessé de fonctionner à Ladywell Fields, mais on l'a trouvé cassé sous son lit. Comment y est-il arrivé ?

– C'est bien, et il nous manque encore des réponses à où, qui et pourquoi ? *Où* ont-ils été tués, *qui* les a tués et *pourquoi* ?

– Le rapport entre Zoe et Kennedy ne suffit pas, hein ? devina Ramouter.

– Non, en effet. (Henley referma son carnet.) Alors, qu'est-ce qu'on fait, maintenant ? Qu'est-ce qu'on a d'autre comme indices ?

– Les images des caméras de sécurité du quartier où on a trouvé Zoe, ainsi que de celles du *borough* de Greenwich, mais rien des berges.

– Et qu'est-ce qui nous manque ?

– Des témoins oculaires et un cadavre complet pour Daniel Kennedy. On n'a pas retrouvé son bras droit, répondit Ramouter avec une grimace.

Henley consulta sa montre.

– Il est tard. Tu devrais rentrer chez toi. Je serai ici à la première heure demain matin. Ezra m'a dit que tu avais voulu accéder aux dossiers de l'affaire d'origine.

– Je n'étais pas indiscret ni rien, répondit vivement le jeune policier. J'ai juste pensé que ça ne ferait pas de mal de jeter un coup d'œil.

– Pour voir si on avait raté quelque chose ?

Henley se posa la main sur la poitrine, comme si elle était vexée.

– Hein ? Non, bien sûr que non… je voulais juste…

– Du calme, je plaisante. Tu as un regard neuf. Vois si quoi que ce soit te saute aux yeux dans l'enquête d'origine.

Comme elle le regardait emballer ses affaires, elle ne put chasser l'unique pensée qui lui traversait l'esprit : et si Ramouter découvrait qu'elle avait bel et bien raté quelque chose ?

Ramouter était assis par terre dans son salon, vêtu d'un caleçon et de son vieux maillot du club de foot West Bromwich Albion, le numéro 8. Bien qu'il eût ouvert toutes les fenêtres, son ventilateur hors de prix ne faisait guère que déplacer de l'air chaud.

Il saisit le dernier rouleau de printemps et le plongea dans la sauce sriracha. Son régime du moment lui faisait honte. Le contenu de son réfrigérateur n'avait pas évolué au-delà des deux litres de lait, de la demi-miche de pain et des sandwichs œuf-saucisse qu'il avait achetés le dimanche soir.

Il avait imprimé le dossier de l'enquête à partir de la clef USB. Les papiers étaient éparpillés par terre, maintenus en place par une télécommande, un smartphone et un haltère de douze kilos. Ramouter s'empara de la photo d'Olivier prise au moment de son arrestation. Le tueur souriait à l'appareil, le visage tout en angles aigus, mais non dépourvu d'une certaine beauté rude, d'un certain magnétisme. Le jeune policier en avait éprouvé l'attraction quand il l'avait rencontré. Sur la photo, Olivier avait une lèvre fendue et du sang séché sur le nez. Son œil gauche était gonflé, injecté de sang. Selon le rapport, il avait résisté quand Pellacia avait voulu l'appréhender. Ramouter, à le voir, était à peu près sûr que l'actuel chef de la SCU ne s'était pas contenté de le taser après qu'il avait poignardé Henley.

En huit semaines, Olivier avait assassiné sept personnes et abandonné leurs cadavres en divers points du South-East London. Ramouter ramassa une autre photo, maculant de sauce le bas de la feuille. La dernière de ses victimes, non identifiée, et dont on n'avait jamais retrouvé la tête.

L'ordinateur portable émit un bip signalant l'arrivée d'un e-mail. Lequel provenait du service des visites de la prison de Belmarsh. Olivier n'avait pas de famille ni d'amis dignes de ce nom mais, durant les trois derniers mois, quarante-trois personnes avaient demandé à lui rendre visite. Il n'avait accepté d'en voir qu'une.

– Et qui c'est ça, Chance Blaine ? demanda Ramouter à la pièce vide.

20

Henley et Ramouter se trouvaient à la SCU depuis moins d'une heure le jeudi matin quand Joanna reçut un appel d'un agent du poste de police de Deptford. On avait trouvé un cadavre en morceaux dans le cimetière jouxtant l'église St Nicholas. L'église elle-même était en partie masquée par les murs qui la séparaient de terrains municipaux et d'une propriété privée entourée de grilles.

– Pas très accueillant, hein ? Pour une église, c'est un peu lugubre, dit Ramouter en s'arrêtant devant le portail ouvert.

Des deux côtés, un crâne et des tibias croisés étaient posés au sommet des poteaux. Les orbites noires, vides, fixaient les visiteurs comme pour les mettre au défi d'entrer. Dans l'œil de l'esprit d'Henley, les crânes furent remplacés par la tête de Zoe. Elle frissonna.

– Quand on était gamins, on nous disait que c'était l'église des pirates. (Elle sourit presque à ce souvenir.) Que c'étaient les crânes et les ossements du portail qui avaient inspiré le drapeau noir.

– Sérieux ?

Ramouter leva les yeux vers les macabres ornements avant de suivre Henley sur l'allée cimentée qui menait à l'église.

– Ouais. En réalité, c'est pour rappeler aux paroissiens qu'ils sont mortels et qu'il y a une vie après la mort.

– Vous avez été élevée dans le coin ? Le chef des experts, Anthony, disait que vous connaissiez bien le fleuve.

– Oui, j'ai grandi ici, confirma-t-elle. De l'autre côté du parc.

– L'enfant du pays qui a réussi.

– Ça dépend du point de vue de qui. Bon, on va…

La sonnerie du portable de Ramouter lui coupa la parole. Le stagiaire présenta des excuses muettes puis tourna les talons et s'écarta pour répondre. Quelques minutes plus tard, il revenait la tête basse, contournant un van Transit blanc et l'agent de police qui déroulait le ruban bleu et blanc pour isoler le secteur.

– Ça y est, c'est fini ? s'enquit Henley, sarcastique, quand il la rejoignit.

– Désolé. C'était… Bon, bref. Désolé.

Elle envisagea de se renseigner davantage sur le coup de téléphone puis y renonça. Ce n'était vraiment pas le moment de commencer à se rapprocher du stagiaire.

– Viens, dit-elle, en cherchant des gants dans ses poches.

L'inspectrice quitta l'allée et s'engagea sur une pelouse qui avait bien besoin d'être tondue, entre des pierres tombales d'où les noms avaient été depuis longtemps effacés. Toute l'activité se concentrait derrière l'église, près de la tour médiévale. Anthony et son équipe d'experts étaient déjà au travail, tandis qu'un jeune homme en col romain et aux manches retroussées s'entretenait avec deux agents en uniforme.

– Il y a trois entrées au cimetière.

Henley appela une policière en uniforme debout près d'une petite femme serrant la laisse d'un Bull Terrier tranquillement couché par terre.

– Il va falloir qu'on s'entretienne avec le révérend, lui dit-elle en montrant sa carte. La personne avec vous, je suppose que c'est le témoin, Janine Mullins ?

– Oui, madame. J'ai sa déposition. (La policière tira son carnet de sa poche et le tendit à Henley.) Excusez mon écriture.

– Pas grave.

Henley feuilleta le carnet bleu puis le confia à Ramouter – qui le lui rendit avec une grimace après avoir lu à son tour.

– Elle a vu les renards dévorer un bras.

Les bêtes avaient lâché le membre en question à quelques pas de la plaque commémorative de Christopher Marlowe. Le reste du cadavre gisait en tas au bas des marches menant à la porte de la tour.

– Merde… souffla Henley en descendant le petit escalier.

À trois marches du bas, elle s'arrêta net et eut un haut-le-cœur. Parmi les bouteilles de bière cassées, les vieux paquets de chips et les boîtes de poulet en carton pleines de graisse, gisait un homme brisé, découpé, en pleine décomposition.

– Depuis combien de temps il est là, à votre avis ? s'enquit Ramouter, immobile devant ce qui évoquait une tombe ouverte ombragée.

La chair du cou, là où la tête avait été détachée, grouillait de gros vers blancs. Les membres étaient emballés dans un film plastique déchiré par les renards en plusieurs endroits. La peau naguère blanche du torse, à présent mouchetée de vert, était tendue comme celle d'une saucisse trop cuite. Henley remonta les marches à reculons.

– Si les bêtes viennent seulement de le trouver, c'est qu'on l'a déposé ici aux premières heures de la matinée, dit-elle. Mais depuis combien de temps il est mort, aucune idée. Où est le révérend ?

– Il est entré dans l'église. Je ne comprends pas pourquoi ici !

– Aucune idée, admit Henley. Mais le coupable connaît le quartier. Ce n'est pas une coïncidence si Kennedy et Zoe ont été trouvés juste en haut de la rue, et…

– Vous croyez que c'est une nouvelle victime du même tueur ?

Elle hocha la tête. Nul besoin de voir les symboles tracés dans la chair de cet homme pour savoir que c'était la troisième victime du copycat. Qu'ils cherchaient bien un tueur en série.

– Ce n'est pas normal, ça, hein ? Trois cadavres en quatre jours.

– Non.

La sonnerie aiguë du portable d'Henley les interrompit. La mention INCONNU clignotait sur l'écran.

– Allô. Oui, ici l'inspectrice Henley… Ah. Où l'avez-vous trouvé ?… Il y a longtemps ? Dans le fleuve ou sur la berge ? OK… Prévenez-moi dès que c'est fait. Merci.

– C'était qui ?

– Le sergent Caballero de la police fluviale. Ils ont trouvé un bras dans l'eau, près du ferry de Woolwich.

– C'est peut-être celui de Kennedy.

– Peut-être, mais la Tamise recrache un tas de trucs sans arrêt. Ça pourrait être le bras de n'importe qui. Ils attendent que la Scientifique soit passée pour l'envoyer à la morgue de Greenwich. Viens, allons voir Janine Mullins.

21

La tasse de thé tremblait sur la soucoupe que Janine Mullins tenait entre les mains. Selon l'estimation d'Henley, le délicat objet en porcelaine crème, avec sa guirlande de roses, allait se fracasser sur le carrelage du bureau du révérend dans les deux minutes. Il en fallut moins d'une.

– Je suis désolée, mon père, balbutia la coupable en contemplant les morceaux brisés à ses pieds. Je suis vraiment désolée.

– Ne vous en faites pas, madame Mullins. Je vais chercher une pelle et une balayette. Et peut-être vous rapporter de la cuisine quelque chose d'un peu plus fort.

Le révérend Undrill lui pressa brièvement le bras avant de sortir.

Janine Mullins ne cessait de frotter ses mains à la peau ridée, veinée de bleu, que pour faire tourner nerveusement l'anneau d'or ornant son annulaire.

– On se promène souvent autour, mais je n'étais encore jamais rentrée dans l'église, dit-elle tandis que son chien lapait le liquide brun répandu sur les carreaux. Mais je suis catholique et c'est une église anglicane. La maman de Brian en ferait une attaque.

Le révérend revint, ramassa vivement la tasse et la soucoupe cassées, et épongea le thé.

– Vous allez à la messe ? interrogea Henley.

– À Notre-Dame, acquiesça Janine. En haut de la rue principale. Vous connaissez ?

– C'est là que j'ai été baptisée. J'y ai aussi fait ma communion et ma confirmation.

– Vraiment ?

– Le monde est petit.

La porte s'ouvrit et Ramouter entra, apportant une nouvelle tasse de thé.

– Le gardien est là, annonça-t-il, je vais lui dire un mot. Linh vient aussi d'arriver.

– Il a l'air gentil, dit Janine. Ils sont tellement jeunes de nos jours. Même vous, vous avez l'air bien jeune pour une inspectrice.

– Ne vous fiez pas à mon visage. Il y a des jours où je me sens très vieille.

– Je n'avais encore jamais vu de mort. (Elle serrait sa tasse de thé avec force.) Jamais. Même pas mon père quand il est décédé.

– Tout ira bien. (Henley lui posa doucement la main sur le poignet.) Dites-moi juste ce que vous avez vu.

– C'est comme je disais à l'autre policière, dehors : il y avait deux camionnettes qui bloquaient la rue. Les conducteurs coupent toujours par-derrière pour éviter la circulation. Il y avait aussi un couple qui faisait du jogging mais ils sont passés devant l'église, ils ne sont pas entrés dans le cimetière. Moi si, je me suis assise sur le banc, et je n'avais même pas encore bu une gorgée de mon thé quand j'ai commencé à entendre du bruit derrière moi, et puis j'ai senti l'odeur. Je me suis retournée et c'est là que j'ai vu les… les…

Janine Mullins fondit en sanglots.

Quelques parents venus déposer leurs enfants à la crèche, sur le trottoir d'en face, formaient un petit groupe au coin de la rue, près de la scène de crime. Leurs propos se réduisirent à un murmure quand un van Transit marqué AMBULANCE PRIVÉE franchit le portail du cimetière.

L'odeur de la mort imprégnait l'air, quasi étouffante. Henley devenait irritable et ne tenait pas en place.

– J'ai jeté un coup d'œil dans le coin et bien discuté avec le révérend Undrill, lui dit Ramouter pendant qu'ils regagnaient la voiture. L'église ferme ses portes à vingt heures, mais la salle d'à côté parfois pas avant vingt-deux, selon qu'elle accueille ou non des événements ou des réunions. Le révérend n'habite pas sur place. Apparemment, l'église n'est pas assez riche pour financer une résidence.

– Au fait ! lâcha Henley, impatiente.

– D'accord. Un gardien ferme les trois portails à 22 h 30, et ils ne sont pas rouverts avant six heures du matin. Il n'y a que deux jeux de clefs, celui du gardien et celui du révérend. Donc, hier soir, le gardien a fait ce qu'il fait tous les soirs : inspecter le cimetière, jeter dehors les poivrots éventuels et fermer à clef. En allant rouvrir ce matin, il s'est rendu compte que le portail de derrière, près des appartements, avait été forcé.

– Caméras de sécurité ?

Ramouter secoua la tête.

– Toutes ont été cassées il y a deux jours. Le gardien pense que ce sont des gamins qui ont fait ça, mais je n'en suis pas si sûr.

– Mais Mme Mullins a trouvé le corps. Comment se fait-il que le gardien n'ait rien vu ?

Henley remarqua Linh qui discutait avec Anthony pendant qu'un autre expert prenait des photos.

– Il assure qu'il ne l'a pas vu et, à sa décharge, le soleil se levait ce matin à 6 h 32, donc il faisait encore sombre.

L'inspectrice soupira de frustration tandis qu'ils marchaient vers son amie pathologiste.

– Tu te rends compte qu'en quatre jours, on a eu trois cadavres jetés dans des lieux publics, et pas un seul témoin.

– Qui que ce soit, c'est un malin, commenta Ramouter en tirant de sa poche un paquet de pastilles à la menthe. Il se déplace littéralement comme un fantôme.

– Les asticots, je ne m'y ferai vraiment jamais. Ça me donne la chair de poule, avoua Linh en tournant ses bras pour vérifier qu'aucun ver ne s'y accrochait. Je suis debout depuis trois heures du matin, un gamin de quinze ans s'est pendu dans sa chambre à Kidbrooke. C'est le troisième cette semaine, et je n'étais pas sortie de chez moi depuis deux minutes qu'on m'a appelée pour aller à Nunhead. Tu sais ce que j'ai trouvé ?

– Vas-y, dis-moi.

– Un squelette. Un vrai squelette. Pas un gramme de chair dessus. Assis dans un fauteuil, comme ça. Un truc de fou. Bref, revenons-en à votre gars, là, en bas. Homme blanc. Trente-cinq à quarante-cinq ans. Comme les deux autres, il a été démembré. Les six morceaux sont là. Des traces d'entraves aux poignets et aux chevilles. Des coups de couteau à la cuisse droite.

– Depuis combien de temps diriez-vous qu'il est mort ? demanda Ramouter.

– Eh bien, vous l'avez vu comme moi, le corps est couvert d'asticots. Les mouches, surtout avec ce temps, arrivent dans les vingt-quatre heures qui suivent la mort. (Linh fronça le nez.) Je ne suis pas spécialiste du sujet, mais je sais qu'elles peuvent pondre jusqu'à cent cinquante œufs à la fois. Compter une journée pour que les larves éclosent, puis trois à cinq jours avant qu'elles ne deviennent des mouches… Si je devais hasarder une supposition, je dirais que ce type est mort depuis au moins quatre jours. Il va falloir que j'envoie quelques-uns de ces affreux petits asticots à un entomologiste. Et il y a autre chose. (Elle se rapprocha d'Henley et de Ramouter.) Cuisse gauche. Sept centimètres au-dessus du genou. On dirait qu'une croix à deux barres a été gravée dans la chair.

– Tu es sûre ? demanda Henley.

– Il faudra que je mette ça sur la table avant de l'être à cent pour cent, mais il y a encore autre chose : on lui a coupé les oreilles.

– Pardon ? Les quoi ?

– Les oreilles. Les deux. Tranchées net. Je sais. Je n'avais encore jamais vu ça. Bon, j'y vais. Je vous fais signe plus tard.

– Allons-nous-en, dit Henley à Ramouter.

– Je crois que vous devriez regarder ça, d'abord, répondit-il en lui tendant son téléphone qui affichait la une de l'*Evening Standard.*

Evening Standard
Callum O'Brien

LADYWELL FIELDS :
LA POLICE CHERCHE UN TUEUR EN SÉRIE
APRÈS LA DÉCOUVERTE D'UN DEUXIÈME CORPS
DANS LE SOUTH-EAST LONDON

Les agents de la *Serial Crime Unit* ont lancé une enquête après la découverte d'un cadavre de femme dans un parc du South-East London. La police a été appelée à Ladywell Fields un peu avant 10 heures ce mardi matin, après que des promeneurs ont fait une découverte macabre. Il y a trois jours, les restes de Daniel Kennedy, 36 ans, originaire de Camden, avaient été découverts sur la berge de la Tamise, à Deptford.

Scotland Yard refuse de confirmer que le corps de la femme trouvé dans les buissons a été démembré, mais affirme que ses proches ont été informés. « Les enquêtes sont en cours, nous a déclaré un porte-parole de la Police métropolitaine. On explore la possibilité que l'assassin de Daniel Kennedy soit aussi responsable de la mort tragique de cette jeune femme. »

– Merde, merde, merde ! (Henley rendit son téléphone à Ramouter au moment où le sien se mettait à sonner.) C'est Pellacia.

– Tu as vu ça ? interrogea le surintendant.

– À l'instant. Je croyais qu'on allait attendre un peu avant de suggérer des liens possibles à la presse. Qui est le porte-parole en question ?

– Quelqu'un du bureau du préfet.

– Ça ne me plaît pas du tout.

– Je ne suis pas non plus exactement en train de sauter partout.

– C'est un gros tas de…

– Anj, le surintendant-chef veut nous voir tout de suite.

– Comment ça, *tout de suite* ? Je suis en plein milieu d'une…

– Je sais au milieu de quoi tu es, mais je te demande d'être au Yard à midi, tu m'entends, Anjelica ?

– Je t'entends. À tout de suite.

22

À cause d'un bouchon sur Old Kent Road, il lui avait fallu quarante minutes de plus pour arriver à Victoria Embankment. Henley avait presque été tentée de brancher sa sirène.

Les touristes étaient sortis en force. Elle se demanda combien d'entre eux allaient se faire subtiliser téléphone et portefeuille pendant qu'ils regardaient les « magiciens » et les escrocs au bonneteau sur le pont. L'air était déjà chargé de gaz d'échappement et la circulation ne cessait de s'intensifier.

Henley procéda à un sauvetage rapide avec son poudrier et son rouge à lèvres couleur chair. Pour ses cheveux, elle ne pouvait pas faire grand-chose.

Elle vérifia ensuite que sa carte de police était bien visible autour de son cou, ayant perdu le compte des fois où elle n'avait franchi les portes de New Scotland Yard que pour être stoppée par un agent trop zélé.

Dans son rétroviseur, elle vit Pellacia se diriger vers elle, les mains au fond des poches. Lorsqu'elle quitta le refuge frais de la voiture climatisée, elle sentit l'air lourd déferler sur sa peau comme une marée noire. Sa dernière visite au Yard lui revint en mémoire. Trois semaines après sa sortie de l'hôpital, les sutures encore bien tendues, les blessures suppurantes, elle avait été contrainte d'expliquer ses actes et la manière dont Olivier était parvenu à la poignarder. Tous les yeux l'avaient fixée, ce jour-là, pour leur reprocher, à elle, à son sexe et à sa race, l'erreur qu'elle avait apparemment commise.

– Quel temps de merde, soupira Pellacia en tirant sur son col de chemise. J'ai l'impression d'être dans un four.

– Ta cravate est de travers.

Henley résista à la tentation de la redresser elle-même. Elle le regarda s'en charger.

– C'est mieux ?

– Beaucoup mieux.

Ils marquèrent une pause en haut des marches, regardant des policiers entrer et sortir. Le dernier endroit où ils avaient l'un et l'autre envie de se trouver était le bureau de leur patron, le surintendant-chef James Larsen, pendant qu'il jouait à attribuer la faute. Pellacia sortit un paquet de cigarettes.

– Tu ne crois pas que tu fumes trop ? demanda Henley.

– Je ne pensais pas que ça t'intéressait.

Elle se retint de répondre « Bien sûr que si ».

– On ne serait même pas là sans Callum O'Brien, reprit-il en allumant sa cigarette. Ce fumier de journaliste est un vrai serpent. Rhimes serait encore parmi nous si O'Brien ne s'était pas pointé à la SCU pour l'accuser de corruption. Je n'ai pas confiance en lui, et je n'ai pas confiance en Larsen.

Larsen et Rhimes ayant toujours entretenu des rapports conflictuels, le premier faisait preuve d'hostilité ouverte envers la SCU. Henley partageait l'avis de ses collègues selon lesquels il était à l'origine des accusations de corruption transmises à Callum O'Brien, et que c'était donc sa faute si Rhimes se trouvait six pieds sous terre.

De ses cheveux gris plaqués en arrière à ses boutons de manchette bien astiqués, Larsen avait le physique de l'emploi. Ses deux subordonnés, quoique sachant que c'était un connard, étaient bien obligés de rester assis là, à l'écouter les menacer de couper le budget de la SCU et de transférer leur enquête à la *National Crime Agency.*

– Je croyais que vous vouliez nous voir à cause de l'article du *Standard,* dit Pellacia quand Larsen se tut enfin.

– J'y arrive. Mon souci principal est qu'en moins d'une semaine, trois personnes ont été assassinées brutalement et leurs restes dispersés dans tout le South-East London.

– Sauf votre respect, on ne peut pas employer une approche conventionnelle pour des crimes en série. De par leur nature même…

– La dernière chose dont j'ai besoin, c'est d'un discours de psychologie amateur de votre part.

– Monsieur, intervint Henley en posant discrètement la main sur la jambe de Pellacia, qu'elle sentit se soulever, se tendre puis retomber, nous sommes décidés à mener à bien cette enquête et à trouver l'assassin. Nous ne restons pas tranquillement assis en attendant que les cadavres nous tombent dessus.

– Malheureusement, inspectrice Henley, l'engagement ne suffit pas, déclara Larsen. La question pressante, en ce qui me concerne, est de savoir si je peux encore justifier l'existence de la SCU et les fuites de renseignements à la presse… Eh bien, ce n'est pas si simple.

– Il n'y a aucune fuite, affirma Pellacia d'une voix étrange, plus sèche qu'à l'ordinaire.

– La SCU est une section très unie et nous avons toujours fait notre travail, ajouta Henley. Nous retirer l'enquête serait une stratégie très risquée qui vous coûterait cher.

– Pas nécessairement, répondit Larsen. La SCU n'est pas indispensable. Alors n'oubliez pas que je vous tiens à l'œil de très près et que, si l'enquête en cours semble trop compliquée pour vous, la NCA aura la capacité de s'en charger.

Le pub, à un bon quart d'heure de marche de New Scotland Yard, ne faisait pas partie de ceux que fréquentaient leurs collègues.

– Ce type est un vrai pantin.

Pellacia tapotait le bord du bar à l'aide de sa carte de crédit pendant que le jeune barman lui tirait sa pinte de bière.

– Tu es sûre que tu n'en veux pas un double ?

– Allez, vas-y.

Henley n'était pas assez inconsciente pour affronter son chef sur un sujet aussi anodin qu'une dose d'alcool lorsqu'il était de pareille humeur, et elle ne pouvait pas dire qu'elle n'en avait pas besoin.

– Je vais nous trouver une table.

– Il n'a aucune idée de la manière dont on mène pour de bon une enquête policière.

Pellacia tendit son verre à Henley. Ils gagnèrent une petite table au fond du pub, s'assirent et burent un moment sans rien dire.

– Tu tiens le coup ? demanda enfin le surintendant.

– Comment ça, je tiens le coup ?

– Pardon. J'ai mal choisi mes mots. Je voulais juste… je n'arrête pas de m'inquiéter pour toi.

– Tu n'as pas besoin de t'inquiéter pour moi.

Elle détestait avoir l'impression qu'on guettait ses réactions, et elle ne pouvait admettre la vérité. Que les dernières quarante-huit heures l'avaient vidée. Qu'elle avait eu des insomnies.

– Il n'est pas question de tenir. Je fais mon boulot.

– Je sais. Je ne voulais pas te prendre de haut. On n'a pas beaucoup parlé de ta visite à Olivier.

– Et ce n'est pas nécessaire. C'était du travail. Il va falloir qu'on publie une déclaration. (Henley ne voulait pas passer un instant de plus à parler d'elle.) Notre propre déclaration.

– Le plus tôt sera le mieux. Je ne veux pas que la NCA mette la main sur cette enquête. Je vais retourner au Yard et m'entretenir avec les attachés de presse.

– Tu vas parler du corps dans le cimetière ?

– Je crois que ce serait une erreur de ne pas le mentionner.

– Ce serait aussi une erreur de le relier tout de suite à Kennedy et Zoe, mais avec cet article… (Henley posa son verre.) Quoi ? Pourquoi est-ce que tu me regardes comme ça ?

– Tu l'appelles toujours par son prénom.

– Qui est-ce que j'appelle…

– Zoe.

– Et alors ?

– Tu ne fais pas ça avec Kennedy. Elle, c'est toujours son prénom. Comme si tu avais de l'affection pour elle. Je sais pourquoi mais ça n'aide pas.

– Tu tires des conclusions exagérées.

– Tu oublies que je te connais. Il t'arrive d'être tellement obsédée par une affaire que ça devient une extension de toi.

– Il faut que tu arrêtes de causer avec Mark.

– Je m'inquiète pour toi, c'est tout.

– Tu n'as pas besoin de t'inquiéter pour moi.

– Je m'inquièterai toujours pour toi, dit-il en lui prenant la main.

– Non.

Henley s'écarta vivement, renversant son verre. Elle essuya la vodka-tonic à l'aide d'une serviette en papier.

– Je vais t'en chercher une autre.

– Non, laisse tomber. Je m'en vais.

– Anj…

– Stephen, s'il te plaît. Je ne peux pas. Je sais ce que tu veux, je ne suis pas idiote, et je ne peux pas.

– Tu te conduis comme s'il n'y avait rien entre nous.

– Il y avait quelque chose entre nous, oui. C'est à mettre au passé. Depuis, je me suis mariée et j'ai eu un bébé, nom d'un chien. Il me fallait une vie en dehors de ce boulot.

– Et même après tout ça, tu m'es revenue. Ne…

– C'était une erreur, Stephen. Ma mère venait de mourir. Tu sais que j'étais à côté de mes pompes. Merde, tout le monde savait que j'étais…

– Tu veux dire que j'ai profité de toi ?

Henley fut reconnaissante à son portable de choisir ce moment pour sonner.

– Linh ?

– Ton mec du cimetière près de l'église.

La voix de la pathologiste résonnait comme à l'intérieur d'un tunnel.

– Eh bien quoi ?

– L'état de décomposition avancée ne m'a pas facilité les choses, mais j'ai fini par trouver. Une double croix et un croissant sur la cuisse gauche.

Henley souffla l'air contenu dans ses poumons.

– Mais ce n'est pas tout. Le bras que la police fluviale a sorti de la Tamise ce matin. Je ne peux pas confirmer l'identité, parce que les poissons et tout ce qu'il y a d'autre dans le fleuve ont bouffé les empreintes digitales, mais j'ai quand même récupéré le dessin de quelques crêtes sur la face inférieure. J'ai aussi sorti Kennedy du frigo, et je dirais que le bras correspond au reste.

– Tu as trouvé autre chose ?

– À la saignée du coude, soupira Linh. Une croix à deux barres et un croissant.

23

Ramouter explora des yeux le bureau vide. C'était la toute première fois qu'il se trouvait seul à la SCU depuis son arrivée dans l'équipe une semaine plus tôt. Il n'avait pas eu l'occasion de respirer.

Le jeune policier tapa dans Google le nom trouvé sur le registre des visites d'Olivier. *Chance Blaine.* Serviable, un employé de la prison lui avait fourni une copie du passeport qui avait été utilisé comme pièce d'identité.

– C'est bizarre, dit-il tout haut.

Le passeport de Blaine lui donnait vingt-neuf ans : un enfant de la fin du millénaire dépourvu de présence sur les réseaux sociaux. Il n'apparaissait pas même sur les listes électorales. Ramouter effectua ensuite une recherche dans le Fichier National de la Police. Blaine avait été condamné moins d'un an auparavant pour détention de cannabis et trouble de l'ordre public en état d'ivresse, ainsi que pour entrave à la justice en janvier 2015. Il habitait Ha Ha Road, à Woolwich. À peine trois kilomètres de la prison de Belmarsh, à peine sept de la berge où avait été trouvé le cadavre en morceaux de Daniel Kennedy. Une alarme retentit dans la tête de Ramouter quand il vit que Blaine utilisait un autre nom. Joseph McGrath.

Cet homme-là avait quelque chose à cacher.

Comme le stagiaire reprenait ses recherches, cette fois pour Joseph McGrath, il ne remarqua pas l'entrée d'Eastwood et d'Ezra.

– Salut, Ramouter, lança l'informaticien en lui abattant les mains sur les épaules, ce qui le fit sursauter. Pendant que les patrons sont partis se faire engueuler, on a décidé d'aller au pub. Et c'est toi qui régales.

– Oh, putain, souffla Ramouter, trop absorbé par ce qui s'inscrivait sur son écran pour enregistrer pleinement les paroles d'Ezra. Il fit rapidement un copier-coller de l'adresse de l'article et l'envoya par e-mail à Henley.

UN JEUNE AVOCAT CONDAMNÉ POUR ENTRAVE À LA JUSTICE

Farha Winter, 12 juin 2018

Un tout jeune avocat appartenant au cabinet Osbourne Barrett, dans le North London, qui faisait partie des juristes défendant le tueur en série Peter Olivier, a été condamné aujourd'hui à quatorze mois de prison.

Joseph McGrath, 24 ans, de Dalston, Londres, a été reconnu coupable d'entrave à la justice le 22 mai 2018. Ce verdict conclut un procès de trois jours au tribunal royal de Southwark.

En septembre 2017, lors du procès pour meurtre de Peter Olivier, McGrath avait contacté plusieurs membres du jury et leur avait proposé de l'argent en échange d'un acquittement. On dispose d'images de caméras de sécurité sur lesquelles il suit une jurée dans un bus tandis qu'elle rentre chez elle. McGrath a toujours protesté de son innocence et présenté des pièces selon lesquelles il s'agissait d'un cas d'erreur sur la personne.

En prononçant sa sentence, Son Honneur la juge Henry a déclaré que la question touchait « à la racine même de notre système judiciaire ». Elle a ajouté qu'en tant qu'avocat – même inexpérimenté –, McGrath devait savoir qu'essayer d'influencer des jurés était illégal et que sa conduite révélait un mépris flagrant pour le système. « Un avocat doit travailler à l'application de la loi et à l'administration de la justice. Dans cette affaire, monsieur

McGrath, vous avez tristement manqué à ces deux devoirs et la sentence stipulera donc une incarcération immédiate. »
Suite à cette condamnation, Joseph McGrath a été radié du barreau et a dû s'acquitter de 19 786 £ de frais de justice.

24

– Alors, comment tu trouves tout ça, jusqu'ici ? demanda Stanford.

Ramouter but une gorgée de bière pour gagner quelques secondes et réfléchir à une réponse satisfaisante. Stanford le regardait avec intensité. On le sentait vexé d'avoir été remplacé au côté d'Henley.

– J'apprends énormément. Je ne m'attendais pas à me retrouver sur une affaire aussi importante aussi vite. Que tu sois occupé par ce procès est une chance pour moi.

Stanford ne sourit pas.

– Bref, continua Ramouter, je suppose que je serai renvoyé au CID dès la fin de l'affaire – ou celle de mon stage, la première qui se présentera. Ça fait combien de temps que tu travailles avec Henley ?

– Presque huit ans.

– Mais la SCU n'existe que depuis six ans.

– On était ensemble à la criminelle de Lewisham, avec Pellacia. Notre ancien patron nous a demandé de nous joindre à la section, et on a accepté.

– C'était le SCD Rhimes, non ? Celui qui est mort, j'ai entendu dire qu'il…

– Tu as entendu dire quoi ?

Ramouter se tortilla sur sa chaise, mal à l'aise sous le regard fixe d'Ezra Williams, de Roxanne Eastwood et de Paul Stanford qui le mettait presque au défi de continuer.

– Ben, il y a d'autres trucs… Il paraît qu'il faisait l'objet d'une enquête quand…

– Tu devrais laisser tomber, conseilla Eastwood avec une nette mise en garde dans les yeux.

– Je voulais juste…

– Laisse tomber, renchérit Stanford. C'est déjà assez dur que Rhimes se soit asphyxié dans son garage. Je te suggère de laisser les rumeurs où elles sont.

Ezra sortit du pub d'un pas rapide.

– Rhimes et lui étaient proches, expliqua Eastwood. Il a très mal pris sa mort.

Durant les vingt minutes suivantes, muet, Ramouter but sa pinte en écoutant les autres parler de flics qu'il ne connaissait pas et partager les dernières rumeurs sur les coupes franches prévues dans le budget. Ezra était revenu à la table au bout de quelques minutes.

– Il paraît qu'ils ont fini par vendre notre immeuble, dit Eastwood en repoussant son verre vide.

– Ça fait trois ans qu'on en parle et on est toujours là. Je te répète qu'ils se foutent complètement de nous. (Stanford lui tendit sa carte de crédit.) Je crois que c'est ma tournée. Tu veux bien t'en occuper ?

– T'es vraiment une grosse flemme, soupira Eastwood en prenant la carte avant de se diriger vers le bar.

– Il y a une autre question que je voulais poser, s'immisça Ramouter.

– Quelle question ? répliqua Stanford.

– Olivier.

Le partenaire habituel d'Henley haussa un sourcil, tandis qu'Ezra se balançait sur sa chaise.

– Qu'est-ce que tu veux savoir exactement ?

Ramouter entendit l'avertissement dans sa voix mais il n'en continua pas moins :

– Je me demande ce qui s'est passé après. Je veux dire que j'ai épluché les dossiers de l'affaire. Henley m'a dit qu'Olivier a été condamné pour tentative d'assassinat sur sa personne, mais, ensuite, elle n'a pas travaillé pendant une éternité…

– Elle a eu un enfant, dit Ezra.

– Je sais mais, même après ça, c'est comme si elle avait disparu. Est-ce qu'elle a été mutée quelque part ? Ça paraît bizarre qu'après une affaire aussi importante, elle…

– Ton esprit de détective stagiaire fait des heures supplémentaires, on dirait, remarqua Stanford.

Eastwood regagna leur table, chargée de trois pintes de bière et d'un gin-tonic en grand danger de se renverser.

– Qu'est-ce que j'ai raté ? demanda-t-elle.

– Sherlock junior veut savoir ce qui est arrivé à Henley après qu'on a attrapé Olivier.

– Mais sans rapport direct avec Olivier, dit Ramouter. J'aurais juste voulu savoir ce qu'Henley est devenue après. Je le lui demanderais bien directement, mais…

– Il n'y a rien à lui demander, affirma Eastwood.

Stanford se tourna vers elle. L'atmosphère s'était faite de plomb, et cela n'avait rien à voir avec les résultats du football.

– Si tu veux savoir quoi que ce soit sur l'affaire Olivier, et l'affaire seulement, tu peux me demander, reprit-elle.

Ramouter comprit que ce n'était pas une invitation. Il savait reconnaître un coup de semonce.

– Ton seul souci, fiston, c'est le truc sur lequel tu travailles en ce moment, dit Stanford. Maintenant, bois ta bière.

Ramouter s'exécuta. La manière dont Eastwood, Ezra et Stanford formaient le cercle autour d'Henley ne faisait qu'attiser sa curiosité. Il était à peu près sûr que, s'il les interrogeait de nouveau sur Rhimes, ils préféreraient lui répondre que parler de l'inspectrice.

– Elle doit avoir les oreilles qui sifflent, dit Stanford quand son téléphone vibra. Oui. Très bien, boss… Oui, on est à la Taverne… Est-ce que… Oh, je vois. OK, je transmets.

– Il y a du nouveau ? s'enquit Eastwood.

Stanford rangea son téléphone dans sa poche de veste.

– Oui, dit-il. La patronne veut qu'on retourne tout de suite à la SCU.

25

Henley faisait défiler les photos sur l'écran de son ordinateur portable. Des membres tranchés sur fond de vieilles pierres, du plastique bon marché et des sacs de chips aux couleurs passées. Des cheveux châtain clair agglomérés par du sang séché, plaqués sur un cuir chevelu blanc. Une alliance. Mari, peut-être père. L'inspectrice posa les mains sur le bureau, s'attendant à des tremblements. Ils ne vinrent pas, mais elle avait des papillons dans l'estomac. Elle zooma sur une photo de la tête : la zone où les oreilles avaient été tranchées était mouchetée de dépouilles d'asticots changés en mouches.

– Comme vous pouvez le voir, dit-elle, le tueur a coupé les oreilles de Cimetière.

– Sans blague ?

Eastwood s'approcha de l'écran et suivit du doigt la zone où auraient dû se trouver les oreilles.

– C'est tout ? Seulement ça ?

– Oui. Rien d'autre ne manque. Il a aussi pris la langue de Kennedy et les yeux de Zoe. Tous les trois ont été démembrés et tous les trois ont une croix à deux barres et un croissant tracés dans la chair.

– Pourquoi prendre la peine de découper un cadavre, de s'en débarrasser, et de conserver un morceau par-ci par-là ? demanda Eastwood en retournant s'asseoir.

– Des trophées, dit Pellacia. Ça s'est vu. Tu te rappelles l'affaire Marques il y a sept ans ? Il levait les mecs devant les boîtes gays, il les ramenait chez lui, il les tuait et il leur coupait le pénis. (Le surintendant grimaça à ce souvenir.) Il conservait ça dans une boîte sur sa table de chevet. Cela dit, couper une bite n'est pas la même chose que prélever des yeux, des oreilles et une langue. Qu'est-ce qu'il va faire de tout ça ? Les mettre au congélo à côté des petits pois ?

Henley ne rit pas.

– Olivier ne conservait pas de trophées, remarqua Ramouter.

– Olivier ne s'est jamais préoccupé de ça. (L'inspectrice referma les photos.) Collectionner des souvenirs ne l'intéressait pas. Il voulait juste nous montrer de quoi il était capable. Mais la croix à deux barres et le croissant étaient sa marque personnelle. Notre expert en symboles a suggéré que le croissant représentait la désillusion et la croix la trahison.

– Si vous voulez mon avis, il est cinglé, Olivier, voilà tout, marmonna Stanford.

– Merci bien, Stanford. Pour l'instant, il nous faut établir comment notre tueur a eu connaissance des symboles. Je ne suis pas prête à accepter qu'il s'agit d'une coïncidence.

– Je suis d'accord, dit Pellacia. Mais pourquoi prélever les oreilles de Cimetière, la langue de Kennedy et les yeux de Darego ?

– Les trois petits singes, lança Ramouter d'une voix forte depuis la kitchenette, où il se versait un verre d'eau.

– Qu'est-ce que tu délires, le stagiaire ? interrogea Stanford.

– Les trois petits singes. C'est une parabole. Ne pas voir le mal. Ne pas entendre le mal. Ne pas dire le mal. Tu la connais forcément. Un des singes se couvre les oreilles, un autre la bouche, le tr…

– Ouais, ouais, c'est bon.

Henley tentait d'organiser ses pensées tout en réfléchissant à ce que venait de dire Ramouter.

– Notre tueur mène une vendetta, dit-elle. Chacune des victimes a été tuée pour une raison précise. Qu'a vu Zoe, qu'a dit Kennedy, et qu'a entendu Cimetière ?

Nul ne répondit. Les bruits de la circulation du début de soirée à Greenwich s'insinuaient par la fenêtre. Le ciel était presque violet comme s'il contenait un orage.

– Trois singes. Trois victimes. Ça devrait être terminé, non ? demanda Ramouter.

Henley sentit le manque de conviction dans la question.

– Il y a forcément un mobile psychologique, dit-elle. Ils ont été tués pour une raison précise. C'est cette raison qu'il faut établir.

Comme son téléphone sonnait, Pellacia passa dans son bureau pour répondre. L'inspectrice attendit qu'il soit revenu avant de continuer :

– Il y a autre chose. Vas-y, Ramouter.

– Ouais. (Le jeune policier se racla la gorge.) C'est un truc qu'Olivier nous a dit quand on l'a vu, l'autre jour. Il a prétendu qu'il recevait du courrier d'admirateurs mais qu'il n'avait jamais de visiteurs. Sauf quelquefois ses avocats, nous a-t-il dit.

– Et alors ? demanda le surintendant.

– Alors, pendant votre absence, j'ai demandé une liste au gouverneur de la prison. Olivier mentait à propos des avocats, mais il a eu en revanche une visite de courtoisie.

Ramouter détailla son enquête sur Chance Blaine.

– Pourquoi un avocat radié du barreau aurait-il rendu visite à Olivier ? s'enquit Eastwood.

– Aucune idée, mais il se passe quelque chose de pas clair. D'abord, Olivier a menti à ce sujet ; ensuite, la prison confirme que Blaine a initialement tenté d'obtenir un droit de visite après sa propre sortie de taule, sous son premier patronyme, mais qu'il était sur la liste noire. Quatre mois plus tard, il avait changé de nom et détenait un nouveau passeport.

– Et là, il a pu rendre visite à Olivier, conclut Henley.

– Mais il n'est pas idiot, Olivier, remarqua Eastwood. Il savait que tu consulterais le registre des visites et apprendrais celle de Blaine.

– C'est pourquoi on retourne le voir demain, enchaîna l'inspectrice. On a trois cadavres en morceaux dans un frigo en bas de la rue. Je ne peux pas laisser Olivier croire qu'il tire les ficelles de notre enquête.

– Ce Blaine/McGrath, dit Stanford, s'il faisait partie de ses avocats, il était au courant des symboles qu'il employait. En fait, il était au courant de tout.

– Exactement, répondit Henley.

S'emparant d'un marqueur, elle s'approcha du tableau blanc et inscrivit le nom Chance Blaine dans la liste encore vierge des suspects.

26

Luna se mit à aboyer et à faire des bonds avant qu'Henley ait seulement mis un pied dans la maison. Il était plus de dix-neuf heures quand elle avait finalement quitté la SCU.

– OK, OK, je suis en retard, dit-elle quand Rob apparut dans le couloir.

– Ne t'en fais pas, c'est bon. Je sais que cette affaire est importante pour toi.

– Je suis désolée, je pensais sortir à dix-sept heures, mais… rude journée.

Henley serra Luna dans ses bras en guise de barrière entre Rob et elle.

– Je croyais que tu ne me parlais pas, dit-elle.

– Je suis désolé pour ça. Je t'ai à peine vue de la semaine, alors, quand tu m'as dit que tu étais à nouveau sur une affaire, j'aurais dû réagir mieux. J'ai été immature, je suis un con.

– Tu n'es pas un con.

– Mais tu ne contestes pas que je sois immature ?

– Comment va Emma ? (Henley lâcha enfin Luna et se débarrassa de ses baskets.) Tout va bien ?

– Elle a été un peu capricieuse. Elle luttait contre le sommeil et elle te réclamait.

– Ne me culpabilise pas de n'avoir pas été là. Tu ne crois pas que je me sens affreusement mal chaque fois que je la quitte ? J'ai besoin que tu me soutiennes un peu. Ce n'est pas facile pour moi. J'essaie d'arranger les choses, mais c'est difficile.

Ses épaules s'affaissèrent.

– Hé, désolé, je ne disais pas ça pour ça. (L'expression de Rob s'adoucit.) Viens là.

Il l'attira à lui et la serra dans ses bras. Elle inspira son odeur, enfouit la tête dans son cou.

– Je ne prétends pas savoir ce que tu traverses, dit Rob. Tu sais à quel point je me sens mal de savoir que je n'ai pas fait mon boulot de mari ?

– Chéri, je sais que tu veux me protéger, et je sais que tu crois parfois que je m'intéresse plus aux morts qu'à toi…

– Ne dis pas ça, Anj. Je n'ai jamais pensé ça. Je voudrais juste que tu aies un travail qui ne me ferait pas craindre qu'un de ces jours tu ne reviennes pas.

– J'ai un truc à te dire, dit Henley en s'écartant de lui.

– Qu'est-ce qui s'est passé ? demanda-t-il doucement.

– Il ne s'est rien passé. C'est juste que… demain matin… pour cette affaire. Il faut que je voie Olivier.

Elle s'était tout juste retenue de dire « que je revoie ». Elle se sentait coupable de mentir par omission mais elle avait besoin d'un Rob compréhensif.

Il ne fit aucun commentaire. On n'entendait plus que la télévision. Henley s'assit sur les premières marches de l'escalier et attendit.

– Respire, dit Rob en s'asseyant près d'elle sur le lit et en lui massant doucement les épaules. Il faut que tu te détendes. Il faut que tu respires.

– Je ne peux pas, hoqueta-t-elle, tandis que son cœur s'emballait.

– Allez, je le fais avec toi : on inspire trois secondes, on tient, on souffle trois secondes…

Henley se pencha contre son mari et sentit son souffle s'apaiser, son pouls ralentir, ses oreilles cesser de siffler.

– Je ne veux pas que tu voies Olivier, dit-il, comme elle s'allongeait près de lui. Je ne veux pas qu'il te fasse à nouveau du mal.

– Il ne peut rien me faire du tout.

– Personne ne te reprocherait de te retirer.

Tu te trompes, songea-t-elle. Elle posa la tête sur sa poitrine, écouta le rythme apaisant de ses battements de cœur.

– Je ne peux pas me retirer, chuchota-t-elle.

Ses paroles se perdirent dans le coton soyeux de la chemise de Rob.

27

Tandis qu'il remplaçait les affichettes des propriétés à céder dans la devanture d'une agence immobilière de Sydenham Road, Chance Blaine paraissait très malheureux. Nonobstant cet air de chien battu, il était fort élégant en costume gris anthracite et chemise bleu ciel. Quand il remarqua les deux personnes qui l'observaient à travers la vitrine, il ouvrit la porte.

– Puis-je vous aider ?

– Bonjour, je suis l'inspectrice Henley, et voici l'agent Ramouter. Nous désirons vous parler.

Henley tendit sa carte mais Blaine ne la prit pas. Il ne paraissait au demeurant pas surpris de voir deux policiers se matérialiser sur son lieu de travail.

– C'est à propos de la fraude qu'on a rapportée ? Vous y avez mis le temps, dit-il en restant debout sur le seuil.

– Ce n'est pas à propos d'une fraude, monsieur Blaine, et je préférerais vous parler à l'intérieur. Nous sommes d'abord allés chez vous, mais il semble que vous soyez un lève-tôt.

– Vous êtes allés chez… C'est à quel sujet ?

Blaine avait un peu élevé la voix.

– Peter Olivier.

Les deux policiers franchirent la porte, ignorant les regards fixes de deux autres agents immobiliers à leur bureau. À son aspect général, Henley acquit la conviction que leur entreprise n'opérait pas totalement dans la légalité.

– Vous voulez un thé ou quelque chose ? demanda Blaine en poussant la porte d'un petit bureau exigu au fond.

La table de travail accueillait des tasses de thé de la veille, à moitié vides, posées sur de vieux exemplaires du journal local.

– Non merci.

Henley jeta un coup d'œil à la vieille chaise devant elle et choisit de rester debout.

– Ça vous change carrément, non ? D'avocat criminel à agent immobilier.

– Je n'ai pas tellement eu le choix, répondit Blaine, amer. C'est dur de trouver du travail quand on sort de prison.

– J'imagine. Écoutez, monsieur Blaine, nous menons une enquête criminelle dont certains aspects rappellent les meurtres commis par Peter Olivier.

– Qu'est-ce que j'ai à voir là-dedans ?

– Nous savons que vous avez rendu visite à Peter Olivier en prison.

– Ce n'est pas illégal, que je sache !

– Non, en effet, mais nous sommes aussi allés voir Olivier, intervint Ramouter, en s'asseyant sur une des chaises. Et il a nié avoir eu une seule visite. Il n'a pas du tout parlé de vous.

Henley surprit l'éclair blessé sur le visage de Blaine.

– C'est possible. Peter est quelqu'un de très réservé.

– Eh bien, réservé ou non, nous avons besoin de vous poser quelques questions.

Henley recula et laissa son stagiaire continuer. Elle était impressionnée par son autorité.

– Comme vous a dit l'inspectrice, nous enquêtons sur une série de meurtres. Trois personnes ont été retrouvées coupées en morceaux, et toutes les trois avaient ces symboles tracés dans la chair.

S'emparant d'un stylo posé sur la table, Ramouter dessina le croissant et la croix à deux barres au dos d'un prospectus décrivant une propriété.

– Je suis sûr que vous les reconnaissez, reprit-il. Vous les avez vus quand vous faisiez partie des défenseurs d'Olivier sous le nom de Joseph McGrath.

– Je ne peux pas discuter de l'affaire avec vous, déclara Blaine sur un ton suffisant. Secret professionnel. Tout ce dont j'ai parlé avec Olivier est encore confidentiel.

Henley secoua la tête, incrédule.

– Monsieur Blaine, je suis sûr que vous ne contreviendriez pas une deuxième fois à la déontologie, mais vos visites amicales ne sont couvertes par aucun secret, et vous avez vu Olivier tous les mois depuis que vous avez changé de nom. Pourquoi êtes-vous allé là-bas ?

– Nous sommes devenus amis. Il a été touché par ce qui m'est arrivé. Il m'a dit qu'il se sentait responsable.

– C'est lui qui vous a dit d'entraver la justice ? D'acheter des jurés ? interrogea l'inspectrice.

– Bien sûr que non. C'est une décision stupide que j'ai prise tout seul. Il ne connaît personne, et nous avons toujours eu de bons rapports pendant que je le représentais.

– Alors même que vous avez été radié ? Et que vous avez fait de la prison ? s'étonna Ramouter sans prendre la peine de masquer son incrédulité.

– Depuis, j'ai essayé d'avancer.

– Monsieur Blaine, vous connaissez les symboles, dit Henley, impatiente. Avez-vous dans les derniers mois partagé cette information avec qui que ce soit ? Si oui, il est important que vous nous le disiez.

– Non, pourquoi j'aurais fait ça ? demanda Blaine, qui paraissait authentiquement surpris. Écoutez, pour tout vous dire, j'essaie de ne pas penser à cette affaire. Ça a fichu ma vie en l'air.

– Ça a fichu votre vie en l'air mais vous gardez le contact avec Olivier.

– En tant qu'ami, dit fermement l'ex-avocat. Il a encore besoin d'amis.

– Vous voulez être ami avec un tueur en série ?

Henley attendit la réponse de Blaine, peinant à assimiler l'absurdité de ce qu'il venait d'admettre, mais il eut le bon sens de ne pas chercher à s'expliquer.

– On a identifié deux des personnes assassinées, reprit-elle. Daniel Kennedy et Uzomamaka Darego. Ces noms vous disent-ils quelque chose ?

– Strictement rien, dit-il très vite. Il y a autre chose ? J'ai des visites à partir de dix heures.

– Pas pour l'instant, mais il faudra qu'on confirme vos allées et venues de la semaine dernière.

– Pourquoi ? Je suis suspect ? C'est ridicule. Je suis agent immobilier, merde. Et endetté jusqu'aux yeux. Je suis déjà allé en prison une fois, je n'ai aucune intention d'y retourner.

– En ce cas, vous pouvez nous fournir les informations sans crainte. Même si vous n'êtes plus avocat, vous connaissez la procédure, dit Henley en jetant sa carte de visite sur le bureau.

Blaine décrocha sa veste pendue à un clou, au mur.

– Je vous enverrai mon agenda de boulot. Pas très marrant, j'en ai peur. Je bosse douze heures par jour, six jours sur sept. Un ou deux soirs par semaine, je vais à la salle de gym, et je passe le reste du temps avec ma copine, Lorelei.

– On aura aussi besoin de ses nom et adresse.

– Pas de problème.

Blaine, écœuré, regarda Henley et Ramouter s'éloigner en voiture. Avant qu'ils ne disparaissent, il mémorisa le numéro de la plaque minéralogique. De retour dans l'agence, ignorant les questions de ses collègues, il ferma la porte de son bureau et prit dans son portefeuille une carte SIM scotchée au dos d'une carte de fidélité. Il l'échangea avec celle de son téléphone, attendit que l'appareil se connecte au réseau puis envoya un sms.

Aviez raison. Sont venus à mon boulot. Viennent de partir. M'ont interrogé sur ‡☾. Pas d'inquiétude. Rien dit.

28

– Alors, est-ce qu'on dit à Olivier qu'on a rendu visite à son pote ? s'enquit Ramouter lorsqu'ils entrèrent dans le parloir de la prison de Belmarsh.

– Non, pas encore, répondit Henley. Pour être honnête, Olivier n'est pas idiot. Il a sûrement compris qu'on est allés voir Blaine, donc qu'on sait qu'il a menti.

– Je ne comprends pas pourquoi il a fait ça. Qu'est-ce que ça va lui rapporter ?

– Qui sait ? Il a peut-être juste envie de s'amuser.

Elle porta un doigt à ses lèvres en entendant dans le couloir la voix rauque d'Olivier qui discutait avec un gardien.

– Inspectrice Henley, EAD Ramouter, comme on se retrouve, dit le détenu, sur le seuil, tandis qu'on lui ôtait ses menottes. Merci beaucoup, Paul.

– Je reste au bout du couloir, déclara le dénommé Paul.

Henley fut surprise : le gardien l'avertissait-elle qu'il protégeait son prisonnier ?

– Alors, qu'est-ce qui se passe, vous en avez trouvé un autre ? En morceaux, quadrillé, couvert de zéros et de croix ? (Olivier prit un siège.) Je préfère cette pièce. Elle est bien plus claire, et on voit du monde.

Il adressa un signe de tête à l'avocate qui passait derrière la fenêtre. La femme marqua une pause et eut un sourire hésitant avant de s'éloigner.

– EAD Ramouter, dit Olivier en lui tendant la main.

– Oui ?

Ramouter la lui serra, hésitant.

– J'ai pensé à vous. J'ai pensé à la lettre E.

– Eh bien quoi ?

– Ça vous étonne, hein ? J'ai essayé de comprendre ce que signifiait ce E, et puis ça m'a frappé. E comme élève. Vous êtes donc l'apprenti de l'inspectrice Henley. Quelqu'un qu'il faut accompagner, qu'il faut former, et, du coup, je me suis demandé ce qui était arrivé à…

– Olivier ! intervint Henley avec force.

– Pellacia, continua le prisonnier. Celui qui vous formait, vous. Il vous a dit d'arrêter mais vous ne l'avez pas écouté. Pellacia !

Il avait prononcé ce nom avec une telle force que Ramouter dut essuyer des postillons sur son visage.

– Pellacia. Un nom italien, non ? reprit Olivier. C'était et c'est sûrement toujours un connard.

L'inspectrice s'obligea à rester calme. Il n'était pas prêt à se montrer obligeant. Il voulait jouer. Elle n'allait pas le laisser faire.

– On a trouvé un troisième cadavre hier matin dans le cimetière d'une église de Deptford, dit-elle.

Olivier haussa un sourcil.

– C'est tout ? Vous n'allez pas vous empresser de défendre votre petit copain ?

– Taisez-vous et écoutez.

Il sourit, d'un air indéchiffrable.

– Il a été confirmé que les trois avaient une croix à deux barres et un croissant découpés dans la peau, reprit Henley. C'est votre *modus operandi*. C'est ce que vous aimez faire. Graver des symboles dans la chair. Une marque de propriétaire.

– Je n'ai rien fait du tout, affirma Olivier en se penchant au-dessus de la table.

– Comment ça, vous n'avez rien fait ? renvoya Ramouter.

– Comment ça ? Dix imbéciles mal informés ont cru que j'avais tué sept personnes, mais c'est faux. J'ai posé la main sur la Bible et juré devant mon Dieu que je n'avais tué personne.

– Vous avez été reconnu coupable.

– *Reconnu* étant le mot important. (Olivier agita la main devant le visage de Ramouter.) Que savez-vous au juste, petit élève ? Vous arrivez ici avec votre joli costume et votre barbe à la mode, en ayant l'air de savoir des choses sur moi. Vous ne savez rien du tout. (Il tourna un regard fixe vers Henley.) Pourquoi ne le lui dites-vous pas, inspectrice ? Dites à votre stagiaire que j'ai été *reconnu* coupable. Je n'ai pas *plaidé* coupable. Je n'ai rien admis parce que je n'ai rien fait. (Il se rassit au fond de sa chaise.) C'est une erreur judiciaire.

– Vous savez que la marque n'a jamais été rendue publique. Pourtant je me retrouve avec quelqu'un qui hante les rues en exécutant une très vilaine imitation de votre travail. C'est du boulot à la hache.

– Le mot est mal choisi, remarqua Olivier avec un rictus.

– L'outil de votre activité.

– Activité présumée. Comme je disais…

– J'ai entendu ce que vous disiez, coupa sèchement Henley.

– Soyez gentille. J'aurais pu refuser de venir ici.

– À qui avez-vous parlé ?

– Je n'ai rien fait du tout, répéta Olivier sur un ton las.

– Eh bien plaçons-nous sur un plan hypothétique alors, dit l'inspectrice. Supposons que vous ayez bel et bien tué sept personnes et découpé leurs cadavres, auriez-vous parlé à qui que ce soit des symboles que vous auriez tracés dans leur chair, à part à vos conseillers juridiques de merde ?

Le silence s'installa. Henley soutenait le regard d'Olivier, le mettant au défi de ciller le premier. À quelque distance de là, une porte claqua, un trousseau de clefs cliqueta. Paul, le gardien, passa derrière la fenêtre, marqua une brève pause, adressa un signe au prisonnier et se remit en route.

– Même sur le plan hypothétique, à personne. Quand on m'a arrêté, on m'a tenu à l'isolement jusqu'à mon procès dans ce tribunal de pacotille. Je n'ai vu personne. Parlé à personne. Comprenez-moi bien : on m'a interrogé à propos des cadavres.

– Qui ça ?

– Les autres ici. Ils sont sacrément curieux, ces gardiens de prison. Ils voulaient savoir comment j'avais fait, et pourquoi j'avais fait ça. Si ça m'avait plu. Hypothétiquement, bien sûr.

– Et alors, ça vous a plu ?

Olivier éclata d'un rire sonore.

– Vous entendez ça, Ramouter ? Votre patronne qui se croit maligne !

– Est-ce que vous le leur avez dit ? insista Henley.

– Il n'y a rien à dire parce que je n'ai rien fait. J'imagine que ce serait assez dégueulasse, cela dit. (Le prisonnier parlait d'une voix douce.) Il y aurait beaucoup de sang. Il faudrait beaucoup de travail et de patience pour positionner la scie sauteuse au bon endroit. Selon moi, c'est l'os qui poserait problème. C'est sans doute assez dur et, si on n'a pas la lame qui convient… Ma foi, on pourrait facilement en user une ou deux avant de mettre au point la technique. Une fois arrivé à la moelle, par contre, ce serait mou, presque comme de la gelée.

– Et les symboles ? se contraignit à demander Henley dans le lourd silence qui suivit.

– Ce serait ma marque, ma signature d'artiste. Pourquoi voudrais-je que quelqu'un d'autre s'en serve ? Je vous ai fait un cadeau.

Henley cligna des paupières, désarçonnée par le changement de sujet soudain.

Olivier passa la main sous sa chemise.

– Je ne voulais pas l'abîmer, alors je l'ai mis en lieu sûr. (Il posa sur la table un petit oiseau en origami, réalisé avec le papier à lettres fourni par la prison.) Je sais ce que vous allez dire, ce n'est pas un cygne, c'est une aigrette. Vous vous y connaissez en aigrettes, élève Ramouter ?

L'interpellé ne répondit pas.

Olivier fit claquer sa langue en secouant la tête.

– Les bonnes manières veulent qu'on réponde quand on vous pose une question. Les aigrettes sont communes aux abords de la Tamise, notamment sur le Deptford Creek à marée basse. Elles aiment se déplacer par deux. Je l'ai faite pour vous.

Henley refusa de baisser les yeux sur l'aigrette en origami.

– Vous pourriez au moins la regarder. (La voix du prisonnier était dure, soudain irritée.) Hé, vous, le stagiaire !

Il abattit si fort la main sur la table qu'Henley s'étonna qu'il ne fasse pas craquer le formica. Elle entendait le souffle du jeune policier, peu profond mais rapide. Un son qui lui était familier – celui d'une personne tentant de maîtriser une crise de panique.

– Pourquoi n'êtes-vous pas attentif, stagiaire ? On vous a coupé la langue ?

– Je… Je ne suis… bredouilla Ramouter.

– Pardon ? *Je ne suis pas.* Vous n'êtes pas quoi ? Pas digne de porter ce badge pitoyable dans votre portefeuille ?

Le détenu posa le coude sur la table et appuya la tête sur la main, créant une barrière entre Ramouter et Henley

– qui recula vivement quand le bras du tueur effleura le sien.

– Qu'est-ce qui vous fait croire que vous êtes capable de faire ce boulot ? siffla Olivier. Vous devriez peut-être retourner d'où vous venez, non ? Ne me regardez pas comme ça. Je ne suis pas raciste. Je me dis juste que notre petit stagiaire serait mieux à jouer aux gendarmes et aux voleurs sur la lande.

– Arrêtez, ordonna Henley.

Olivier sourit, satisfait, en pivotant sur sa chaise pour faire face à Ramouter.

– Quel âge avez-vous ? Trente-trois, trente-quatre ans. Marié.

Avançant un long doigt, il tapota l'anneau d'or du stagiaire. Ce dernier eut un mouvement de recul et sa main disparut sous la table.

– Je doute que ce soit un mariage très heureux, commenta Olivier. Pas si vous passez tout votre temps avec l'inspectrice. On vous a prévenu ? Elle sait y faire avec les hommes, celle-là.

– Je vous ai dit d'arrêter, lâcha Henley.

– Je parle au stagiaire, répliqua-t-il. Votre femme a déjà rencontré l'inspectrice ? Je suppose qu'elle se sentirait un peu menacée. Anxieuse. Seule. Ou bien c'est vous qui vous sentez seul. (Son visage se fendit d'un sourire.) C'est ça, hein ? Vous êtes ici tout seul, avec l'inspectrice et moi pour unique compagnie.

Ramouter écarquilla les yeux.

– Vous ne trouvez pas qu'il lui ressemble, inspectrice ? demanda Olivier à Henley, en levant huit doigts. Jeremy Hicks. Même corpulence. Même taille. Mêmes yeux nerveux. Même air dépassé par les événements.

Hicks, sa cinquième victime, avait été retrouvé en huit morceaux par un groupe d'écoliers.

– Ça s'est passé à Bermondsey, reprit Olivier. Il a supplié. Ramouter a bien l'air du genre à supplier pitoyablement qu'on ne le tue pas, hein ?

Le jeune policier se leva et se dirigea vers la porte.

– Vous partez déjà ? Je ne suis plus l'homme qui a planté un couteau dans le ventre de votre inspectrice.

Olivier se leva à son tour, tandis que Ramouter enfonçait le bouton d'alarme rouge sur le mur.

– Assis ! cria Henley.

– Regardez-le. (Le tueur se rassit lentement, les deux mains sur la table, tandis que retentissait l'alarme.) Je crois que votre stagiaire risque d'avoir besoin d'un pantalon propre.

Trois gardiens apparurent à la porte. L'inspectrice agita la main et fit signe à Ramouter de sortir. À présent, c'était entre elle et Olivier. Elle laissa le silence se prolonger un peu, s'efforçant de se calmer.

– Que savez-vous de ces crimes ? finit-elle par demander.

– Vous ne devriez pas le garder. Il ne tiendra pas un mois.

– La ferme.

– C'est pour ça que je vous aime bien. (Olivier eut un sourire quasi affectueux.) Vous avez toujours eu beaucoup de passion. Ça fait plaisir que vous ne l'ayez pas perdue avec tout ce sang répandu.

Henley retint son souffle. En elle, la colère bouillonnait.

– Vous tremblez, inspectrice.

Baissant les yeux sur sa main droite, elle constata qu'Olivier avait raison.

– Vous avez parlé à quelqu'un de ce que vous avez fait, dit-elle en glissant les mains sous la table. De la manière dont vous avez tué ces personnes. Et, à présent, votre confident se moque de vous.

Henley vit l'attitude du prisonnier changer. Il ne jouait plus.

– Ça doit vous mettre les nerfs en pelote, reprit-elle en continuant de pousser doucement.

Elle voulait faire mal… Du jus de citron sur une fine coupure.

– Attention, inspectrice.

– Ça doit être frustrant, d'être coincé ici, incapable de rien faire contre cette personne qui se croit meilleure que vous. Je ne sais pas, vous devez vous sentir… impuissant.

– Je vous l'ai déjà dit : je n'ai rien fait, répéta Olivier en soutenant son regard.

– Vous avez révélé à quelqu'un que vous marquiez vos victimes de ces symboles. Peut-être vous êtes-vous fait aider par Joseph McGrath, pardon, Chance Blaine.

Le regard d'Olivier était ferme, sans trace de faiblesse.

– Trouvez des preuves et revenez me voir. Je vous attendrai de pied ferme.

Olivier faisait à pas rapides le tour de la cour d'exercice déserte. Au fond, deux gardiens l'observaient. Il avait demandé à sortir et, quoique l'accès à la cour ne fût normalement autorisé qu'après le déjeuner, on préférait le savoir dehors qu'en train de passer encore une fois sa colère sur un autre prisonnier. Les gardiens avaient appris la leçon huit mois plus tôt, quand il avait brisé la mâchoire d'un détenu qui le dérangeait dans son repas en fredonnant.

Impuissant. Elle l'avait traité d'impuissant. Une fureur croissante lui faisait encore presser le pas. Il avait envie de faire mal à quelqu'un. Besoin d'éprouver un plaisir brut, un assouvissement, en infligeant de la souffrance à Henley. Que, dehors, on tue des gens en son nom n'était pas flatteur : c'était insultant. Il ne voulait motiver ni inspirer personne. C'était *sa* notoriété. *Son* infamie. C'était lui qu'il convenait de craindre, pas un imitateur au rabais.

– Salope de merde, siffla-t-il.

La question le travaillait depuis qu'Henley lui avait parlé de la première victime. Une, il pouvait s'en accommoder, mais à présent il y en avait trois. Il revoyait le visage de l'inspectrice qui prenait plaisir à le renseigner sur le copycat. Elle se trompait si elle croyait que le nouveau tueur avait plus de pouvoir que lui. Ce connard n'allait pas s'en tirer comme ça.

La voix d'Olivier fendit l'air, s'élevant au-dessus des cris des corbeaux posés en haut des murs de la prison :

– Qui es-tu ?

29

Dès qu'un peu d'air frais gonfla ses poumons, Ramouter vomit. Henley ne pouvait lui en vouloir : après quarante minutes dans une salle non ventilée avec Olivier, elle-même avait hâte de sortir. Envie de plonger dans un bain chaud empli de désinfectant. La toxicité malveillante du tueur était parvenue à s'infiltrer dans ses pores et à fusionner avec ses cellules sanguines. Elle tendit à son compagnon un paquet de mouchoirs en papier. Il s'était très bien comporté jusqu'au moment où Olivier avait débranché le charme pour enclencher le venin, se servant de lui comme d'un punching ball. Et elle avait laissé faire.

– Je suis désolé, dit Ramouter en s'essuyant la bouche avant de jeter un regard dégoûté à ses pieds. J'aurais dû être prêt. Je savais ce qui allait se produire. J'aurais dû m'en sortir mieux que ça.

– Ce n'est pas ta faute. Dire que ce type est démoniaque serait encore trop gentil, répondit Henley tandis qu'ils regagnaient le parking. Je sais que tu as vomi ton petit déjeuner et qu'il est à peine dix heures et demie, mais je crois qu'on a tous les deux besoin d'un verre… Tu bois ?

Ramouter eut un sourire faible.

– Ouais. Mais on est en service.

– Je ne le dirai à personne. Viens. Je serais capable d'assassiner quelqu'un, là.

– Tu veux manger quelque chose ? Pas que je puisse te recommander quoi que ce soit.

Henley empala le zeste de citron au fond de son verre. Ils se trouvaient dans un bar des environs, le Duke of Gloucester Carvery, situé sous le couloir aérien des avions quittant la capitale par l'aéroport de London-City. De leur table, on avait une vue fantastique sur la voie rapide et la supérette Tesco Express.

– Non, ça me suffit, répondit Ramouter en agitant son verre.

– Je ne t'aurais pas pris pour un buveur de whisky.

– Je ne le suis pas, mais mon père dit toujours que ça fait du bien quand on a l'estomac retourné. C'est son excuse, en tout cas. Marrant, j'ai passé la première moitié de la matinée à regarder des morceaux de cadavres en décomposition, je ne dis pas que ça ne m'a rien fait, ça m'a fait quelque chose, mais quand il s'en est pris à moi…

Un groupe poussant des acclamations entra en trombe dans le bar.

– Justice ! s'écria un homme, tandis qu'une femme entre cinquante et soixante ans fondait en larmes.

– Il y a des heureux, remarqua Ramouter.

– Le jury a dû rendre son verdict, dit Henley, en regardant l'homme entourer de ses bras la femme en pleurs.

– Comment le savez-vous ?

– Les visites ne commencent pas à la prison avant 13 h 30. On est jeudi, donc il y a des chances que le jury ait délibéré pendant un ou deux jours et rendu son verdict ce matin. On ne va pas s'exciter comme ça pour une condamnation, même si on appartient à la famille de la victime, donc il y a des chances que notre ami à la chemise élégante et au costume Marks & Spencer ici présent ait été déclaré non coupable. Et puis c'est un gars du cru.

– À quoi voyez-vous ça ? demanda Ramouter en essayant de se retourner discrètement – sans succès.

– Si tu avais traversé la moitié de Londres pour venir être jugé au tribunal de Woolwich et qu'on t'avait déclaré non coupable, est-ce que tu aurais envie de t'attarder ?

– Putain, non. Je me tirerais le plus vite possible.

– Comme je disais : un gars du cru.

La main droite d'Henley se mit à trembler quand elle porta son verre à ses lèvres. Elle tenta de déterminer si Ramouter s'en était aperçu, mais il semblait perdu dans ses pensées, aussi but-elle une gorgée rapide et attendit-elle que la vodka-tonic fasse effet.

– Tu te sens mieux ? demanda-t-elle.

– Oui, beaucoup. J'ai commis une erreur. Je l'ai sous-estimé. Après la dernière fois, je me disais qu'il n'était pas si terrible. Je n'aurais pas dû lui serrer la main.

– Ça n'aurait rien changé. Il est doué pour percer les gens à jour. C'est un talent et il sait très bien l'utiliser.

Ramouter hocha la tête mais il n'était pas satisfait de la réponse.

– Pourtant tu étais numéro un, reprit Henley, tentant d'adoucir l'impact de l'agression d'Olivier. Le premier de ta classe. Les meilleures notes à l'examen national.

Une expression de surprise mêlée de gêne apparut sur le visage du stagiaire.

– J'ai beau avoir été le premier de la classe, on ne m'a pas appris à reconnaître un tueur psychopathe à sang froid. Il n'y avait pas une seule question là-dessus aux examens.

Le Duke of Gloucester Carvery continuait à s'emplir d'autres défendeurs et membres de la famille soulagés ou dépités. Il était presque onze heures, il en faudrait encore deux pour que les avocats les rejoignent.

– Il n'aime pas tellement le patron, hein ? dit Ramouter.

– Il n'aime personne, affirma Henley. Tout ce qu'il fait, tout ce qu'il dit est calculé pour produire une réaction. Tu as lu les transcriptions, hein ?

– Ouais.

– Quand on l'a interrogé, la réponse d'Olivier à toutes les questions de Pellacia a été « connard ». Pouvez-vous expliquer pourquoi on a trouvé l'empreinte de votre pouce sur le tibia gauche de la victime numéro deux ? *Connard.* Avez-vous envoyé des textos insultants au sergent Adrian Flynn ? *Connard.* Pendant une heure, ç'a été sa réponse. Jusqu'à ce qu'il dise vouloir un avocat parce qu'il en avait marre de regarder la tête de connard de Pellacia.

– Charmant.

– Délicieux même.

– Je n'ai pas compris pourquoi il a fait ça. Demander un avocat, je veux dire.

– Le contrôle. Avec Olivier, tout est affaire de contrôle. La manière dont il t'a taquiné, par exemple. Il veut tout contrôler. Même son déni sert ce but, et il déteste que Pellacia l'ait privé de ce contrôle.

– Mais c'est vous qui l'avez arrêté avant qu'il ne... (Ramouter s'interrompit.) Pardon.

Henley sentit se contracter les muscles de son ventre. Elle revit le moment où elle avait tenté de passer les menottes aux poignets d'Olivier. Comme elle lui maintenait la tête dans la boue du champ, il s'était libéré d'un coup de pied, lui cassant deux côtes. Quand elle avait vu le couteau dans sa main, il l'avait déjà retiré et le brandissait au-dessus de sa tête, laissant couler sur sa joue le sang qui couvrait la lame. Son sang à elle. Au moment où Olivier la poignardait à nouveau, elle avait hurlé le nom de Pellacia. Elle aurait voulu se défendre, mais le tueur l'avait plaquée au sol, lui murmurant à l'oreille qu'il voulait lui faire sentir la moindre partie de son corps, qu'elle n'avait nulle part où aller. Le temps s'était ralenti. Elle avait cru que Pellacia l'abandonnait, qu'il la laissait mourir dans ce champ. Elle se rappelait la douleur aiguë dans son torse chaque fois qu'elle respirait, une main pressée sur le ventre, tentant d'endiguer le flot de sang. Elle se rappelait les lumières bleues clignotantes qui illuminaient le visage d'Olivier quand il lui avait appuyé le couteau sur la gorge. Henley avait fermé les yeux, ne voulant pas que cette face grimaçante soit sa dernière vision avant de mourir. Puis Pellacia avait crié son nom et elle avait senti diminuer la pression qui comprimait son torse lorsqu'il s'était jeté sur Olivier. Rouvrant les yeux, elle avait roulé sur le flanc et vu son agresseur étendu sur le dos, avec Pellacia qui s'approchait de lui. Elle avait vu son visage, sa bouche sanglante, ses incisives brisées… et elle avait hurlé à l'aide quand il s'était relevé péniblement pour décocher à son adversaire un direct au visage, puis un autre. S'approchant ensuite d'Henley, il lui avait craché à la figure et il avait souri. La dernière chose qu'elle avait perçue avant de perdre connaissance, c'était le hurlement d'Olivier au moment où les deux fléchettes électrifiées du taser de Pellacia le frappaient au torse.

– Olivier me déteste aussi, dit-elle.

– Pourquoi ? Après ce qu'il vous a fait.

Henley ferma les yeux avec force dans l'espoir de chasser les premiers signes avant-coureurs d'une migraine.

– J'avais promis pendant la conférence télévisée d'attraper le responsable des meurtres, dit-elle. Je l'avais traité de monstre pitoyable et j'avais promis de l'arrêter. Il n'a pas apprécié que je tienne parole.

30

– Ah, te voilà, dit Pellacia quand Henley entra dans son bureau. Comment ça s'est passé avec Chance Blaine ?

– Il est arrogant, nerveux, et il cache quelque chose.

– Et avec Olivier ?

– Comment ça s'est passé, à ton avis ? Il nous a été aussi utile qu'une théière en chocolat. Trop occupé à jouer à ses jeux idiots. La trouvaille du jour, c'est que sa détention à perpétuité à Belmarsh est une erreur judiciaire.

– Un grand classique.

– Il s'en est pris à Ramouter. Qui s'en est... pas trop mal tiré, acheva-t-elle, éprouvant le besoin de protéger son stagiaire.

– Donc c'est retour à la case départ. Il est où, Ramouter, en ce moment ?

– À son bureau. Il bosse.

– Et toi ?

– Quoi, moi ?

– Tu n'avais pas vu Olivier depuis des années, et tu viens de le voir deux fois en deux jours.

Les tremblements d'Henley avaient disparu mais son mal de tête, toujours présent, palpitait en silence.

– Je mentirais en disant que rester assise à côté de lui a été une partie de plaisir.

– Ça ne répond pas à ma question. Comment te sens-tu ?

– Je ne suis pas sur le point de m'effondrer dans un coin, si c'est ce que tu veux savoir.

– Tu es terrible, vraiment. Est-ce qu'il t'a fourni quelque chose qui puisse nous aider ?

– Non. Il nie avoir parlé à qui que ce soit. Il nie avoir tué qui que ce soit, mais il a demandé à Ramouter si on lui avait coupé la langue.

– La langue ? Tu crois que…

Henley secoua la tête.

– Il n'en aurait pas parlé s'il avait su pour la langue, les yeux et les oreilles disparus. Il est trop intelligent pour nous donner une seule raison de le soupçonner d'être mêlé à ça.

Le rapport de Sentinel, la société qui fournissait et gérait les bracelets électroniques, ainsi que celui des gardiens de prison confirmaient les déclarations d'Ezra. Kennedy avait respecté son couvre-feu jusqu'au 7 septembre à 23 h 47, moment auquel son bracelet avait cessé d'émettre à Ladywell Fields.

Des photos de Daniel Kennedy et Zoe Darego étaient affichées sur le tableau blanc.

– Ils ne formaient pas un vilain couple, en fait, remarqua Ramouter en s'asseyant.

– Ce sont les factures détaillées des deux téléphones de Kennedy, ça ? interrogea Henley.

Elle écarta les rapports et ouvrit une enveloppe brune d'où elle sortit trois DVD d'images de caméras de sécurité. L'un venait du foyer d'accueil, les deux autres avaient été fournis par le conseil de Lewisham. L'inspectrice inséra d'abord le premier dans le lecteur de son ordinateur.

– Oui, tout à fait. L'opérateur mobile confirme que Zoe avait souscrit un abonnement. Un employé a promis de m'envoyer son dossier avant ce soir et, avant que vous ne posiez la question, j'ai causé à Ezra. Il ne peut pas faire grand-chose côté téléphone avant de le récupérer, mais il aura peut-être plus de chance avec l'ordinateur.

Un ordinateur portable avait été trouvé dans la chambre de Zoe par sa grand-mère. Il était protégé par un mot de passe, mais cela n'avait posé aucun problème à l'informaticien.

– C'est quoi, son numéro, déjà ? demanda Ramouter en s'emparant d'un surligneur jaune.

– Les quatre derniers chiffres sont 7432. (Henley appuya sur « lecture ».) Commence à la communication la plus récente et remonte.

Henley afficha la vidéo en plein écran. Les caméras à l'extérieur du foyer étant en panne depuis six mois, les seules images dont on disposait montraient la réception. L'inspectrice fit défiler rapidement le film pour en arriver au jour où Kennedy avait violé son couvre-feu.

– Le numéro de Zoe n'apparaît pas sur le téléphone à carte de Kennedy, marmonna Ramouter en épluchant la liste des appels.

– Le voilà, s'exclama Henley.

Mettant la vidéo sur pause, elle griffonna l'heure dans son carnet. Kennedy apparaissait à 11 h 43, en jean et tee-shirt Superdry. Il s'arrêtait dans le couloir et discutait pendant deux minutes dix-huit secondes avec un autre homme. À 11 h 46, il tirait un téléphone de sa poche arrière de pantalon et regardait l'écran. Henley zooma : ce n'était pas l'iPhone argenté qu'elle avait trouvé sous son lit.

– Ça y est. Je l'ai, dit Ramouter en jouant du surligneur. C'est son deuxième numéro de téléphone. (On ne pouvait manquer l'enthousiasme sur son visage.) On a trouvé le corps de Kennedy lundi matin, hein ?

Henley mit à nouveau la vidéo sur pause.

– D'après Linh, il était mort depuis quarante-huit heures quand on l'a trouvé. Il a donc été tué très tard vendredi soir ou très tôt samedi matin.

– Zoe l'appelle à 22 h 46 vendredi, deux fois. Il ne répond pas. Souvenez-vous : son couvre-feu commence à vingt-et-une heures, donc il devrait être au foyer. Elle l'appelle une troisième fois. À 22 h 47. Cette fois-ci, il répond et ils parlent pendant quarante-cinq secondes. À 22 h 57, elle le rappelle et ils discutent pendant dix-huit secondes.

– Attends.

Elle passa en avance rapide. À 20 h 02, Kennedy revenait au foyer, puis…

– Voilà, il s'en va.

Henley mit sur pause à 23 h 02 : Kennedy sortait du foyer d'un bon pas, vêtu d'un blouson d'aviateur.

– C'est le dernier appel qu'elle passe. Il ne la rappelle pas mais il lui envoie un texto à 23 h 07 : *J'arrive. Reste où tu es. Je prends un taxi.* Elle lui répond *OK*. Puis : *Tu en as pour combien de temps ?* Il répond : *15 mn. J'arrive, chérie.* Il récidive à 23 h 19 : *Attends-moi à l'hôpital. J'arrive.* Il n'y a pas d'autre appel ni sms dans un sens ou dans l'autre après ça. Ezra a raison. Le téléphone reste actif jusqu'à mardi, mais tous les appels sont transmis directement au répondeur. Un ou deux 0345 et 0800. Un 0161. C'est Manchester. Il peut s'agir de centres d'appel.

– Zoe le contacte parce qu'elle a des ennuis. Quelque chose l'effraie assez pour qu'il viole les termes de sa libération sur parole.

– Mais vous avez trouvé son bracelet sous son lit ?

Henley accéléra le déroulement et attendit. L'horloge dans le coin de l'écran dépassa minuit, puis une heure du matin, deux, trois… Les portes du centre d'accueil se rouvrirent à 3 h 06.

– Ce n'est pas lui, dit Henley, figeant l'image d'un homme portant blouson d'aviateur et tee-shirt.

– Qu'est-ce que vous voulez dire ? Ce sont les vêtements qu'il portait quand il est parti.

Henley fit claquer sa langue et secoua la tête.

– Regarde le voyant vert « sortie de secours », sur le mur. Tout à l'heure, la tête de Kennedy atteignait le haut de l'applique. D'ailleurs, lors de sa dernière arrestation, on a inscrit dans son dossier qu'il mesurait un mètre quatre-vingt-huit. Ce type là…

– Mesure pas loin de dix centimètres de moins.

– Exactement. Il baisse la tête et il porte une casquette de base-ball. Kennedy n'avait pas de casquette quand il est sorti.

Elle se leva pour aller à la fenêtre. Le ciel s'était assombri, la pluie battait la vitre sale. Il y eut un grondement de tonnerre lointain, le premier signe que la vague de chaleur était sur le point de cesser.

– Mais pourquoi s'emmerder ? Pourquoi se donner la peine de remettre le bracelet de Kennedy dans sa chambre ? Pourquoi ne pas le balancer dans une poubelle n'importe où ? demanda Ramouter.

Le ciel s'illumina. Henley sursauta.

– Je file voir Linh au bout de la rue. Appelle la Scientifique pour savoir s'ils avancent dans l'identification de Cimetière.

– Ce type… (Ramouter tapota de son stylo l'image figée sur l'écran de l'homme à la casquette de base-ball.) Vous croyez que…

– Continue de visionner les films. Vois si une caméra le prend en train de quitter le foyer. Ça pourrait être notre tueur.

L'inspectrice se tut un instant, examinant à nouveau l'image.

– Tu dirais que Chance Blaine mesure combien ?

– Pas tellement plus que moi. Dans les un mètre quatre-vingts, peut-être même soixante-dix-huit.

– Il faut qu'on détermine où il était vendredi soir. Il nous a envoyé son agenda par e-mail ?

– Non. Rien encore.

– Appelle-le. Dis-lui qu'il a le choix : soit il nous envoie les infos, soit on l'arrête pendant sa prochaine visite, devant ses clients.

31

Cela la frappa d'un coup : une vague de nausée, une douleur sous l'aisselle droite, puis des fourmis dans la main. Son cuir chevelu se couvrit de sueur.

Respirer en comptant jusqu'à trois. Souffler en comptant jusqu'à trois.

Elle aurait voulu employer la technique respiratoire enseignée par son thérapeute, mais ses poumons refusaient de coopérer. Cinq jours seulement s'étaient écoulés depuis l'apparition du premier corps : elle n'avait pas prévu que la panique la saisirait ainsi.

– Tout va bien ? demanda Linh, avant de conclure devant l'absence de réponse de son amie : Non, ça ne va pas.

Henley prit une profonde inspiration, tentant d'éliminer la nausée qui s'était emparée d'elle.

– Viens. Allons dehors, décida la pathologiste.

En haut d'un escalier, elle poussa la porte coupe-feu de ce qu'elle appelait par dérision le « jardin en terrasse ». L'orage avait été bref. L'air restait poisseux. Elle sortit de sa poche un mouchoir en papier et essuya une des chaises.

– Merci, dit Henley en s'asseyant, avant d'ouvrir une bouteille d'eau.

– Tu te sens un peu mieux ?

Linh tira une cigarette électronique de son autre poche. Elle en prit une longue bouffée et exhala un gros nuage de vapeur parfumée à la framboise.

Henley se pencha en avant, le menton appuyé sur les mains. Elles se trouvaient au premier étage, aussi la vue se résumait-elle au parking du tribunal voisin.

– J'y crois pas. Ça faisait tellement longtemps que je n'avais pas… (Elle s'interrompit, ne voulant pas honorer d'un nom le malaise qui l'avait saisie dans le bureau de Linh.) Ça va aller.

– Mais ce n'est pas la première fois.

– C'est bon, ça va, assura Henley plutôt que de confirmer l'évidence. C'est juste que j'ai des emmerdes et que je ne mange pas correctement. Je ne peux pas vivre que de thé et de hamburgers.

– Moi, c'est café et cigarettes. Enfin… c'était. Et les cigarettes me manquent, nom de Dieu. Je sais que ça n'a pas été facile pour toi. Tu es restée inactive si longtemps.

– Je n'étais pas inactive, Linh. Je travaillais encore sur des affaires. Je n'étais pas sur le terrain, c'est tout.

– Ouais, mais travailler sur une affaire de papier ou sur une affaire de sang et de tripes, c'est un peu différent, non ? N'importe qui peut…

– Tu as quelque chose pour moi ? la coupa Henley.

– Qu'est-ce que tu peux avoir mauvais caractère des fois, toi, la vache.

La pathologiste prit une autre bouffée puis ouvrit le dossier qu'elle tenait en équilibre sur les genoux.

– J'attends encore le résultat des examens toxicologiques pour Cimetière. Mais ceux de Kennedy comme ceux de Darego montrent la présence de Propofol, un anesthésique général, et de bésilate d'atracurium.

– Atracu… Qu'est-ce que c'est que ça ? interrogea Henley.

Elle se redressa. L'oiseau qui voletait dans sa poitrine s'était apaisé ; les fourmis de sa main droite avaient disparu.

– Bésilate d'atracurium, répéta Linh lentement, comme si elle enseignait l'orthographe à une fillette – et son amie ne s'en vexa pas. C'est un myorelaxant utilisé en chirurgie. Il bloque le système nerveux central et provoque la paralysie. En fonction du dosage, les effets peuvent se prolonger de quatre minutes à une heure. Je t'ai envoyé le rapport d'autopsie des deux victimes sur ton adresse mail sécurisée. L'injection a été effectuée ici. (Linh tourna la tête et tapota un point situé juste en dessous de son oreille gauche.) En plein dans la jugulaire. D'après les quantités retrouvées dans le sang, je pense que la paralysie a duré de trente à quarante minutes.

– Ça les aura rendus inconscients ou seulement paralysés ?

– Seulement paralysés. Ce n'est pas comme si tu refiles à quelqu'un du Rohypnol, un simple sédatif qui met vingt minutes à agir. Ça, ça fait effet trois à cinq minutes après l'introduction dans le système sanguin, et, dès lors, on est paralysé. La tension diminue, la circulation du sang dans les muscles ralentit, mais on reste conscient.

– Olivier ne travaillait pas comme ça.

– Pas que je me souvienne. Il tranchait la jugulaire de ses victimes et, ensuite, il les découpait. On dirait que ton nouveau gars leur injecte le bésilate d'atracurium avant de les découper.

– Comment ça, avant de les découper ? C'est ça qui les a tuées ?

– À l'exception de Cimetière, tes victimes ne portent aucune autre blessure. Elles ont perdu tout leur sang une fois que l'artère fémorale a été tranchée ou qu'elles ont été décapitées. Si tu veux mon avis, le nouveau est un brin sadique. Darego avait plus de bésilate d'atracurium dans l'organisme que Kennedy. Je ne vais pas t'apprendre ton métier, mais, à mon avis…

– Il l'a gardée en vie plus longtemps.

L'inspectrice s'avança au bord du toit et regarda en contrebas. C'était presque l'heure de pointe. Une moto de police se faufilait en silence entre des voitures en file indienne, son gyrophare bleu en action. Soudain, Henley comprit : le copycat suivait ses propres règles. De nouvelles règles, pas celles d'Olivier.

– Si la circulation sanguine est ralentie, les victimes ne meurent pas tout de suite, dit-elle. Il veut qu'elles le voient les découper. Qu'elles assistent à leur supplice. Il voulait vraiment faire souffrir Zoe.

Henley grignotait des crackers aux crevettes tandis que défilait le générique du film. Emma, une couverture jaune serrée dans son petit poing, dormait sur ses genoux. Il aurait fallu la mettre au lit, mais sa mère s'accrochait à elle comme à un canot de sauvetage.

– La bouteille est vide, je vais en chercher une autre, annonça Rob en se levant du canapé.

Henley gémit quand son portable sonna à l'autre bout de la pièce. Son mari le lui passa. C'était Anthony.

– Anj, désolé de t'appeler à cette heure-ci, mais tu sais que je ne t'embêterais pas si ce n'était pas important.

– Je sais. Qu'est-ce qui se passe ?

L'expert soupira. Il paraissait fatigué.

– On a identifié Cimetière.

– Vraiment ?

– Ouais. Il a fallu recourir au dossier dentaire, c'est pour ça que ç'a été si long.

– Qui est-ce ?

– Il s'appelle Sean Thomas Delaney. Date de naissance, 16 mai 1978. Reporté disparu par sa mère lundi dernier. Je t'envoie par mail ce qu'on a sur lui. Il faut que je file. J'ai un autre assassinat au couteau – à Kensington, cette fois. Encore un gamin.

– Quel âge ?

– Treize ans, dit Anthony avec une résignation muette.

Henley ouvrit le rapport qu'il lui avait envoyé. Une photo y était jointe. Elle ne remarqua pas que Rob était revenu dans la pièce.

– Qui c'est ? demanda-t-il.

– Sean Delaney.

– Mmm. Beau mec. (Il remplit le verre de vin de son épouse.) Je suppose que c'est en rapport avec ton boulot.

– Oui. C'est du boulot.

– Allez, oublie ça. Laisse-moi emmener Emma au lit. Je te rappelle qu'on est vendredi soir et qu'on est censés s'ennuyer à mourir en famille.

– Tu as raison.

Henley posa le téléphone et regarda Rob soulever doucement leur fille dans ses bras. Elle tendit la main vers son verre de vin et tenta de se concentrer sur la télé, mais ne parvint pas à suivre ce qui s'y déroulait. Une idée fixe ne cessait de la distraire. L'impression que Delaney lui était familier. Qu'elle l'avait déjà rencontré.

32

– Tu rigoles, non ? On est samedi.

Rob, debout à l'entrée de la salle de bains, fixait sa femme qui, agenouillée devant la baignoire, soutenait une Emma faisant semblant de nager.

– Je n'en ai que pour une heure ou deux, assura-t-elle.

– Tu ne devrais pas y aller du tout. On est pris.

– C'est une fête pour les enfants. Simon comprendra.

– Tu cherches juste une excuse pour y échapper.

– Pas du tout. C'est l'anniversaire de mon neveu. Je promets d'arriver à temps. Pas question que je rate ça.

– Ce n'est pas le problème et tu le sais. C'est ton affaire qui te dirige. Exactement comme la dernière fois.

– Je ne peux pas laisser mon équipe se démerder toute seule. Je pensais que tu le comprendrais.

– Je le comprends, mais c'est merdique.

– Ne dis pas de gros mots devant Emma. Passe-moi sa serviette.

Rob s'avança, maussade, pour tendre à sa femme une serviette rose.

– Est-ce que Stephen sera là ?

Henley, sans répondre, sortit Emma du bain et l'enveloppa de la serviette.

– Alors ? Il sera là ?

– Arrête de faire passer la situation pour ce qu'elle n'est pas, répondit-elle. Bien sûr qu'il sera là. C'est du boulot. Crois-moi, personne n'a envie d'aller à la SCU un samedi.

Elle se concentra sur Emma. Elle n'allait pas mordre à l'hameçon.

– Allez, bébé, dit-elle. On va t'habiller. Il faut que maman aille travailler.

Rob poussa un long soupir en réalisant qu'il avait perdu la bataille.

– Sois là à une heure sans faute, c'est tout, dit-il alors qu'elle soulevait Emma dans ses bras et traversait le couloir pour rejoindre leur chambre.

– La profanation du cadavre est clairement exagérée, dit le Dr Mark Ryan.

– Je croyais que c'était le fait de le découper en morceaux qui était exagéré, lâcha Stanford.

Personne à la SCU n'avait eu d'heures supplémentaires payées depuis le mois d'avril, mais toute l'équipe était pourtant là. Ryan regarda droit dans les yeux Stanford qui, assis sur son bureau dans la salle des opérations, partageait un tube de Pringles au sel et au vinaigre avec Eastwood. Les deux hommes ne s'aimaient pas beaucoup. L'un considérait que les *profilers* criminels touchaient un salaire élevé pour souligner l'évidence. L'autre, qui refusait le terme *profiler* et s'affirmait psychologue criminel, ne cachait pas qu'il jugeait le policier arrogant, vulnérable et indigne de confiance.

– Sage, Stanford, enjoignit Henley en versant un paquet de sucre roux dans son thé et en prenant une bouchée de galette de pommes de terre McDonald's.

Son régime alimentaire partait vraiment à vau-l'eau.

– Démembrer le corps n'est pas exagéré, affirma Ryan, sévère. C'est de la cruauté. Des gens comme Olivier ont réprimé leur douleur et leur rage pendant des années. Douleur qui vient en général d'un traumatisme dans leur passé.

– Mais qu'est-ce qui l'a mis en branle ? On ne décide pas un beau matin de faire un massacre parce qu'on s'est levé du pied gauche. Et pourquoi ne pas se contenter de tuer les victimes ? demanda Ramouter, penché en avant, visiblement intrigué.

Mark Ryan démontra alors les qualités qu'Henley appréciait et qui séduisaient les jurés quand il comparaissait en tant qu'expert.

– Parce que le démembrement est un assouvissement. Tuer ne suffit pas. Olivier est un psychopathe. Découper les cadavres et les exposer en public reflétaient son irrespect, son narcissisme et son sens du théâtre. Il tirait de la fierté de son travail, et c'est la seule émotion qu'il ressentait jamais.

– Pas besoin d'avoir un putain de diplôme pour déduire ça, souffla Stanford entre ses dents.

Henley froissa le sac McDonald's gras et le lui jeta à la tête.

– Arrête ça ! ordonna-t-elle.

Son partenaire marmonna qu'il était désolé et se pencha pour ramasser le sac chiffonné.

– Le cas du copycat est différent.

Ryan se mit à marcher tel un professeur d'université : autant il disait volontiers son aversion pour le mythe hollywoodien du *profiler* criminel, autant il appréciait d'avoir un public.

– Pour ces tueurs-là, l'important est d'attirer l'attention. Celui qui nous occupe doit avoir des problèmes psychologiques similaires à ceux d'Olivier. Un solitaire traumatisé pendant l'enfance. Des tendances à la psychopathie. La différence étant qu'il souffre aussi d'un complexe d'infériorité. Il ne joue pas au chat et à la souris avec vous : il cherche la reconnaissance voire l'approbation d'Olivier.

Stanford renifla quand le Dr Ryan s'arrêta devant son bureau, le regarda dans les yeux et eut un sourire narquois.

– L'amour-propre du copycat entre en jeu. Il essaie toujours, d'une manière ou d'une autre, même par un détail, de s'approprier le crime.

– Ça expliquerait l'utilisation du myorelaxant et les morceaux de cadavres prélevés, remarqua Henley.

– Exactement. Il y a deux types de tueurs en série. Ceux pour qui c'est l'acte qui importe, et ceux pour qui c'est le processus, dit Ryan.

– Quelle différence ?

– Pour Olivier, c'est l'acte. Il tue rapidement, parce qu'il exprime sa rage. Pour le copycat, l'important, c'est le processus. Il paralyse ses victimes pour qu'elles le voient leur retirer les membres, il les regarde mourir, puis il mutile un peu plus les cadavres. Il tue lentement parce qu'il prend plaisir à torturer. Le mobile premier d'Olivier était la vengeance. Votre copycat tue parce qu'il aime ça.

Le Dr Ryan cessa de marcher et le silence s'installa dans la pièce. Henley repoussa son *Egg McMuffin* au bacon à moitié mangé. Elle avait perdu l'appétit.

– Je suis en train de rater le match d'Arsenal à domicile pour être ici, intervint Stanford. Dis-nous quelque chose qu'on ne sait pas.

– Qui doit-on chercher ? enchaîna Henley. Est-ce que c'est un simple fan obsessionnel ou quelqu'un ayant un rapport direct avec Olivier ?

– S'il s'agissait d'un fan, la sélection des victimes serait sans doute aléatoire, et ce n'est pas le cas ici, répondit Ryan. On tue pour quatre raisons : l'amour, le sexe, l'argent ou la haine. Je soupçonne que c'est la dernière qui anime le copycat. Kennedy et Darego étaient en couple, et je serais très surpris qu'il n'y ait aucun lien entre eux et Delaney. Il les déteste tous à cause d'un tort qu'ils lui ont causé collectivement.

– Qu'est-ce qu'on sait de Delaney ? s'enquit Eastwood.

– Pas grand-chose, répondit Ramouter. Il avait quarante-et-un ans et travaillait comme auxiliaire de vie au Centre Leopold pour Alcooliques et Toxicomanes, à Catford. Il était marié à Jamie Hawkins-Delaney, que je suis allé voir aussitôt, mais qui n'était pas en état de me parler. J'essaierai à nouveau ce soir.

– Mais le copycat connaît les symboles, reprit Eastwood. Or j'ai parcouru les minutes du procès d'Olivier : les seules personnes présentes étaient bien le juge, les jurés, le greffier, l'huissier, le procureur, le jeune avocat de la défense et les deux policiers qui encadraient Olivier dans son box.

– Et à aucun moment l'information n'a été publiée par la presse ? demanda Ryan.

– Jamais. On a interrogé les douze jurés et tous affirment qu'ils n'ont discuté de l'affaire avec personne.

– Donc le copycat est forcément en rapport avec Olivier ? demanda Henley.

– Amis, famille, suggéra Ramouter.

Ryan secoua la tête.

– Olivier était un solitaire, mais ce n'est pas pour ça que certaines personnes ne veulent pas devenir ses amis. Il y a tout le temps des gens pour écrire aux prisonniers. C'est certes un psychopathe, mais il a une personnalité intéressante.

– Ça fait de Blaine un très bon candidat, reprit Ramouter. Il était l'un des défenseurs d'Olivier, il lui rend encore visite, et il n'a pas d'alibi pour vendredi soir. Même si, quand je lui ai posé la question, il a répondu qu'il était avec sa copine.

– Bon, mais si le copycat est en rapport avec Olivier, pourquoi agit-il aussi vite ? dit Eastwood, posant la question qui préoccupait le plus Henley. Il a tué trois personnes en une semaine, alors qu'Olivier en avait tué sept en huit semaines.

– J'admets que ça fait réfléchir, répondit Ryan mais, comme je le disais, ce n'est pas à vous qu'il s'adresse. Il veut impressionner son modèle. Le seul truc qui peut jouer en votre faveur, c'est qu'il risque davantage de faire une erreur. Sans doute a-t-il déjà tué, fait d'autres victimes avant Kennedy et Darego, mais il n'est pas inhabituel qu'un peu de temps s'écoule entre les meurtres. Vous vous rappelez le cas de Futoshi Kobayashi, au Japon, il y a cinq ans ? Il a tué neuf femmes en trois semaines. C'est absolument fascinant…

– C'est bien de toi de trouver ça fascinant, marmonna Stanford entre ses dents.

– Kobayashi s'en prenait à des femmes suicidaires rencontrées en ligne, continua Ryan. Il les convainquait de venir chez lui pour un suicide en commun. Bien sûr, ce n'est pas ce qui se produisait.

– Qu'est-ce qu'il faisait ? demanda Ramouter.

– Ce qui est amusant, c'est qu'il les démembrait aussi. Il allait même un peu plus loin. Il les disséquait, jetait les organes et la chair dans la benne à ordures du coin et conservait les os dans des boîtes en plastique.

Henley balaya la pièce du regard : tout le monde s'était figé ; le visage de Stanford exprimait un mélange de dégoût et d'incrédulité.

– Je regrette d'avoir posé la question, avoua Ramouter.

33

Henley, allongée sur son lit, contemplait depuis presque une heure l'araignée morte dans un coin du plafond. Dehors, Londres s'éveillait. Le réveil affichait 07 h 42, et le côté du lit de Rob était vide. Furieux qu'elle soit arrivée en retard à la fête, il était ressorti dix minutes après leur retour à la maison. Henley avait passé le reste de la soirée en tête à tête avec une bouteille de vin rouge pendant qu'Emma dormait. Rob était rentré tard et reparti très tôt faire son jogging.

Par la fenêtre ouverte, l'inspectrice entendit un hélicoptère, un portail qui claquait, un moteur de voiture qui démarrait. Un million de pensées s'étaient succédé dans sa tête. La boîte de somnifères reposait sur sa table de nuit sans avoir été ouverte ; elle n'avait pas vu l'intérêt de prendre un cachet après avoir entendu les oiseaux chanter à quatre heures du matin.

Henley finit par se lever avec un soupir. Tout en allant vérifier qu'Emma dormait paisiblement, elle songea aux familles des victimes, à leur chagrin. Seul dénominateur commun entre les trois morts : tous avaient été découpés, et leurs cadavres déposés dans le quartier. *Son* quartier.

Elle brancha la bouilloire puis alla ouvrir le réfrigérateur. Peut-être était-il temps qu'elle fasse quelque chose de bien, pour une fois. Qu'elle se conduise davantage en épouse. Elle s'y était essayée le vendredi soir, et elle savait qu'il lui fallait continuer ses efforts. Préparer à Rob un petit déjeuner anglais complet ne remettrait pas leur couple sur la route de la rédemption, mais ce serait un début.

« D'après plusieurs témoins, le cadavre trouvé dans le cimetière de l'église St Nicholas, à Deptford, a été démembré. L'identité de l'homme n'a pas été rendue publique mais le crime est peut-être lié à l'assassinat d'Uzomamaka Darego, vingt-six ans, une infirmière de Stratford, dont le corps… »

– Qu'est-ce que c'est que… s'exclama Henley en montant le volume de la radio.

Elle écouta le journaliste continuer à donner des informations n'ayant pas été divulguées à la presse. La dernière déclaration officielle d'un membre de la SCU avait été celle de Pellacia confirmant l'identité de Daniel Kennedy.

Un coup sonore frappé à la porte d'entrée fit sursauter Henley qui renversa du café chaud sur ses jambes nues. Il était presque huit heures. Quand elle se retourna, elle constata qu'Emma avait descendu l'escalier.

– Bonjour, ma chérie, dit-elle en soulevant sa fille de terre. Hé, tu deviens lourde.

Elle ne voyait personne derrière la vitre en verre fumé de la porte d'entrée. Portant Emma dans la salle de séjour, elle l'installa sur le canapé et alluma la télévision. On avait bien frappé pourtant. Henley retourna à la porte et l'ouvrit : personne, en effet, mais une boîte en carton posée sur le seuil, avec son nom écrit en belles lettres noires sur le dessus. Pas d'adresse.

L'inspectrice remonta l'allée de gravillons et posa les mains sur le portail en fer forgé noir. Pas de voiture. Pas âme qui vive. Pas même un chat de gouttière ou un écureuil égaré.

– Luna, viens ici.

Elle traîna dans la maison la chienne qui reniflait la boîte, puis elle s'accroupit, souleva les rabats de carton et écarta des journaux passés au destructeur de documents.

Quand ses doigts rencontrèrent des cheveux agglomérés et se retrouvèrent tachés de sang, elle se figea un instant, puis fit volte-face, monta l'escalier en courant et empoigna le téléphone portable qui chargeait dans la chambre. Elle appela Pellacia, laissant deux empreintes rouges poisseuses sur l'écran, avant de retourner vivement au rez-de-chaussée, où Emma continuait de regarder la télévision, inconsciente de la situation.

– Allez, réponds, grommela Henley.

Le téléphone passa directement en mode répondeur. Au moment où elle rappelait sans prendre le temps de laisser un message, elle entendit le portail rouillé s'ouvrir en grinçant.

– Ne bouge pas, cria-t-elle à Rob qui venait de le franchir.

Les cheveux humides de transpiration, il avait ôté sa veste de survêtement et l'avait nouée autour de la taille.

– Hein ? lança-t-il en ôtant ses écouteurs sans fil.

– Ne bouge pas. Reste où tu es.

– Comment ça, ne bouge pas ? Qu'est-ce qui te prend ? demanda-t-il en commençant à remonter l'allée de gravillons.

– Mais bordel de merde… commençait Henley quand son téléphone se mit à vibrer. Elle prit la communication, étalant du sang sur l'écran, sans quitter Rob des yeux.

– C'est quoi, ça ? demanda-t-il.

Il s'arrêta devant le carton et se pencha. Son épouse fit vivement un pas vers lui.

– N'y touche pas !

– Anj, dit Pellacia au téléphone. Qu'est-ce qui se passe ?

– Stephen, il faut que tu…

La voix d'Emma appelant sa maman vint la distraire. Henley ne se détourna qu'une seconde, mais cela suffit à son mari pour ramasser le carton. Il y eut un grand cri et un choc lourd. Rob fit voler les gravillons de l'allée quand il tituba en arrière, trébucha, tomba…

– Anjelica, dit Pellacia.

– Il faut que tu envoies une unité et la Scientifique chez moi.

– Mais pourquoi, bon Dieu ?

Henley tendit la main d'instinct pour retenir Emma, apparue derrière elle. Comme la fillette avançait encore d'un pas vers elle, s'arrêtait et fondait en larmes, elle baissa les yeux et vit sa main tachée de sang.

– Tout va bien, bébé, maman va bien, dit-elle.

Elle s'accroupit et entoura sa fille d'un bras avec précaution, veillant à ne pas la tacher.

– Tu es toujours là ? lança Pellacia.

– *Tout de suite*, Stephen. Envoie une unité *tout de suite*.

34

Anthony, venu de Shepherd's Bush à toute allure, s'activait sous la petite tente réglementaire montée sur le gazon d'Henley. De loin, on aurait dit un pavillon de *garden party*. Stanford était arrivé également, Linh était en route.

C'était Stanford qui avait pris en charge Emma dans le jardin, derrière la maison, tentant de les tenir, elle et Luna, à l'abri des curieux rassemblés derrière le portail.

– Redis-moi ce qui s'est passé, demanda Pellacia.

Il occupait une chaise en face d'Henley, alors que Rob restait debout devant l'évier de la cuisine, les bras croisés, sans bouger. Se contentant d'observer.

L'inspectrice recula sa chaise, s'écartant de Pellacia, se rapprochant de son mari.

– J'étais ici, en train d'écouter la radio, dit-elle. Je buvais mon thé. Je m'apprêtais à préparer le petit déjeuner, car je savais que Rob ne tarderait pas à rentrer de son jogging.

Elle tourna les yeux vers lui. Il n'avait pas changé d'expression en l'entendant mentionner cette attention.

– Le journal venait de commencer, donc il devait être à peine plus de huit heures. Quelqu'un a frappé. Assez fort pour que je sursaute. Sur le chemin de l'entrée, je me suis heurtée à Emma en bas de l'escalier. Comme je ne voyais personne par la porte vitrée, je l'ai installée devant la télé dans la salle de séjour. Ensuite, je suis retournée ouvrir la porte.

Henley sentait la chaleur lui monter au visage. Elle ôta le foulard encore enroulé autour de sa tête.

– Je n'aurais pas dû ouvrir le carton. Je savais que ce n'était pas normal. Il n'y avait pas d'adresse, seulement mon nom : c'était louche.

– Et tu n'as vu personne ?

– Elle vous l'a déjà dit deux fois qu'elle n'a vu personne, lâcha Rob, agressif, sans s'écarter de l'évier.

– Et vous ? renvoya Pellacia. Vous êtes sorti de la maison le premier, ce matin. Vous n'avez rien remarqué de bizarre ?

– Ah, parce que c'est ma faute, maintenant ?

– Ce n'est pas ce que je veux dire, lâcha le surintendant entre ses dents serrées.

– Je suis sorti à sept heures et demie. J'aurais remarqué si quelqu'un avait rôdé devant chez moi.

– Pas de voitures, de deux-roues ?

– De soucoupes volantes ?

– Rob, arrête, dit Henley.

Elle se leva, ramassa un verre sur l'égouttoir derrière son mari et ouvrit le robinet.

– Arrête d'être con, chuchota-t-elle.

– Il n'y avait rien d'inhabituel, soupira-t-il. En partant, j'ai vu M. Flores, du numéro 8, qui promenait son chien.

Pellacia nota l'information dans son carnet.

– Et le gamin du numéro 15.

– Liam ? demanda l'inspectrice en se rasseyant.

– Non, le plus jeune. Terrell, c'est ça ? Il partait pour son entraînement de football. Je l'ai croisé au moment où il sortait de chez lui, alors que, moi, je revenais.

Pellacia hocha la tête mais, Henley le remarqua, s'abstint de dire merci.

– Il va falloir qu'on prenne vos empreintes, dit-il en revanche.

– Pourquoi ça ?

Rob s'avança vers le surintendant, qui se leva, un peu moins grand et large d'épaules que son adversaire potentiel mais pas vraiment dominé non plus. Henley n'eut pas le temps de se mettre physiquement entre eux.

– Vous avez manipulé une pièce à conviction, répondit Pellacia avec un sourire presque satisfait. On a besoin de vos empreintes pour les éliminer de notre enquête.

– C'est bon. Je demanderai à Anthony de s'en occuper, dit Henley en posant la main sur le bras de son mari – qui la repoussa avec fureur.

– Il y a autre chose ? interrogea-t-il.

Il n'attendit pas de réponse : frôlant Pellacia, il sortit de la cuisine à grands pas.

– Tu n'étais pas obligé de faire ça, reprocha Henley quand il eut disparu dans l'escalier. Vous êtes aussi insupportables l'un que l'autre.

– Ton mari est un vrai con, répliqua le surintendant. Tu lui dis de ne pas y toucher, et qu'est-ce qu'il fait ?

– Ce n'est pas le problème. À un témoin quelconque, tu n'aurais pas parlé comme ça.

– Eh bien, ce n'est pas un témoin quelconque. C'est... Pardon, je suis désolé.

Il l'attira à lui. Elle inspira son odeur et, juste un instant, se sentit en sécurité.

Quelqu'un toussa avec force. Deux fois. Ils s'écartèrent l'un de l'autre alors que Stanford apparaissait sur le seuil, Emma dans les bras.

– La jeune dame ici présente vient de m'informer qu'elle n'avait pas eu son petit déjeuner, annonça-t-il en lançant à Pellacia un avertissement muet – en cet instant, les différences de grade ne s'appliquaient pas.

– Oh, mon Dieu, s'exclama Henley.

Les œufs, les saucisses et le bacon attendaient encore sur le plan de travail, là où elle les avait laissés.

– Ne t'en fais pas pour ça, la rassura Stanford. Je l'habille et je l'emmène au McDo. Elle pourra manger des crêpes avec tonton Paul. Ça te plairait, princesse ?

– Oh oui, répondit Emma.

L'inspectrice reçut un coup au cœur quand son collègue émit un bruit de pet avec la bouche et que la fillette se mit à rire.

– Merci, dit-elle doucement.

– Qu'est-ce qu'elle a grandi ! s'émerveilla Pellacia en regardant Stanford sortir avec Emma.

– Je t'en prie, dit Henley en ramassant les provisions sur le plan de travail pour les ranger au réfrigérateur. Ne parle pas d'elle.

La mâchoire du surintendant se crispa à nouveau.

– Tu l'as reconnue ?

– Qui ?

– La tête dans le carton ?

– Non, non. Je n'ai même pas regardé. J'ai juste senti le… Je n'ai pas regardé. Je n'ai aucune idée de qui il s'agit, ni de ce que ça faisait sur le pas de ma porte, et, avant que tu le suggères, non, je n'irai pas voir, merde !

Pellacia posa les mains sur ses hanches et lâcha un profond soupir.

– Je vais demander aux agents qui sont dehors de faire un peu de porte-à-porte. Interroger ce M. Flores et, comment s'appelle-t-il, déjà ? Terry ?

– Terrell. C'est un bon garçon et il n'a que douze ans, alors ne lui fais pas peur. Et oublie les caméras de sécurité. Il n'y en a aucune dans la rue.

– Ce carton a été livré. Quelqu'un a forcément vu quelque chose.

– Mmmm, fut la seule réponse d'Henley.

– Est-ce que ça va ?

– Bien sûr que non, ça ne va pas. Plus vite toute cette bande en aura terminé…

– Merci bien, dit Anthony en entrant dans la cuisine.

– Excuse-moi. Vous en avez encore pour longtemps ? demanda-t-elle.

– Non. D'ici une demi-heure, on arrête de te prendre la tête. (Anthony ôtait ses gants en latex.) Merde, c'était un mot malheureux.

– Tu peux nous en dire quelque chose ?

– Cent pour cent humain. Cent pour cent mâle. Cent pour cent mort.

– Anthony !

– Désolé. Je ne sais pas quoi dire d'autre. On a relevé les empreintes sur le carton et le scotch. Avec un peu de chance, il n'y aura pas que les tiennes et celles de Rob. Quant à la tête, ce qu'elle a de plus curieux, c'est que… (Il s'interrompit comme s'il ne croyait pas tout à fait à ce qu'il s'apprêtait à dire.) Elle est en pleine décongélation.

– Hein ?

– Linh ne peut pas déterminer depuis combien de temps ce type est mort parce que sa tête a été conservée au congélateur.

35

Henley ne pouvait s'empêcher de trembler. Debout devant le lavabo, elle s'aspergea le visage d'eau froide et se brossa les dents. La maison lui paraissait différente, maudite. Elle aurait dû s'asseoir et réfléchir à ses projets, mais elle ne savait trop par où commencer ni quels projets étaient nécessaires.

– Où est le petit zèbre d'Emma ? demanda Rob.

– Il doit être sur son lit. Pourquoi ?

– Je fais nos bagages.

Ouvrant la penderie, il commença à ôter des vêtements de leurs cintres.

– Attends. Tu vas t'en aller sans me dire un mot.

– Mais tu deviens folle ou quoi, Anj ? cria-t-il.

– Parle plus bas. Tu vas réveiller Emma.

– Pour l'instant, je m'en tape. Un malade mental a déposé une tête coupée devant notre porte. Une tête coupée, Anjelica. Je t'ai demandé de laisser tomber ce boulot de dingue…

– Tu ne l'as pas demandé. Tu l'as exigé.

– Et avec raison, putain. Je ne reste pas ici, et notre fille non plus. À toi de voir si tu veux venir ou non.

– Pas comme ça. Pas sans en parler avant.

– Tu ne m'as pas parlé avant de retourner le voir, lui.

– Je suis retournée au boulot, pas voir un homme, bordel, cria Henley à son tour, oubliant sa propre mise en garde à propos d'Emma.

Elle s'assit sur le lit, terrassée par une douleur palpitante dans la tempe.

– Où vas-tu ? demanda-t-elle enfin.

– Je n'ai pas encore décidé. Chez mon frère ou chez mes parents, mais c'est la goutte d'eau, Anjelica. J'ai essayé, j'ai vraiment essayé de voir tout ça de ton point de vue, mais ça va trop loin, maintenant. Il faut que tu prennes une décision.

– Tu me poses un ultimatum ?

– Appelle ça comme tu veux, mais tu dois décider de ce qui est le plus important : ta carrière ou ta famille.

– Je vis avec un homme de Néandertal. Tu savais à quoi tu t'engageais quand tu m'as épousée.

– Tu as une semaine.

– C'est bien gentil de ta part.

– Et tu as même de la chance que je te laisse ça. Qu'une chose soit bien claire : Emma et moi ne restons pas ici cette nuit. Qui sait ce qui apparaîtra sur le pas de la porte demain matin ?

36

– Tu es prête ?

– Arrête de faire comme si tu allais annoncer les finalistes de *The Voice,* répondit Henley.

Debout devant le bureau d'Anthony, dans le poste de police de Southwark bourdonnant d'activité, flanquée de Ramouter, elle était épuisée, elle avait la gueule de bois et elle se sentait coupable de n'avoir pas accompagné Rob et Emma – pour former une famille.

– Donc, comme nous le savons, la tête du gars a été gardée au froid. Quand on te l'a livrée, elle était en partie décongelée, ce qui explique le sang. Ça n'a pas été facile, mais on a réussi à ouvrir les mâchoires pour prendre une empreinte dentaire. Donc on a du sang et des échantillons de cheveux. Je n'entretenais pas beaucoup d'espoir, mais on a une correspondance pour notre homme des glaces.

– Qui est-ce, Anthony ? s'enquit Henley.

– Précisément, je n'en sais encore rien, mais ce n'est pas le plus intéressant. Rappelle-toi ce qui est arrivé il y a deux ans et demi.

Elle leva les yeux au ciel tandis que Ramouter se tortillait à son côté, mal à l'aise.

– On n'a jamais identifié la dernière victime d'Olivier, continua l'expert. Pas d'ADN, pas d'empreintes… pas de tête…

– Dis-moi que tu plaisantes, lança Henley, abasourdie.

– Ce n'est pas une blague. La dernière victime d'Olivier était un Asiatique de vingt-cinq à trente-cinq ans, et c'est sa tête qu'on a retrouvée aujourd'hui.

– Quand il a réalisé qu'on était sur sa piste, il s'est mis à jouer, expliqua Henley à Ramouter. Il a refusé de nous donner la moindre information sur le septième homme. Nous ne savons pas s'il a fait l'armée avec lui ou si c'est juste un inconnu qui n'a pas eu de pot. On n'a pu attribuer l'assassinat à Olivier que parce qu'il a été négligent : des cheveux à lui et des fibres de la moquette de son appartement ont été retrouvés sur le cadavre. En plus des symboles tracés sur le dos.

– Et c'est donc sa tête ? demanda Ramouter qui, durant les derniers jours, s'était familiarisé avec la vieille affaire. Celle de la victime numéro sept ?

– Sûr à quatre-vingt-dix-neuf pour cent, dit Anthony. Bon, tout ce que j'ai, c'est une correspondance ADN dans la base de données mais, sauf si un imbécile a foiré l'étiquetage, c'est assez concluant. Pour une certitude absolue, il faudra effectuer des prélèvements sur le cadavre.

– À condition qu'il ait été enterré, remarqua Henley. Pour ce qu'on en sait, il a pu être incinéré. Ils n'allaient pas le garder au frais pour le cas où il serait identifié un jour.

– Eh bien, si, déclara Anthony. Le cadavre est à la morgue de Finchley. Tu as de la chance. Il a échappé aux pressions de la NCA pour faire incinérer les macchabées non identifiés dans toutes les morgues du pays. J'ai demandé un service à un confrère, qui recueille les échantillons à l'heure même où nous parlons. Dès qu'on récupère ça, ça part chez Linh.

– Tu sais que tu es une star ? lança Henley.

– Ne me taquine pas, dit l'expert en souriant, avant de redevenir sérieux. Tu sais quoi ? En vingt-cinq ans de carrière, je n'avais encore jamais vu ça. Tu dois admettre que je ne suis pas du genre à abuser des gros mots, mais, ça, putain, c'est vraiment chtarbé.

– Quelqu'un a gardé la tête du mec au congélo ? ricana Pellacia.

– Ce n'est pas marrant, lui reprocha Henley.

– Non… C'est seulement… seulement… Merde, je ne sais pas. (Il se redressa.) Pardon. Désolé. Est-ce qu'on a une idée de qui il s'agit et de pourquoi sa tête a été livrée chez toi ?

– On transmet sa description au service des personnes disparues, et un portrait-robot électronique partira cet après-midi. À part ça, pourquoi l'a-t-on déposée devant ma porte ? Olivier doit vouloir montrer qu'il conserve du pouvoir. Il avait envie de se mêler de notre enquête. Le copycat travaille forcément avec lui.

– Pourtant aucun indice n'a jamais suggéré qu'Olivier ait travaillé avec quiconque, fit remarquer Ramouter. Ryan l'a dit : c'est un solitaire, et lui-même l'a pratiquement admis quand on l'a vu. Pas d'amis ni de famille méritant d'être mentionnés. J'ai lu les dépositions des policiers qui ont fouillé son appartement ainsi que le rapport de la police scientifique. Il est impossible que tous ces gens-là aient manqué une tête humaine à côté d'un paquet de saucisses.

Henley lança à Pellacia un regard acéré lui intimant de ne pas se remettre à rire.

– Junior n'a pas tort, dit-il simplement.

– Ramouter a effectivement raison, acquiesça Henley. La question est donc : où était cette tête pendant tout ce temps ?

– En parlant de ça, les agents de police ont fini par s'entretenir avec ton voisin, M. Flores. Il se trouve qu'il a vu un coursier à moto dans ta rue en sortant de chez lui. Il s'est même rappelé le nom de l'entreprise : Velocity Couriers. Comme le procès de Stanford est terminé, je l'ai envoyé avec Eastwood tirer ça au clair.

– OK. Bon. On commence peut-être à avancer un peu. Mais il va falloir que je revoie Olivier.

Ramouter se plaqua les mains sur le crâne et entreprit de se masser les tempes.

– Je sais qu'Olivier travaille avec quelqu'un. Les symboles découpés dans les cadavres. La tête de la dernière victime livrée chez moi. Il faudrait être idiot pour croire que tout ça n'est qu'une coïncidence.

– Mais il est enfermé dans un Quartier de Haute Sécurité. Son courrier est surveillé. Il n'a pas accès à un ordinateur ni à quoi que ce soit de ce genre, protesta le jeune policier.

– Je t'en prie ! Tu crois vraiment que tout le monde à Belmarsh se contente de jouer tranquillement à Puissance 4 ?

– Bon, qu'est-ce que tu vas faire maintenant ? demanda Pellacia.

– On retourne à la prison, décida Henley.

Ramouter gémit et se reprit la tête entre les mains.

– On est obligés ?

– Tout à fait. On va rendre une nouvelle visite à Olivier.

37

– Vous revoilà déjà ? Je savais que je vous manquais, dit Olivier avec un infime sourire, en se balançant sur une chaise qui n'était pas fermement rivetée au sol.

Henley espéra qu'il ne sente pas combien Ramouter et elle avaient peu envie de se trouver là. Pendant qu'on les escortait à travers la prison, sous les filets anti-suicide, pendant qu'autour d'eux les prisonniers les traitaient de porcs et hurlaient tout ce qu'ils auraient aimé lui faire, elle avait gratifié le stagiaire d'un petit discours de motivation.

– Alors, de quoi s'agit-il ? demanda Olivier. De recherche d'information, d'une déposition volontaire ?

– Nous voulons vous parler de votre dernière victime, dit Henley.

Le prisonnier poussa un soupir théâtral.

– Nous avons déjà abordé ce sujet, inspectrice. Je n'ai fait aucune victime.

– On a livré sa tête dimanche matin sur le pas de ma porte.

– Une tête ? (Olivier inclina la sienne de côté.) Une tête entière ?

– Dans un carton. Avec mon nom dessus.

Il eut un petit rire pareil à un aboiement.

– Ç'a dû être assez déplaisant. Vous avez cru que votre mari vous envoyait des fleurs ? Ou que Pellacia voulait vous montrer combien il vous aime. Qu'est-ce que vous en pensez, le stagiaire ? Votre partenaire est tiraillée entre deux hommes. Ça doit être très… romantique.

Ramouter ne répondit pas.

– J'ai l'impression que votre élève ne me parle pas, aujourd'hui. (Le sourire quitta son visage aussi vite qu'il y était apparu.) Une tête dans un carton, reprit-il d'une voix dure.

– Votre dernière victime, précisa Henley. Celle à cause de laquelle vous êtes ici. Vous avez été négligent. Vous n'avez pas pris autant de précautions qu'avec les autres. On vous a vu en train de déposer le cadavre devant une maison de quartier, vous aviez laissé votre ADN dessus et conservé la tête. Je ne pensais pas que vous étiez du genre nécrophile.

La joue droite d'Olivier se creusa comme s'il la mordait.

– Ted Bundy décapitait une partie de ses victimes, il couchait avec elles et il conservait la tête, continua l'inspectrice. C'est ce que vous avez fait avec la victime numéro sept ? Vous avez mis sa tête au frais parce que vous comptiez retourner la chercher ? Vous aviez des intentions romantiques ?

Henley se calmait, les yeux plongés dans ceux d'Olivier, suivant mentalement le rythme de sa respiration. Elle n'allait pas se laisser intimider.

– Qui est-ce ? interrogea-t-elle. À qui faites-vous déposer des têtes tranchées devant ma porte ? Qui se charge de votre sale besogne ?

Le tueur se pencha vers elle. Elle sentit son haleine fétide.

– Au cas où vous n'auriez pas remarqué, je suis coincé ici. Je ne peux même pas me faire livrer des crevettes au curry. Comment voudriez-vous que je m'arrange pour que quelqu'un trouve une tête et la porte au milieu d'un alignement de maisons mitoyennes à Brockley.

Henley fit la grimace. Il savait où elle habitait. Que savait-il d'autre de sa vie privée ?

– Ce serait une très jolie maison avec une porte d'entrée bleue. Non, non, le bleu ne vous convient pas. Vous n'êtes pas si superficielle. Vous choisiriez une couleur montrant votre force. Pas du noir, pas assez subtil. Peut-être un violet profond.

Henley se sentait vulnérable. Elle compta mentalement jusqu'à dix, tentant de se reprendre.

– Votre copycat…

– Ce n'est pas *mon* copycat, répondit Olivier avec une irritation évidente.

– Ça doit être dur pour vous de n'avoir aucun contrôle sur lui. Il travaille vite. Bien plus efficacement que vous.

– Trois victimes et on est seulement lundi, ajouta Ramouter avec assurance.

– Vous ne vouliez peut-être pas qu'il dépose la tête chez moi. Vous aviez peut-être d'autres projets, mais il travaille à sa manière, reprit Henley.

La poitrine d'Olivier se souleva et retomba rapidement. De toute évidence, sa colère montait.

– Que craignez-vous ? Que votre copycat vous surpasse ?

La chaise en plastique qu'occupait le détenu craqua pitoyablement quand il se pencha en arrière.

– Ces nouveaux meurtres font peut-être partie de son projet et non du vôtre. Même si l'agent Ramouter et moi sommes ici à vous parler, c'est l'autre qui récolte toute l'attention. Est-ce que vous commencez à réaliser que tout ne tourne pas autour de vous ?

– Tout tourne toujours autour de moi, renvoya Olivier, méprisant.

– On a trois victimes, continua Henley en s'efforçant de conserver un ton égal. Sean Delaney, Uzomamaka dite Zoe Darego et Daniel Kennedy.

Elle vit au regard de son interlocuteur que les noms avaient déclenché quelque chose. Elle les répéta lentement.

Voilà : un nouvel éclair de familiarité dans les yeux d'Olivier.

– Quel âge avait-elle ? La fille ? demanda-t-il.

– Vous le savez, l'âge qu'elle avait. Ç'a été rabâché aux infos.

– Huit, trois et quatre, dit-il soudain.

– Qu'est-ce que ça veut dire, ça ? lâcha sèchement Henley.

– Je le dirai pas, chantonna le détenu.

– Elle avait vingt-six ans, et elle était infirmière, intervint Ramouter. Elle avait toute la vie devant elle avant que quelqu'un la découpe et lui grave un croissant et une croix à deux barres dans la peau.

– Les gens disent toujours ça à propos des morts : *Ils avaient toute la vie devant eux.* C'est visiblement faux puisqu'ils sont morts. On a le droit de ne pas apprécier le mode d'élimination mais, quand faut y aller, faut y aller. (Il marqua une pause.) Huit, trois et quatre.

Henley se leva et s'approcha de la porte.

– Viens, Ramouter, dit-elle. On perd notre temps.

– Et votre dernière victime ? demanda le stagiaire.

Olivier secoua la tête.

– Je vous l'ai dit. Je n'ai pas tué cet homme, mais c'est sympa que quelqu'un travaille à rassembler les morceaux. (Il éclata de rire. Un rire profond et saccadé qui se répercuta sur les murs.) Humpty Dumpty[1]… Sauf qu'Humpty Dumpty, on n'a jamais réussi à le recoller.

1. Personnage de comptine souvent représenté comme un œuf anthropomorphe, popularisé par son apparition dans *De l'autre côté du miroir*, de Lewis Carroll.

38

Huit, trois et quatre. Olivier repassait les chiffres dans sa tête comme un mantra tandis qu'un gardien le menottait. Sécurité maximum. Risque élevé. Dangereux pour lui-même et pour les autres. C'était le passage qui le faisait rire. *Dangereux pour lui-même ?* La seule idée qu'il puisse vouloir se supprimer pour de bon était ridicule. Huit. Trois. Quatre. Trois crimes. Trois cadavres profanés et éparpillés dans le South London en un pitoyable hommage à son œuvre. Il ne voulait pas être vénéré, il voulait être craint.

Olivier baissa les yeux sur la nuque du gardien quand le métal froid pressa sa peau fine et pâle, soulevant des bourrelets qui se violacèrent.

– À quoi vous jouez, là ? demanda-t-il froidement.

L'autre tressaillit en voyant son prisonnier faire un pas vers lui. Son souffle s'accéléra quand les poignets meurtris se levèrent à la hauteur de son visage. À peine trois centimètres séparaient les deux hommes.

– Je suis désolé, bredouilla le gardien. Pardon, elles ont…

– Desserrez-les.

– Tout de suite.

Olivier eut un bâillement d'impatience tandis que l'homme déverrouillait ses menottes. Baissant les yeux à nouveau, il vit son cou pâlir sous l'effort. C'était le meilleur moment pour attaquer, quand la victime était distraite, occupée à une tâche terre à terre. Décapiter quelqu'un était plus facile qu'il ne l'avait imaginé : il y avait une vingtaine d'os dans le crâne humain, seulement sept dans le cou. Peu de muscles à trancher, peu de chair, mais des tendons et des ligaments. Le sergent Flynn était obèse, bourré de graisse entre ses muscles atrophiés, les valves cardiaques bouchées. Olivier lui avait craché au visage et avait pissé sur son corps nu avant de poser la scie en dessous de sa pomme d'Adam et d'appuyer sur le bouton bleu. Dans le bourdonnement du moteur, les dents métalliques s'étaient couvertes de sang et de chair, jusqu'à être arrêtées par la troisième vertèbre cervicale. Le prisonnier éclata de rire en se rappelant à quelle vitesse la lame s'était émoussée. Il s'attendait à ce que le gardien lui demande ce qu'il y avait de drôle tandis que, ses menottes desserrées, ils retournaient au QHS, mais ce ne fut pas le cas.

Il chassa de ses pensées l'image du corps décapité de Flynn et passa à *elle*. Trois. Uzomamaka Darego. De grands yeux marron curieux qui le regardaient avec nervosité, mais bien en face. Il l'avait observée. Il avait tenté de l'attirer dans ses rets. Il aurait aimé voir l'angoisse s'installer en elle, la briser, mais il avait échoué. Et à présent, alors qu'elle ne s'était pas brisée pour lui, quelqu'un d'autre l'avait brisée…

Olivier ramassa un journal dans la pile laissée à son intention sur son lit. L'article concernant le cadavre en morceaux du parc était marqué d'un Post-it vert. Il ne mentionnait ni les symboles tracés sur le corps, ni les deux autres victimes. Huit, trois et quatre.

– Qui es-tu, nom de Dieu ? dit Olivier en prenant un stylo pour dessiner les deux signes dans la marge blanche du journal.

Sa marque. Le papier se déchira sous la pointe agressive du stylo. Sa marque qui n'était d'ailleurs nullement une croix à deux barres. Ils se trompaient. C'était un double obèle, et cela lui appartenait en propre.

Est-ce que quelqu'un cherche à attirer votre attention ? La question posée par Henley lors de sa première visite. Il avait aimé l'expression de l'inspectrice. L'urgence de la situation, le dégoût d'être obligée de lui demander de l'aide. Il avait vu se livrer en elle une lutte entre l'envie de rester maîtresse de soi et celle de se laisser submerger par la haine et la colère tandis qu'elle attendait une réponse à sa question. Elle ne disposait pas d'un seul indice. Elle avait *vraiment* besoin de son aide.

Une colère chauffée au rouge bouillonnait en lui, rampait sur sa peau. Il savait que le copycat n'en avait pas terminé et cela l'irritait.

– Vous n'êtes pas de taille, inspectrice, dit-il à haute voix en faisant les cent pas dans sa petite cellule.

Il manquait de place. Pour réfléchir, il avait besoin d'espace. Un brouhaha retentit à l'extérieur : les huit autres détenus quittaient leurs cellules pour leurs cinq heures de rapports humains quotidiennes. Olivier sortit de la sienne et alla jusqu'au palier. Le Quartier de Haute Sécurité était une prison dans la prison. *Huit. Trois. Quatre.* Il allait devoir trouver ce putain d'imposteur lui-même. Donc, il fallait qu'il sorte.

39

– Je ne suis pas sa copine. Je ne l'ai jamais été, et nous n'étions en aucun cas ensemble vendredi soir.

Lorelei Fosse ramassa son sac de sport et le jeta dans son coffre, qu'elle claqua. Elle chaussa ses lunettes de soleil de marque et s'appuya contre sa voiture. Ramouter, face au soleil, la regardait, les yeux plissés. Ils se trouvaient sur le parking d'une salle de gym aux tarifs élevés d'East Dulwich. Chance Blaine jouait clairement hors de sa catégorie : tout en Lorelei la désignait comme une star potentielle de télé-réalité.

– Vous dites que ce n'était pas votre copain ? demanda-t-il.

– Parfaitement. Je n'ai même pas changé mon statut de célibataire sur Facebook. Je l'ai rencontré il y a à peu près un mois dans un pub de Borough Market. On s'est vus deux ou trois fois, et puis il m'a bloquée.

– Il vous a bloquée ?

– Ouais. Vous le croyez, ça ? C'est moi qui le chope avec une autre nana et c'est lui qui me bloque.

– Quand était-ce ?

– Il y a trois semaines, en gros. Je roulais le long de Lewisham High Street ; j'allais voir ma grand-mère, je me suis arrêtée au feu en face de l'hôpital, et il était là avec une fille. Il lui parlait et puis ils ont descendu la rue ensemble. Bras dessus bras dessous.

– Vous pouvez la décrire, cette femme ?

Lorelei rassembla ses souvenirs en jouant avec sa queue-de-cheval.

– Noire. Entre vingt et trente ans, sans doute. Je n'ai pas bien vu sa tête. Elle avait de longues tresses.

Ramouter sortit son téléphone, chargea un article de journal et agrandit la photo de Zoe Darego.

– Est-ce que c'est la femme que vous avez vue avec Chance Blaine ?

Lorelei examina le cliché pendant quelques secondes.

– Désolée, dit-elle en rendant l'appareil. C'est peut-être elle mais, franchement, je ne l'ai pas bien vue.

– C'est très bien. Merci de votre aide.

– Je vous en prie. Pourquoi m'interroger à son sujet, au fait ?

– Elle a été assassinée.

Lorelei porta les mains à sa gorge. Les couleurs désertèrent son visage.

– Par lui ? Ça ne me surprendrait pas. Il était branché sur un tas de trucs pervers.

40

Henley retournait à la SCU depuis la cafétéria d'en face, son déjeuner à la main. Elle but une gorgée de jus de fruit vert, sachant fort bien qu'il s'agissait d'une pauvre tentative pour contrer ses excès de vodka et de poulet grillé du dimanche soir.

Ramouter l'attendait sur le trottoir, son téléphone contre l'oreille.

– J'ai Stanford en ligne. Il veut vous parler.

Les deux policiers échangèrent sac en papier et téléphone tout en marchant vers la SCU.

– Bonne nouvelle, on ne court pas après une chimère, dit Stanford. Le paquet a été envoyé par le Velocity Couriers de Rotherhithe New Road. La commande a été passée en ligne dimanche, aux premières heures de la matinée.

– Où est-on allé prendre le paquet ? demanda Henley.

– Manor Park. À l'entrepôt frigorifique Franklin-Jones. Qui fait exactement ce que dit son nom. La majorité des clients sont des commerçants, des restaurants et des cabinets médicaux, mais il y a aussi des particuliers. Tous disposent du code de sécurité du portail d'entrée, ainsi que d'un code séparé et d'une clef pour l'emplacement qu'ils louent. Avec les codes, tu peux accéder au bâtiment quand tu veux.

– Et le personnel ?

– Seulement quatre personnes, directeur compris, qui travaillent de huit à vingt heures. Le coin est tapissé de caméras de sécurité et il y a des veilleurs de nuit, mais c'est tout.

– Que dit le coursier de sa livraison ?

– Le coursier, Vincent Tiergan, dit qu'il n'y avait rien de louche. Il n'est pas rentré dans l'immeuble. La femme…

– Une femme ?

– Oui, d'après lui, c'était une cliente. Blanche. Dans les trente-cinq ans. Les cheveux noirs ou châtain foncé, il n'est pas très sûr. Il dit qu'il n'a pas fait attention. Elle a demandé qu'on passe prendre un paquet à l'entrepôt et c'est tout. Vers 6 h 30, lui semble-t-il.

– Pourquoi est-ce qu'il n'a pas attendu de me faire signer pour le paquet, si tout était légal ?

– Il paraît qu'il était en retard. J'ai une copie de la feuille de contact. Je te l'envoie par e-mail.

Henley, assise à son bureau, retirait les oignons de son sandwich tandis que Ramouter épluchait la feuille de contact.

– Le contrat de location est au nom d'Isaac Felton, dit le stagiaire. Il a été signé deux jours après qu'on a trouvé la dernière victime d'Olivier. Ledit Felton a fourni une adresse, un numéro de téléphone et une photocopie de facture de téléphone.

– Tu as fait des recherches sur le nom ?

– Ouais. Le seul Isaac Felton que j'ai trouvé est mort à six ans en 1984, et l'adresse est fausse. Elle n'existe pas.

– Super, commenta Henley. L'entrepôt frigorifique est tenu par des neuneus. Donc retour à la case départ.

– Deux ans et demi, c'est long. On ne garde pas un truc comme ça juste au cas où on en aurait besoin un jour.

– Olivier avait clairement des projets avant qu'on ne les interrompe en l'arrêtant.

– Mais pourquoi maintenant ? Comment peut-il s'arranger pour qu'on dépose des morceaux de cadavres devant votre porte ?

– Je ne sais pas, mais il a tué sept personnes. Jusqu'ici, le copycat en a tué trois.

– Je peux me tromper, dit Ramouter, mais je ne crois pas qu'Olivier soit responsable des nouveaux meurtres. Regardez la manière dont il a réagi quand vous avez dit « votre copycat ». Ça a paru l'irriter.

– Il n'était pas irrité, il était furieux, répondit Henley, mais les noms des victimes lui disaient quelque chose. Il semblait chercher à se les rappeler, notamment quand il m'a interrogée sur Zoe. Mais rien dans son passé à elle ni dans celui de Kennedy ne suggère un lien avec Olivier. Même si elle était peut-être en rapport avec Chance Blaine.

– Zoe a dit à son amie qu'elle était harcelée par un mec sur le chemin du boulot, et Lorelei a vu Blaine près de l'hôpital. J'ai demandé au conseil du *borough* les films de sécurité du jour en question.

– On ira chercher Blaine dès qu'on aura visionné ça. En attendant…

L'inspectrice n'oubliait pas le signalement de la personne ayant organisé la livraison d'une tête dans un carton.

– Il faut qu'on trouve cette bonne femme, conclut-elle.

41

Jamie Hawkins-Delaney ôta la chaîne de sa porte et recula pour laisser entrer les policiers. Il ne ressemblait pas à l'image qu'Henley s'était faite de lui au téléphone. Alors qu'il lui avait paru fort, plein d'assurance, direct, c'était un homme brisé qui se tenait devant elle. Nullement prêt à assumer son rôle de veuf. Il renifla et frotta ses yeux rougis, irrités. Les rideaux n'étaient pas ouverts et il régnait dans l'appartement l'odeur caractéristique de quelqu'un qui s'est fermé au monde et n'est pas sorti depuis plusieurs jours.

– Pardon pour le désordre.

Hawkins-Delaney ramassa les canettes de bière vides traînant près du canapé en cuir.

– Ne vous en faites pas pour ça, dit Henley. Mais ce serait peut-être une bonne idée d'ouvrir les fenêtres. De laisser entrer un peu d'air et de lumière.

Il s'employa à cette tâche avant de s'effondrer.

– Je n'arrive pas à croire que Sean est mort, soupira-t-il quand il se laissa tomber sur le canapé, parmi les magazines et les paquets de chips, et enfouit son visage dans ses mains.

L'inspectrice ôta un sac en plastique et une chemise sale d'un fauteuil, avant de s'y asseoir.

– Je suis vraiment désolée pour Sean.

Elle pêcha un paquet de mouchoirs en papier dans sa poche de veste. Hawkins-Delaney prit celui qu'elle lui tendait avec reconnaissance.

– Depuis combien de temps Sean et vous étiez-vous mariés ?

– Deux ans, mais on s'est rencontrés il y a vingt-cinq ans à l'université. Au début, on était simplement amis. J'ai toujours su que j'étais gay, alors que Sean était dans le déni. Il a couché avec la moitié des étudiantes, plus une ou deux profs, et il a eu deux enfants avant de faire son *coming out*.

Henley vit une collection de photos en noir et blanc d'un petit garçon et d'une petite fille pendues au mur, non loin d'un cliché pris lors du mariage de Sean et Jamie.

– Ils sont jumeaux, lui apprit Hawkins-Delaney. Ils vivent avec leur maman à Rotterdam. On devait aller les voir pendant les vacances de la Toussaint... J'ai prévenu Marie, la maman, mais elle ne leur a encore rien dit... Je n'arrive même pas à assimiler ce qui s'est passé.

– Je sais que c'est dur. Je vous promets que l'agent Ramouter et moi n'en aurons pas pour longtemps.

– D'accord, d'accord. (Il s'empara de la bouteille de whisky et se servit un verre.) Normalement, je ne bois pas si tôt que ça, mais...

– Pas de souci. Est-ce que Sean avait des problèmes à son travail ?

– Il travaillait avec des alcooliques et des drogués. Dans un centre de désintoxication de Catford, depuis huit ans à peu près. Il voulait toujours aider les autres. Il pensait toujours que les gens méritaient une deuxième chance.

– Quand l'avez-vous vu pour la dernière fois ?

– Je devais aller au Maroc pour une mission – je suis photographe. Je suis parti jeudi dernier. C'était un vol de nuit, alors Sean m'a déposé à l'aéroport. Je me rappelle lui avoir texté que j'étais arrivé. Je l'ai appelé par FaceTime samedi, parce que c'était l'anniversaire de sa mère. C'est la dernière fois que je l'ai vu. Je commençais à m'inquiéter de ne pas recevoir de ses nouvelles. Sa mère n'en avait pas non plus et elle avait appelé tous les hôpitaux. Quand je suis rentré, lundi après-midi, elle l'avait déjà déclaré disparu.

– On a retrouvé Sean à Deptford. Voyez-vous une raison qui aurait pu l'attirer dans le quartier ? Est-ce que ça pouvait être pour le travail ? Un client ?

Hawkins-Delaney haussa les épaules.

– Peut-être un client. En tout cas, on n'avait pas d'amis là-bas. On y est allés de temps en temps faire le marché, et une fois voir un spectacle à l'Albany Theatre, mais c'était il y a des années.

– Sean avait-il des inquiétudes particulières ?

– Non, honnêtement, aucune. Il adorait son boulot. Parfois, on se disputait à ce sujet, parce qu'il travaillait toujours tard. Il donnait même son numéro de portable à ses patients. (Le ton du veuf se fit plus tranchant. L'amertume et le ressentiment perçaient à travers le chagrin.) C'est super rigolo d'être réveillé à deux heures du matin par un junkie qui cherche désespérément sa dose.

– Est-ce que vous voyez quoi que ce soit d'autre qui aurait pu paraître bizarre, déplacé ?

– On ne m'a pas laissé voir son corps, dit-il en regardant ses pieds.

Henley jeta un regard à Ramouter. Plus il s'immergeait dans son chagrin, plus leur interlocuteur dérivait loin d'eux.

– Je vais vous faire un thé. Combien de sucres, Jamie ? demanda le stagiaire.

– Oh… (Hawkins-Delaney le regarda comme s'il venait de se rappeler sa présence.) Aucun, merci.

Ramouter revint avec le thé quelques minutes plus tard et le lui tendit.

– Elle n'a même pas pu me montrer une photo de son visage, juste son alliance. La policière qui est venue avant vous m'a dit que Sean avait été… Que son corps avait été…

– C'est vrai, dit Henley.

– Merde, c'est carrément ironique, hein ?

– Quoi donc ?

– Il a été juré, une fois…

L'inspectrice sentit ses cheveux se hérisser sur sa nuque.

– Il y a combien de temps ?

– À peu près deux ans. C'est la seule personne que j'aie jamais connue qui se soit montrée enthousiaste à l'idée de faire ça.

– Et pourquoi est-ce ironique ?

– Eh bien… La manière dont Sean a été… dont il est mort. Son affaire… Le procès était similaire.

– Est-ce qu'il vous en a raconté quoi que ce soit ?

– Il n'y avait pas grand-chose à raconter. Ça a duré à peu près une semaine. Je ne suis pas sûr de ce qui s'est passé. C'est tellement loin.

Henley quitta son fauteuil et s'assit près d'Hawkins-Delaney. Elle lui posa la main sur l'épaule et l'amena doucement à se tourner vers elle.

– Jamie, je sais que c'est très dur, et que vous avez sans doute une centaine d'autres choses en tête en ce moment, mais est-ce qu'il a parlé de quelqu'un d'autre ? Quelqu'un qui aurait siégé dans le même jury que lui, par exemple ? Est-ce que les noms Zoe Darego et Daniel Kennedy vous disent quelque chose ?

Le veuf se redressa un peu et prit une profonde inspiration.

– Non, dit-il enfin, ça ne me dit rien. De qui s'agit-il ? Des clients de Sean ?

– Non, pas du tout. Je sais que je vous ai déjà posé la question et que le moment est horriblement mal choisi…

– Pas de problème. Je veux dire : si ça peut vous aider à trouver celui qui a fait ça à mon Sean. Je me rappelle juste qu'il était furieux quand le juge a dit qu'ils devaient arrêter…

Il fut interrompu par la sonnerie du téléphone de Ramouter, qu'Henley foudroya du regard.

– Désolé, dit le stagiaire. Je sors.

– L'Équarrisseur, s'exclama soudain Hawkins-Delaney, un vague éclair de détermination dans les yeux.

– Je vous demande pardon ? dit l'inspectrice.

– Le procès auquel Jamie participait. Il n'arrivait pas à y croire. C'était l'Équarrisseur.

– Le procès de Peter Olivier ? Sean faisait partie du jury qui a condamné l'Équarrisseur ?

– C'est ça. Il a été vraiment contrarié quand le juge a interrompu le procès…

Henley n'écoutait plus. Sean Delaney avait été juré au procès d'Olivier. Un procès qui n'avait pu se poursuivre. Et le tueur avait tiqué en entendant le nom complet de Zoe. Eux qui cherchaient un lien entre les trois victimes, ils venaient de le trouver.

– Il y a eu deux procès, expliqua Henley quand ils sortirent dans le hall de l'immeuble. Le premier a capoté au bout de quinze jours. Et Olivier a tiqué quand j'ai mentionné le nom complet de Zoe.

– Vous êtes sûre ? demanda Ramouter en appuyant sur un bouton vert pour débloquer la porte d'entrée.

– Sans l'ombre d'un doute. Je lui ai posé la question deux fois et quelque chose le faisait réagir.

– D'accord. Supposons que Zoe ait participé au premier procès. Comment aurait-il seulement su son nom ?

– Tu as déjà assisté à un procès criminel ? demanda Henley en sortant ses clefs de voiture pour ouvrir sa portière.

– Jamais, répondit le stagiaire en montant sur le siège du passager. J'ai témoigné une fois, mais c'était pour un délit.

– L'accusé est assis dans le box pendant la sélection du jury. Il entend les noms au moins deux fois. La première quand les jurés sont appelés à prendre place, et la deuxième quand ils prêtent serment.

– Mais on a vérifié la liste des jurés pour savoir qui était présent quand ont été introduites les dépositions concernant les symboles, et il n'y avait aucune de nos victimes.

– On n'a vérifié que les jurés du procès au terme duquel Olivier a été condamné. Pas ceux du procès qui a tourné court. Il nous faut cette liste, et il faut aussi qu'on revoie Chance Blaine. Il a été condamné pour entrave à la justice. Ce sont ses agissements qui ont entraîné l'interruption du premier procès, et il a peut-être été vu avec Zoe.

– Pourquoi perdre du temps ? Pourquoi ne pas l'arrêter tout de suite ?

Henley réfléchit à la question en tapotant le volant.

– Non, dit-elle enfin. Il a de l'assurance. Il est malin, il a une formation d'avocat et c'est un petit salaud calculateur. Si je veux le coller dans une salle d'interrogatoire, j'ai besoin de preuves.

– D'accord. Je m'occupe d'obtenir la liste dès qu'on rentre au bureau.

L'inspectrice consulta l'horloge du tableau de bord. 19 h 30. Elle n'avait vraiment aucune envie de retourner au bureau, mais ne voulait pas non plus rentrer dans une maison vide.

– Non, ce n'est pas la peine. On ne réussira pas à avoir la liste ce soir. Le bureau des jurés d'Old Bailey sera fermé. Et si je te reconduisais chez toi ? Je suis sûre que ta femme et ton petit garçon seront ravis de te voir arriver à une heure décente, pour une fois.

– Ils ne sont pas ici. Ils habitent Bradford, dit tristement Ramouter.

– Oh. Pardon. Je n'avais pas compris que vous étiez…

– Non, non. On n'est pas séparés ni rien. C'est juste que… Ma femme n'est pas…

– Tu n'es pas obligé de me le dire si tu n'en as pas envie.

– Si, il vaut mieux. Ma femme ne va pas très bien. Elle souffre de démence précoce. Le diagnostic n'est pas bien vieux.

Henley arrêta la voiture sur le bas-côté et alluma ses feux de détresse. Elle n'avait pas su voir que quelque chose n'allait pas chez Ramouter, et se retrouvait furieuse qu'Olivier s'en soit aperçu avant elle.

– Pourquoi n'as-tu rien dit ? Et qu'est-ce que tu fais ici, à Londres ?

– Elle était censée venir avec moi. Tous devaient venir. Elle, Ethan et sa foutue perruche, mais c'est compliqué. La famille, c'est parfois… écrasant.

– M'en parle pas. C'était ça, tous les coups de téléphone que tu as reçus ?

– Ouais, désolé.

– Ne t'excuse pas. À présent que je sais… Il vaut mieux que je le sache. Bon, j'en déduis que tout ce qui t'attend chez toi, c'est un épisode de *MasterChef* et un plat cuisiné en portion individuelle.

Ramouter éclata de rire.

– Vous avez visité mon appartement ?

– J'ai de l'intuition, répondit Henley en souriant, malgré la tristesse que lui inspirait le calvaire de Ramouter. Vu qu'il est tard et qu'on ne retourne pas à la SCU, soyons fous : je t'invite au Nando's.

42

– On arrive à se tromper soi-même, à se faire croire que ce boulot n'est pas dur pour la famille. Qu'elle peut le supporter.

Henley essuya les gouttes de condensation sur le col de la bouteille de bière. Le toit-terrasse du Nando's n'était pas surpeuplé. Les deux policiers occupaient une table d'angle, au fond, qui surplombait la Tamise. Le soleil était déjà descendu dans un éclaboussement de pourpre, d'ambre et turquoise, tandis que s'allumaient de plus en plus nombreuses les lumières de la ville, comme si l'unique fonction du verre et de l'acier citadins consistait à distraire de la mort, du chaos régnant dans les rues.

– Le truc, c'est que la famille nous dit qu'elle peut le supporter, et que, les premiers mois, un an avec de la chance, elle le peut bel et bien – et alors il se passe quelque chose. La réalité se manifeste. On n'est jamais à la maison à l'heure, on rate le soixante-dixième anniversaire du beau-père, on refuse de parler de sa journée de merde, et puis un malade mental essaie de nous tuer, acheva Henley avant de boire une gorgée.

– Je sais que c'est difficile, mais j'ai envie de ça depuis tellement longtemps. Je suis même surpris d'en avoir envie à ce point-là. (Ramouter versa la sauce au pili-pili la plus forte sur son poulet.) Et vous… tu sais ce qui est le pire dans ce boulot ? Pour nous, je veux dire ? C'est essayer de se convaincre qu'on n'est pas en train de trahir soi-même et sa communauté.

Henley se rappelait les discussions orageuses avec sa famille et ses amis quand elle avait décidé d'abandonner un boulot lucratif d'analyste dans une banque d'affaires pour s'inscrire au programme de recrutement de la police métropolitaine.

– Mon frère Simon ne m'a pas adressé la parole pendant trois mois, dit-elle. (Ramouter hocha la tête avec empathie.) À vingt-cinq ans, il s'était déjà fait arrêter trente-deux fois au volant par les flics parce qu'il était noir, et voilà que je lui disais que je partais pour l'école de police d'Hendon.

– Ma mère prie pour mon âme chaque fois qu'elle va au temple. Elle dit qu'entrer dans la police est encore plus scandaleux qu'avoir épousé une non-Sikh.

Henley se détendit un peu tandis qu'ils dînaient, profitant de la chaude soirée citadine. Elle avait été trop furieuse d'avoir un stagiaire pour se rappeler qu'il s'agissait d'un être humain.

– Je suis désolée pour ta femme. Tu as envisagé de retourner là-bas ?

Elle était désagréablement consciente de parler comme Rob, de demander à Ramouter de choisir : son travail ou sa famille.

– Hein ? Et renoncer à dîner en terrasse au Nando's ? (Le sourire du jeune policier disparut aussi vite qu'il était venu.) C'est elle qui a voulu que je vienne.

– Et toi, tu le voulais ? demanda Henley.

– Je veux le boulot, et je veux ma famille. Mais il semble qu'en ce moment je ne puisse pas avoir les deux.

Il ramassa une serviette en papier et s'essuya rapidement les yeux.

– De la sauce pili-pili dans l'œil ?

– Quelque chose comme ça.

Henley se savait capable d'exaspérer les gens. Elle avait le désir inné d'apprendre ce qui les faisait réagir, de connaître les boutons à pousser pour les déstabiliser. Était-elle manipulatrice dans l'âme ou simplement persuasive ? Elle n'en savait trop rien.

– Et toi ? demanda Ramouter pendant qu'elle piochait du riz à l'aide de sa fourchette. Tu sembles avoir réussi. Tu n'as pas été obligée de choisir.

– Mon mari me le demandait tous les jours. Il est passé à deux fois par jour quand Olivier m'a blessée et que j'ai été mise en disponibilité avec le TSPT.

– Trouble de stress post-traumatique ? Je ne savais pas, désolé.

Henley chassa les excuses d'un geste de la main.

– Tu n'as pas à être désolé. Tu fais partie de l'équipe et tu travailles avec moi. Tu as le droit de savoir.

– Je fais partie de l'équipe, répéta Ramouter en souriant. Mais c'est passé maintenant ? Le TSPT, je veux dire.

L'inspectrice leva les yeux alors que des hélicoptères Chinook en route pour la base militaire voisine passaient au-dessus de leurs têtes, noyant sa réponse.

– C'est gérable.

43

Henley, après un bref sommeil agité, s'était réveillée seule à quatre heures du matin, couverte de sueur et empêtrée dans les draps. Renonçant à se rendormir, elle était arrivée à la SCU à six heures.

– Sean Delaney a été juré dans le premier procès criminel d'Olivier, s'exclama Ramouter, triomphant, en abattant les mains sur son bureau, ce qui fit sursauter l'inspectrice. Daniel Kennedy et Zoe Darego aussi.

– Est-ce que c'est la liste complète des jurés ?

Henley avala une gorgée de café, comptant sur la caféine pour lui insuffler un peu de vie.

– Pour le premier procès, oui. Le jury avait été sélectionné le 25 septembre 2017. (Ramouter lui tendit la feuille où figuraient les douze noms.) Mais il a été dissous au milieu de la deuxième semaine parce que…

– Un des jurés a découvert des informations sur Olivier et en a parlé aux autres.

Tout commençait à lui revenir, la cause du bref hiatus avant que le rouleau compresseur du procès de l'Équarrisseur ne reparte de plus belle.

– Est-ce qu'on sait quel juré a bavé ?

– Il y en a deux, répondit Ramouter. Alessandro Naylor, le juré numéro cinq, et Dominic Pine, le numéro onze. J'ai appelé le procureur ce matin à la première heure : d'après ses souvenirs, Naylor et Pine s'étaient arrangés pour découvrir que la première victime d'Olivier, le sergent Adrian Flynn, avait été accusé de l'avoir violé quand il avait dix-neuf ans. Comment ça se fait que tu ne te rappelles pas ça ?

Henley jeta un coup d'œil à l'horloge puis aux cernes noirs sous les yeux du stagiaire, et décida de lui pardonner son attitude ainsi que l'irritation dans sa voix. S'il s'était couché tard, c'était en partie de sa faute.

– Je n'ai participé au procès que comme témoin, en tant que flic et en tant que… que victime. (Elle sentit une vague de honte lui monter au visage.) Le premier jury a été remercié avant que je ne comparaisse. Je n'étais même pas au tribunal puisque, techniquement, j'étais en congé maternité. On nous a dit que le jury avait été dissous mais il n'est pas rare qu'un procès tourne court pour un problème de juré ou un vice de forme qu'aucun de nous ne comprend. L'audience a repris quelques jours plus tard avec un nouveau jury. Je crois qu'on m'a collée dans le box des témoins la troisième semaine, pendant deux jours.

Elle se rappelait en fait très bien être restée assise dans la salle 9 d'Old Bailey, alors qu'elle était enceinte de presque huit mois. Le procureur lui avait proposé des mesures spéciales : témoigner par vidéo ou derrière un rideau, hors de vue d'Olivier. Elle avait refusé, proclamant qu'elle n'était ni vulnérable ni intimidée, bien qu'elle dût forcer, avec son ventre, pour pénétrer dans le box. Emma n'avait pas cessé de lui donner des coups de pied, ce jour-là, comme si elle protestait contre sa présence au tribunal.

– Quatre jours plus tard, ma fille est née prématurée. Je n'ai pas accordé une autre pensée à Olivier ni à l'affaire jusqu'à ce que le verdict soit prononcé, conclut Henley.

– Mmm. OK, bon, Naylor et Pine ont tous les deux été accusés d'outrage au tribunal, reconnus coupables en décembre 2017 et condamnés à six mois de prison.

– Je ne vais même pas demander où ils ont pris les infos à propos d'Olivier.

– Joseph McGrath, confirma Ramouter avec un sourire, désormais Chance Blaine, notre agent immobilier préféré. Mais regarde encore la liste des jurés. Là, ça devient passionnant. Reprends les trois victimes et regarde leurs numéros.

Henley examina la liste.

– Uzomamaka Darego, notre Zoe, jurée numéro trois. Daniel Kennedy est le quatre et Sean Delaney le huit. *Putain de merde.* Huit, trois et quatre. C'est ce qu'a dit Olivier. Il a répété ces chiffres la dernière fois qu'on l'a vu.

Elle fut écœurée de se rendre compte que le tueur avait un pas d'avance sur eux. Qu'il avait déterminé avant elle le lien entre les victimes.

– Mais ces gens-là n'ont rien à voir avec lui, reprit Ramouter. Ils ne l'ont pas condamné. C'est le deuxième jury qui a tranché. Si c'était une vengeance, les victimes appartiendraient sûrement à celui-là. Ça n'a aucun sens.

– Autant que ça m'ennuie de le dire, je crois qu'Olivier ne mentait pas. Je ne crois pas qu'il ait orchestré ces meurtres.

L'inspectrice s'approcha du tableau blanc auquel étaient accrochés d'un côté des photos de Daniel Kennedy, Zoe Darego et Sean Delaney, de l'autre un portrait-robot électronique, une image générée par ordinateur à partir de la tête laissée devant la porte d'Henley.

– Mais les victimes ont peut-être quelque chose à voir avec Blaine, continua-t-elle.

– OK, mettons que ce soit Blaine. On ne se met pas à tuer sans raison, dit Ramouter. On ne se réveille pas un mercredi matin pour réaliser qu'on est à court de lait et qu'on doit donc découper le laitier en petits morceaux.

– Il a pu faire des essais, dit Henley, comme pour elle-même. Et les autres jurés ?

– Deux sont morts, répondit le stagiaire en se balançant sur sa chaise. (Elle comprit qu'il avait déjà mémorisé tous leurs noms.) Albert Kraenish l'année dernière, de mort naturelle : le certificat de décès spécifie cancer du foie.

– Et l'autre ?

– Carole Lewis. Quarante-huit ans. Trouvée poignardée à mort dans Highgate Woods en mai dernier. L'enquête est en cours. C'est un certain sergent Lancaster qui s'en occupe.

L'esprit d'Henley filait à un million de kilomètres-minute, mais elle ne trouvait rien à dire.

– Et si Kennedy n'était pas le premier ? suggéra Ramouter.

– Comment ça ?

– Tu viens de le dire. Un coup d'essai. Et si Daniel Kennedy n'était pas le premier ? Et si c'était Carole Lewis ?

Henley consulta la pendule murale. Le sergent Lancaster était en retard : son service avait commencé seize minutes plus tôt. D'autres policiers circulaient dans la salle des opérations, à l'évidence curieux de savoir pourquoi deux agents de la SCU leur rendaient visite. Henley avait déjà décliné deux fois du thé ou du café, alors que Ramouter se voyait ignoré.

Une femme trapue entra, avec un mince dossier bleu. Elle n'avait fait aucun effort de tenue. Lancaster était visiblement le genre de flic déterminée à prouver que ce qui comptait était le travail, pas la personne. Elle semblait agressive, ce qui déplut à Henley.

Tous trois s'entassèrent dans le bureau du sergent. Lancaster posa une main possessive sur la chemise bleue qui renfermait une partie de ses notes, les déclarations des témoins et le rapport de la police scientifique concernant l'enquête sur l'assassinat de Carole Lewis.

Henley tapota le bord du dossier.

– Il est un peu mince, non ?

– C'est mon dossier de travail personnel, répondit Lancaster en le tirant d'instinct vers elle.

– Et c'est tout ce que vous avez choisi d'apporter, en sachant que nous venions ?

Le brouhaha de la salle des opérations baissa de volume quand elle retira la main du dossier et le poussa vers son interlocutrice. Henley ignora son claquement de langue peu subtil et ouvrit la chemise.

– Nous avions le mari parmi les suspects, dit Lancaster.

L'inspectrice lui lança un regard noir, simple rappel qu'elle s'adressait à quelqu'un de plus gradé qu'elle. Le message passa.

– Mais à présent que vous êtes là, madame… corrigea le sergent à regret. Le corps a été découvert près des terrains de sport un samedi matin, par deux gamins partant pour leur entraînement de foot. La victime avait été poignardée au torse et on lui avait tranché la gorge. Elle était presque décapitée. Les soupçons se sont naturellement tournés vers le mari parce qu'on a vite déterminé qu'il avait une liaison avec leur voisine.

– Charmant, dit Ramouter.

– Ouais, et si vous voyiez dans quel état il est, vous vous demanderiez ce qu'on peut bien lui trouver, continua Lancaster.

Elle tourna les yeux vers le stagiaire, estimant à tort trouver en lui un allié naturel. Son regard s'attarda sur l'alliance qu'il portait à la main gauche puis remonta vers son visage.

– Vous voulez un thé ou un café ? lui demanda-t-elle. On a du bon, en capsules.

Henley résista à la tentation de lever les yeux au ciel et de lui reprocher de flirter avec son collègue juste sous son nez.

Ramouter s'éclaircit la voix.

– C'est bon, merci.

– Vous êtes du Yorkshire, non ? demanda Lancaster.

– Sergent ! lâcha l'inspectrice sans cacher son agacement. Vous disiez que vous suspectiez le mari ?

– Histoire de tout arranger, trois mois avant la mort de Lewis, il avait pris une assurance-vie pour eux deux. On a fouillé la maison et trouvé une paire de baskets à lui avec des traces de sang de sa femme. Il a prétendu qu'elle s'était coupée dans la cuisine, quelques jours plus tôt, et qu'il avait marché dans le sang.

– Qu'aviez-vous d'autre comme indices ? demanda sèchement l'inspectrice.

– Rien de concluant. (Lancaster s'empara de la grande bouteille d'eau d'Évian posée sur son bureau.) On l'a fait venir pour l'interroger et il a évidemment nié avoir quoi que ce soit à voir avec le meurtre. Il nous a donné un alibi. Il dit qu'il a passé la nuit dans un motel Travelodge avec la voisine, mais, quand on est allés la voir, elle a nié, et le Travelodge n'avait de réservation à aucun de leurs deux noms. Le surintendant-chef ne pensait tout de même pas qu'on ait de quoi l'inculper, donc on l'a relâché en attendant la suite de l'enquête.

– Enquête que, vu la tête de ce dossier de travail, vous avez laissée s'enliser.

– Quoi ? Non, j'ai…

– Le mari de Carole Lewis est libre depuis presque six mois et vous n'avez examiné aucun autre suspect.

– Il n'y a *pas* d'autres suspects.

– Vous en êtes sûre ? répliqua Henley. D'après le rapport de la police scientifique, une partie de l'ADN trouvé dans le corps de Lewis a été attribuée à un certain Gary Wilkins.

– On l'a interrogé, acquiesça Lancaster, sur la défensive. Il a admis des rapports sexuels avec Carole Lewis, mais c'était presque vingt-quatre heures avant qu'on ne la retrouve morte.

– Et vous l'avez donc automatiquement rayé de la liste des suspects ? Rien ici ne suggère que vous ayez seulement vérifié son alibi.

– Je vais le vérifier, son alibi, assura le sergent. L'enquête est encore ouverte.

– Vous avez attendu presque six mois pour le vérifier, dit Ramouter. Est-ce que vous savez seulement que Gary Wilkins fait l'objet d'une enquête de l'Unité Saphir du poste central du West End pour plusieurs agressions sexuelles ?

Lancaster plissa les lèvres comme si elle avait mordu dans un fruit amer. Pour une raison inexplicable, elle ne s'attendait pas à ce que ses visiteurs aient fait leurs devoirs.

– Ce n'est pas de la négligence, assura-t-elle sur un ton de défi. Notre unité a dix-sept enquêtes criminelles en cours. Nous ne pouvons pas nous offrir le luxe de choisir nos affaires ni de prendre tout notre temps pour enquêter sur des crimes en série une fois tous les trente-six du mois, madame.

Henley se hérissa sous la pique douloureuse, consciente des policiers rassemblés sur sa droite qui observaient ouvertement l'échange. Lancaster, en face d'elle, jouissait avec suffisance de ce point obtenu à peu de frais.

– Vous saviez que Lewis avait été jurée au procès de Peter Olivier ? demanda l'inspectrice.

– Non, on l'ignorait. Même si on l'avait su, je ne crois pas que ça nous aurait donné une piste possible sur le moment, mais c'est une chose que nous allons activement…

– Rien du tout. Nous reprenons l'affaire.

L'expression de Lancaster se durcit.

– Vous ne pouvez pas faire ça. C'est *mon* enquête.

– Ça l'était et, à mon sens, vous n'avez pas enquêté correctement, dit Henley assez fort pour être entendue de toutes les oreilles indiscrètes dans la pièce.

– Madame, sauf votre respect, j'ai conduit cette enquête…

– Mal. Voilà comment vous l'avez conduite : mal.

L'activité, dans la salle des opérations, s'était ralentie. Des conversations s'étaient interrompues au milieu d'une phrase. Même les téléphones avaient cessé de sonner.

– Vous ne pouvez pas me la prendre comme ça. Vous n'avez pas l'autorité pour la prendre…

– Ne vous inquiétez pas pour l'aspect administratif, sergent Lancaster. Je demanderai à quelqu'un de la SCU de vous contacter pour organiser le transfert des dossiers. (Henley repoussa sa chaise et fit signe à Ramouter de la suivre.) Vous pouvez conserver vos notes de travail.

Comme Lancaster lui rendait son regard, écumant de colère, elle conclut sèchement :

– Vous voudrez bien vous rendre disponible.

– Ça m'étonnerait que tu figures sur la liste de cadeaux de Noël de Lancaster, observa Ramouter quand ils sortirent du poste de police.

– Je m'en fous complètement, dit Henley, dont le portable se mit alors à sonner. Elle m'a provoquée et je n'aime pas qu'on essaie ouvertement de me prendre pour une conne.

– Cela dit, elle a raison : on n'a pas l'autorité nécessaire. On ne peut pas lui prendre l'enquête comme ça.

– Tu crois que je ne le sais pas ? (Elle sortit son téléphone qui sonnait toujours.) Il va falloir que Pellacia fasse un miracle et qu'il nous l'obtienne, l'autorité en question. Bon Dieu, il va me tuer.

Elle prit l'appel et écouta ce que disait son correspondant. Son estomac se retourna. La nausée la saisit par vagues à chaque mot.

– Il faut qu'on file. Tout de suite.

Elle s'était déjà mise à courir vers sa voiture.

– Qu’est-ce qu’il y a ? (Ramouter pressa le pas pour la rattraper.) Qu’est-ce qui s’est passé ?

– C’est Olivier. Il faut qu’on aille à l’hôpital Queen Elizabeth, et tout de suite.

44

Olivier tenta pour la troisième fois d'ouvrir les yeux quand les voix autour de lui se firent plus fortes, plus distinctes. Une douleur palpitait à l'arrière de son crâne, et il avait un étrange goût métallique dans la bouche.

– Peter. Peter, vous m'entendez ?

Il tourna la tête en direction de la voix et parvint à entrouvrir les yeux.

– Oui, répondit-il, la voix rauque. De l'eau.

– Bien sûr. On va juste soulever un peu le lit. On vous a retiré le tube respiratoire donc vous allez avoir la gorge sèche et douloureuse pendant quelques heures, mais l'important est que vous soyez en vie.

Une infirmière lui apporta un gobelet d'eau et, en le prenant, il remarqua la perfusion dans son bras. Aucune entrave ne le retenait au lit. Il tressaillit de douleur quand il tourna la tête. Ade, un gardien de la prison, était assis dans un coin, un journal plié sur les genoux. Olivier empêcha un sourire de s'épanouir sur ses lèvres lorsqu'il remarqua la vue par la fenêtre : il était sorti de Belmarsh.

– Ne l'ôtez pas, avertit le médecin en le voyant remuer la canule nasale qui lui apportait de l'oxygène. Par chance, ce n'était pas une crise cardiaque comme nous l'avions craint, mais nous ne pouvons pas vous renvoyer tout de suite en prison.

– Pourquoi ? demanda Olivier, qui explorait d'une main curieuse les capteurs posés sur sa poitrine.

– Apparemment, Belmarsh est en confinement, répondit le médecin, cherchant une confirmation auprès d'Ade.

– Si on ne peut pas rentrer à Belmarsh aujourd'hui, ce sera Brixton ou Pentonville, une fois la question du transport réglée, déclara le gardien.

– Je suis là depuis combien de temps ?

– Depuis hier matin. Vous vous rappelez ce qui s'est passé ? demanda le praticien.

Olivier inspira et plissa les yeux.

– C'est un peu flou, mais je crois que j'ai raté le petit déjeuner. Je peux avoir à manger ? s'enquit-il.

– Bien sûr, répondit son interlocuteur en annotant le dossier médical. Je vais appeler l'infirmière. Il est possible que vous ayez des vertiges et des nausées quand vous essaierez de vous lever. Pas d'inquiétude : c'est une réaction tout à fait normale. On vous donnera des antiémétiques si la crise est vraiment très forte.

Puis il sortit. Olivier aperçut Karen Bajarami qui montait la garde dans le couloir. Elle lui jeta un regard prudent avant de refermer la porte.

Ade, assis sur une chaise, la tête renversée en arrière, émettait des ronflements caractéristiques. Olivier avait d'ores et déjà ôté les capteurs de sa poitrine. Une goutte de sang s'élargit au creux de sa main quand il arracha le cathéter de solution saline. Presque une heure s'était écoulée depuis qu'il avait achevé le déjeuner posé sur son plateau par une infirmière hésitante, vite ressortie de la chambre. Il pivota sur son séant et posa sur le sol ses pieds nus. Une intense nausée s'empara de lui quand il se leva. Il se rassit, inclina la tête entre les genoux et respira à fond, attendant que s'apaisent vertige et palpitations. Le ragoût d'agneau avalé un peu plus tôt tourbillonnait dans son estomac et tentait de remonter dans sa gorge. Au bout de quelques minutes, il se leva à nouveau. Le sac en plastique renfermant les habits qu'il portait en prison ainsi que ses baskets avait été jeté dans un coin de la pièce.

Ade tomba brutalement de sa chaise quand Olivier renversa d'un coup de pied la perfusion et lui abattit sur la tête l'assiette de son déjeuner, ce qui l'assomma net. S'emparant d'un éclat pointu de l'assiette cassée, Olivier le planta dans le flanc de sa victime, dont il cogna ensuite la tête sur le carrelage, encore et encore, jusqu'à ce qu'un des agents de sécurité de l'hôpital entre en courant et le prenne à bras-le-corps. Bajarami hurlait dans son talkie-walkie.

– Du renfort. On a besoin de renfort ! lança-t-elle au moment où Olivier repoussait avec force l'agent de sécurité contre le mur.

Ade, prostré, immobile, émettait des gargouillis. Une alarme retentit soudain dans le couloir. Quand une nouvelle vague de nausée s'empara de lui, Olivier lâcha son adversaire, qui tituba vers la porte pour gagner le couloir. Alors qu'il secouait la tête pour reprendre ses esprits, le tueur remarqua le plateau et la fourchette tombés à ses pieds. Il ramassa le premier et en frappa deux fois en plein visage l'agent de sécurité, qui s'effondra.

– Arrêtez, Olivier ! Arrêtez tout de suite, lui cria Bajarami, alors que le blessé se mettait à ramper péniblement.

– Ferme ta grande gueule, lança-t-il avec une grimace.

Puis la nausée le fit tomber à genoux. Du coin de l'œil, il vit la gardienne, encore debout sur le pas de la porte. Il s'empara de la fourchette, se contraignit à se lever et marcha jusqu'à l'agent abattu. Un craquement écœurant retentit quand il lui abattit le pied sur la tête à deux reprises. Bajarami se précipita, voulant l'écarter de l'homme animé de convulsions, mais il la repoussa d'un geste.

– Non, non, arrêtez ! cria-t-elle.

Se jetant sur elle, il lui planta la fourchette dans l'œil. Il vit le visage de la gardienne se figer sous le choc, puis elle poussa un cri guttural. Olivier lui couvrit la bouche d'une main avant de la propulser à travers la pièce.

Comme l'alarme de l'hôpital se faisait plus perçante, il s'élança dans le couloir et courut vers la sortie de secours.

45

« Ici les Nouvelles de Londres sur la BBC. La police traque le célèbre prisonnier Peter Olivier, échappé de Queen Elizabeth Hospital de Woolwich, South-East London. Peter Olivier, aussi connu sous le nom de "l'Équarrisseur", a été condamné à perpétuité en 2018 pour sept assassinats.

» Olivier, 38 ans, se trouvait à l'hôpital car il présentait des symptômes de crise cardiaque. Il semble qu'il ait blessé deux gardiens de prison au cours de son évasion. Il est blanc, 1 mètre 80, cheveux bruns courts, corpulence moyenne. Il portait au moment de son évasion une blouse d'hôpital bleue et blanche. La police précise qu'Olivier est extrêmement dangereux et qu'il ne faut pas chercher à s'en approcher mais appeler… »

Les battements de cœur d'Henley résonnaient à ses oreilles. L'hôpital grouillait d'agents de sécurité et de policiers. L'inspectrice avait dû brancher lumières et sirène simplement pour dépasser les vans de BBC News et Sky Satellite arrivés sur les lieux. Un hélicoptère évoluait dans le ciel, tandis que les agents à terre interrogeaient les témoins et rendaient compte par radio.

Henley consulta sa montre. Olivier était en fuite depuis deux heures et dix-neuf minutes. Ramouter et elle seraient arrivés plus tôt sans l'accident de l'A406 et le véhicule tombé en panne dans le tunnel de Blackwall. Les quarante-trois forces de police du Royaume-Uni avaient été averties et étaient en alerte. La dernière photo d'Olivier, prise juste avant son arrestation au poste de Lewisham, presque trois ans plus tôt, avait été publiée sur Twitter et dans les médias locaux. Un petit troupeau de journalistes, en direct de Queen Elizabeth Hospital, avertissait les téléspectateurs qu'Olivier était extrêmement dangereux et qu'il ne fallait s'en approcher en aucun cas.

Les deux policiers suivirent un agent de sécurité jusqu'à une pièce du rez-de-chaussée proche du kiosque à journaux. Henley se demandait si elle avait manqué quelque chose lors de sa dernière visite au détenu. Elle se remémorait leur conversation et n'y trouvait aucun message codé, rien qui se révélât a posteriori. Pourtant, elle avait l'impression d'avoir commis une faute.

La salle de contrôle sentait l'antiseptique, le café brûlé et le tabac froid. Adam Cole, le chef de la sécurité de l'établissement, et Lyle Denman, qui commandait les gardiens de prison chargés de transporter Olivier à l'hôpital, se tenaient devant une baie d'écrans de surveillance.

– Si vous croyez qu'on va en prendre la responsabilité, vous vous fourrez le doigt dans l'œil, disait Cole en tapant sur un clavier.

– Vous vous foutez de ma gueule ? renvoya Denman. Ce n'est pas notre faute. On a dit clairement qu'avec Olivier on aurait besoin d'aide supplémentaire. D'agents expérimentés. Peut-être que, si les vôtres n'avaient pas trouvé leur carte professionnelle dans une pochette surprise, s'ils étaient dans le pays depuis plus de cinq minutes et capables de parler…

– Oh, fermez-la, lui lança Henley en le foudroyant du regard.

Il se retourna et mit les mains sur les hanches, révélant des taches de déodorant jaunes sous les aisselles.

– Et qui croyez…

Il s'interrompit en remarquant autour du cou de l'inspectrice le cordon auquel pendait sa carte de police.

– Je n'ai pas de temps à perdre, commença-t-elle en faisant signe à Ramouter de prendre une chaise. Combien de caméras de sécurité y a-t-il ?

– Cent quatre-vingt-six dans l'hôpital proprement dit et trente-deux dehors, notamment sur le parking, répondit Cole.

– Vous avez les images de l'étage où était soigné Olivier ?

– Je suis en train de les assembler.

L'inspectrice tentait d'ignorer Denman qui poussait de grands soupirs agacés dans un coin de la pièce.

– Depuis l'incident, on a renforcé la sécurité autour de l'hôpital, déclara Cole.

– Ça revient à fermer la porte de l'écurie une fois que le cheval s'est sauvé, non ? Vous auriez peut-être dû renforcer la sécurité *avant* l'arrivée d'Olivier.

– Écoutez, sauf votre respect, agente…

– Inspectrice, corrigea Henley, la voix froide et cassante.

– Pardon. Inspectrice. Je suis chargé de la sécurité de cet hôpital et j'ai fait mon boulot. Nous avons mis en place nos mesures les plus strictes dès qu'on nous a informés que le prisonnier était en route. Ici, c'était aux gardiens de la prison qu'il revenait de le tenir à l'œil.

– Qu'est-ce qui s'est passé exactement ? (Henley se tourna vers Lyle Denman.) Pourquoi Olivier était-il ici, d'abord ? Les rapports parlent d'une crise cardiaque.

– Il est tombé hier matin au petit déjeuner. On l'aurait bien emmené à l'infirmerie, mais il était complètement inconscient et on a craint un AVC, alors on a appelé une ambulance.

– Combien de gardiens l'ont escorté ?

– D'abord deux.

Denman baissa les yeux sur ses pieds.

– Seulement deux gardiens ? s'exclama Ramouter. Pour *lui* ?

Henley ne songea pas à lui reprocher son intervention : il avait raison.

– Je n'ai pas eu le choix. Vous savez à quel point on manque de personnel ? Deux gardiens, c'est le minimum requis.

– Pour un gamin qui a piqué deux cents livres à sa grand-mère, oui, pas pour un tueur en série, bordel de merde !

Henley recula d'un pas, croisa les bras et prit une profonde inspiration.

– Je sais que Karen Bajarami l'accompagnait. Qui était l'autre gardien ?

– Ade Nzibe, répondit Denman. C'est un de mes hommes les plus expérimentés. Il est avec moi depuis vingt ans.

Il releva les yeux vers Henley comme s'il s'attendait à ce qu'elle lui donne une médaille.

– Est-ce qu'Olivier était menotté ?

– Au début, oui, mais, dès notre arrivée, il a été emmené aux urgences et on nous a demandé de lui enlever les menottes pour qu'on puisse le soigner.

– Excusez-moi. (Cole leva la main comme s'il demandait une permission à son professeur.) J'ai localisé les images.

Ils se rassemblèrent autour de l'écran et regardèrent le film.

– Oh, putain, lâcha le chef de la sécurité.

Denman se détourna quand Olivier, sans chaussures, piétina la tête de du gardien. Bajarami apparut sur le pas de la porte et plongea vers le forcené.

L'écran diffusa ensuite les images de la caméra que portait la gardienne. Elles défilèrent rapidement jusqu'à montrer Olivier, debout dans sa blouse d'hôpital. Bajarami lui hurlait de s'arrêter. Lui, la fourchette à la main, souriait avant de se jeter sur elle. Le hurlement atroce de la femme perça les oreilles d'Henley.

– Merde, lâcha Ramouter alors qu'Olivier disparaissait du cadre par la gauche. Où est-il allé ?

Henley s'écarta des écrans et alla se poster près de la porte.

– La femme… dit Cole.

– Elle s'appelle Karen, dit Denman entre ses dents, tout en se laissant tomber sur une chaise.

– Karen, pardon. Elle a réussi à déclencher l'alarme, mais, à ce moment-là, il avait déjà atteint l'escalier. Les caméras l'ont retrouvé à la sortie de secours qui mène au parking et, comme vous le savez, il a volé le véhicule d'un visiteur. On a donné tous les détails à un de vos collègues. La sécurité l'a rejoint sur le parking, où il a essayé d'écraser un de mes hommes.

Henley relâcha sa respiration qu'elle retenait sans s'en rendre compte depuis plusieurs secondes. La salle de contrôle lui paraissait minuscule, confinée. Elle avait peine à respirer.

– Savez-vous où sont Karen et Ade en ce moment ? demanda-t-elle à Denman.

– Je crois qu'ils sont soignés au quatrième étage, répondit-il.

– Allons-y, dit-elle à Ramouter.

Elle sortit sans remercier ni dire au revoir.

46

– On a retrouvé la voiture abandonnée à Charlton il y a quarante minutes.

Eastwood posa sur la table un grand sac à mise sous scellés empli de lettres.

– Depuis que l'alerte a été lancée, il y a eu plusieurs signalements, mais, pour la plupart, je suis sûre que c'est des conneries. Dans la dernière heure, on l'a vu à Hackney, à Greenford, dans un pub de Clapham, à Aberdeen et à Benidorm.

Henley, par la fenêtre, regardait Pellacia donner une conférence de presse sur le perron de l'immeuble.

– Tu as pris tout ce qu'il y avait dans sa cellule ? s'enquit-elle en voyant Eastwood sortir d'autres sacs d'un carton.

– Tout, oui. Il a un tas de lettres de… je ne sais pas comment appeler ça… Des fans, je suppose. Il y a un paquet de femmes qui veulent un bébé de lui, et des hommes qui… (Eastwood fit la moue.) J'avoue ne pas comprendre.

– Un téléphone ?

– Du calme, boss, j'y arrive.

Eastwood plongea la main dans le carton et remonta un petit sac à mise sous scellés abritant un téléphone portable pas plus volumineux que deux barres de KitKat.

– Minuscule, remarqua Henley en le faisant sauter dans sa main, avant d'appuyer sur le bouton « on » et d'attendre que le petit écran s'allume.

– C'est ce qu'il y a de plus basique, confirma sa collègue. On le trouve pour environ huit livres chez Carphone Warehouse. Tout ce qu'on peut faire avec, c'est téléphoner et envoyer des sms. Il y a une carte SIM dedans, et on a trouvé le chargeur.

– Où ça ?

– Le téléphone et le chargeur derrière le lavabo de la cellule. La carte SIM au fond d'un paquet de Choco Pops.

Henley s'en voulait de plus en plus : elle aurait dû demander plus tôt une fouille de la cellule.

– Il a causé à quelqu'un. (Elle fit défiler le journal des appels.) La dernière fois, c'est lui qui a appelé vers 23 h 45, la veille du jour où il est censément tombé malade. Tu veux bien porter ça en bas à Ezra ?

– Bien sûr, mais ce n'est pas tout ce qu'on a trouvé.

La policière exhiba un bloc-notes format A4. Sur la couverture, en grosses lettres noires, s'étalaient les mots RAPPORT DE FOUILLE 101. Henley passa à la première page, où était dessiné un plan de la cellule d'Olivier – net et précis, comme tout ce que faisait Eastwood.

– Dis-moi ce que tu remarques, boss.

La cellule mesurait deux mètres sur un peu moins de trois, avec un lit, une petite table et une penderie. Sur la gauche les toilettes et le lavabo. L'inspectrice examina la liste des objets trouvés à l'intérieur. Livres, PlayStation, télé, radio, magazines. Insuline. Seringue.

– Qu'est-ce qu'elle a de bizarre, cette liste ? demanda-t-elle.

– Olivier n'est pas diabétique, expliqua Eastwood. Il s'est plaint de se sentir mal. Il a vu le toubib, on s'est inquiété de sa faible tension et d'un niveau de glucose un peu élevé, mais il n'a jamais été déclaré diabétique. La question est : pourquoi quelqu'un qui n'est pas diabétique prendrait-il de l'insuline ?

– Qui l'a aidé, merde ? (Henley abattit son poing sur la table.) En prison, on peut récupérer un téléphone facilement, mais de l'insuline ? Nom de Dieu ! Il faut qu'on trouve qui lui a refilé ça.

– J'ai pensé à Blaine, mais il n'aurait jamais pu introduire des ampoules d'insuline et des seringues à Belmarsh.

– Et à l'intérieur ? (Henley rendit le rapport de fouille à sa collègue.) Et si un employé de la prison l'avait aidé ?

– Ce n'est pas impossible, admit Eastwood. J'ai perdu le compte des gardiens ripoux qui se sont fait choper à faire passer de la drogue ou des téléphones aux prisonniers. Introduire en fraude un peu d'insuline serait un jeu d'enfant.

– Stanford et toi, vous allez vous procurer la liste de tous les gens qui ont travaillé dans le Quartier de Haute Sécurité depuis qu'Olivier s'y trouve, et vous arranger pour qu'on les interroge. Le plus tôt sera le mieux.

Henley monta le son de la télé. Toutes les chaînes d'infos semblaient avoir un reporter planté soit devant Queen Elizabeth Hospital, soit devant la prison de Belmarsh. Une vieille photo apparut sur l'écran.

– Ça induit en erreur, remarqua l'inspectrice alors que Pellacia sortait de son bureau et s'asseyait en face d'elle.

– Qu'est-ce que tu veux dire ?

– La dernière fois que j'ai vu Olivier, il était mince au point de paraître émacié. Il n'avait pas l'air d'un type capable de s'évader. Les gens chercheront des yeux un homme ressemblant à celui de la photo, fort, en bonne santé. Bref quelqu'un d'autre.

– Ouais, mais il est dehors, et c'est la seule photo qu'on ait.

– C'est du délire. Écoute, Stanford et Eastwood vont partir à la prison interroger les gardiens, et je veux arrêter Blaine.

– Non, trancha Pellacia.

– Comment ça, non ?

– Je sais pourquoi tu veux l'arrêter, mais tu n'as pas assez d'éléments.

– Stephen, j'ai son association avec les jurés, il a rendu visite à Olivier, et il a harcelé Zoe.

– Tu n'as aucun élément direct, aucun indice matériel pour prouver qu'il l'a harcelée. Tout ce que tu as, c'est la parole d'une ex furieuse et un vague signalement effectué par Zoe à la sécurité de l'hôpital.

– Alors, tu veux que je le laisse dehors ? On attend qu'un autre cadavre soit découpé et balancé dans la nature ? demanda Henley avec colère.

– Du calme. Tout ce que je dis, c'est qu'il faut une preuve tangible. Le dernier truc dont j'ai besoin, c'est qu'on nous oblige à fermer boutique parce qu'on a dépassé les bornes et arrêté la mauvaise personne.

Henley ne répondit pas. Elle savait que Pellacia avait raison.

– Et Ramouter ? Il s'en sort ? demanda-t-il.

– À dire vrai, oui, mais cette enquête… c'est énorme. Je n'ai jamais dû me coltiner un truc pareil quand j'étais stagiaire. Ma première affaire en tant qu'EAD a été une attaque à main armée. Ramouter a laissé sa famille à Bradford pour venir ici.

– Vraiment ? Ils sont séparés ?

– Non, rien de tel.

Henley éteignit la télé. Le bureau était vide.

– Comment vas-tu ? demanda Pellacia.

– Ça va. Fatiguée, mais ça va.

– On a renforcé la protection chez les parents de Rob.

– Ne m'en parle pas. Sa mère n'est pas enchantée d'avoir une voiture de police garée devant chez elle, mais je m'en tape complètement. Elle ne fait pas partie de mes priorités.

– Et toi ? Ça ne me plaît pas de t'imaginer seule chez toi.

– Je ne suis pas seule chez moi. Il y a des agents postés tout autour de la maison. Ils ont mis en place des boutons d'alarme et des caméras. Les chances pour qu'Olivier ou qui que ce soit d'autre arrive à moins de dix mètres de moi sont assez réduites.

– Viens chez moi. Reste avec moi.

Henley baissa les yeux quand Pellacia lui prit la main. Elle le laissa croiser les doigts avec les siens.

– Je veux que tu sois avec moi, dit-il. Permets-moi…

– Pourquoi est-ce que tu rends tout aussi difficile ?

– Ce n'est pas du tout ça. J'essaie au contraire de tout rendre facile. Simple.

– Simple ? Pourquoi est-ce que tu te conduis comme si je n'étais pas mariée ?

– À cause de la manière dont tu continues de me regarder.

– Je vais demander à Stanford de me tenir compagnie. (Henley retira sa main.) Je ne peux pas aller chez mon frère. Il a des gamins. Je ne peux pas lui imposer ça.

Elle tourna la tête vers la porte qui venait de s'ouvrir pour laisser entrer Joanna, la directrice administrative.

– Bon. Comme tu voudras, dit Pellacia. Qu'est-ce que je peux faire pour toi, Joanna ?

– C'est elle qu'il me faut, pas toi.

– Franchement, personne ne me témoigne le moindre respect par ici, dit-il avec un long soupir.

– Tu devrais peut-être travailler sur les rapports humains. Prendre des cours ou quelque chose comme ça.

– Qu'est-ce qu'il y a, Jo ? demanda Henley.

– J'ai besoin de ta signature sur la demande de transfert de l'enquête Lewis, répondit la directrice administrative. Et toi, surintendant Pellacia, tu as sur la ligne deux un certain surintendant Chambers, du CID de Wood Green, qui a l'air très fâché.

L'inspectrice la suivit jusqu'à son bureau.

– Tu crées encore des problèmes, on dirait, dit Joanna en lui tendant la demande de transfert.

– Je n'ai pas tellement le choix.

– Alors, cette Lewis, tu crois vraiment qu'elle fait partie de ses victimes ?

Henley signa le document puis leva les yeux vers les photos de Darego, Kennedy et Delaney fixées au tableau blanc. Elle savait dans sa chair qu'un portrait de Carole Lewis ne tarderait pas à les rejoindre.

47

Henley s'arrêta devant la gare de Greenwich et alluma ses feux de détresse. Elle éprouva un grand soulagement en voyant son frère, grand et longiligne, sortir du hall. Simon, l'ayant lui aussi aperçue, se mit à courir à petites foulées.

– Ça va, sœurette ? (Il monta dans la voiture et manœuvra le levier pour reculer le siège.) Ah, c'est mieux. J'aurais pu te retrouver chez papa et mam… (Il s'interrompit.) Pardon. Merde, ça fait bizarre de dire juste « chez papa ». Tu vois ?

– Je vois tout à fait, répondit Henley en éteignant les feux de détresse et en démarrant.

– J'ai essayé de l'appeler mais il n'a pas répondu.

– Pareil.

– Bon, sœurette, comment tu vas ? J'ai appris l'évasion de ce fumier. Je pensais que tu m'en aurais parlé toi-même.

Simon se mit à tripoter l'autoradio. Elle le savait incapable de laisser le nom d'Olivier franchir ses lèvres. Elle se rappelait comment il était resté assis à son chevet après avoir quitté son service en avance – il travaillait en oncologie à Guy's Hospital – et foncé jusqu'au Queen Elizabeth. *Tu aurais pu trouver un meilleur moyen de m'apprendre que j'allais être tonton*, avait-il plaisanté en vérifiant discrètement sa tension sur le moniteur.

– Si j'ai bien compris, on ne l'a pas encore rattrapé ? s'enquit-il.

– Non. Mais on le cherche. Tout le monde le cherche.

– Il ne va pas s'en prendre à toi, hein ? Cette histoire, chez toi, l'autre jour…

– J'en doute, dit Henley sur un ton qu'elle espérait rassurant, tout en prenant la direction de Bellingham. Je ne vois pas quelle raison il pourrait avoir de rester dans le coin.

– J'espère qu'on va retrouver ce salopard en bas d'une falaise. (Simon bâilla.) Je suis crevé.

– Arrête de te plaindre. Personne ne t'a forcé à devenir chirurgien.

– Je pensais que ça me rendrait irrésistible auprès des dames. En parlant de ça : comment va la délicieuse Linh ?

– Fous la paix à Linh ! lâcha sa sœur en lui assenant une claque sur le bras.

– Aïe ! Je n'ai rien fait du tout. Je suis un homme marié, avec trois gamins chiants comme la pluie, mais on peut bien fantasmer de temps en temps.

– Fantasme sur ta femme.

– Je t'en prie. Même dans mes fantasmes, Mia me répond qu'elle a la migraine.

– Gros malin, dit Henley en riant. Bon, Simon, tu es bien chirurgien ?

– La dernière fois que j'ai regardé, oui.

– Est-ce qu'il te serait facile de choper du bésol… Oh, nom de Dieu, du bésalote d'atrec…

– Du bésilate d'atracurium. (Simon baissa le volume de la radio.) Qu'est-ce que tu veux faire de ça ?

– Je n'en veux pas. C'est pour une enquête. À quel point est-il facile de s'en procurer ?

Henley arrêta la voiture devant la maison de leurs parents, et tous les deux en descendirent.

– Eh bien, j'aime autant te dire que ça ne se trouve pas au drugstore. Ça sert uniquement à des interventions chirurgicales. C'est littéralement mis sous clef. Même moi, je ne peux pas me présenter au magasin et en prendre une ou deux bouteilles. Ça ne veut pas dire qu'il est impossible de s'en procurer si on en a assez envie. Des médecins ou des infirmiers qui volent des médocs à l'hôpital, ça s'est vu.

Henley et son frère s'arrêtèrent devant la porte d'entrée. Une clef avait été laissée dans la serrure, avec son trousseau.

– Ça ne ressemble pas à papa.

Simon tourna la clef et ouvrit la porte.

Henley eut l'impression de pénétrer chez un inconnu. Du courrier non ouvert couvrait la console où sa mère posait toujours un vase de fleurs coupées. Le miroir à cadre doré accroché au-dessus était couvert de traces de doigts. La maison sentait la fumée de cigarette et l'odeur aigre d'une poubelle de cuisine ayant besoin d'être vidée.

– Oh, papa, soupira Henley quand Simon et elle entrèrent dans la salle de séjour.

Elijah, assis dans un fauteuil, regardait les infos. Ou bien c'étaient les infos qui le regardaient tandis que lui regardait dans le vide. Un cendrier débordant reposait en équilibre précaire sur ses genoux, une assiette sale par terre, près d'une canette de Guinness. Le salon était un vrai bazar. Leur père une loque humaine.

– Qu'est-ce que vous faites ici ? Pourquoi êtes-vous entrés chez moi ?

Elijah se leva. Mégots de cigarettes et cendre se répandirent sur la moquette.

– Papa, papa, calme-toi, dit Henley.

– Vous ne devriez pas être ici. Je vous ai dit que je ne voulais pas de vous ici. Je devrais appeler la police.

Elle éclata de rire, plus par désespoir que par amusement, en lui prenant le bras.

– Papa, s'il te plaît.

– Vous ne devriez pas être ici. (Elijah reprit son bras.) Elle n'est plus là, alors pourquoi y êtes-vous ?

Henley déglutit avec peine, résistant à l'envie de pleurer.

– On veut seulement t'aider, papa, intervint Simon en entourant d'un bras les épaules de son père. On sait que tu souffres.

– Arrête ! dit Elijah.

– Maman nous manque à tous.

– Arrête, arrête.

Il recula et se laissa à nouveau tomber dans son fauteuil.

Henley tourna les yeux vers Simon. Quand ils vivaient encore chez leurs parents, ils n'avaient jamais su comment qualifier les moments où leur père s'éloignait d'eux. Il s'installait alors dans la chambre d'amis et y restait des semaines. Les rideaux tirés, la pièce plongée dans l'obscurité, allongé sur le lit, il fixait le plafond. Leur mère leur disait de le laisser tranquille, qu'il se reposait. Henley allait tout de même s'asseoir au bord de son lit en rentrant de l'école, et lui racontait sa journée, lui demandait quand il se lèverait pour l'accompagner à la salle de gym. Elle avait quinze ans quand elle avait entendu sa mère prononcer le mot « dépression » en parlant à sa tante Cecile.

– Laisse-nous nettoyer, et peut-être…

– Tu devrais venir un moment habiter avec Mia, les gosses et moi, dit Simon en ramassant l'assiette sale. Je prendrais quelques jours de congé.

– Je ne peux pas les laisser me voir comme ça, dit Elijah. Je ne voulais pas que vous, vous me voyiez comme ça.

Sentant ses jambes flageoler, Henley se permit de s'asseoir sur le canapé trois places. Elle enfouit son visage dans ses mains – qui se mouillèrent de larmes chaudes quand elle entendit son père ajouter :

– Je suis brisé. Je ne voulais pas que vous me voyiez brisé.

48

Assise en pyjama à la table de la cuisine, devant la porte-fenêtre, elle regardait tomber la pluie. L'épuisement la traversait par vagues. Il leur avait fallu près d'une heure pour convaincre leur père de faire une valise et de s'installer chez Simon. Quand elle était enfin arrivée chez elle vers minuit, Stanford, entré avec sa clef, dormait sur le canapé.

Elle-même n'avait réussi à dormir que trois heures. Au matin, la maison était trop calme sans Emma pour chanter devant ses émissions de télé, sans Luna pour aboyer ni Rob pour déplorer l'état des marchés financiers en travaillant sur son ordinateur portable. Le thé qu'avait préparé Stanford était froid depuis longtemps.

L'été indien s'était enfui très vite, et, ce jour-là, le ciel s'avérait aussi lourd et gris que l'humeur de l'inspectrice.

Elle se raidit en entendant la clef tourner dans la serrure de la porte d'entrée.

– C'est clairement le signal du départ pour moi, dit Stanford en prenant une banane dans le panier de fruits.

– Merci d'être resté.

– Ce n'est rien. Ce n'est pas comme si j'avais promis ma soirée d'hier, mais suis mon conseil, Anj.

– Je sais ce que tu vas dire.

Henley se leva et jeta le thé froid dans l'évier.

– J’en suis sûr. Je te connais. Tu veux tout prendre sur toi, tout porter toute seule, mais tu ne peux pas, alors sois cool avec lui. Rien de tout ça n’est facile.

La porte s’ouvrit puis se referma. Henley connut environ une minute de grâce pendant que Rob ôtait ses baskets et son sweat à capuche mouillé. Tout ce qu’avait dit son sms, c’était : *Il faut qu’on parle.* Une formule qui, jamais, dans toute l’histoire des prémices de conversations, n’avait conduit à une fin heureuse ni à une conclusion agréable.

– Je t’ai pris un *latte.* (Rob posa le gobelet sur le bar du petit déjeuner.) Paul ? Je ne savais pas que tu étais là.

– Salut, vieux. (Stanford lui serra la main.) On ne voulait pas qu’Anjelica reste toute seule. Bon, j’y vais. Passe le bonjour de tonton Paul à Emma.

– Je n’y manquerai pas.

Rob donna à sa femme le gobelet blanc sur le côté duquel son prénom était une fois de plus écrit à l’encre noire avec une faute.

– Merci, dit-elle.

Le liquide brun chaud s’échappa du couvercle mal fermé et coula sur sa main. Elle n’en avait pas envie mais but néanmoins une gorgée.

– Comment va Emma ? Je comptais l’appeler par FaceTime hier soir, mais je me suis occupée de papa.

– Ça va. Un ou deux gosses de l’école ont la gastro, alors ne t’étonne pas si elle la chope à son tour. Maman adore s’occuper d’elle. Elle la gâte monstrueusement, bien qu’elle ne soit pas contente du tout.

Henley leva les yeux au ciel.

– Évidemment.

– On ne peut pas lui en vouloir. C’était déjà pénible que la police passe voir toutes les cinq minutes comment on allait. À présent, il y a une voiture garée en permanence devant la porte.

– Elle est au courant que c'est pour la sécurité de sa petite-fille ? Si elle veut prendre le risque de…

– Tu sais bien que non. Tu ne vas pas travailler aujourd'hui ?

– Si, mais plus tard. J'ai un ou deux trucs à faire ce matin.

– J'ai beaucoup réfléchi. (Il s'interrompit un instant avant de reprendre.) Cette situation ne me convient pas.

– Qu'est-ce que tu entends par « cette situation » ? (Henley serra le gobelet de café avec force.) Dans quelle situation estimes-tu que nous soyons ?

Elle posait sur lui le regard signifiant « Je sais que tu racontes des conneries », d'ordinaire réservé aux suspects.

– Je ne voulais pas que tu retournes là-bas après ce qui s'était passé. Je pense toujours que c'était une erreur, mais ce n'était sans doute pas si grave tant que tu restais derrière un bureau. Maintenant que tu es de nouveau sur le terrain, tout a changé. Tu nous mets en danger.

– Rob…

– Tu as mis Emma en danger.

Échec et mat. Henley se leva, versa son *latte* dans l'évier et regarda le liquide brun entamer sa descente dans le sens des aiguilles d'une montre vers la bonde.

– Je ne vous ai jamais mis en danger, ni toi ni Emma. Si j'avais pu soupçonner que quelqu'un… Tu crois *vraiment* que j'ai envie de vivre comme ça ?

– Bien sûr que non, mais qu'est-ce que tu fais pour que ça change ? Tu aurais pu démissionner. Tu le pourrais encore et même, avec Olivier en liberté, tu le *devrais*. Je ne suis peut-être pas inspecteur, moi, mais je sais qu'il pourrait se pointer ici, merde. Il a déjà failli te tuer. Ça t'arrange bien de l'oublier.

– Oh, n'exagère pas. J'ai pris deux coups de couteau, je n'étais pas aux portes de la mort.

À ces mots, le pouls d'Henley s'accéléra. Ils savaient tous les deux que ç'avait été pire que cela.

– Il y a moins d'une semaine, un cinglé a laissé une tête devant notre porte. Et si ça n'avait pas été seulement une tête ? Si quelqu'un était entré pour faire du mal à Emma ?

– Je ne l'aurais jamais laissé faire, Rob. Tu te conduis comme si tout ça était de ma faute. Pourquoi veux-tu me punir de faire mon travail ? Tu ne crois pas que je me sens coupable ? Tu ne crois pas que j'ai les mêmes inquiétudes que toi ? (La gorge d'Henley se serra. Elle se rassit sur sa chaise.) Je mourrais s'il arrivait quelque chose à Emma. C'est ma vie. Tu crois que ça me fait plaisir que tu la trimballes à l'autre bout de Londres pour qu'elle habite chez tes parents ?

L'expression de Rob se durcit.

– Ton travail avant tout, comme toujours, et tu fais passer les désirs de Stephen Pellacia avant mes besoins et ceux de ton enfant. Tu l'as déjà fait, et tu recommences.

Il en était arrivé à crier. Quand il se prit la tête à deux mains, Henley vit la petite veine de son cou palpiter de colère. Elle sentit sa main droite se mettre à trembler.

– Cela n'a rien à voir avec Stephen, dit-elle enfin.

L'idée lui avait traversé l'esprit que Rob la soupçonnait sans pouvoir le prouver d'avoir couché avec Pellacia après la mort de sa mère.

– Ah non ? C'est lui qui a décidé de te remettre dans la rue et de t'y laisser même après la semaine dernière.

– À t'entendre, on dirait qu'il me dirige avec des ficelles.

– Ma foi, s'il ne peut pas t'emmener dans un lit, il peut aussi bien te manipuler autrement.

Henley ne prit pas le temps de réfléchir : elle ramassa le premier objet venu, la tasse Arsenal qu'il adorait, et la lui lança à la tête. Il se pencha pour l'éviter, si bien qu'elle alla se fracasser contre le mur.

– Comment peux-tu dire ça ? Tu viens me faire la morale en disant que je mets ma fille en danger, alors qu'en fait tout ça ne concerne que toi et ton précieux amour-propre. Tu te sentirais mieux si je te disais qu'au lieu de chercher non pas un mais deux tueurs je passe mes soirées à baiser avec Stephen sur le carrelage de son bureau ? C'est ça que tu veux entendre, Rob ?

– C'est vrai ?

– Oh, merde, non, évidemment. Qu'est-ce qu'il y a ? Tu ne me fais pas confiance ?

Rob ne répondit pas. Le bruit du courrier qu'on jetait par la fente à lettres brisa un silence jusque-là seulement rompu par la pluie qui tombait à grosses gouttes sur le Velux du plafond.

– Arrête de tourner autour du pot et dis-moi ce que tu veux, dit Henley.

– Je te l'ai déjà dit. C'est nous ou ton travail. C'est aussi simple que ça.

– Toi et tes ultimatums à la con.

Rob haussa les épaules.

– Appelle ça comme tu veux. Je monte prendre des fringues en plus pour Emma et moi.

– Tu ne peux pas m'empêcher de la voir : je suis sa mère.

Henley se mordit la joue pour s'empêcher de pleurer. Elle avala le sang qui avait coulé dans sa bouche.

Son mari haussa les épaules.

– Si tu veux la voir, tu sais ce qui te reste à faire.

Elle se leva et ouvrit la porte de derrière. Elle avait besoin de respirer. Le vent lui souffla une pluie froide au visage, mais rien ne pouvait apaiser les palpitations dans sa poitrine.

– Il y a autre chose, dit Rob.

– Quoi ?

Henley continua de se concentrer sur les fleurs blanches en étoile du bosquet de jasmin au fond du jardin. Elle ne voulait pas regarder son compagnon.

– Notre couple. Il a changé. Tu as changé. Tu ne me traites plus en mari. Je ne me rappelle même pas la dernière fois qu'on a couché ensemble. J'ai l'impression qu'on est brisés.

Encore ce mot. *Brisé.* Henley eut l'impression qu'un poids monumental lui tombait dans l'estomac. Intuition féminine ou instinct d'inspectrice, elle comprit qu'une troisième personne était désormais impliquée dans son couple.

– L'autre soir, quand je suis parti, je suis tombé sur une des mamans de la crèche d'Emma.

– Laquelle ?

– Tu ne la connais pas.

– Où ça ?

– C'est sans importance.

– Tu as couché avec elle ? (Henley se retourna et tenta de déchiffrer l'expression de Rob.) Alors ? Tu l'as fait ?

– Je suis allé chez elle et on a bu un ou deux verres. J'étais furieux contre toi.

– Tu as couché avec elle ?

– Je suis rentré à la maison.

– Ça ne répond pas à ma question. Est-ce que tu as couché avec elle ?

– Non.

– Mais tu en as eu envie. Sinon il n'y aurait aucun intérêt à me raconter ça.

– Pas vraiment. Je ne peux pas l'expliquer, mais non. Je n'aurais pas pu. Au cas où tu aurais oublié… (Rob leva la main gauche et tapota l'annulaire avec le pouce.) Cette femme me plaît, mais je n'ai pas eu envie d'elle. Seulement, toi et moi, on est… Je ne sais même plus ce qu'on est.

– Ne dis pas « brisés ».

Henley sortit de la cuisine, incapable de rester dans la même pièce que lui.

– Où vas-tu ? interrogea-t-il en la suivant dans le couloir et en l'attrapant par le bras.

– Ne me touche pas ! (Elle se dégagea.) Tu peux me menacer tant que tu veux. Tu peux baiser toutes les mères célibataires de cette putain de crèche si ça te fait plaisir, mais c'est la dernière fois, la toute dernière fois que tu me demandes de choisir.

49

Henley était sortie de la pièce à grands pas et avait quitté la maison, suivie par la voix de Rob qui la traitait de garce égoïste. À présent, elle roulait sur l'A12 pour gagner le tribunal de Snaresbrook où l'époux de Carole Lewis travaillait comme agent de sécurité.

– Je sais que ton mari peut être con, mais… (La voix de Linh résonnait dans les haut-parleurs de la voiture.) *Sérieux ?* Te faire une menace pareille ? Pour qui il se prend ? Et pourquoi est-ce qu'il t'a parlé de cette pétasse de la crèche ?

– Je n'arrive même pas… Il a eu l'audace de m'accuser d'être déraisonnable.

Linh resta silencieuse un moment.

– D'un autre côté… Il a quand même trouvé une tête tranchée devant sa porte. On ne peut pas lui en vouloir d'avoir envie d'être en lieu sûr avec Emma.

– Tu es de son côté ? demanda Henley, incrédule.

– Non. J'essaie juste d'être objective. Écoute, Anj, tu sais que j'adore dire du mal de lui après une ou deux bouteilles de vin, mais, là, il faut que tu entendes le bon sens. Surtout pendant que tu conduis. Aussi incroyable que cela puisse nous paraître, j'incarne la voix de la raison.

– C'est une grande première. Je comprends, Linh, je ne suis pas un monstre, mais il veut que je laisse tomber mon boulot et, aussi objectif qu'on soit, c'est injuste.

– Oui, c'est injuste, dit fermement la pathologiste. Qu'est-ce qu'il veut que tu fasses, exactement ? Que tu prennes un petit job peinard dans la City ? Ce n'est pas comme s'il avait envie que tu restes à la maison pour jouer les bonnes ménagères. Il veut seulement que tu sois loin de *lui.*

– Stephen n'est pas responsable de tout, marmonna Henley en mettant son clignotant à gauche pour quitter la voie rapide.

– Non, mais tu ne peux pas nier que, parfois, il fait penser à la mouche pénible que tu n'arrives pas à chasser de ta cuisine.

– Bon, à part ça, dit sèchement l'inspectrice, tu m'appelais pour un truc précis ?

– Oui, soupira Linh. J'ai relu le rapport d'autopsie originel pour Carole Lewis, mais il faut que je la voie moi-même.

– Qu'est-ce que tu entends par là ?

– Qu'il va falloir que tu la fasses exhumer.

Henley freina pour s'arrêter à un feu rouge.

– Quoi ? Pourquoi ? demanda-t-elle.

– Le rapport mentionne des marques qui évoquent une série de griffures. Si on l'exhume, avec un peu de chance, le corps ne sera pas trop décomposé et je pourrai jeter un coup d'œil comme il faut. Ensuite je saurai à coup sûr si le coupable est notre copycat ou le mari.

– Ce n'est pas le mari.

– Ça, c'est ton domaine d'expertise. Moi, mon boulot, c'est de vérifier les marques.

– Et tu as besoin d'exhumer le corps pour ça ?

Travailler sur des cadavres ne posait aucun problème à Henley, mais il lui déplaisait de déranger quelqu'un ayant déjà été inhumé dans sa dernière demeure.

– Tu ne peux pas déterminer ça à l'aide du dossier de l'autopsie ?

– Non. Le premier pathologiste pensait le mari coupable : il a dû examiner le corps différemment. Moi, je considère que nous avons peut-être un tueur en série qui a paniqué pendant son premier crime. Il faut que je voie le corps.

50

Quatre mois plus tôt…

Carole Lewis se redressa sur son banc, cracha son chewing-gum et se passa la main dans les cheveux. Se rendrait-il compte qu'elle venait d'aller avec quelqu'un ? Espérant qu'il ne sente pas l'odeur des autres hommes sur sa peau, elle sortit un mouchoir en papier et épongea son front mouillé de sueur. La vague de chaleur inattendue rendait l'air nocturne lourd et étouffant. Carole lâcha un soupir de frustration quand un homme apparut devant elle, à la lumière du réverbère.

– Ce n'est pas ton endroit habituel, remarqua-t-il.

Elle se laissa retomber contre le dossier du banc, croisant bras et jambes.

– J'attends quelqu'un. Il ne devrait pas tarder.

– Ça fait un moment que tu es là ? demanda l'homme en se retournant vers le chemin qu'il venait de suivre. (Comme elle ne lui répondait pas, il haussa les épaules.) Bon, tu sais où me trouver si ton copain ne vient pas.

Quand il se fut éloigné, Carole sortit son téléphone. 22 h 35 : elle était là depuis vingt minutes. Elle relut le dernier message qu'on lui avait envoyé.

Suis en route. Biz

Oui. On voulait bien la voir, elle n'avait rien inventé, mais elle n'allait pas traîner toute la nuit au milieu du parc à attendre.

– Encore cinq minutes et je me tire, marmonna-t-elle dans un souffle.

Elle rangea son téléphone puis se leva rapidement en voyant un homme arriver vers elle à petites foulées.

– Merde ! lâcha-t-elle.

L'ourlet de sa robe s'était accroché au bois fendu du banc. Elle tira pour le déloger et jura à nouveau quand le tissu se déchira.

– Carole, dit le nouveau venu. Est-ce que ça va ?

– Ouais, ça va. C'est juste que… Tu sais quoi ? Laisse tomber. Contente que tu sois enfin là.

– Vraiment désolé. J'ai fini de bosser en retard. Je t'aurais bien appelée en sortant du métro mais mon téléphone est mort.

– C'est bon. Ne t'en fais pas. On commence par aller boire un verre ? Tu dois être déshydraté après avoir monté la côte au pas de course par ce temps.

L'homme tira sur son col de chemise avant de s'avancer vers elle et de l'embrasser sur les lèvres.

– C'est plutôt une bonne idée. Un verre vite fait avant. Je ne sais pas, on retourne à ton pub ?

– Ça marche. The Harp est de l'autre côté du parc, mais je connais un raccourci.

L'homme se pressa contre Carole et glissa la main sous sa robe, entre les jambes, tout en lui mordillant le cou.

– Je savais que tu ne portais pas de culotte, dit-il.

– Jamais. Ça te convient, ici ?

– Tu disais que c'était un bon endroit.

– Pratiquement personne ne vient dans ce coin du parc, confirma-t-elle en lui déboutonnant son pantalon. J'ai des préservatifs.

– Bien.

– Oh, bon Dieu, lâcha Carole, surprise, quand il lui referma la main sur la gorge et serra.

Les yeux fermés, elle se laissa caresser les seins, embrasser dans le cou, puis sa tension nerveuse monta d'un cran et une vague d'excitation la submergea quand il plongea les doigts en elle. Ce fut lorsqu'elle lui passa les mains dans le dos, des épaules à la taille, qu'elle sentit le manche froid et métallique d'un couteau.

Tout arriva alors très vite. Il tira l'arme de sa poche arrière et la leva au-dessus de sa tête.

– Non ! hurla Carole.

Tendant les mains devant elle, elle hurla de douleur quand la lame entailla sa chair entre coude et poignet. L'homme l'empoigna par le bras, l'attira à lui, et les coups se succédèrent : il la poignarda au ventre, encore et encore, lui envoyant des ondes de choc dans tout le corps. Elle lâcha un cri étranglé, tandis qu'une chaleur intense et douloureuse se répandait en elle.

La pleine lune s'infiltra à travers les feuilles épaisses pour faire étinceler le couteau quand l'homme l'arracha au ventre de sa victime, malgré le tissu détrempé de la robe qui retenait la lame crantée. Une lame que Carole empoigna avec l'énergie du désespoir pour empêcher un nouvel assaut, mais le tueur était trop fort : il libéra son arme d'un coup sec, de haut en bas, et la main mutilée retomba, inerte, les tendons et les nerfs tranchés. La jeune femme voulut crier mais son appel au secours se perdit dans la mare de sang qui jaillit de sa bouche.

Couvrant d'une main tremblante les blessures de son ventre, chancelante, elle leva les yeux vers l'homme qui s'était figé, concentré, attentif. Soudain, il se jeta en avant et la poignarda à nouveau. Carole se tordit de douleur tandis que ses jambes se dérobaient sous elle. Lorsqu'elle voulut s'éloigner en rampant, elle fut arrêtée par la lame brûlante qui se planta dans son dos et lui entailla l'omoplate.

Le couteau s'abattit encore, perçant un poumon. L'homme le retourna cruellement dans la plaie puis l'arracha avec une telle violence que la pointe se brisa. Il empoigna alors sa victime, dans les oreilles de laquelle résonnaient les pas des renards filant à travers le parc.

Qu'on me laisse mourir. Qu'on me laisse mourir.

Les mots apparurent dans le cerveau vacillant de Carole, mais son corps les ignora, même quand le couteau la déchira encore. Ses paupières battaient, elle avait les yeux ouverts, mais le sang obscurcissait son champ de vision. Elle ne vit pas l'arme se lever au-dessus d'elle. La mort ne l'avait pas encore prise quand son assassin lui trancha la gorge en un dernier geste violent et théâtral.

51

Henley se tortilla sur son siège et regarda l'heure au tableau de bord. Presque 11 h 15. Ramouter était retourné à la SCU pour planifier des rendez-vous avec les premiers jurés d'Olivier. Elle-même, arrivée en avance au tribunal de Snaresbrook, restait dans la voiture devant cet ancien orphelinat, à feuilleter le dossier de l'affaire Carole Lewis. Elle éprouvait un étrange détachement en parcourant sur son iPad dépositions de témoins et rapports CRIS. Le contact du papier sous ses doigts lui manquait. Par moments, elle croyait presque sentir le sang d'une victime sur un carnet de notes de policier.

Elle ne frémit pas quand les photos du crime apparurent sur l'écran. Lewis n'avait pas tenté de courir. Son sac à main fermé et aspergé de sang ne reposait qu'à quelques centimètres de sa tête. Sa robe à fleurs bleues, retroussée jusqu'à la taille, révélait qu'elle ne portait pas de sous-vêtements. Les blessures de son ventre avaient laissé couler un fleuve de sang qui s'était coagulé dans ses poils pubiens.

Il y avait des indices de rapports sexuels. On avait trouvé du spermicide et du lubrifiant dans son vagin, des traces de sperme dans sa gorge. L'ADN de trois hommes distincts avait été décelé dans son corps.

Henley comprenait pourquoi Lancaster s'était concentrée sur le mari. Jalousie, adultère, femme jeune, vieil époux… Ramouter avait en outre déterminé que l'endroit où on avait retrouvé le corps était connu pour accueillir des rencontres sexuelles entre parfaits inconnus. Toutes les cases étaient cochées pour un crime passionnel et pour que la défense plaide la « perte de contrôle » du mari, mais cela ne satisfaisait pas Henley. Le sac de Lewis renfermait quatre préservatifs, son alliance et sa bague de fiançailles, mais pas de téléphone portable. D'après un témoin, une femme correspondant à la description de la victime les avait bousculés, son épouse et lui, alors qu'ils quittaient le parc. Selon l'épouse, toutefois, cette personne donnait l'impression d'être en retard, pas de s'enfuir.

Quand elle referma le dossier, Henley avait acquis deux convictions : Carole Lewis connaissait son assassin et elle avait rendez-vous avec lui.

Alan Lewis n'était pas particulièrement beau : les cheveux gris clairsemés tirés en arrière et noués en queue-de-cheval, le cuir chevelu rouge, écaillé. Ses yeux bruns, nichés parmi des replis de peau pâle, passèrent de la carte de police d'Henley à son visage. Il humecta ses lèvres fines avant de répondre :

– Je suis occupé. Ça ne peut pas attendre ?

– Ma foi, je serai ravie de bavarder avec vous ici, répondit l'inspectrice, assise sur une table en formica blanc craquelé.

Le portail de sécurité bipa furieusement, couvrant les soupirs irrités de Lewis.

– Alors, non seulement je dois accepter de vous voir débarquer chez moi quand ça vous chante et tout foutre en l'air, ronchonna-t-il en sortant, mais, maintenant, il faut aussi que je supporte de vous voir arriver sur mon lieu de travail.

Il s'approcha d'un petit étang au bord duquel trottinaient des bernaches du Canada, et s'arrêta près d'un banc avant de sortir un paquet de tabac et du papier à rouler.

– Où est l'autre ? La brune, là, le sergent Lancaster.

– Je ne suis pas du CID de Wood Green.

Henley dépassa Lewis et s'assit sur le banc. La vue de l'étang était plus agréable que celle d'un tribunal ayant naguère abrité des enfants non désirés.

– D'où êtes-vous, alors ?

– De la SCU, la brigade des crimes en série.

Lewis cessa de rouler sa cigarette. Des brins de tabac voletèrent jusqu'au sol.

– Merde, pourquoi vous voulez me voir ?

– Parce que je ne crois pas m'adresser à l'assassin de Carole. J'ai quelques questions à vous poser, et une requête à vous présenter.

Henley gardait les yeux fixés sur les bernaches qui entraient dans l'eau.

– C'est vrai, vous me croyez ? Vous croyez que je ne l'ai pas tuée ? (Elle se tourna vers Alan Lewis juste à temps pour voir ses épaules s'affaisser de soulagement.) Ils m'ont gardé au poste pendant deux jours. Vous savez ce que c'est de rester assis dans une cellule froide où vous sentez votre propre pisse, votre propre merde, et où, ensuite, quelqu'un a le front de vous demander si vous voulez un petit déjeuner ?

– Depuis combien de temps étiez-vous mariés, votre femme et vous ? demanda Henley quand il eut repris possession de lui-même.

– Six ans.

Lewis tira un briquet de sa poche arrière de pantalon et s'assit à l'autre bout du banc.

– Je l'avais rencontrée… Je l'avais rencontrée dans le parc.

L'inspectrice remarqua l'hésitation dans sa voix.

– Qu'est-ce que vous faisiez dans le parc à ce moment-là ?

– Le genre d'activité pour laquelle on n'a pas besoin de chien, si vous voyez ce que je veux dire. (Elle ne demanda pas de précisions.) On s'est croisés plusieurs fois. Je l'ai invitée à boire un verre. Elle était sympa, on avait les mêmes goûts, et le reste appartient à l'histoire.

– Son corps a été retrouvé dans le parc de Highgate Woods.

– Je sais. On était convenus quand on s'est mariés qu'on arrêterait la drague, et on a tenu environ cinq mois. Ensuite, elle a voulu recommencer. On aurait dit qu'elle avait besoin d'attirer l'attention. Je n'avais pas envie de la partager, mais elle est… elle était têtue. Je ne lui suffisais pas. Je voulais juste qu'elle soit prudente. Je l'accompagnais souvent – pas pour regarder, ça m'est passé – mais je savais que, parfois, elle y allait seule.

– Donc quand elle n'est pas rentrée, vous n'avez pas été surpris ?

– Oh, si. Elle rentrait toujours. Elle était assez sympa pour ça. J'ai un deuxième boulot. Agent de sécurité dans une boîte de Kings Cross. En général, j'arrive à la maison vers quatre heures du matin, et elle me rejoignait toujours à quatre heures et demie max. L'heure du premier bus. Alors, le matin où elle n'est pas rentrée, j'ai su qu'il y avait un problème. J'ai appelé son téléphone, personne n'a répondu. Je suis allé la chercher au parc, et elle n'était pas à l'endroit habituel. Donc j'ai contacté la police, j'ai dit qu'elle avait disparu, mais on ne m'a pas écouté. Et puis, l'après-midi, cette satanée Lancaster s'est présentée à ma porte.

Il tira longuement sur sa cigarette.

– Vous avez dit au sergent Lancaster que vous étiez avec Dawn Bradley le soir où votre femme a été tuée, mais l'alibi n'a pas été confirmé.

– Vous avez déjà vu son mari, à Dawn ? Ça ne m'étonne pas qu'elle ait tout nié. La connaissant, elle avait aussi dû réserver la chambre sous un nom d'emprunt.

– Est-ce que Carole vous avait dit avoir été jurée au procès de Peter Olivier ?

– Est-ce qu'elle me l'a dit ? Elle n'arrêtait pas d'en parler, oui. Elle se sentait tellement importante d'aller tous les matins à Old Bailey.

– Qu'est-ce qu'elle vous a raconté ?

– Tout, je vous dis. Comme elle était jurée dans l'affaire de l'Équarrisseur, j'ai su comment il découpait les corps. Et elle trouvait cet Olivier très séduisant. Elle le trouvait… (Il grimaça.) charmant. Vous imaginez ? Des fois, je me dis qu'elle était carrément cinglée.

– Et les autres jurés ? Elle vous en a parlé ?

Lewis jeta le mégot de sa cigarette en direction de l'étang.

– D'un ou deux. Surtout d'une dénommée Zoe. Il leur arrivait d'aller prendre un verre ensemble.

– Quelqu'un d'autre ? demanda Henley en notant l'information dans son carnet.

Lewis caressa le duvet grisonnant de son menton.

– Une bonne femme qu'elle ne pouvait pas saquer. Elle l'appelait Agatha Christie sous coke. Et puis il y avait *l'autre*.

L'inspectrice cessa d'écrire.

– L'autre ?

– Je ne me rappelle pas son nom, mais il n'arrêtait pas de l'appeler. Un jour, j'ai regardé le téléphone de Carole et j'ai vu des textos de ce type.

– Elle couchait avec lui ?

– Elle le niait, mais les trucs qu'elle disait… On ne parle pas de quelqu'un comme ça sans l'avoir connu dans l'intimité. Vous voyez ce que je veux dire ?

– Et vous ne vous rappelez pas son nom ?

Lewis secoua la tête.

– Non. (Il consulta sa montre.) Vous en avez encore pour longtemps ?

– J'ai presque terminé. Il me faut juste votre permission.

– Permission pour quoi ?

– Exhumer le corps de votre femme.

– Mais pourquoi, bon Dieu ? s'exclama-t-il en blêmissant.

– Nous pensons son assassinat lié à une série de meurtres sur lesquels la SCU enquête en ce moment.

– Vous voulez la déterrer ? (Il secoua la tête, incrédule.) Vous croyez que c'est le même assassin qui a tué ma Carole ?

– C'est une possibilité. Mais on ne peut pas en être sûrs avant de…

– L'exhumer ?

– Oui, désolée, acquiesça Henley.

– Pourquoi vous excuser ? Ce n'est pas vous qui l'avez tuée. (Lewis écrasa sa cigarette sur le banc, jeta le mégot vers l'étang et exhala si fort qu'on aurait dit un sifflement.) D'accord, allez-y. Faites ce que vous avez à faire. Si ça doit me mettre hors de cause, vous pouvez la déterrer.

52

– Surpris de me voir ?

Olivier, appuyé au chambranle, baissa sa capuche.

– Je… euh… que… balbutia Blaine, choqué, en regardant derrière son visiteur pour voir s'il y avait quelqu'un d'autre dans le couloir. Comment êtes-vous entré dans l'immeuble ?

Il éteignit la lumière de son appartement, espérant presque ainsi faire disparaître l'homme qui se tenait devant lui.

– La sécurité est poreuse. N'importe qui peut entrer en arrivant de la rue.

Olivier bouscula Blaine, entra vivement dans l'appartement et ralluma.

– Je vous ai dit que la police était déjà venue me voir, s'exclama l'agent immobilier. (Il hésitait sur le pas de la porte, peu soucieux de se trouver dans la même pièce que son visiteur.) Ils n'ont pas arrêté de m'appeler, d'enquêter sur moi. Je peux très bien être surveillé en ce moment, vous ne…

– Calme, toi, bordel, lâcha Olivier en détachant bien les syllabes. (Il ouvrit le réfrigérateur, en sortit une bière et arracha l'opercule.) Tu me files mal au crâne.

– Vous ne devriez pas être ici.

– Je ne reste pas, assura le fugitif en fixant son interlocuteur par-dessus la canette de bière ouverte. J'ai juste besoin que tu fasses quelque chose pour moi.

Blaine ne voyait vraiment pas ce qu'Olivier pouvait bien vouloir de lui alors que la police le surveillait déjà.

– Quoi ? demanda-t-il enfin.

L'autre avança vivement d'un pas, ce qui le fit bondir en arrière.

– Pourquoi es-tu si nerveux ? (Le tueur éclata de rire.) Ça ne te posait pas de problème de venir me voir quand j'étais à l'intérieur. Regarde… (Il leva les mains.) Plus de menottes.

L'agent immobilier rassembla le courage de tourner le dos à son visiteur. Entré dans son petit séjour, il vérifia que les rideaux étaient bien fermés. Tandis qu'Olivier s'asseyait puis s'étendait sur le canapé, il demeura près de la fenêtre, incertain.

– Tout le monde vous cherche, déclara-t-il avant de prendre enfin possession d'un fauteuil, aussi loin que possible du tueur.

– J'en suis conscient. Mais un truc que j'ai appris, c'est que les flics ne cherchent jamais dans les coins les plus évidents.

– Qu'est-ce que vous voulez de moi ?

Blaine ne pouvait empêcher sa voix de trembler. Olivier poussa un long soupir et laissa retomber la tête sur les coussins.

– Il y a un indien correct dans le coin ? demanda-t-il.

– Hein ?

– Un indien. Un restau. Des plats à emporter. Un petit mec en scooter qui livre chez toi.

– Oui, il y en a un, mais…

Olivier bondit sur ses pieds, empoigna Blaine à la gorge, le souleva du fauteuil et le plaqua contre le mur.

– Tu te dis que tu aurais dû foutre le camp, hein ? lui murmura-t-il à l'oreille, en l'étranglant à demi. Que tu aurais dû remplir ta petite valise à roulettes et disparaître à la seconde même où tu as appris que j'étais dehors ?

Il relâcha son étreinte. Blaine prit une inspiration sèche qui lui déchira la poitrine et le fit tousser.

– Ils vont croire que je vous ai aidé, se plaignit-il en glissant le long du mur jusqu'à se retrouver accroupi. Je ne peux pas retourner en prison.

– Je ne crois pas que tu aies trop le choix. Ils trouveront quelque chose à te reprocher. (Olivier revint près du canapé sur lequel il ramassa un ordinateur portable.) À ton avis, qu'est-ce que ça inspire au copycat de me savoir dehors ? Il est content ou il fait dans son froc, comme toi ? Si ça se trouve, ça l'excite.

– Je ne… Je n'en ai aucune idée, avoua Blaine.

Il toussa à nouveau puis massa avec précautions sa gorge meurtrie.

– Mes premiers dossiers judiciaires, tes notes pendant mon procès. Les papiers de ton propre procès. Ils sont ici ? Tu disais que tu gardais tout.

L'agent immobilier hocha la tête. Il désigna les dossiers et chemises réunis par des élastiques sur l'étagère du bas de sa bibliothèque.

– Tout est là ?

– Tout, répondit-il d'une voix rauque.

– Bien. (Olivier ouvrit l'ordinateur et l'alluma.) Mot de passe, s'il te plaît. Vite, je ne vais pas te mordre.

Blaine se leva, s'approcha avec méfiance et tapa son mot de passe.

– Merci beaucoup.

– Qu'est-ce que vous faites ?

Sans répondre, Olivier se mit à taper sur le clavier en sirotant sa bière. Au bout de deux minutes cependant, il regarda Blaine droit dans les yeux et lui déclara :

– J'aide la police dans son enquête.

53

Daniel Kennedy, Zoe Darego, Sean Delaney, Carole Lewis. Les noms étaient écrits à l'encre rouge effaçable sur le tableau blanc.

– Tu es absolument sûre que Lewis a sa place parmi eux ? demanda Pellacia.

Henley jeta un coup d'œil à Ramouter qui fixait leur chef, les yeux agrandis par l'incrédulité.

– Évidemment qu'elle est sûre, intervint Joanna qui passait par là, en jetant un tas de papiers sur le bureau de Ramouter.

– Je joue l'avocat du diable, c'est tout, reprit le surintendant. On a un trou de quatre mois entre l'assassinat de Lewis et la découverte des corps de Kennedy et Darego. Ensuite, il y a la méthode. Les derniers ont été démembrés. Pas Lewis : on lui a tranché la gorge.

– C'était un peu plus qu'une gorge tranchée. (Henley attira à elle un grand sac à mise sous scellés empli de lettres.) Son assassin l'a pratiquement décapitée. C'était sûrement un crime plus improvisé, mais avec tout de même un certain degré de planification. Mon instinct me dit qu'elle est allée dans ce parc pour y rencontrer quelqu'un de précis, qu'elle connaissait. Je ne sais pas qui, c'est tout.

– Ton instinct ne suffit pas, j'en ai peur. Et l'ADN qu'on a trouvé sur elle ? demanda Pellacia. Des correspondances ?

– Deux. Son mari et Gary Wilkins, que Stanford a arrêté et interrogé hier soir. Wilkins admet avoir couché avec Carole en début de soirée. Selon lui, ce n'était pas la première fois et elle faisait partie des habitués qui se retrouvaient à Highgate Woods. Il dit s'être trouvé au boulot à l'heure du crime, mais il a changé d'emploi depuis et Stanford a du mal à trouver son ancien patron. Le troisième ADN n'est pas identifié.

– Est-il possible que l'assassin soit un autre homme avec lequel elle couchait ?

Henley secoua la tête.

– On ne peut pas écarter l'hypothèse, mais l'ADN inconnu a été retrouvé sous ses ongles et dans le sperme séché sur ses jambes. Pas en elle. Je ne crois pas que le tueur l'ait pénétrée.

– Je sais que Blaine et ce Gary Wilkins sont des suspects viables, mais qu'en est-il des deux autres jurés condamnés pour outrage ? Ils sont eux aussi responsables de l'arrêt du premier procès. Tu leur as parlé ? demanda Pellacia à Ramouter.

– Pine est infirmier à plein temps, donc lui fixer un rendez-vous est un peu difficile à cause de ses horaires, mais on voit Naylor dans un petit moment. Et ça ne lui fait pas plaisir.

– Où en es-tu de la localisation des autres jurés ? s'enquit encore le surintendant.

– Ça m'a pris la matinée mais je les ai trouvés, répondit Ramouter. Il y en a un ou deux dont on n'a pas à s'inquiéter tout de suite. Naomi Spencer est en voyage de noces au Viêt-Nam. Elle est partie il y a un mois et elle ne doit pas rentrer avant deux semaines et demie. Kushal Bollasingham est en prison à High Down. Dix-huit mois pour fraude aux allocs. Il doit sortir en avril. Ensuite, Hamilton Bryce. Il a déménagé à Manchester l'année dernière. Je lui ai demandé s'il avait été en contact avec les autres jurés après le procès et il m'a assuré que non.

– Avec de la chance, on n'aura pas à s'en faire pour lui. Sauf en ce qui concerne Lewis, le copycat a l'air de réserver ses activités au South London, mais il faut quand même demander à la police de Manchester de le tenir à l'œil, suggéra Henley.

Pellacia marqua son assentiment d'un signe de tête.

– Restent Alessandro Naylor, Jessica Talbot, Dominic Pine et Michael Kirkpatrick, résuma Ramouter en repliant sa liste. Qu'est-ce qu'on fait, maintenant ? On ne peut pas se pointer chez eux et leur dire qu'ils sont des cibles potentielles d'un tueur en série.

– C'est pourtant ce qu'il va falloir faire.

– Que dit la Protection des personnes à ce propos ? demanda Pellacia.

Henley gémit au souvenir d'une conversation exaspérante avec Gia Mapess, la directrice pour Londres de ce service.

– On s'y préoccupe davantage de procédure et de politique que de bon sens, dit-elle. Ces gens-là doivent étudier l'affaire pour estimer le degré de menace pesant sur nos jurés.

– Un tueur en série à Londres, pour eux, ça ne constitue pas une menace suffisante ? s'enquit Pellacia.

– Pas tant qu'ils ne le disent pas. Ensuite, les jurés devront consentir au type de protection désiré : alarmes, patrouilles de police…

Henley fut interrompue par la sonnerie du téléphone de son bureau. Elle reconnut le numéro affiché : la ligne directe d'Anthony.

– Qu'est-ce que tu as fait de ton portable ? lança l'expert. Comme tu ne répondais pas, je me suis dit que j'allais essayer de t'appeler à l'ancienne mode.

Henley coinça le combiné entre oreille et épaule, plongea la main dans son sac et sortit son smartphone : l'appareil affichait cinq appels manqués d'Anthony ; il était en mode silencieux.

– Désolée. Qu'est-ce qu'il y a de si urgent ?

– Ta tête.

– Pardon ?

– Ta tête. Celle qui a été déposée sans cérémonie devant ta porte. J'ai une identification pour toi. Consulte tes mails.

Henley alluma son ordinateur et ouvrit la pièce jointe à l'e-mail d'Anthony. Un homme souriant lui rendit son regard. Les boucles de ses épais cheveux noirs tombaient sur son front. Il paraissait environ vingt-cinq ans.

– Il s'appelle Elliot Shen Cheung, commenta-t-elle. Vingt-quatre ans quand il a disparu. (Elle agrandit le cliché.) Notre portrait-robot électronique a été diffusé et il est passé la semaine dernière sur le site du service des personnes disparues. Il y a deux heures, ledit service a été prévenu d'une identification possible.

– Alors qui est-ce ? demanda Ramouter. Et qu'est-ce qu'il a fait à Olivier ?

– Originaire de Hong Kong. Venu à dix-huit ans pour étudier à l'Université de Cardiff. Il est monté à Londres avec son diplôme en poche et a trouvé du travail dans une boîte de pub d'Hoxton Square. Porté disparu par un ami une semaine avant qu'on ne découvre son corps décapité, mais il semble que nul ne l'ait vu depuis au moins quinze jours avant ça.

– Et ses employeurs ? Ils n'ont pas trouvé bizarre qu'il ne vienne pas travailler ? demanda Pellacia.

– D'après eux, il est fréquent qu'un employé de fraîche date ne se préoccupe pas de revenir.

– Qui a procédé à l'identification ? demanda Ramouter.

– Le service des personnes disparues a reçu deux appels. Le premier d'une certaine Tanya Dunnett, l'ex-copine d'Elliot. Ils s'étaient séparés une semaine avant qu'il ne disparaisse.

– Et le deuxième ?

Henley sentit les cicatrices de son ventre se contracter tandis qu'elle examinait la photo d'un Elliot Cheung souriant qui gisait désormais en six morceaux à la morgue.

– De Peter Olivier.

– Pardon ? dit Pellacia. Il a contacté le service des personnes disparues ?

– Pas par téléphone. Ça s'est passé hier après-midi, via le site Internet. J'en ai déjà parlé à Ezra et il cherche l'adresse IP utilisée par Olivier.

– Si c'était bien lui. Il y a des gens bizarres. Pour ce qu'on en sait, quelqu'un a pu usurper son identité.

– C'est une possibilité, admit Henley. Mais, de sa part, rien ne m'étonne. Bref, le plus important, c'est que nous ayons une identification.

– Alors, qui c'est, cet Elliot Cheung, merde ? s'emporta Pellacia. Je ne me rappelle pas avoir vu ce nom-là quand on a étudié les allégations de viol d'Olivier.

– Il était trop jeune, de toute façon. Cheung avait vingt-quatre ans au moment de sa disparition. Olivier n'est pas allé le trouver sans raison. Tuer quelqu'un au hasard, ça ne correspond pas à son profil.

Le front du surintendant se plissa de concentration. Henley n'avait pas besoin de l'interroger pour savoir ce qu'il pensait.

– Tu as peur que l'affaire échappe à notre contrôle, hein ? dit-elle.

– On enquête sur les meurtres du copycat, Olivier est en cavale, et on est en plus sur le point de rouvrir une vieille affaire de meurtre.

– On ne rouvre rien du tout. Tout ce qu'il faut trouver, c'est en quoi Olivier est lié à cet Elliot Cheung.

– Et pourquoi il a fait en sorte que la tête de Cheung soit livrée chez toi.

– Ça, je connais déjà la réponse, dit Henley. Parce que c'est un sale pervers de merde.

54

Malgré tous ses efforts, Blaine avait fini par se pisser dessus. Olivier eut un sourire mauvais à ce souvenir. Il entendait encore gémir l'ancien avocat tandis qu'il lui expliquait, en lui tenant un couteau de cuisine sur la gorge, où on retrouverait les morceaux de son cadavre s'il appelait la police. Ses plaintes n'avaient pas couvert le bruit de l'urine coulant sur ses jambes nues. Olivier avait cru que Blaine se montrerait un peu plus reconnaissant d'être laissé en vie. À la réflexion, il aurait peut-être dû mettre fin à ses souffrances.

Le fugitif se pencha par-dessus la rambarde en fer forgé pour contempler les eaux sales. Il suivit des yeux les deux cygnes qui louvoyaient autour de bouteilles en plastique flottantes. La marée était haute. De fins embruns jaillissaient vers ses mains quand les eaux de la Tamise frappaient le mur de soutènement. Des lambeaux du ruban bleu et blanc utilisé par la police pour isoler les secteurs sensibles s'accrochaient encore à la rambarde et voletaient contre ses genoux. Une pancarte jaune toute proche lançait un appel à témoins d'un meurtre.

Olivier observa le quartier Docklands, sur l'autre rive : des immeubles neufs et une myriade de grues couvertes de lumières rouge vif, dressées vers le ciel.

Il aurait dû continuer à fuir, sauter à l'arrière d'un camion qui partait vers Calais. Passant la main dans sa poche de veste, il en sortit un morceau de journal plié, trouvé sur le tapis de sol de la voiture qu'il avait volée. La page sept de l'*Evening Standard* datant de quelques jours. Olivier laissa courir un pouce calleux sur le premier article. Victime identifiée. Daniel Kennedy. Le premier.

– Connard d'amateur, marmonna-t-il en relisant le récit de la découverte du cadavre de Kennedy au pied des Watergate Steps ; à moins de deux mètres d'où il se trouvait alors.

Tout avait commencé ici. D'une certaine manière, il aurait dû être reconnaissant au copycat : l'assassinat de Kennedy lui avait servi de catalyseur, de déclic pour mettre enfin en œuvre son plan d'évasion.

Tandis qu'il inhalait les parfums de la Tamise, il se demanda brièvement si le copycat s'était tenu en ce même point, s'il avait senti le sang du meurtre sur sa peau. Olivier eut un sourire dans lequel n'entrait aucune part d'humour. Henley avait raison : ce vil imitateur n'était qu'une mauvaise copie, et l'original n'avait aucune intention de rester inactif pendant que la copie prenait des libertés. Il déchira l'article et regarda le vent emporter les morceaux. On ne lirait pas dans la presse qu'Henley avait attrapé le copycat. Non. La presse rapporterait qu'elle avait trouvé les morceaux du copycat, abandonnés par Peter Olivier.

55

– C'est une blague ? C'est forcément une blague !

Jessica Talbot se tenait au milieu de son salon en désordre, un bébé de huit mois posé sur la hanche, un petit garçon de deux ans par terre, entouré de pièces de puzzle et de petites voitures.

– Je crains que non, dit Henley.

Le garçonnet se dandina jusqu'à Ramouter et lui donna une pièce de Lego.

Jessica Talbot devint blafarde, tituba en arrière et tomba sur son canapé. Son fils gloussa entre ses bras, comme si on le faisait participer à un nouveau jeu.

– Je ne me les rappelle pas. Les autres. Pourquoi veut-on les tuer ?

– C'est ce qu'on essaie de déterminer. On a déjà prévu une protection policière pour vous. Deux agents se présenteront ici dans quelques minutes. Ils prendront soin de vous.

– Une protection ? J'ai trois enfants. Ma mère n'est pas là parce qu'elle s'est cassé la jambe, merde… J'ai… Je ne peux pas. Mon mari ne va pas aimer ça du tout. C'est trop.

– Je suis vraiment désolée, mais ce qui importe, c'est votre sécurité et celle de votre famille, dit fermement Henley.

– Et ma fille ? Elle a huit ans, elle est à l'école. Qu'est-ce qu'on est censés faire ? Comment pouvez-vous nous protéger ? Vous n'avez pas réussi à protéger les trois premiers jurés.

La voix de la jeune mère se faisait plus aiguë, plus nerveuse.

– Je vous en prie, Jessica, calmez-vous.

– Comment voulez-vous que je me calme avec un tueur en série à mes trousses ?

– Nous ne laisserons rien vous arriver. Vous avez ma parole.

– Ah oui, vous pouvez me promettre ça ? (Jessica Talbot tentait d'empêcher son fils de lui empoigner les cheveux. Sa voix se brisa, se mua en un chuchotement violent.) Vous pouvez promettre à mes enfants que leur mère ne va pas être découpée en morceaux et balancée au milieu d'une station-service ?

La réaction de Michael Kirkpatrick, juré numéro dix, fut assez semblable.

– Je ne voulais pas être juré pour commencer, merde.

Il referma la porte de la salle de conférence au vingt-quatrième étage de l'immeuble TL Global Banking dans la City. Son arrogance lourde était assortie aux épais nuages noirs qui obscurcissaient le haut des gratte-ciels. Il avait l'air du genre à prôner les clous anti-SDF devant son lieu de travail.

– Vous savez combien ça m'a coûté de participer à ce jury pendant quinze jours ? J'aurais mieux fait d'acquitter une amende au tribunal et de ne pas y aller. Comme si cinq livres par jour pour déjeuner et une carte Oyster[1] gratuite pouvaient couvrir les frais.

– Vous comprenez ce qu'on est en train de vous dire ? demanda Ramouter.

1. Titre de transport équivalent à la carte Navigo à Paris.

Kirkpatrick se fit un expresso et s'empara d'une viennoiserie dans une corbeille de gâteaux.

– Je doute très fort qu'on s'en prenne à moi, dit-il, la bouche pleine.

Henley ne put réprimer un éclat de rire sarcastique.

– Je ne viens pas vous faire perdre votre temps, Michael. C'est sérieux.

– Comment voudriez-vous que je travaille ? J'ai des rendez-vous avec des gens très importants et il faut que je sois à New York le mois prochain. Vos flics vont me suivre à toutes les réunions ?

– Si ça peut vous éviter de finir découpé en… combien de morceaux déjà, agent Ramouter ? Cinq ? demanda Henley, la tête inclinée sur le côté.

– Six, répondit son stagiaire, imperturbable.

– Oui, c'est vrai, il les a aussi décapités, enchaîna-t-elle. (Pour la première fois depuis le début de l'entrevue, Kirkpatrick parut inquiet.) Si nous n'attrapons pas ce tueur, vous ne verrez peut-être jamais New York. Mais, puisque vous préférez prendre le risque, je pourrai sûrement employer ailleurs les ressources qui vous étaient destinées…

Elle savait très bien que Kirkpatrick allait désormais accepter toute la protection possible.

Dominic Pine parut peu impressionné quand il ouvrit sa porte et qu'Henley lui montra sa carte de police.

– C'est pour hier soir ? demanda-t-il.

– Qu'est-ce qui s'est passé hier soir ? répliqua l'inspectrice.

– Mes voisins du dessus qui ont pété un plomb.

– Non, ce n'est pas pour ça. Vous avez eu mon collègue au téléphone ce matin.

Elle s'écarta afin que Pine puisse voir le stagiaire.

– Bonjour. EAD Ramouter.

– Oh, pardon, dit l'infirmier, ça m'était sorti de l'idée. J'ai travaillé tard cette nuit.

La porte se referma au nez des policiers. Ils entendirent le bruit métallique de la chaîne de sécurité qu'on ôtait.

– Merci, dit Henley en entrant.

Ramouter tira la porte derrière eux.

L'inspectrice renifla. L'appartement sentait le renfermé comme si on n'en ouvrait jamais les fenêtres, et l'entrée avait grand besoin d'être rénovée, entre le motif du tapis qui disparaissait sous la boue séchée et le papier peint passé, écaillé. Il y avait encore autre chose qui la chiffonnait, dans cet appartement, mais elle ne parvenait pas à mettre le doigt dessus.

– Vous permettez que je m'habille ? Ça me fait un peu bizarre de rester là à discuter avec vous en caleçon.

Pine revint vêtu d'un pantalon de jogging et d'un teeshirt bleu à l'envers. Il les invita à s'asseoir au salon.

– Bon, alors, si vous n'êtes pas là à cause des cinglés du dessus, de quoi s'agit-il ?

– Comme je vous le disais, l'agent Ramouter et moi appartenons à la SCU, la brigade des crimes en série.

– Ça me dit quelque chose, mais je ne sais plus pourquoi.

– En 2017, vous avez été juré au procès de Peter Olivier.

– J'ai entendu qu'il s'était évadé. Les infos ne parlent que de ça. On l'a rattrapé ?

Henley ignora la question.

– On enquête sur une série de meurtres liés au procès d'origine.

– En quoi est-ce que ça me concerne ? Vous savez que j'ai été récusé de ce procès, non ? J'ai passé trois mois en prison à cause de ça. Je suis un sujet à risque ? C'est pour ça que vous êtes ici, tous les deux ?

Pine éclata de rire. Henley jeta un coup d'œil aux étagères, garnies de DVD et d'une très vieille série d'encyclopédies à la reliure en cuir rouge. Elle laissa le silence se prolonger un peu tandis que les voix étouffées d'un couple en pleine scène de ménage leur parvenaient de l'étage supérieur.

– Il est possible que vous soyez visé, reprit-elle enfin. Trois des jurés avec lesquels vous siégiez lors du premier procès de l'Équarrisseur ont été assassinés. La semaine dernière, les cadavres des jurés Daniel Kennedy, Zoe Dar…

– Merde, je crois que je vais être malade, lâcha Pine en se levant et en sortant du salon.

L'inspectrice le suivit jusqu'à la petite cuisine et, le trouvant en train de vomir dans l'évier, lui frictionna le dos. Le plan de travail était couvert de sucre roux et de granulés de café soluble. La négligence et l'impression d'abandon rappelaient à Henley la maison de son père. Elle éprouva une pointe de culpabilité en voyant par la fenêtre de la cuisine une voiture de police pénétrer dans la résidence. Quelle protection pouvait-on réellement fournir à Dominic Pine et aux autres ?

– Il n'y a pas moyen d'avoir une voiture banalisée ?

Alessandro Naylor avait informé Henley et Ramouter qu'il logeait avec sa tante et son oncle, et avait refusé de les laisser entrer.

– Vous avez beau être en civil, vous avez l'air de flics. On n'est pas trop fan de votre bande, par ici, alors il ne manquerait plus que les voisins me voient vous inviter chez moi.

– On a une bonne raison d'envoyer une voiture de police normale, assura Henley.

– Alors, c'est vrai ? J'ai lu qu'Olivier s'était fait la belle, mais je ne pensais pas que ça pourrait me concerner.

– Vous aviez pourtant vu l'info à propos des autres ?

– Il y a deux mois, le voisin d'en face a été trouvé avec une balle dans la tête au milieu de sa cuisine. Mardi dernier, deux bandes de jeunes ont décidé d'organiser une bataille au couteau dans le parc. Alors, sans mentir, les trois personnes dont vous parlez ne sont même pas apparues sur mon radar.

– Logique. (Henley n'avait pas l'énergie de pousser la question plus loin.) Je voulais vous rencontrer afin de savoir si vous voyez une raison pour laquelle on voudrait vous assassiner, vous et les autres ?

Naylor jeta son mégot dans le caniveau en secouant la tête.

– Aucune. Je vous ai dit. Après le procès, ma vie a merdé un moment. J'ai fait une connerie. Je me suis laissé emporter, je suppose, et je l'ai payé. Depuis que je suis sorti de prison, je fais profil bas. J'ai pris un boulot dans l'entreprise de plomberie de mon oncle. Croyez pas que j'aime nettoyer la merde des autres, mais c'est bien ce qu'on fait.

– Est-ce que vous êtes resté en contact avec les autres jurés ?

– Dans quel but ? Comme je disais, j'ai plutôt essayé de ne plus y penser. On était douze individus rassemblés par le hasard, rien de plus. Les autres, je les connaissais à peine et, sincèrement, je les ai oubliés dès qu'on m'a emmené à la prison de Pentonville.

– Dans les dernières semaines, y a-t-il quoi que ce soit qui vous ait inquiété ? Des comportements louches ? Des coups de téléphone importuns ?

– En dehors du démarchage téléphonique habituel pour les fournitures d'énergie, rien du tout. Vous croyez que c'est Olivier qui a tué les autres ?

– Non. Ils sont morts avant son évasion.

– Et vous ne pourriez pas me prendre en charge comme un témoin protégé ou un truc comme ça ? Vous savez que ça ne m'enchante pas de vous voir garés devant chez moi, et, pour être franc, je n'aurais rien contre un peu de vacances.

56

Un agent de police montait la garde devant la chambre de Karen Bajarami. Henley se rappelait l'avoir vu au poste de Plumstead : il était aussi compétent qu'un autre mais, en de tels moments, elle regrettait tout de même que la police ait abrogé le règlement concernant la taille minimum des recrues.

– Est-ce qu'elle a reçu des visites ? demanda l'inspectrice.

L'agent se redressa un peu.

– Pas depuis le début de mon service, madame. Une infirmière est passée il y a quarante minutes, c'est tout. Pas de visites privées. Je ne sais pas trop si elle est réveillée, cela dit.

– Merci, répondit Henley, avant de se tourner vers son compagnon. Et si tu prenais la direction des opérations ? Je n'ai franchement pas la capacité cérébrale pour gérer ça.

Ramouter paraissait crevé après avoir passé la plus grande partie de la journée au volant dans Londres, mais il parvint à trouver un peu d'enthousiasme. Encore décidé à faire bonne impression.

– Vraiment ? dit-il en sortant carnet et stylo. Ce serait super.

L'agent s'écarta et leur ouvrit la porte. Karen Bajarami avait été transférée dans une chambre généralement occupée par des patients payant leur séjour de leur poche. Les rideaux étaient d'un jaune solaire chaleureux, et une photo de l'Embankment la nuit pendait au mur, au-dessus d'un véritable fauteuil de salon. Quoique la télé soit allumée, Bajarami regardait par la fenêtre.

Ramouter s'éclaircit la voix.

– Excusez-moi, madame Bajarami.

Quand la blessée se retourna, Henley retint un hoquet. Elle avait l'œil gauche bandé, des ecchymoses de diverses nuances de violet sur le visage, et la mâchoire enflée. Une canule reliait son bras gauche à une pompe posée sur le côté du lit. En la voyant amochée à ce point, Henley se demanda dans quel état se trouvaient Ade Nzibe et l'agent de sécurité.

– Merde, c'est si moche que ça ? (Bajarami porta une main prudente à son front.) Je n'ai pas regardé. Vous savez quoi ? Ne me dites rien.

Ramouter jeta un coup d'œil à Henley avant de préciser :

– On s'est déjà vus, à la prison.

La blessée hocha la tête en se redressant sur son séant.

– Le premier truc qu'ils ont fait ce matin, c'est me retirer la morphine. Hier soir, y avait Kermit la Grenouille assise sur ce fauteuil, et ça me paraissait tout à fait normal.

– Oui, ça fait ça, la morphine, confirma Ramouter. On ne va pas vous embêter longtemps. On voudrait juste avoir une meilleure idée de ce qui s'est passé hier ici.

Bajarami ferma un moment son œil intact, avant de commencer à parler.

– Les médecins se disaient satisfaits de l'évolution d'Olivier. Une fois de retour à Belmarsh, il serait allé tout droit à l'infirmerie. On leur a dit qu'il devait rester attaché, mais ils n'ont pas voulu nous écouter. Bref, j'étais assise à l'extérieur de la chambre et, d'un seul coup, j'ai entendu du boucan, et Ade… (Elle fit la grimace, reprit son souffle.) Je peux avoir un peu d'eau, s'il vous plaît ?

– Je m'en occupe. (Henley s'approcha de la table de chevet, versa de l'eau tiède dans un gobelet en plastique et le donna à la blessée.) Ça doit être la morphine. Ça donne soif.

Bajarami avala une ou deux gorgées douloureuses avant de lui rendre le gobelet. Elle laissa retomber la tête sur l'oreiller.

– Merci, dit-elle. Ce fumier aurait pu m'aveugler. Je n'ai pas signé pour une merde pareille. Pardon.

– Pas la peine de vous excuser, la rassura Ramouter. Donc, vous avez entendu Ade ?

– Ouais. Quand je suis entrée, il était… par terre, près du lit, et il avait la tête en sang. Je ne sais pas trop avec quoi Olivier l'avait frappé. Juste après, il m'a empoignée, jetée à terre… et… je n'avais pas vu la fourchette qu'il tenait.

Bajarami se mit à pleurer.

– Tenez.

Henley tira des mouchoirs en papier de la boîte posée sur la table de chevet et les lui tendit.

– Merci. C'est juste que… La douleur. (La gardienne se tamponna l'œil droit.) Je ne sais pas ce qui s'est passé après. J'ai dû m'évanouir parce que je me rappelle seulement m'être réveillée ici. Je ne comprends vraiment pas comment Peter a pu… Comment va Ade ? Chaque fois que je ferme les yeux, je le revois étendu là.

– Il est en chirurgie. Il souffre d'un traumatisme crânien et il a un caillot dans le cerveau.

Des larmes se remirent à couler de l'œil de Bajarami.

– Et l'agent de sécurité ? On m'a dit que Peter l'avait attaqué.

– Fractures de la clavicule, de la pommette et de la mâchoire. Le nez cassé et des coupures au visage. Ce n'était pas une simple agression. On dirait qu'Olivier a pris son pied.

– Merde, je commence à penser que je m'en tire bien. Mon Dieu, je suis épuisée et j'ai un mal de crâne terrible.

– Y a-t-il autre chose que vous puissiez nous apprendre ? Olivier a dit quelque chose quand il est sorti du coma ?

– Il a dit qu'il avait enfin une belle vue, un truc comme ça, mais c'était...

Sa tête bascula soudain en avant et elle se mit à hurler de douleur.

– Ramouter, va chercher une infirmière. Vite !

Henley entoura Bajarami de ses bras et tenta de la réconforter tandis que le jeune policier se précipitait hors de la chambre.

– Ne vous en faites pas. Les secours arrivent, assura-t-elle.

Comme la gardienne hurlait à nouveau et se blottissait contre sa poitrine, elle ajouta :

– On est là.

– Olivier aurait pu la tuer, dit Ramouter.

– Je ne crois pas qu'il l'ait voulu, répondit Henley. Elle était sur son passage, c'est tout. Allons-y. Espérons qu'Ezra ait trouvé où il se cache.

Mark Ryan appelait cela la « période de refroidissement », songea Henley en descendant Greenwich High Road. Il lui avait expliqué souvent que tout tueur en série en arrivait à prendre un moment pour jouir du silence, retourner temporairement à sa vie normale. L'inspectrice se demanda de quelle durée serait la période de refroidissement de son tueur du moment. Quelques jours, quelques semaines, quelques mois ?

Son estomac se mit à gargouiller quand elle approcha de la rôtisserie. Elle avait bu toute la journée du café hors de prix, mais n'avait rien mangé du tout. Comme elle allait pousser la porte de la boutique, son téléphone se mit à vibrer.

INCONNU clignotait sur l'écran. Elle appuya sur le bouton vert. Un frisson dévala son épine dorsale quand la voix résonna à son oreille :

– Bonjour, Anjelica.

La voix d'Olivier.

57

– Comment avez-vous eu mon numéro ?

– Pas bonjour, donc. Beaucoup de boulot ?

– On peut dire ça. Je suppose que vous ne comptez pas me dire où vous êtes ?

Henley conservait une voix égale mais hurlait intérieurement. Olivier ne répondit pas. Elle attendit, l'écoutant respirer, jusqu'à ce qu'il rompe enfin le silence :

– J'ai suivi les infos. Vous ne chômez pas. Comment va la petite famille ? demanda-t-il.

– Pourquoi ne pas vous rendre ?

– Pourquoi ferais-je ça ? Je sens le soleil sur mon visage, le vent dans mes cheveux.

– Si j'étais vous, je ne m'y habituerais pas trop.

Olivier éclata d'un rire profond, sarcastique et compatissant à la fois.

– Pourquoi vous cacher ? demanda l'inspectrice, l'estomac noué, douloureux.

Il poussa un sifflement léger mais ne répondit rien.

– Est-ce que vous me surveillez ? insista-t-elle en priant qu'il ne remarque pas le tremblement dans sa voix. Je ne crois pas que ce soit moi qui doive vous inquiéter.

– C'est-à-dire ? interrogea-t-il sur un ton las.

– Il y a en liberté quelqu'un qui fait semblant d'être vous, qui frime en se servant de votre… mode d'assassinat personnel. Qui pourrait faire une chose pareille ? À qui avez-vous parlé ?

– Vous n'arrêtez pas de me poser ces questions ! Moi, tout ce que je voulais, c'était entendre votre voix. Je ne sais plus trop ce que je ressens pour vous.

Un livreur sortit de la rôtisserie. Henley se remit en marche sur le trottoir.

– Je pensais que vous seriez contente de m'entendre. Vous devez vous sentir bien seule à présent que votre mari et votre petite fille sont partis.

L'inspectrice se figea sur place.

Le livreur, à présent en scooter, freina dans un grincement de pneus, tandis qu'une voiture klaxonnait.

– Regarde où tu vas, eh, connasse ! lança-t-il en faisant un écart pour l'éviter.

– Comment savez-vous… ? interrogea-t-elle en traversant la rue au pas de course.

– Ne vous faites pas plus bête que vous ne l'êtes.

Elle s'arrêta devant le perron du poste de police. Sentant sa gorge se serrer et les muscles de ses jambes ramollir, elle s'agrippa à la rampe rouillée.

– Vous êtes allé chez moi ?

Silence.

– Est-ce que vous êtes allé chez moi ? répéta Henley, plus fort.

Olivier éclata de rire.

– J'étais en prison, inspectrice. (Il marqua une pause qui parut durer toute une vie.) Mais on m'a peut-être envoyé un cadeau. Une petite vidéo. Peut-être.

Henley était incapable de respirer.

– Il est donc possible que j'aie vu votre jolie maison. Vous qui ouvrez la porte, votre mari qui remonte l'allée. Il ne ressemble pas à l'idée que je m'en faisais. Vous lui avez bien dit de ne pas bouger, mais les hommes n'écoutent jamais rien !

– On vous a envoyé une vidéo ? (Olivier ne répondit pas.) Qu'est-ce que vous voulez ? (L'inspectrice était à présent au bord de la panique.) Qu'est-ce que vous voulez de moi ?

Il ignora la question.

– Un petit conseil, Anjelica, dit-il en revanche. Faites gaffe en traversant, la prochaine fois. Le scooter a failli vous rentrer dedans.

Henley baissa son téléphone : la communication venait d'être coupée. Elle regarda autour d'elle, frénétique, puis s'assit lourdement sur les marches. La panique déferlait sur elle par vagues. Quand Olivier la poignardait, sa peur était concentrée sur un objet ; à présent, elle se défendait contre quelque chose ou quelqu'un qu'elle ne voyait pas, et la fraîcheur de l'air ne l'empêchait pas d'être en sueur.

Quoique n'ayant rien mangé depuis la veille au soir, elle vomit au beau milieu de la rue.

58

Il la guettait.

Les forces de police du Royaume-Uni surveillaient gares et aéroports, suivant toutes les fausses pistes possibles. Nul n'avait pensé qu'il s'en prendrait à elle.

– Comment Olivier a-t-il eu votre numéro ?

Henley releva les yeux vers l'agent de la NCA qui lui posait la question. L'ex-sergent Bailey du CID de Charing Cross s'occupait en général de fraudes importantes. Elle se demanda sur les pieds de qui il avait marché pour se retrouver avec une affaire de baby-sitting dans laquelle nul ne savait où était le bébé.

– Par Chance Blaine, peut-être, je lui avais laissé ma carte. Mais Olivier est plein de ressources, il l'a toujours été. On a aussi pu le transférer directement sur mon portable. Vous avez interrogé le standard central ? répondit l'inspectrice en se rapprochant de la fenêtre du bureau de Pellacia où ils étaient tous entassés.

– On va mettre quelqu'un dessus. Vous êtes sûre qu'il était dans le coin, à vous observer ?

– Si elle dit qu'il était là, c'est qu'il y était, intervint Pellacia, protecteur, derrière sa table de travail.

– Il m'a dit de faire gaffe en traversant la rue. Il n'aurait pas dit ça s'il n'avait pas vu un imbécile en scooter manquer de me rentrer dedans, répondit Henley.

– Et vous n'avez rien remarqué qui sorte de l'ordinaire en quittant l'hôpital ?

– Non. Comme je vous le disais, Ramouter et moi sommes revenus ici et je me suis garée. Lui est entré. Moi, j'ai traversé la rue pour acheter à manger. Mon téléphone a sonné. C'était un numéro inconnu. Je n'avais aucune raison de soupçonner Olivier d'être dans le quartier avant qu'il ne me dise d'être prudente.

– C'est une bonne nouvelle, déclara Bailey. Ça veut dire qu'il n'a aucune intention de filer, qu'il reste dans les parages. Désolé, je sais que ce n'est pas une bonne nouvelle pour vous.

– Génial. Il est dans notre quartier depuis le début. Qu'est-ce qu'elle fout, la NCA, exactement ? demanda Pellacia.

– Vous avez vu Olivier trois fois avant son évasion… dit l'agent Bailey, ignorant la question.

– Vous insinuez sérieusement qu'il s'est évadé à cause d'Henley ? s'écria le surintendant.

Bailey ne sursauta pas, attentif aux réactions de l'inspectrice.

– Bien sûr que non, dit-il, mais il vous a appelée Anjelica. Il essaie de se rapprocher de vous. Vous avez un enfant, n'est-ce pas ? (Elle hocha la tête.) Nous savons par votre collègue, le sergent Stanford, que votre mari et votre fille sont à Kensal Green. Nous leur avons envoyé nos propres agents. Par simple précaution : je suis sûr que tout va bien. Et la tête qui vous a été livrée dimanche ? Vous avez progressé dans cette enquête-là ?

– On a trouvé l'entrepôt frigorifique et récupéré les films de sécurité, mais tout ce qui figure sur le contrat de location est faux, répondit Henley.

– Et la fuite dans la presse à propos des meurtres récents ? Vous avez découvert qui en était responsable ?

– Où voulez-vous en venir ? demanda sèchement Pellacia.

– Stephen, vous formez une petite brigade et vous avez des fuites, dit Bailey. Votre affaire en cours est en train de changer de nature, d'autant que votre enquêtrice en chef semble être la cible potentielle d'un assassin évadé. Vous n'avez pas besoin de moi pour savoir que vous êtes dans une situation délicate.

Henley sentit le surintendant se hérisser. Les gars de la NCA s'imposaient dans son espace vital et l'appelaient par son prénom comme un bon camarade, comme s'ils devaient quitter la SCU tous ensemble une heure ou deux plus tard pour aller boire une pinte au pub.

– Que croyez-vous qu'il cherche ? demanda encore Bailey à Henley.

– Je n'en ai aucune idée, soupira-t-elle, épuisée et furieuse contre elle-même.

C'était une des questions qu'elle aurait dû lui poser, bien sûr : qu'est-ce que vous voulez ? Depuis combien de temps me surveillez-vous ? Est-ce que vous travaillez en partenariat avec le copycat ? Qui est-ce ? Pourquoi moi ?

Pourquoi Olivier s'accrochait-il à elle comme une sangsue ? On aurait dit qu'il la savait brisée – une proie facile. Ou bien qu'il la sentait incapable de le lâcher.

Pellacia lui tendit une tasse à thé remplie de cognac.

– Je devrais être à la maison. (Elle but une gorgée.) Il faut que je parle à Rob.

– Est-ce que c'est une bonne idée ?

– Comment pourrais-je ne pas le lui dire ? soupira-t-elle, lasse. Olivier a surveillé notre domicile. Mais pourquoi ?

Henley ferma hermétiquement les yeux. Elle avait envie de s'isoler du monde, de disparaître, et elle comprenait à présent ce qu'on voulait dire en affirmant avoir été secoué jusqu'aux tréfonds. Elle ouvrit les yeux pour voir Pellacia la fixer.

– Ce n'est pas pareil pour lui, hein ? dit-il.

– Qu'est-ce que tu veux dire ?

– Question d'attention. S'il appelle un journal, s'il envoie un tweet, l'effet est temporaire. Les gens parlent de lui mais pas *avec* lui. Il ne reste un sujet brûlant que le temps d'être remplacé par une autre célébrité lambda. Toi, il dispose toujours de toute ton attention.

– Je n'aime pas la manière dont l'enquête évolue, déclara Henley pour changer de sujet. Le copycat reste planqué et Olivier revient au premier plan.

– Supposons qu'ils ne travaillent pas ensemble. Que crois-tu qu'Olivier va faire, à présent ?

– Je n'en sais foutre rien, répondit-elle sèchement. Il s'en prendra peut-être à toi, ou bien il finira ce qu'il a commencé avec moi, ou encore il essaiera de trouver lui-même le copycat.

Un coup fut frappé à la porte et Ramouter entra sans attendre de réponse. Henley était sur le point de le lui reprocher quand elle vit son expression.

– Qu'est-ce qui ne va pas ? demanda-t-elle.

– Je n'ai rien voulu dire devant les agents, mais on a un problème.

Le stagiaire tendit son téléphone à l'inspectrice, qui lut le gros titre de l'*Evening Standard.*

– Merde.

LE COPYCAT DE L'ÉQUARRISSEUR
PREND LES JURÉS POUR CIBLES

– Merde, merde, *merde* !

59

Deux ans plus tôt…

– L'accusation va demander la dissolution du jury et, compte tenu des circonstances, nous ne pouvons nous appuyer sur rien pour émettre une objection, déclara maître Brendan Turnmill.

Le bruit des doigts de son client tapotant en rythme les dossiers de l'affaire emplissait la petite salle de consultation.

– On est le douzième jour, dit enfin Olivier. Ils n'ont même pas encore fini de monter leur accusation et ils veulent dégager mon jury.

– C'est exact, acquiesça Turnmill.

– Et nous n'émettons pas d'objection ?

Le prisonnier ramassa un bloc-notes, le feuilleta et s'arrêta à la page intitulée *Mardi. Jour Deux. Liste des Jurés.* Il laissa courir l'index le long des douze noms qu'il avait écrits.

– Non. Nous…

– Donc une erreur a été commise de votre côté.

Olivier se laissa aller en arrière et considéra David Samuels, son autre avocat, celui qui effectuait le travail préliminaire alors que Turnmill plaiderait, et qui restait pour l'heure silencieux au côté de son confrère, s'efforçant d'éviter le regard de leur client.

– Qu'avez-vous fait, maître Samuels ? (Le tueur parlait sur un ton dur, autoritaire.) Je doute énormément qu'un homme de loi aussi reconnu que notre ami érudit maître Turnmill ait commis une bévue monumentale au point de provoquer la dissolution de mon jury. Lui, c'est le singe, mais c'est vous qui tournez la manivelle de l'orgue de barbarie.

Samuels déglutit avec peine et passa un doigt sous son col de chemise. Des sanglots de femme dans la salle de consultation voisine s'infiltraient par les fissures du mur.

– Qu'avez-vous fait ? demanda à nouveau Olivier.

– Monsieur Olivier, commença Samuels. C'est... eh bien...

– Et où est Joseph ? En général, vous envoyez ce petit connard à votre place pour ces entrevues.

– C'est le problème, monsieur, intervint Turnmill en jetant à Samuels un regard où se lisait un dégoût palpable.

– Ce n'est pas vous que je veux entendre, trancha Olivier sans quitter des yeux l'autre avocat, qui reprit la parole d'une voix basse, comme étouffée.

– Joseph a...

– Plus fort !

– Hier soir, Joseph a été arrêté et inculpé d'obstruction à la justice par manipulation du jury. Votre jury, expliqua Samuels.

Son client ne répondit pas mais baissa à nouveau les yeux sur les noms des jurés.

– On l'accuse d'avoir communiqué des informations à un juré, peut-être d'avoir essayé d'en acheter un autre, continua l'avocat. Il comparaît aujourd'hui au tribunal de Westminster.

– Lesquels ? demanda Olivier.

– Quels quoi ? renvoya Samuels.

– Quels jurés. Monsieur Olivier vous demande quels jurés sont concernés ! lança Turnmill, exaspéré.

– Oh, je ne crois pas que nous ayons à nous inquiéter de ça. Il est plus important de nous concentrer sur les prochaines étapes.

Olivier bondit en avant et empoigna la cravate de Samuels.

– Je vous demande à quels jurés votre petit imbécile de collègue s'est adressé ! cria-t-il.

Turnmill jaillit de sa chaise et sortit en courant, tandis que son confrère lâchait un iPad qui tomba sur le sol cimenté.

– Lesquels ? interrogea encore le prisonnier au moment où retentissait une alarme perçante.

– La jeune femme noire et, et…

Quand deux gardiens vigoureux franchirent la porte, Olivier lâcha prise.

– Personne n'a rien, dit-il en reculant dans un angle, les mains en l'air. J'étais juste en train d'expliquer à mon avocat qu'il était viré.

Présent

– C'est avec toi que tout a commencé, affirma Olivier.

Il tira un long lambeau de viande de kebab d'un emballage taché de graisse et le fourra dans sa bouche.

– Je ne devrais pas être ici, dit Blaine en se rapprochant du mur de l'église.

Le fugitif continua de marcher.

– Ils ont trouvé le numéro trois ici même, dit-il en tapant du pied sur l'escalier de ciment où avait été déposé le cadavre de Sean Delaney.

Le ciel nocturne enveloppait le cimetière de l'église comme un linceul. Les seules lumières venaient des fenêtres de quelques appartements, dans les hauteurs des immeubles voisins.

– Pourquoi a-t-il abandonné là le cadavre de Delaney ? interrogea Olivier en rejoignant Blaine.

– Je vous ai déjà dit que j'étais surveillé, chuchota ce dernier, qui essayait en vain de reculer pour lui échapper.

– Quatre cadavres.

Le fugitif sortit un long piment vert de son kebab et le jeta en bas des marches.

– Ils ont déjà interrogé Lorelei à mon sujet. Ils sont allés sur mon lieu de travail. Je ne peux pas continuer comme ça.

– Dommage pour toi, j'en ai peur, fiston.

– Je sais comment les flics raisonnent. Cette bonne femme, Henley.

– Un peu de respect. On dit l'inspectrice Henley.

Olivier alla s'asseoir sur un banc public tout proche et tapota la place près de lui. Résigné, Blaine se traîna jusqu'à lui.

– Ils pensent que c'est moi. Que j'ai tué ces jurés.

– L'inspectrice Henley doit vouloir t'utiliser comme appât. C'est le genre froid, comme ça. Un peu comme moi.

– C'est ce que vous êtes en train de faire ? s'exclama l'avocat déchu, la voix tremblante. Vous vous servez de moi comme…

Sans répondre, Olivier froissa son emballage de fast-food et le jeta dans les buissons.

– Vous croyez que l'assassin viendra me chercher ?

La voix de Blaine fut presque noyée par la sirène d'une ambulance de passage et les cris d'un couple qui se querellait dans un appartement voisin.

– Je te répète que tout a commencé avec toi, répondit Olivier. On a beaucoup discuté, tous les deux, et je me rappelle tout ce que tu m'as dit sur Joseph McGrath.

– Je ne m'appelle plus comme ça.

– Ce n'est pas le propos, mon garçon. Bien, réfléchissons logiquement au problème.

– C'est pour ça que vous m'avez fait sortir en pleine nuit ? Pour vous tenir le crachoir ?

– Ou bien je t'utilise comme appât, moi aussi. (Les paroles d'Olivier tranchaient l'air telle une lame.) Les quatre jurés assassinés ont témoigné lors de ton procès, continua-t-il. Lewis, Kennedy, la pauvre petite Zoe et Delaney.

– Mais je ne les ai pas tués, insista Blaine, plaintif.

– Nom de Dieu, ferme-la et écoute. Il y a deux autres jurés qui ont témoigné contre toi.

– Je… Je… Je ne me rappelle pas.

– Mais si. Deux autres jurés qui ont eu autant d'ennuis que toi. Bon, je veux que tu te rappelles à qui tu as parlé. Qui avait l'air le plus disposé à t'aider ? Qui voulait me faire plaisir, m'impressionner ?

– Je ne sais pas.

– C'est ta stupidité qui a créé mon copycat. Une question de cause et d'effet. Tu vas donc m'aider à retrouver ces jurés.

– Et si je refuse ? demanda Blaine sans conviction. Je pourrais aller voir la police tout de suite, dire à Henley que j'ai besoin de protection.

– Tu pourrais, mais alors je serais obligé de rendre visite à ta copine Lorelei, de lui couper la tête, de la mettre dans une boîte et de laisser un autre cadeau devant la porte de ma copine à moi.

– Vous ne feriez pas ça ? On n'est même plus ensemble.

– Aucune importance. Je vais peut-être même y aller tout de suite puisque tu as besoin d'un encouragement.

Blaine empoigna le tueur par le bras.

– Non, ne faites pas ça. S'il vous plaît.

– Lâche-moi, ordonna Olivier en baissant les yeux sur sa main.

– Pardon, bredouilla l'agent immobilier en reculant d'un pas.

– Je vais trouver ce copycat et tu vas m'y aider.

– Mais s'il me tue ? Il pourrait me tuer.

Olivier sourit et tapota la joue de Blaine.

– Si tu meurs, tu meurs. La cause et l'effet, mon cher Blaine. La cause et l'effet.

60

Henley s'était éveillée ce matin-là dans un lit inconnu, avec le désir intense d'y rester. Elle n'avait pas eu l'énergie, la veille au soir, de résister à Stanford quand il lui avait intimé de rentrer chez elle, de se préparer un balluchon et de s'installer chez lui. À présent, intellectuellement épuisée, elle n'était pas du tout d'humeur à donner une conférence de presse.

Elle s'assit au bout de la table, avec à sa gauche Pellacia puis le surintendant-chef Larsen. Le premier avait prévu de lire une déclaration classique : *Nous ne ferons pour l'instant aucun commentaire sur l'enquête.* Larsen avait toutefois d'autres idées. Certains individus apprécient les feux de la rampe et le chef de la police du *borough* en faisait partie.

La salle des journalistes était bondée, étouffante. Henley, sentant qu'elle se crispait, se concentra pour présenter une image de maîtrise. D'autorité. Elle ne voulait à aucun prix qu'Olivier, s'il était devant sa télé, se rende compte qu'il l'avait touchée.

– Callum O'Brien, *Evening Standard.* Inspectrice Henley, comment pouvez-vous être sûre que Peter Olivier n'est pas mêlé à la série de meurtres actuelle ?

Elle se tourna vers un homme grand et maigre, au premier rang, qu'elle n'avait pas vu depuis des années. Il était égal à lui-même.

– Est-ce que vous êtes conscient que Peter Olivier ne s'est évadé de prison que neuf jours après la découverte des trois premières victimes ? lança le surintendant-chef d'une voix forte avant qu'elle ait seulement pu ouvrir la bouche.

Premières. Ce n'était qu'un mot, mais ce qu'il impliquait n'annonçait rien de bon. Du coin de l'œil, elle vit le tic familier de Pellacia, sa mâchoire qui se crispait de frustration. O'Brien avala l'appât.

– Il y en a donc eu d'autres ? Selon vous, monsieur le surintendant-chef, on trouvera bientôt de nouveaux morceaux de cadavres éparpillés dans les rues de Londres ?

– Ce n'est pas ce que j'ai dit, se défendit Larsen, balbutiant presque.

– Vous venez de parler des « trois premières victimes », ce qui signifie qu'il y en a eu davantage.

– Pure spéculation de votre part.

– Comment pouvez-vous parler de spéculation, alors que vous avez vous-même confirmé il y a moins d'une minute que ce copycat a tué plus de trois personnes ?

– Comme je le disais…

– Les victimes appartenaient au jury du procès de Peter Olivier en 2017, continua O'Brien d'une voix forte. Le procès de l'Équarrisseur.

Les flashs des appareils photos crépitèrent agressivement, et le brouhaha des journalistes se fit plus fort. Un vrai bassin aux requins, songea Henley.

– N'est-il pas exact que Carole Lewis est la quatrième victime identifiée, et que l'enquête concernant son assassinat a été transférée de la brigade criminelle du poste de Wood Green à la SCU ? s'exclama O'Brien, triomphant.

Le sergent Lancaster. La garce ! songea Henley en soutenant le regard du journaliste. Elle savait Lancaster furieuse mais ne s'attendait pas à ce qu'elle aille s'épancher auprès de la presse.

– Je n'ai nulle intention de commenter une enquête criminelle en cours, déclara Larsen.

– Tessa Botchway, du *Guardian.* Pouvez-vous nous dire pourquoi ces jurés ont été pris pour cibles ?

Pellacia se pencha vers la rangée de micros.

– Comme l'a dit monsieur le surintendant-chef, aucune piste n'est encore écartée.

– C'est une vraie tempête de merde, marmonna Henley dans un souffle.

À ce moment, l'assistant de Larsen surgit des coulisses et lui murmura à l'oreille :

– Je vous prie de m'excuser, mais quelque chose exige mon départ immédiat. Le surintendant Pellacia et l'inspectrice Henley, qui dirigent l'enquête, répondront à vos autres questions. Je vous laisse en de bonnes mains.

Les deux policiers échangèrent un coup d'œil navré alors que le surintendant-chef franchissait presque au pas de course une porte latérale.

– Inspectrice Henley ! Hé, vous ne me parlez plus ?

– Ça ne vous a pas suffi, O'Brien ?

Henley s'arrêta au milieu du parking. Elle vit Ramouter qui l'attendait près de la voiture.

– Ça faisait une paye, hein. Vous avez bonne mine, dit le journaliste.

– Qu'est-ce que vous voulez ?

– Je me demandais seulement pourquoi vous étiez restée aussi silencieuse sur l'estrade. Je pensais que vous auriez plus de choses à dire, surtout après la bévue de votre patron.

– Vous savez que je ne recherche pas les projecteurs. Quoi qu'il en soit, on a répondu à toutes vos questions.

– Oui, mais ce n'est pas le sujet. Il aurait été intéressant de connaître vos impressions, étant donné que vous dirigez l'enquête actuelle et avez participé à la précédente.

Henley haussa les épaules et tourna les talons.

– J'ai juste une question rapide, insista O'Brien.

– Vous avez eu l'occasion de poser vos questions tout à l'heure.

– Oui, mais je voulais vous parler à vous. C'est vous qui détenez toutes les informations.

– Et il y a des règles…

– Depuis quand est-ce que vous respectez les règles, vous autres ? Juste une question.

– Bon.

– Carole Lewis n'a pas été démembrée, n'est-ce pas ?

– Non, en effet.

– Alors pourquoi avoir annexé l'enquête ?

– Ça fait deux questions, O'Brien.

– Il n'y aurait pas eu quelque chose sur les cadavres ? Je ne sais pas… Une marque ou un symbole ?

Ce n'était pas une idée en l'air. Le journaliste travaillait à partir d'une source crédible, et non d'une théorie abracadabrante qui lui serait venue pendant qu'il s'envoyait un deuxième hot-dog, Henley le sentit. Décidément, une seule personne était susceptible d'avoir parlé des symboles : le sergent Lancaster, par amertume d'avoir été ridiculisée quand l'inspectrice avait mis en lumière son incompétence.

– Vous avez les notes de la conférence de presse, dit-elle.

Elle appuya sur le bouton d'ouverture de son porte-clef et fit signe à Ramouter de monter en voiture. O'Brien la rappela alors qu'elle n'avait pas encore atteint le véhicule.

– Mais je voulais quelque chose de vous. Vous êtes la grande tueuse d'Équarrisseur, hein, inspectrice ?

Elle monta au volant et claqua sa portière.

– La connasse ! lança-t-elle en démarrant et en attendant l'ouverture du portail.

Ramouter tendit la main vers sa ceinture de sécurité.

– Qu'est-ce qui s'est passé ? demanda-t-il.

– Lancaster a fait fuiter des informations à la presse. Je sais qu'elle l'a mauvaise, mais en arriver là… Je ne comprends pas qu'elle croie s'en tirer comme ça.

Jetant un coup d'œil dans le rétroviseur, elle vit O'Brien. Il n'avait pas bougé et assurait sur son épaule la bandoulière de la sacoche de son ordinateur portable, un sourire narquois aux lèvres.

– Qu'est-ce que tu vas faire ? La dénoncer ? Ça sera la fin, pour elle.

– C'est exactement ce que je vais faire. Elle ne peut pas bousiller mon enquête et s'en tirer comme ça.

61

Comme Henley l'avait prévu, la conférence de presse avait eu pour résultat un afflux de coups de téléphone à la SCU. Pellacia était parvenu à convaincre quelqu'un dans les étages supérieurs de New Scotland Yard de lui prêter quelques agents expérimentés. Eastwood repartie à Belmarsh, Stanford était en compagnie de deux policiers en civil que l'inspectrice se rappelait avoir vus au CID de Peckham.

– J'ai suivi la conférence catastrophe, annonça-t-il en venant vers elle.

– Je ne veux même pas en parler, répondit-elle. Tu as vu Ramouter ?

– Je crois qu'il est en bas, avec Ezra, mais ne disparais pas tout de suite : j'ai des infos pour toi.

– Quoi donc ?

– Pellacia m'a demandé de déterminer comment Olivier s'est procuré de l'insuline. Ça venait de l'infirmerie de la prison. Ils ont fini par faire un inventaire et s'apercevoir qu'il en manquait trois ampoules. Celles qu'on a trouvées dans la cellule d'Olivier venaient du même lot.

– C'est forcément un gardien qui l'aidait, déduisit Henley, qui songea soudain à Karen Bajarami et Ade Nzibe.

– Ça ne m'étonnerait pas. Il y a autant de corruption parmi les gardiens de prison que dans notre police.

Un peu plus tard, lorsqu'elle entra dans le bureau d'Ezra, elle n'y trouva que Ramouter.

– Où il est, notre petit génie ? demanda-t-elle.

– Parti déjeuner. Il devrait revenir bientôt. Bonne nouvelle, cela dit : on a enfin reçu les images optimisées de l'entrepôt frigorifique.

– Tu as eu le temps d'y jeter un œil ?

– J'aurais bien aimé, mais les fichiers sont protégés par un mot de passe. (Ramouter tourna le portable vers elle.) Il y a autre chose.

– Quoi ?

Henley attira une chaise à elle et s'assit.

– On a peut-être une touche à la pêche aux témoins.

– Pour quelle victime ?

– Sean Delaney. Rappelle-toi : son directeur a confirmé qu'il avait travaillé tard le dimanche soir avant sa disparition. D'après les registres du centre, il a quitté le bâtiment à 21 h 42. Son portable prouve qu'il été appelé par un de ses… je ne sais pas si on dit clients ou patients. Quoi qu'il en soit, c'est un dénommé Leon Merrick. Je lui ai couru après pendant deux jours et j'ai réussi à lui parler il y a un petit moment.

– Viens-en au fait. (Henley regretta instantanément le ton employé.) Pardon, je ne voulais pas t'engueuler.

– Pas de souci, reprit Ramouter. Il dit que le soir où Delaney a disparu, il l'avait appelé toute la journée. Merrick est un héroïnomane qui essaie d'arrêter, et il voulait absolument lui parler. Comme il n'a pas réussi à le joindre, il a fini par se shooter. Selon lui, c'était de la merde, parce que c'est la première fois qu'il a cru mourir. Bref, il va au centre, des fois que Delaney ou quelqu'un d'autre y soit. La porte d'entrée étant fermée, il essaie par-derrière, le parking du personnel. Il n'est pas trop sûr de l'heure, mais il pense que c'était aux alentours de vingt heures.

– Qu'est-ce qu'il a vu ?

– Il croit avoir vu Delaney inanimé à l'arrière d'une voiture.

– Tu rigoles ?

– Non, il se rappelle la bagnole. Au début, il a hésité parce que, sans savoir pourquoi, il s'est dit que c'était un véhicule de police, et puis il a réalisé que non. Il a vu un homme, un Blanc, debout près de la voiture, dont la portière était ouverte. Il a pensé que c'était peut-être un dealer, alors il s'est approché, il lui a demandé de la poudre, et l'autre l'a envoyé chier.

– Merde, dit Henley. Il se rappelle autre chose ? Une meilleure description du mec avec Delaney ?

– Pas vraiment.

– Continue, l'encouragea-t-elle, se souvenant soudain que, malgré le chaos qui régnait dans sa vie pour le moment, elle était censée former son stagiaire.

– Il se rappelle juste avoir tapé à la vitre, mais le type l'a repoussé. Après, tout est flou.

– Ce serait peut-être une bonne idée de lui faire réaliser un portrait-robot, on ne sait jamais ce qui peut arriver. On pourrait enfin avoir de la chance.

Henley tourna la tête quand Ezra entra dans la pièce.

– Tu as bien pris ton temps, dit-elle.

– Bonjour à toi aussi, dit Ezra en jetant un sac gras sur la table. Hamburger et frites. Tu en veux ?

– Non, merci. On a du boulot, renvoya-t-elle en désignant son ordinateur.

– Désolé, boss, je suis sur le coup.

Ezra s'assit à son bureau et afficha l'écran de son portable sur le téléviseur.

– Ça n'a pas l'air palpitant, remarqua-t-il alors que les images des caméras de sécurité posées devant l'entrepôt emplissaient l'écran. Ce n'est pas long. Seulement trois minutes.

– C'est beaucoup mieux, ça, remarqua Henley quand la vidéo révéla un assistant assis à la réception.

Trente secondes plus tard, une femme apparut. La définition améliorée de l'image montrait clairement la perruque brune qui couvrait ses joues, masquant son profil. Elle portait un blouson en jean et un pantalon Capri noir. Des lunettes de soleil. Rien de remarquable. Jusqu'à ce qu'elle lève la main droite.

– Mets en pause, Ez. (L'inspectrice s'approcha de l'écran.) Tu peux zoomer ?

– Oui, mais pas trop, sinon tu te retrouveras avec un amas de pixels.

– Qu'est-ce qu'on doit regarder ? demanda Ramouter.

– Son poignet droit. Elle a un tatouage. Tu ne trouves pas que ça ressemble à des étoiles ?

Le stagiaire plissa les yeux pour mieux voir.

– Si, tout à fait. Trois étoiles. Ce serait mieux si elle ôtait ses lunettes.

– Karen Bajarami a des tatouages au poignet droit. Des étoiles filantes sur l'avant-bras et le dos de la main. Je les ai remarqués à Belmarsh.

– Tu crois que c'est elle ? demanda Ramouter.

Henley continua de regarder l'écran en silence. La femme ôta ses lunettes et se pencha sur le comptoir pour signer plusieurs papiers. Un bref instant, elle regarda en direction de la caméra, avant de se tourner vers la porte.

– Pause, Ezra. C'est bien elle. C'est Karen Bajarami.

62

Henley emporta le dossier de l'enquête Carole Lewis dans un des bureaux vides du troisième étage, loin du bouillonnement de la salle des opérations. Elle relut la liste des douze jurés. Douze personnes rassemblées par le hasard. Même après la sélection de leur nom, rien ne garantissait qu'ils feraient vraiment partie du jury. Ils auraient très bien pu passer quinze jours dans une salle d'attente avec cent cinquante autres individus puis rentrer chez eux, mais leurs noms avaient été une nouvelle fois tirés d'une enveloppe, et leur destin avait basculé.

Cinq de ces jurés étaient morts. L'un de mort naturelle, les quatre autres de la main du copycat. La seule question que se posait l'inspectrice était « pourquoi ? » Qu'est-ce qui faisait d'eux des cibles privilégiées ? Si encore il s'agissait de ceux qui avaient reconnu Olivier coupable après six jours de délibérations.

Henley tapota de son stylo le dossier de l'affaire. Elle n'avait même pas de liste de suspects. Aucune idée du nombre de personnes s'étant trouvées chaque jour au tribunal, à regarder ces douze jurés avant qu'ils ne soient remerciés. Tout ce dont elle était sûre, c'était que son tueur voulait devenir célèbre. Se faire un nom, figurer dans les gros titres. Au bout du compte, c'était le but de tout tueur ou violeur en série. Pas l'anonymat.

Carole Lewis était le premier juré. Le cobaye. La seule victime qui avait eu la chance de ne pas finir en morceaux au bas d'un escalier ou dans des buissons. Henley ouvrit le dossier et consulta le rapport CRIS. Les deux cent cinquante-neuf pages qu'il comptait pour le moment. Toute l'enquête s'était focalisée sur le mari, quoique aucun indice ne pointât dans cette direction.

L'inspectrice fronça le sourcil en trouvant une entrée datée de deux jours après qu'Alan Lewis avait été invité à un interrogatoire volontaire.

05.03.2019 21 h 39

DOC 205276 SD Thompson

Suspect arrêté et interrogé pour l'inculpation principale de MEURTRE.

Ref. Disc. : D08765783H interrogé et arrêté. Pièce à conviction : JPH/1

Susp. Alan Lewis déclare que la TIV1 avait été harcelée et se plaignait qu'un homme la suivait. Il ne se rappelle pas le nom mais il dit que la TIV1 le connaissait sans que ce soit un ami. Il se rappelle que la TIV1 avait rapporté le harcèlement au poste de police de Muswell Hill.

MISE À JOUR DU SUPERVISEUR DE L'ENQUÊTE

Actions du policier chargé de l'enquête vues et notées. Contacter le service des affaires en cours de Muswell Hill – s'informer de toutes allégations de harcèlement lancées par la TIV1.

Un coup sec à la porte sortit Henley de ses pensées. Elle fut surprise de découvrir le Dr Mark Ryan sur le seuil.

– Je passais dans le coin, alors je me suis dit que j'allais venir voir comment tu allais, dit-il.

– Tu passais dans le coin ? répéta-t-elle en le fixant d'un regard dur.

– D'accord, pas seulement. Stephen m'a appelé. (Henley leva les yeux au ciel.) Ne sois pas comme ça. J'ai apporté à déjeuner. Du restau dont tu m'as parlé.

Henley remarqua alors les sacs en papier brun portant le logo familier du restaurant antillais de Deptford High Street.

– Ça prouve que tu n'as pas la conscience tranquille.

– Évidemment.

– Tu as pris des bananes plantain frites ?

– Deux portions, et du punch Guinness.

– Alors, il t'a raconté la livraison qui a été effectuée chez moi ? demanda Henley en prenant les sacs des mains de Ryan.

– C'est pour ça que je suis là. Cela dit, je ne mentais pas en disant que j'étais dans le quartier : je donnais un cours à l'université. Je t'ai laissé des messages.

– J'aurais dû te rappeler, mais ç'a été l'enfer.

– Comment va Rob ?

– Il est aux anges, répondit Henley en ouvrant les emballages. Chez ses parents. Tout le monde se fiche que je sois bouleversée. Ils sont trop occupés à applaudir Rob d'avoir fait son devoir. (Quand elle prit une tranche de banane et la fourra dans sa bouche, elle songea à sa fille.) Emma ne mangerait rien d'autre si je la laissais faire. Elle adore manger, d'ailleurs. Dieu seul sait ce que lui donne ma belle-mère. Je ne devrais pas en vouloir à Rob de l'avoir emmenée en sécurité. Je sais que je m'y suis mal prise, mais c'est ma fille.

– On fait tous ce qu'on croit bon sur le moment. Personne ne peut t'en vouloir d'être bouleversée.

– Mais il ne m'a pas laissé le choix, Mark. Mon bébé me manque. Si je devais lui lire *La Chenille qui fait des trous* pour la millionième fois en rentrant à la maison, ça vaudrait le coup, mais ce n'est pas le cas.

– Tu es trop dure avec toi-même. Tu ne peux pas tout contrôler.

– Je ne peux pas contrôler les malades mentaux qui déposent des têtes coupées devant ma porte, ou qui débitent des jeunes femmes en morceaux et les abandonnent dans le parc comme des ordures, ni même les juges bourrés d'illusions qui remettent en liberté les violeurs ou les kidnappeurs, mais je devrais pouvoir contrôler ce qui se passe chez moi. À quoi je sers si je ne peux même pas faire ça ?

– Tu aurais préféré dire à Rob de partir plutôt que ce soit lui qui décide ?

– Ne me psychanalyse pas, Mark.

Ryan leva les mains en signe de reddition.

– Pardon, pardon. La force de l'habitude. Je suis ici en tant qu'ami. Rien d'autre. Alors, cette enquête ?

– Laquelle ? Olivier en cavale ou le copycat ?

– Le copycat, répondit le psychiatre en posant sa fourchette pour prendre sa boisson.

– On pense qu'il a déjà tué quelqu'un au mois de mai, dit Henley.

– Ça me rappelle une affaire aux États-Unis, il y a une dizaine d'années. Deux tueurs en série qui faisaient un concours, en Arizona. À eux deux, ils ont dû tuer douze personnes.

– Tu crois qu'Olivier et le copycat font un concours ?

– C'est une théorie. Il doit y avoir une raison pour laquelle le deuxième utilise la méthode exacte du premier pour tuer ses victimes.

– Pas exacte. Il les paralyse avant, donc on les suppose conscientes de ce qu'il leur fait.

Henley disséquait sans y penser le poulet dans son assiette.

– Mais, en dehors de ça, le *modus operandi* est exactement le même. Il découpe les corps et il les abandonne dans la nature.

– Olivier ne conservait pas de trophées. Mon copycat si.

– *Mon* ?

Elle ignora le regard de Ryan.

– N'en déduis pas trop de choses. Ça signifie juste que c'est mon affaire. Ce que je voulais dire, c'est que le copycat a prélevé les yeux de Zoe, la langue de Kennedy et les oreilles de Delaney.

– Et tu es sûre qu'il les conserve ?

– Qu'est-ce qu'il pourrait en faire d'autre ? C'est toi l'expert.

– Je ne suis pas sûr que le sergent Stanford serait d'accord. Tu veux savoir pourquoi un tueur peut garder des trophées, c'est ça ?

Henley hocha la tête en sirotant son punch à la Guinness.

– La nature humaine. Les gens aiment avoir des souvenirs des grands moments de leur vie. Une fois qu'il s'est débarrassé du cadavre, quelle preuve le copycat a-t-il de son œuvre ? Quelle meilleure manière pour lui d'impressionner son modèle, de lui dire : « Regarde-moi. Regarde ce que j'ai fait pour toi. » Olivier n'avait pas besoin de trophées. Son programme pour ses six agresseurs était simple : « Vous m'avez violé et ridiculisé. Je vais vous tuer. »

– Et Elliot Cheung ? Il n'avait ni attaqué ni offensé Olivier en aucune manière. Rien n'indique que leurs chemins aient pu se croiser avant le meurtre.

– J'admets peiner à trouver le mobile en ce qui concerne Cheung. À part ça, rappelle-toi ce que je disais l'autre jour : les copycats cherchent à attirer l'attention, oui, mais il y a forcément quelque chose en Olivier qui a frappé ce copycat-là, si bien qu'il désire aussi lui plaire.

Les pensées d'Henley s'attardaient sur le mot « impressionner ».

– Non, conclut-elle enfin, ça n'impressionne pas Olivier. Ça le met en colère. Il était furieux quand je lui ai parlé du copycat. Il refuse de partager les feux des projecteurs. Tu l'avais qualifié de pervers narcissique, rappelle-toi.

– Je me rappelle. C'en est un, c'est sûr. (Ryan s'essuya les mains sur une serviette en papier avant de sortir une chemise en plastique transparent de son sac à dos.) J'ai travaillé sur le profil du copycat. Je le soupçonne d'avoir eu des problèmes de santé mentale ayant pu se manifester après qu'il a lui-même été une victime.

– Victime de quoi ?

– De violence sexuelle. Comme Olivier.

– Mais, si c'est ce qui les rapproche, ça suppose qu'il sache qu'Olivier a été violé.

– C'est très probable. Ma conclusion est qu'il s'agit d'un homme blanc de trente-cinq à quarante ans. Célibataire, inapte à nouer des liens sociaux, mais intelligent et capable de naviguer dans le monde du travail sans attirer l'attention. Ton copycat est motivé par un tort que lui ont causé tes trois… pardon, tes quatre victimes.

– Et c'est pour ça qu'il a pris des trophées ?

– Je dirais que couper les yeux, les oreilles et la langue, les conserver, représente pour lui une récompense, dit Ryan, et c'est aussi l'acte de dégradation ultime. Il est intelligent, organisé et capable de faire illusion. Je me suis aussi intéressé de plus près aux symboles. La marque d'Olivier.

– Le croissant et la croix à deux barres ? Il est sans doute logique que le copycat les adopte s'il veut impressionner Olivier.

– Oui, mais il y a plus que cela. Une question de dualité. Le croissant représente la lune. Elle peut être lumineuse ou bien sombre et mystérieuse. La vie et la mort.

– Et la croix à deux barres ?

– Ce n'est pas une croix mais un double obèle ou double dague. Cela signifie littéralement la trahison et la vengeance.

– Tu crois vraiment qu'Olivier est allé chercher tout ça ?

– Aucune idée. (Ryan haussa les épaules.) Pour ce que j'en sais, c'est peut-être juste qu'il trouve ça joli. Mais, dans le cas du copycat, c'est une manière de dire : « Je suis toi et tu es moi. »

– J'ai sept jurés encore en vie, dit Henley. Il ne peut pas avoir des griefs contre tous.

– Si tu veux mon avis, que ce soit une seule personne ou les douze qui l'aient offensé ne fait aucune différence. Il les identifie collectivement. Tous tes jurés sont en danger jusqu'à ce qu'il soit pris.

63

– Je l'ai, s'exclama Ramouter, dont l'accent du Yorkshire ressortait plus que jamais. J'ai trouvé ce petit salopard de merde, boss. Il est là. Il est juste là, avec elle.

Henley courut jusqu'au bureau du stagiaire.

– Regarde ça, dit-il avant de refaire défiler le film qu'il venait de visionner.

Une vague de tristesse frappa Henley quand elle vit Zoe Darego descendre du bus 136, marquer un bref temps d'arrêt et regarder dans son sac avant de se diriger vers le passage protégé. Un homme apparut près d'elle, de dos, anonyme, et l'attira sur le côté. L'inspectrice vit bouger les lèvres de la jeune femme sans comprendre ce qu'elle disait. Au bout de quelques secondes, l'inconnu empoigna Zoe par le bras. Tandis qu'il l'entraînait vers le coin de la rue, ils croisèrent un couple. Sous les yeux d'Henley, qui sentait sa colère monter, l'homme et la femme montrèrent du doigt la future victime puis se détournèrent et continuèrent leur chemin.

– Ne t'en fais pas, tu vas le voir, la rassura Ramouter.

L'angle de prise de vue se modifia, et elle le vit bel et bien : Chance Blaine, rouge de colère, en train de pousser Zoe contre un arbre. Sur les dernières images de la caméra de sécurité, la jeune femme le frappait en plein visage et courait hors-champ, le laissant à terre.

Henley se gara sur Burnt Ash Hill. Une voiture de police s'arrêta près d'elle, juste derrière une BMW 1 Series bleu foncé, avec le logo de l'agence immobilière sur la portière du passager. La lumière était allumée au numéro 87. La visite organisée par Blaine devait s'achever moins d'un quart d'heure plus tard.

L'inspectrice vérifia qu'elle avait bien ses menottes. Une douleur se mit à palpiter dans sa tête. La dernière fois qu'elle avait tenté d'arrêter quelqu'un, elle avait fini effondrée par terre et les mains serrées sur le ventre, à essayer d'empêcher le sang de couler.

– Appelle l'agent Downing et dis-lui de passer par-derrière, ordonna-t-elle. J'aimerais autant éviter que Blaine parte en courant.

Ramouter sortit sa radio alors qu'elle sonnait à la porte. Sans attendre, elle s'accroupit et ouvrit la fente à lettres : elle ne vit rien du tout mais entendit des voix. Se redressant, elle frappa alors que l'agent Downing et son partenaire, l'agent Raleigh, allaient se mettre en place au petit trot.

– C'est peut-être un signe de l'univers, disait la voix de Blaine. Vous avez déjà des visiteurs.

La porte s'ouvrit et le sourire disparut sur le visage de l'agent immobilier – qui tourna vers ses clients un regard désolé.

– Chance Blaine, je vous arrête pour…

Henley n'eut pas le temps de terminer : Blaine fit volte-face et courut dans un couloir. Ramouter, dépassant l'inspectrice, se lança à sa poursuite alors que la propriétaire de la maison poussait un cri et que son compagnon l'entraînait hors du chemin.

– Il s'enfuit ! hurla Henley dans sa radio. Vers l'arrière !

Ramouter entendit Henley crier mais n'en continua pas moins de courir à toutes jambes. Blaine renversa une grande plante verte dont le pot en céramique bleu sarcelle se cassa en deux et répandit des mottes de compost sous ses pieds. Le jeune policier dérapa, se rattrapa en prenant appui contre le mur, et empoigna le bas de la veste de Blaine. Le tissu bon marché lui glissa entre les doigts alors que l'agent immobilier franchissait la porte de la cuisine.

– Merde, jura Ramouter quand cette même porte lui claqua au nez, si fort que les vitres en verre dépoli se fêlèrent.

Lorsqu'il la rouvrit, le fugitif lui tournait le dos, de l'autre côté de l'îlot central, fouillant dans les tiroirs avec frénésie.

– Arrêtez ! cria le stagiaire quand Blaine lui fit face, un grand couteau à la main. Posez ça ! Ne faites pas de connerie !

Il contourna prudemment l'îlot. Voyant une lueur de doute dans les yeux du suspect, il se jeta en avant et le poussa avec force. Blaine lâcha un cri et tomba sur le dos, laissant échapper le couteau – que son adversaire chassa d'un coup de pied. Sans perdre un instant, il se remit sur ses pieds et poussa la porte de derrière. Mais il n'avait nulle part où aller : les agents Downing et Raleigh l'attendaient.

64

– Je ne me sens pas bien, dit Blaine en prenant son gobelet d'eau. J'ai mal.

– Dur. (Henley entrait les informations dans son ordinateur.) Quel est votre numéro de matricule, agent Ramouter ?

L'interpellé alluma son ordinateur portable.

– 2873PY.

– Merci. (L'inspectrice s'interrompit lorsqu'elle atteignit la case concernant l'identité de l'avocat.) Monsieur Blaine, je vous repose la question : êtes-vous sûr de ne pas vouloir d'un avocat ?

– La dernière fois, ça m'a fait une belle jambe d'en avoir un.

Blaine broya dans sa main le gobelet vide et le jeta par terre. On aurait dit un enfant gâté s'estimant victime d'une injustice.

Henley sentait ses yeux fixés sur elle tandis qu'elle terminait l'aspect administratif de l'interrogatoire puis appuyait sur la touche d'enregistrement.

– Souffrez-vous de troubles mentaux, monsieur Blaine ? s'enquit-elle après avoir récité les préambules et avertissements standard.

– Pardon ?

– Des problèmes de santé mentale ? dit-elle en s'efforçant de rester calme. Dépression ? Psychose ? Prenez-vous des médicaments ?

– Non. Je ne prends rien du tout.

– Vous comprenez donc les implications de ma mise en garde ?

– Vous rigolez, non ? Je suis… j'ai été avocat. J'ai le droit de refuser de répondre. Si je choisis de parler, tout ce que je dirai pourra être retenu contre moi. Si je ne parle pas maintenant et que cette affaire donne lieu à un procès, ce qui ne sera d'ailleurs pas le cas, et que je dépose au tribunal, le jury pourra supposer que j'ai tout inventé.

– Vous avez été arrêté pour les meurtres d'Uzomamaka Darego et Daniel Kennedy.

Blaine se tourna vers la caméra, dans l'angle, et secoua la tête.

– Je n'ai rien à voir avec ça. Je ne les connais même pas.

– Oh, allons. Ce n'est pas vrai, n'est-ce pas ? dit Henley.

– Zoe Darego a témoigné contre vous, ce qui a entraîné votre condamnation pour entrave à la justice, ajouta Ramouter.

– Ça ne veut pas dire que je la connaissais, et ça remonte à des années.

– La disparition de Zoe Darego a été rapportée le vendredi 6 septembre, et son corps retrouvé mardi dernier, continua le policier.

– Je vous ai déjà dit que, ce soir-là, j'étais avec Lorelei, ma copine.

– Lorelei affirme qu'elle n'a jamais été votre petite amie et qu'elle ne se trouvait pas avec vous le soir en question.

Henley adoptait un ton badin mais fulminait intérieurement. Était-ce cet homme qui avait tué Zoe ?

Blaine ouvrit la bouche puis la referma. Au bout de quelques secondes, il déclara :

– Elle doit se tromper de date.

– Elle ne se trompe pas, et votre alibi est ridicule. Deux semaines avant la disparition de Zoe, on vous a vu avec elle sur Lewisham High Street, en face de son lieu de travail.

– C'est un mensonge. Je ne l'ai pas revue depuis le dernier jour du procès. J'étais peut-être sur Lewisham High Street, mais pas à proximité de l'hôpital.

– EAD Ramouter, encouragea Henley en tapotant le bord de l'ordinateur portable.

– Ces images ont été prises par une caméra de surveillance de Lewisham High Street, en face de l'hôpital. (Le stagiaire appuya sur « lecture ».) Voici Zoe Darego. Pouvez-vous identifier l'homme qui l'accompagne ?

Blaine se cala au fond de sa chaise et croisa les bras.

– On ne le voit que de dos. Ça pourrait être n'importe qui.

– Continuez à regarder, l'encouragea Henley sans le quitter des yeux.

Il devint blafard quand le visage de l'homme apparut à l'écran et que Ramouter interrompit la vidéo.

– Je vous repose la question, reprit Henley, la voix dure. Pouvez-vous identifier cette personne ?

Son téléphone vibra. Elle le sortit de son blouson, vit qu'elle avait reçu un message d'Ezra et l'ouvrit tout en se redressant sur sa chaise.

OLIVIER !!! Cette connerie d'IP était planquée derrière un VPN, c'est pour ça qu'il m'a fallu si longtemps. P.O. s'est branché sur le site des personnes disparues à 13 h 38 mercredi, via l'adresse IP 76.174.2.5. Fournisseur d'accès : Athena Media. Titulaire du compte : Chance Blaine.

– C'est bien vous, sur les images, en train de harceler Zoe Darego. (Henley passa le téléphone à Ramouter qui s'abstint par bonheur de sursauter en découvrant le message.) Qu'avez-vous dit pour qu'elle vous gifle ?

– Ce n'est pas ce qu'on pourrait croire.

– Oh, vraiment ? Et qu'est-ce qu'on pourrait croire ?

– Vous ne comprendriez pas.

– Vous n'avez qu'à nous expliquer, répliqua l'inspectrice. Que lui avez-vous dit ?

– Ce n'était rien du tout. (Blaine baissa les yeux.) Une simple coïncidence. Je ne savais pas du tout qu'elle travaillait à l'hôpital.

– Vous n'étiez donc pas venu l'attendre ?

– Bien sûr que non, je ne faisais que passer.

– Alors même que les caméras de sécurité montrent votre voiture en train de se garer sur Lewisham Park Road, au coin de la rue, vingt minutes avant l'arrivée du bus de Zoe.

– J'avais une visite, répondit vivement Blaine. Le client à qui je devais montrer l'appartement n'est pas venu.

– Parfait, dit Ramouter. Alors la confirmation du rendez-vous figurera dans l'agenda de votre bureau ? Cet agenda que nous vous avons demandé, et que vous n'avez pas encore envoyé.

– Ce… ce n'était pas prévu. Le type s'est pointé et m'a interrogé sur l'appartement. Comme j'étais libre, j'ai proposé de le lui montrer.

– Alors vous n'êtes pas resté au volant à attendre l'arrivée de Zoe ? insista le jeune policier.

– Non. (Blaine se redressa.) Comme je disais, c'était une coïncidence. Je regagnais ma voiture quand je l'ai vue… Zoe. Je l'ai reconnue et j'ai juste voulu lui parler. Tourner la page.

– Tourner la page ? (Henley ne se donnait pas la peine de masquer son incrédulité.) Vous vouliez tourner la page ?

– Je suis allé en prison par sa faute. Je voulais lui demander pourquoi elle avait menti au juge. Je ne la suivais pas, ce jour-là, c'est une simple coïncidence si on s'est trouvés dans la même rue. Et je voulais aussi lui dire que j'étais passé à autre chose. Que je ne lui en voulais pas.

– Alors pourquoi vous a-t-elle giflé ?

Blaine secoua la tête, comme authentiquement perplexe.

– Je n'en ai franchement aucune idée, dit-il.

– D'accord, je vais vous poser une autre question. (Henley se pencha en avant avec un air de conspiratrice.) Parlons de Peter Olivier.

– Eh bien quoi ? Vous savez déjà que je lui ai rendu visite à Belmarsh.

– Vous avez changé de nom, vous êtes devenu Chance Blaine après que la prison a bloqué votre demande de visite.

– C'est faux. J'ai changé de nom parce que je voulais prendre un nouveau départ.

– Vous avez changé de nom parce que vous étiez décidé à voir Olivier.

– C'est lui qui m'a demandé de venir. (La voix de l'agent immobilier montait sous l'effet de la panique.) Je ne sais pas comment il m'a trouvé, mais il m'a envoyé l'ordre de lui rendre visite. Moi, je ne voulais rien avoir à faire avec lui.

– Oh, je vous en prie, on n'est pas idiots, soupira Henley alors que Ramouter sortait plusieurs feuilles de papier.

– Voici la liste de toutes les visites que vous avez rendues à Olivier, dit-il. Le jeudi matin et le samedi après-midi. Vous n'en avez jamais raté une.

– Tiens, ça me rappelle, dit l'inspectrice, Chance Blaine, je vous arrête aussi pour usurpation d'identité. Vous avez présenté de fausses informations à la prison de Belmarsh – un faux passeport et un faux permis de conduire – afin de franchir la sécurité.

– Vous ne pouvez pas ! Je n'ai rien fait de mal, s'exclama Blaine, catastrophé.

– Olivier vous a expliqué comment on découpe un cadavre, n'est-ce pas ? demanda Henley.

– Qu'est-ce que vous racontez ? Non.

– Deux jours après avoir rencontré Zoe, vous êtes allé voir Olivier et lui avez exposé votre projet de continuer son œuvre.

– Non.

– Vous vouliez vous venger d'elle et de tous ceux qui vous avaient envoyé en prison.

– Vous dites n'importe quoi.

– Olivier vous a informé qu'il préparait son évasion.

– Je ne savais absolument pas qu'il allait faire ça.

– Vous le saviez très bien, c'est pourquoi vous n'avez pas fait votre devoir en appelant la police quand il a débarqué chez vous mercredi après-midi et s'est servi de votre ordinateur pour se connecter au site Internet des personnes disparues.

– Des agents perquisitionnent en ce moment même à votre domicile, conformément à l'Article 18, intervint Ramouter.

– Olivier n'est jamais venu chez moi, affirma Blaine.

– Un témoin a vu un homme correspondant à son signalement quitter votre immeuble à 15 h 17. Moins d'une heure et demie après la connexion au site des personnes disparues.

L'ancien avocat ne répondit pas. On n'entendait plus que son pied qui battait nerveusement contre celui de la table.

– Il n'est jamais venu, dit-il enfin. Mercredi après-midi, je n'étais même pas chez moi. J'étais à…

– Laissez-moi deviner, dit Henley. Vous faisiez visiter un logement ?

– J'avais un rendez-vous.

– Vous mentez, monsieur Blaine. Depuis que j'ai appuyé sur la touche d'enregistrement, vous n'avez pas cessé de nous mentir, à l'agent Ramouter et à moi. En fait, vous nous mentez depuis notre première rencontre. Vous mentiez en disant ne connaître aucune des victimes.

– Je n'ai tué personne, affirma l'agent immobilier, dont les yeux s'emplirent de larmes.

Henley fit signe à Ramouter de prendre le relais, tandis que Blaine s'appuyait au dossier de sa chaise et s'entourait de ses bras.

– Pièce à conviction SR/1. Un téléphone portable Samsung Galaxy, dit le jeune policier en poussant vers leur suspect le sac à mise sous scellés qui renfermait l'appareil. Confirmez-vous que ce téléphone vous appartient ?

Blaine prit le sac en main et hocha la tête.

– Il faut que vous parliez, lui rappela Ramouter avec douceur, comme s'il tentait de convaincre un très jeune enfant de sortir de sous le lit.

– C'est bien mon téléphone.

– Voici la pièce à conviction SR/2. Une carte SIM retirée de votre portefeuille. Cette carte vous appartient-elle ?

– Oui, murmura Blaine.

– Avez-vous utilisé cette carte pour envoyer des sms et passer des coups de téléphone à Peter Olivier ?

Le visage de l'agent immobilier s'affaissa.

– Non. Non. Non. J'arrête tout, souffla-t-il enfin. Je veux un avocat. Je ne dirai plus un seul mot avant d'avoir parlé à un avocat.

65

– Ça ne va pas suffire, hein ? demanda Ramouter quand Henley eut renvoyé Blaine à sa cellule.

– Je ne vois pas le surintendant-chef autoriser une inculpation pour meurtre avec ce dont on dispose, admit-elle. En revanche, on a assez d'éléments pour l'inculper d'avoir aidé et hébergé un repris de justice.

– Il y a quelque chose qui ne colle pas, remarqua le stagiaire alors qu'ils sortaient.

– Quoi donc ?

– Pourquoi Blaine et Olivier sont-ils encore là ? À quoi bon traîner dans le coin ? J'aurais filé depuis longtemps, moi.

Le téléphone d'Henley bipa pour lui signaler l'arrivée d'un e-mail.

– Merde, ça n'arrête pas, aujourd'hui, dit-elle en faisant défiler le message.

– C'est important ?

Elle cessa de marcher pour relire le mail envoyé par le sergent Harris de la Sécurité publique de Muswell Hill.

Jeudi 17 septembre 2019, 16 h 24
Re : URGENT : enquête sur Carole Lewis
De : Tony Harris, Police Métropolitaine
À : Anjelica Henley, Police Métropolitaine

Inspectrice Henley,

Mes excuses pour le délai. L'agent Morris 875YK est en congé mais je me suis entretenu avec lui et il m'a confirmé que Carole Lewis était venue rapporter au poste trois faits de harcèlement entre février et avril 2019 (N°CRIS : 87456624/19). Je n'ai pas retrouvé l'injonction envoyée au suspect, mais j'ai demandé à l'agent Morris de vous en transmettre une copie le plus vite possible. Elle avait été établie au nom d'Alessandro Naylor, né le 17.06.83.

Cordialement,

Sgt. Tony Harris.

66

Les deux policiers remontèrent tout droit à la SCU. Après les derniers rebondissements, Henley avait la tête qui tournait.

– Est-ce que le rapport CRIS suggère seulement que le juré Alessandro Naylor a été mis dans la liste des suspects ? s'enquit Ramouter en tendant une tasse de thé à sa supérieure.

– Rien du tout, répondit-elle alors qu'il se frottait les yeux. Pour ce que j'en ai vu, il n'a même pas été contacté. On dirait que Lancaster ne s'est pas donné la peine d'explorer d'autre possibilité après s'être fixée sur le mari. C'est ridicule. De l'incompétence pure et simple. Elle aurait dû l'interroger. Carole Lewis avait porté plainte trois fois pour harcèlement, et on l'avait prise assez au sérieux pour envoyer une injonction à Naylor.

Elle consulta sa montre. Dix-huit heures. Elle avait espéré partir assez tôt pour passer voir Emma, mais c'était raté.

– Et l'agent Morris ?

– En repos, mais ça n'a pas d'importance.

Henley feuilleta le rapport jusqu'à trouver les déclarations de harcèlement. Carole Lewis s'était rendue trois fois au poste. La première, le 18 février 2019, elle s'était plainte d'avoir vu Naylor devant chez elle à deux reprises. Presque un mois plus tard, elle y était retournée et avait été reçue par l'agent Morris. D'après les notes de ce dernier, Naylor avait reparu dans sa rue et lui avait envoyé des sms. Le 4 avril 2019, l'agent Morris avait téléphoné à Naylor et lui avait laissé un message spécifiant l'accusation portée contre lui. Le suspect n'avait pas rappelé. Six jours plus tard, Morris lui avait posté par courrier normal une lettre officielle le mettant en demeure de cesser tout harcèlement sous peine de poursuites. Autant qu'Henley pût le savoir, Naylor n'avait pas répondu, ce qu'il n'était d'ailleurs pas tenu de faire, et il n'y avait pas eu d'autre plainte. Un mois plus tard, Carole Lewis était morte.

– On y va, dit l'inspectrice en se levant.

– Où ça ? demanda Ramouter, qui enfilait déjà sa veste.

– Rendre visite à Alessandro Naylor.

– Quelqu'un d'autre a été tué ? s'enquit Naylor en prenant la bouilloire pour verser de l'eau chaude dans une tasse. Sam, l'agent qui me protège, ne m'a rien dit ce matin.

On percevait l'affolement dans sa voix. Du café instantané déborda de la tasse que tenait sa main tremblante.

– Non, rien de tel, le rassura Henley. Nous voulions vous parler de Carole Lewis et de l'injonction pour harcèlement que vous avez reçue en avril.

– Une injonction ? Quelle injonction ? (Naylor se laissa aller en arrière sur son siège, l'air éberlué.) Moi ? Harceler Carole ? Non, vous faites erreur.

– Elle a déclaré à la police qu'elle vous avait vu devant chez elle et que vous lui aviez envoyé des sms. Quand je vous ai demandé si vous aviez eu des contacts avec les autres jurés, vous avez répondu non. Vous saviez ce qui se passait, le danger dans lequel vous étiez, pourtant vous m'avez menti.

Les joues de Naylor se colorèrent.

– Je ne pensais pas que ce soit important. Je suis tombé sur elle par hasard alors que je buvais un verre avec un copain dans un pub de Chalk Farm. Ça fait un bail. Elle jouait un peu les allumeuses, mais c'était déjà le cas quand je l'avais rencontrée au moment du procès. Elle flirtait avec tout le monde. Elle a insisté pour qu'on échange nos numéros. Je n'ai accepté que pour me débarrasser d'elle.

– Vous avez eu une liaison avec elle ? demanda Henley.

– Oh non, alors. Écoutez, pour être franc…

– Ah, *maintenant,* vous êtes franc.

– Elle me faisait un peu pitié. Elle avait l'air très seule.

– Sans vouloir vous vexer, vous ne me donnez pas l'impression d'être du genre compatissant.

– C'est un peu méchant, ça, non ? dit Naylor en s'asseyant à la table de la cuisine. Bon. Je l'ai rencontrée dans ce pub, on a bu un verre et c'est tout.

– Vous êtes allé chez elle ? demanda l'inspectrice.

Naylor secoua la tête avec détermination.

– Jamais. Je sais qu'elle habitait Muswell Hill, mais je n'allais sûrement pas me traîner tout là-haut juste pour tirer un coup. (Henley s'abstint de rire.) Pardon, mais… Non, je ne suis jamais allé chez elle. Je l'ai rencontrée cette fois-là, c'est tout.

– Et les sms, les coups de téléphone ?

– C'est elle qui m'a texté, et j'ai répondu une ou deux fois, mais quand elle m'a dit que son mari et elle étaient branchés rencontres aléatoires... (Naylor se tourna vers Ramouter.) Vous imaginez votre nana avec la moitié de la ville ? Moi non, merci.

– Et l'injonction ? demanda Henley. Elle a dit que vous la harceliez. Que vous veniez chez elle, que vous l'appeliez…

– C'est faux. C'est elle qui m'appelait et qui m'envoyait des textos. Je lui ai dit que je n'étais pas intéressé par davantage que des relations amicales. Je veux dire qu'elle est… elle était mariée. Ça rapporte plus d'ennuis que ça n'en vaut. Quant à votre lettre, votre fameuse injonction, je ne l'ai jamais reçue. La police ne m'a pas parlé de ça, je n'ai pas été interrogé ni arrêté. Carole ne m'a jamais recontacté et je ne l'ai pas ennuyée.

– Alors, quand l'avez-vous vue ou lui avez-vous parlé pour la dernière fois ?

Naylor souffla sur sa tasse et but une gorgée de café.

– Courant mars. C'est la dernière fois que je lui ai parlé. Ensuite, plus la moindre nouvelle avant que vous n'arriviez devant ma porte.

– Quand vous lui avez parlé, a-t-elle jamais mentionné Joseph McGrath ? demanda Henley. Il se fait appeler Chance Blaine maintenant. (Naylor secoua la tête.) A-t-elle exprimé la moindre inquiétude pour sa sécurité ?

– Elle n'arrêtait pas de parler de son mari. Elle pensait à le quitter. Je me rappelle lui avoir demandé s'il la frappait, mais la question ne lui a pas plu.

– Pourquoi l'avez-vous posée ?

Naylor haussa les épaules.

– La force de l'habitude. J'ai des sœurs et une cousine qui se sont plantées devant moi avec un œil au beurre noir en jurant leurs grands dieux que leur copain ne les avait pas touchées. Comment dire ? Je suis trop protecteur. Je suis sûr que vous avez vu des trucs comme ça dans votre boulot.

– J'ai vu un tas de trucs dans ce boulot, rétorqua Henley en ramassant son sac et en le posant sur ses genoux. J'ai vu des types jurer sur la tête de leurs gamins qu'ils n'avaient pas étranglé leur femme.

– Je ne l'ai pas tuée, dit Alessandro.

– Je veux bien vous croire, mais je vais avoir besoin de votre ADN pour le prouver.

Alors qu'elle sortait un sac à mise sous scellés vide et deux tubes en plastique, chacun renfermant un coton-tige, Naylor renversa son café, ce qui la fit sauter en arrière.

– Merde, dit-il en se levant pour attraper une éponge sur l'évier. D'accord, d'accord, c'est arrivé une seule fois, dit-il en essuyant ses saletés.

– Il y a cinq minutes, vous disiez que vous aviez juste bu un verre, remarqua Ramouter.

– J'ai couché avec elle une fois, répondit l'ancien juré en jetant l'éponge dans l'évier. (Réaliser qu'il s'était laissé prendre au piège lui donnait une expression douloureuse.) Pardon, mais je vous jure que c'est vrai, ce coup-ci. On a baisé à l'arrière de ma fourgonnette et c'est tout.

– Votre fourgonnette ? répéta l'agent stagiaire.

Naylor hocha la tête.

– Et je ne l'ai plus revue.

– C'est ce que vous dites. (L'inspectrice enfila un gant en latex.) J'ai quand même besoin d'un échantillon. On peut faire ça ici ou au poste. C'est comme vous voulez.

Naylor jeta un regard vaincu aux deux policiers puis ouvrit la bouche pour recevoir le coton-tige.

Ils rejoignirent leur voiture sous le crachin.

– Il ment, déclara Henley.

– À quel propos ? Quand il dit ne pas l'avoir revue, n'avoir jamais eu de liaison avec elle ?

– Le mari de Lewis affirme qu'elle recevait sans arrêt des textos et des coups de téléphone d'un des jurés. Selon lui, ils couchaient ensemble.

– Soit, admettons que Naylor mente sur ses rapports avec Carole Lewis. Ça ne veut pas dire qu'il est mêlé à son assassinat. Et, même s'il l'est, pourquoi les autres victimes ? S'il s'agissait juste d'un jaloux tuant l'objet de son affection, Darego, Kennedy et Delaney seraient encore vivants. Il y a aussi le facteur temps. Lewis a été assassinée il y a un peu plus de quatre mois. Il est possible que sa mort ne soit pas liée aux autres.

Henley demeura muette, méditant ce que venait de dire son collègue.

– Autant que ça m'ennuie, continua-t-il, toutes les pistes mènent plutôt à Chance Blaine.

– Je sais, répondit-elle, frustrée. Mais il nous faudrait du concret pour lui coller les meurtres sur le dos.

67

Olivier se pencha en arrière et laissa le soleil lui chauffer le visage. À moins d'un kilomètre de la SCU, entouré de touristes photographiant tout ce qui bougeait, il sortit un téléphone dans lequel n'étaient enregistrés que trois numéros, et prit un selfie. Tout en s'écartant des foules de l'heure du déjeuner, il envoya le cliché à l'inspectrice Henley, puis il appuya sur « appel ». Elle décrocha à la quatrième sonnerie.

– Où êtes-vous ? demanda-t-elle. Ça ne se voit pas sur la photo.

Le fugitif resta muet, écoutant les bruits de fond du téléphone. Il perçut le bruit caractéristique d'une fourgonnette en marche arrière.

– Olivier ? Vous êtes encore là ?

– Vous n'avez même pas dit bonjour.

– Qu'est-ce que vous voulez ?

– Je voulais juste prendre de vos nouvelles.

– Vous pourriez vous livrer au poste de police du coin. Ce serait un moyen sympa de prendre de mes nouvelles.

– Nous savons tous les deux que c'est hors de question. Je vous ai regardée l'autre jour. (Il sourit en entendant le hoquet d'Henley.) La conférence de presse.

– Qu'est-ce que vous voulez ? répéta-t-elle.

– C'était sympa de revoir Pellacia. On le sentait tout excité d'être assis près de vous. Qu'est-ce qu'il faisait ? Il vous pelotait sous la table ?

– Je n'ai pas le temps de jouer, Olivier.

– Au cas où vous n'auriez pas remarqué, ce n'est pas moi qui joue. C'est votre copycat qui sème des bouts de cadavres comme s'il était partout chez lui.

– C'est pour ça que vous êtes resté ? interrogea Henley. Vous voulez le trouver vous-même, n'est-ce pas ?

– Voyons les choses en face, inspectrice, à la vitesse où vous allez, vous n'allez pas remporter le prix du policier le plus efficace.

– C'est ça, votre programme ? Le trouver, le découper et l'éparpiller devant ma porte ?

Olivier sourit : il aimait sentir la frustration et la passion dans la voix d'Henley.

– Je me disais qu'on pourrait mettre nos informations en commun, dit-il. Vous m'aidez, je vous aide. Un échange.

Silence. Il n'entendait pas même son interlocutrice respirer.

– Ça doit vous ronger, hein, d'essayer de nouer tous ces fils en l'air ? reprit-il. Entre moi qui suis perdu dans la nature et Blaine qui se lamente sur son sort au poste de Lewisham.

– Blaine a parlé, dit lentement Henley. Beaucoup. De votre collaboration.

– Je vous vois venir. Vous essayez de me faire avaler votre appât. Vous assemblez un tas de petites présomptions comme un puzzle, mais nous savons vous et moi que les pièces ne correspondent pas. (Il éclata de rire en entendant Henley grogner.) Vous devez vous les bouffer, hein, de savoir que je suis libre et que je vais le trouver avant vous.

– Ça ne sera pas le cas.

– Oh si… ça, je vous le promets. Autant que vous puissiez travailler dur, inspectrice, vous serez toujours deux pas derrière moi.

68

Henley garda pour elle le coup de téléphone d'Olivier. Tout ce qui lui importait pour l'heure, c'était sa fille : elle avait décidé de braver la colère de sa belle-mère pour rendre visite à Emma. Son beau-père ne lui posait aucun problème : ils s'étaient toujours entendus comme larrons en foire. La mère de Rob, Natasha, fière et cassante, estimait en revanche que son fils méritait mieux.

La maison se dressait en face de la station de métro Kensal Green d'où sortait déjà un flot d'usagers. L'inspectrice espérait souvent que le père de Rob tiendrait sa promesse de la vendre au prix ridicule qu'elle atteignait sur le marché et de prendre sa retraite à Sainte-Lucie – en emmenant sa femme.

Tandis qu'elle attendait devant la porte, Henley regretta de n'avoir pas posé le panonceau de la police métropolitaine sur son tableau de bord. Tout ce qui agaçait Natasha représentait une petite victoire. Cela dit, elle était sûre que la voiture de patrouille garée à deux numéros de là faisait à cet égard de l'excellent travail.

– Oh, dit la mère de Rob en ouvrant la porte. (Elle resserra autour d'elle les pans de son gilet gris en cachemire, comme pour se protéger du front froid qui se présentait.) Je ne t'attendais pas. Il est tard.

– Ç'a été une décision de dernière minute.

Henley entra. Sa belle-mère soupira en repoussant derrière son oreille une mèche de cheveux teints en noir.

– Ce n'est pas normal, tu sais, déclara-t-elle tandis qu'elles remontaient le couloir.

Les murs étaient couverts de photos de famille. Henley plissa le nez en sentant la peinture fraîche. Depuis qu'elle la connaissait, elle n'avait jamais vu travailler Natasha, qui se contentait de diriger des rénovations successives de la maison et de réserver des croisières, si bien que le père de Rob ne pouvait quitter sa place d'associé dans un cabinet d'avocats d'affaires.

– Qu'est-ce qui n'est pas normal ? demanda-t-elle.

Sa belle-mère se figea.

– Ayayaye. Tu nous mets en danger, le père de Robert et moi. (L'accent jamaïcain qu'elle s'efforçait en temps normal de masquer resurgissait en force.) J'ai une voiture de police devant ma porte, comme si c'était moi la criminelle. Tu te rends compte de ce que ça a de gênant, Anjelica ! Ah ! Je ne me sens plus en sécurité chez moi. Il n'est pas juste que tu imposes ça à mon fils et à ma petite-fille.

– Tu préférerais quoi ? Que je lâche mon boulot, que je sois une maman au foyer qui passe son temps à faire de la purée de carotte et à choisir des placards pour la cuisine ?

– Est-ce que ce serait une si mauvaise chose ? Ou alors tu pourrais rendre cet arrangement-là permanent…

Natasha agita une main manucurée en direction de la cuisine, derrière la porte close de laquelle se trouvaient sûrement Rob et Emma.

Henley résista comme souvent à la tentation de la gifler. Au lieu de cela, elle la dépassa et ouvrit la porte de la cuisine.

Emma sauta de sa chaise, renversant par terre son bol de pâtes et de poulet.

– Salut, bébé. Qu'est-ce que tu fais debout si tard ?

L'inspectrice tomba à genoux et attira sa fille à elle. Quand l'odeur de ses cheveux lui emplit les narines, elle tiqua : quelque chose avait changé. D'ordinaire, Emma sentait la noix de coco et le jojoba. Elle sentait à présent la vanille et le miel.

– Tu as utilisé un autre shampooing ? demanda Henley à Rob, qui ramassait le bol et son contenu répandu.

– C'est maman qui l'a recommandé, répondit-il en récupérant un morceau de poulet égaré sous la table.

– J'ai apporté d'autres affaires pour Emma. Dont son vrai shampooing. (Elle couvrit de baisers le visage de sa fille.) Oh, comme tu m'as manqué, mon ange.

– Tu me manques. Je t'aime.

Emma lui planta un baiser mouillé sur le front.

Henley sentit son cœur se briser et ses yeux s'emplir de larmes piquantes quand elle lui rendit la pareille.

– Où est Luna ? demanda-t-elle en regardant autour d'elle.

– Dans la véranda, dit Natasha. (Elle alluma la bouilloire et s'employa à faire semblant de faire du thé.) Robert sait que je suis allergique. Je ne sais vraiment pas pourquoi il n'a pas pu te laisser le chien, mais j'oublie que tu n'es jamais à la maison.

Ignore-la, se dit Henley. Les piques sarcastiques de sa belle-mère étaient supportables si elles lui permettaient de passer un temps précieux avec sa fille.

Elle se leva, Emma dans les bras.

– Et si on allait dire bonjour à Luna ?

– Oui, je veux voir Luna, répondit la fillette.

– Moi aussi. Et ensuite, je te donnerai ton bain et je te laverai les cheveux.

Luna se mit à aboyer avant même qu'elle ait posé la main sur la porte à double vitrage de la véranda. Henley était mieux reçue par la chienne que par Rob et son emmerdeuse de mère.

– Tu aurais dû me prévenir que tu venais, dit Rob, debout sur le seuil de ce qui avait été sa chambre.

– Pourquoi ? Pour que tu puisses me faire dire que tu n'étais pas là ? répondit Henley en caressant les cheveux d'Emma qui dormait sur ses genoux.

– Je n'aurais pas fait ça.

– Il ne faut vraiment pas utiliser la saleté que t'a donnée ta mère pour les cheveux d'Emma. Ça les assèche.

– Allons. Même si Maman m'avait donné le shampooing le plus cher de toute l'étagère, tu ne serais pas contente.

Rob entra et ferma la porte. Henley le regarda vraiment pour la première fois depuis son arrivée. Elle savait que chercher refuge chez ses parents, être soumis au caractère dominateur et manipulateur de sa mère, n'avait pas été facile pour lui.

– Est-ce qu'on a chopé celui qui a fait ça ? (Rob s'assit à l'autre bout du lit.) Tu sais. La boîte.

– L'enquête se poursuit, mais on a un suspect, répondit Henley.

– Un suspect ? Vous l'avez arrêté ?

– Je ne peux pas en parler, Rob.

– Comment ça, tu ne peux pas en parler ? C'était chez nous.

– D'accord, d'accord, il y a quelqu'un. Une suspecte, en fait, mais elle est à l'hôpital. On l'arrêtera dès qu'elle sortira.

– Une femme ? Pourquoi aurait-elle fait un truc aussi cinglé que déposer une…

– Je n'en ai aucune idée. Tu as dit à tes parents pourquoi tu venais chez eux ? En détail ?

– Tu rigoles, non ? Maman ne t'aurait pas laissée franchir la porte, si elle savait, mais elle n'est pas idiote et elle regarde les infos. Elle sait que c'est à cause de l'enquête sur laquelle tu travailles.

– Ma fille me manque, Rob.

Il se décomposa soudain.

– Et moi ? Est-ce que… est-ce que je te manque ?

– Évidemment, mentit Henley en soulevant doucement la fillette de ses genoux pour l'allonger sur le lit – et elle eut en l'embrassant la satisfaction de constater qu'Emma avait retrouvé son odeur habituelle. Toute ma famille me manque.

– Tu ne fais pas grand-chose pour nous récupérer, Anj. Je n'avais pas habité chez mes parents depuis l'âge de vingt-et-un ans. Ce n'est pas simple pour moi. Et Emma te réclame en pleurant tous les soirs.

– C'est toi qui m'as posé un ultimatum : mon travail ou toi. C'est toi qui as failli t'envoyer une…

Henley s'interrompit en constatant qu'Emma remuait. Elle se leva, sortit de la chambre et fit signe à Rob de la suivre.

– Viens, dit-il. Luna a besoin de sortir. Je ne veux pas être comme ça. Ce n'est pas moi. Je ne suis pas un chieur. On n'a jamais été ce genre de couple-là.

Il n'ignorait pas que sa mère les regardait derrière les rideaux translucides.

– Non, tout ça est vrai, et je ne t'en veux pas d'être parti, dit Henley. (Ils tournèrent à gauche, sur Holland Road, sentant la fraîcheur de l'air du soir.) Je n'aime pas la position dans laquelle tu me mets, c'est tout. Me demander de choisir, ce n'est pas juste, Rob. Si les rôles étaient inversés, je ne t'aurais jamais mis dans une position pareille.

– Je sais, Anj, mais il se trouve que les rôles ne sont pas inversés et que ce n'est pas la première fois.

– Je ne risque rien, cette fois-ci. Aucun de nous ne risque rien. (Elle vit qu'il ne croyait pas les conneries qu'elle débitait.) Je ne te demande pas de rentrer à la maison, conclut-elle en lui prenant des mains la laisse de la chienne.

– Tu ne veux pas que je revienne ?

– Ce n'est pas ce que j'ai dit. Bien sûr que je veux que tu reviennes. Mais pas avant qu'on ait attrapé le coupable.

– Tu ne disais pas avoir une suspecte ?

– C'est un peu plus compliqué que ça. Chéri, je sais qu'il m'arrive d'avoir la tête dure.

– La tête dure, c'est un euphémisme.

– Rob, s'il te plaît. Je fais des efforts.

– Donc tu es d'accord avec moi ? J'ai eu raison de partir ?

– Oui, tu as eu raison. Si je suis honnête avec moi-même, il est sans doute préférable qu'on ne soit pas ensemble en ce moment ; pas tant qu'Olivier est en liberté.

– Ça ne me plaît pas que tu sois toute seule. Est-ce qu'on s'occupe de toi ?

Henley entendit l'appréhension dans la voix de son mari. Elle savait ce qu'il voulait réellement dire : quelqu'un occupait-il sa place au lit ?

– J'ai dormi chez Stanford l'autre soir. Tu le connais : difficile de lui dire non. La maison est sous surveillance, et on n'a rien vu d'inquiétant. Fais-moi confiance. Ça va plutôt bien.

– Je suis content que tu dormes chez Stanford. Au moins, avec Gene et lui pour s'occuper de toi, tu es en de bonnes mains, mais « plutôt bien », ça ne suffit pas, dit Rob. Je t'aime. Je sais que je ne suis pas toujours facile, mais c'est…

– Je sais que tu m'aimes.

Elle se serra contre lui et le sentit se crisper, puis se détendre un peu quand elle l'embrassa.

– Tu pourrais rester cette nuit, dit-il quand ils se séparèrent.

– Sûrement pas. Ta mère m'étoufferait avec un oreiller pendant mon sommeil.

Il éclata de rire.

– Allez, elle n'est pas si horrible.

– Ah non ?

Henley tira doucement sur la laisse de Luna, et ils se remirent en marche.

– Ça n'a pas été une partie de plaisir pour moi, tu sais, dit Rob.

– Avec ta mère pour satisfaire tes moindres désirs, je t'en prie.

– Elle m'a demandé si on allait divorcer.

– Je m'étonne qu'elle n'ait pas carrément téléchargé les formulaires de demande. Qu'est-ce que tu as répondu ?

– Que c'était juste à cause de ton travail.

Elle passa en revue les problèmes pratiques que lui poserait le fait de passer la nuit dans le West London pour se rendre à la SCU dans la matinée. Ils ne justifiaient pas qu'elle se prive de revoir sa fille au réveil.

– Très bien, dit-elle, je reste.

69

– Je ne savais pas qu'on avait des horaires flexibles, commenta Stanford en tenant la porte à Henley. Il est presque neuf heures et demie.

– J'ai été prise dans les bouchons, répondit-elle.

– En venant de Brockley ?

– De Kensal Green.

– Ah, dit son partenaire en comprenant où elle avait passé la nuit. Comment va ma petite Emma ?

– Très bien. Elle a demandé de tes nouvelles et elle t'a fait un dessin. (Henley lui tendit un papier barbouillé de crayon orange, violet, bleu et vert.) Il paraît que c'est elle et toi dans ta voiture.

Stanford eut un grand sourire en retournant le dessin.

– Elle a bien rendu le bleu de mes yeux.

– Où est Stephen ? demanda l'inspectrice en se tournant vers le bureau vide.

– Je ne l'ai pas vu depuis hier après-midi, répondit-il en haussant les épaules. Pourquoi ?

– Pour lui dire que j'ai déposé une plainte officielle contre le sergent Lancaster.

– Merde. Tu sais ce qui va se passer quand ça se saura que tu as dénoncé une collègue ?

– Elle a mis en danger cette enquête en communiquant à la presse des informations sensibles. Pour qui elle se prend ? répliqua Henley, furieuse.

– Hé, m'engueule pas. Je pense que tu as bien fait. Je veux juste que tu sois préparée au retour de bâton.

– Je sais bien. Excuse-moi.

– Tu es excusée. (Stanford entra dans la cuisine et alluma la bouilloire.) À part ça, j'ai eu le renseignement que tu voulais. Alors, tes gars, Blaine, Pine et Naylor… thé ou café ? demanda-t-il en levant une grande tasse.

– Thé, répondit Henley en s'emparant du sucrier.

– Tous les trois étaient blancs comme neige avant cette histoire d'outrage au tribunal et d'entrave à la justice. Tu sais qu'on peut prendre deux ans pour outrage au tribunal ?

– Oui, je sais.

– Évidemment. Le juge a fait un exemple avec eux tous. Blaine a bien été condamné à deux ans : étant avocat, il n'avait aucune excuse. Pine et Naylor ont pris six mois. Qu'ils n'en aient fait que la moitié est sans importance, la prison, c'est la prison. Naylor a été envoyé à Pentonville, mais tu ne devineras jamais où Pine et Blaine ont atterri ?

Stanford tendit une tasse de thé à Henley alors qu'ils retournaient à son bureau.

– Je n'en ai franchement aucune idée.

– Tu ne fais pas d'effort. Ils se sont tous les deux retrouvés à Belmarsh.

– Vraiment ? C'est un peu vache. On aurait dû les envoyer dans une prison de catégorie C. Mais Olivier était au QHS : il n'aurait pas été en contact avec eux.

Henley remarqua un carton d'archives brun sur son bureau. Ramouter, assis au bureau d'en face, la tête baissée, le téléphone coincé entre l'oreille et l'épaule, écrivait avec frénésie sur le bloc posé devant lui.

– Qu'est-ce que c'est que ça ? demanda-t-elle en désignant la boîte.

– Comme je disais, j'ai eu les informations que tu voulais. C'est le dossier de l'affaire d'outrage au tribunal. (Stanford approcha une chaise à roulettes et s'assit près du bureau d'Henley.) Les rapports de garde à vue sont en haut de la pile.

L'inspectrice posa sa tasse. Elle sortit du carton une chemise jaune – à l'intérieur de laquelle elle trouva en effet le compte rendu des gardes à vue de Naylor, Pine et Blaine – ainsi que quatre petits carnets bleu pâle réunis par un élastique.

– On sait qu'au bout de deux semaines de procès, le jury auquel appartenaient nos victimes a été dissous, reprit Stanford. D'après les minutes du tribunal, le juge a déclaré un des jurés coupable d'outrage au tribunal, point final. Trois jours plus tard, le procès reprenait.

– Qu'a dit Blaine aux deux autres, exactement ?

Henley feuilleta le rapport de garde à vue qui détaillait le moindre moment du bref séjour d'Alessandro Naylor au poste de police de Snow Hill.

– Que les deux premières victimes avaient violé Olivier quand il était à l'armée, ce qui me paraît idiot : ça leur donnait une excellente raison de le croire coupable.

– Blaine ne peut avoir fait ça que dans un seul but, estima Henley. Il voulait la dissolution du jury. Le scénario idéal aurait été que Naylor, Pine et Zoe convainquent les autres d'accorder les circonstances atténuantes ou – aussi dingue que ça paraisse – de prononcer l'acquittement. Dans le pire des cas, ç'aurait été trois contre neuf, ce qui suffit pour qu'un jury se déclare incompétent.

– C'est dingue, dit Stanford. Il y a peut-être quelque chose dans ce carton plein de poussière qui jettera un peu de lumière là-dessus.

– L'accusation affrontait un dilemme, reprit l'inspectrice, pensive. Elle devait souligner les mobiles d'Olivier sans perdre la sympathie du jury pour ses victimes. Cela dit, ça s'est révélé sans importance. Rappelle-toi : il est resté assis pendant trois jours dans le box des témoins et il a tout nié. Ses avocats n'ont jamais déclaré qu'il avait été victime d'un viol, ni qu'il souffrait de TSPT parce que, pour lui, c'était un coup monté : il n'avait jamais tué personne. Donc, Blaine en a parlé à Naylor et Pine. Et ensuite ?

– D'après la déposition de Naylor, Pine et lui en ont discuté et sont convenus de garder l'information pour eux. Mais Pine a changé d'avis. D'après la déposition d'une jurée, pendant une de leurs pauses…

– Quelle jurée ?

– Carole Lewis. Elle fumait une cigarette en compagnie de Daniel Kennedy et de Michael Kirkpatrick quand Pine leur a dit ce qu'il avait découvert.

– Et elle a répété ça au juge ? demanda Henley en posant le rapport de garde à vue de Naylor pour s'emparer de celui de Pine.

– Non. C'est Zoe Darego qui a tout révélé. Michael Kirkpatrick ne voyait pas pourquoi on en faisait tout un plat.

– Comment Zoe a-t-elle été mise au courant ?

– Kennedy lui a répété ce qu'avait dit Pine, mais elle n'a rien fait avant que Blaine ne la suive dans le bus pour la menacer. Très fidèle à ses devoirs de jurée, elle a alors envoyé un mot au juge. À partir de là, tout s'est enchaîné.

Henley tendit la main vers le pot de stylos posé sur son bureau, en sortit un surligneur jaune et entreprit de marquer les pages du rapport qu'elle étudiait.

– Merde, on n'a jamais prélevé d'échantillon ? s'exclama-t-elle en reprenant le dossier de Naylor et en le feuilletant à nouveau pour s'assurer qu'elle n'avait rien manqué.

– De quoi est-ce que tu parles ?

– Pine est arrêté à 9 h 57 par l'agent Leissner, Naylor à 9 h 44 par l'agent Connor. Ils arrivent tous les deux au poste de Snow Hill à 10 h 42. La détention de Pine est autorisée à 10 h 45, celle de Naylor à 10 h 50 par le sergent Dixon, chargé des gardes à vue. Pine demande un avocat commis d'office. Pas Naylor, qui sera donc interrogé à 11 h 30. Pine est placé en cellule à 11 h 25, puis en est sorti à 12 h 38 pour un entretien avec son avocat. Il est interrogé à 13 h 25 et n'est pas inculpé avant 15 h 56. Naylor, lui, est inculpé à 15 h 35. Tous les deux passent la journée au poste et personne ne prélève le moindre échantillon de leur ADN. On ne vérifie même pas leurs antécédents.

Stanford se redressa sur sa chaise.

– Tu es sûre ?

– J'ai parcouru les deux dossiers trois fois de suite : il n'est question nulle part de prise d'empreintes ou d'échantillons d'ADN.

– Comment a-t-on oublié de prendre leurs empreintes et leur ADN ? intervint Ramouter, incrédule. C'est la première chose qu'on aurait dû faire après leur placement en garde à vue. C'est la procédure standard.

Henley sentit tous les yeux fixés sur elle tandis qu'elle tentait de tirer des conclusions. L'erreur humaine était la solution la plus simple. Dans un poste bondé, avec du personnel civil surmené, chacun avait pu oublier la tâche banale de vérifier que le suspect était bien qui il prétendait être, et non un criminel de carrière – ou croire que quelqu'un d'autre s'en était chargé. Il n'y avait pourtant qu'à demander au prisonnier de garder les mains à plat sur la vitre pendant qu'on les scannait, et la bouche ouverte pendant qu'on lui raclait les joues avec un coton-tige.

– Et Chance Blaine ? Il est encore à Lewisham, à attendre de savoir si on va ou non l'inculper de meurtre.

– Je n'ai de preuves que pour son assistance à Olivier, pas pour meurtre, dit Henley. Et Naylor ? Il a menti en disant ne pas connaître Carole Lewis.

– Tu ne crois pas sérieusement que c'est lui, hein ? demanda Stanford. Naylor, je veux dire. Que des flics n'aient pas fait leur boulot correctement ne prouve rien. Ce n'est pas pour te contrarier mais, en fait de preuves, strictement rien ne relie Naylor aux morts de Lewis, Kennedy et Darego.

– On ne peut tout de même pas l'éliminer, s'immisça Ramouter. Il a bel et bien menti à propos de ses rapports avec Carole Lewis, sur le corps de laquelle il reste un ADN non identifié ; ça pourrait être le sien.

– D'après les minutes du tribunal, toute cette histoire a commencé par la lettre de Zoe.

Henley s'empara d'un marqueur sur son bureau et s'approcha du tableau blanc.

– Alors, qu'est-ce qu'on fait ? demanda Ramouter. On arrête Naylor ?

– Pas encore, dit-elle avant d'ajouter le nom d'Alessandro Naylor à la liste des suspects. Stanford a raison : on a besoin de preuves. Toi, tu vas pousser pour obtenir au plus vite l'analyse de ses échantillons d'ADN. On ne peut pas passer après tout le monde sur ce coup-là.

70

– Attends que je comprenne bien. (Pellacia joignit les mains sous le menton.) La femme qui a organisé la livraison de la tête de Cheung sur le pas de ta porte, c'est Karen Bajarami ?

– C'est elle qui apparaît sur le film de sécurité, répondit Henley. Je l'ai rencontrée, Ramouter aussi, et je peux dire sans crainte de me tromper que c'est bien elle.

– OK. Est-ce qu'on la voit se rendre pour de bon au coffre réfrigéré et manipuler le carton ?

– Non, concéda l'inspectrice.

– Au mieux, donc, les images qu'on a nous donnent des présomptions. Comme une bonne partie de tes indices dans cette enquête.

Henley se retint avec peine de jeter quelque chose au visage du surintendant.

– On a la déposition du coursier, Vincent Tiegan, intervint Ramouter, assis près d'elle. On va le faire venir pour une identification vidéo et, s'il reconnaît en Bajarami la femme qui lui a remis le paquet…

– Ça ne suffit pas non plus, affirma Pellacia. Et les empreintes sur le carton ? Que dit la Scientifique ?

– Anthony a isolé quatre séries d'empreintes distinctes, dit Henley. Les miennes, celles de Rob et celles du coursier ont été éliminées, et le système n'a pas identifié les dernières. Sinon, on a trouvé l'ADN d'Olivier dans les cheveux d'Elliot Cheung.

Pellacia desserra sa cravate.

– Si on se procure les empreintes de Bajarami, et si elles correspondent, ce sera déjà mieux. Pourquoi ne peut-on pas la faire venir ici tout de suite ?

– Elle n'est pas apte à sortir de l'hôpital. En outre, qu'elle soit impliquée dans la livraison de la tête de Cheung est une chose. Mais le problème est qu'on n'a aucun indice qui la relie à l'évasion d'Olivier, dit Ramouter.

– Il n'est quand même pas trop difficile de l'y imaginer mêlée, si elle a orchestré la livraison de la tête de sa dernière victime.

Henley songea à sa première rencontre avec Karen Bajarami. Professionnelle, courtoise, la gardienne n'avait montré aucun signe de favoritisme envers Olivier, alors que le gouverneur proclamait littéralement son adoration pour lui.

– Et Blaine ?

L'inspectrice poussa un long soupir.

– Son interrogatoire s'est résumé à « pas de commentaire » dès qu'il a eu un avocat. Le surintendant-chef nous conseille de le poursuivre pour refus d'obtempérer et d'oublier le reste. Ce qui est de la merde en barre. On a tout ce qu'il faut et même davantage pour l'inculper d'avoir aidé Olivier.

– Ils veulent qu'on le relâche ? Merde alors.

– Je préférerais qu'il reste en prison, mais, si on le tient à l'œil, il pourra nous mener à Olivier.

– Autre chose ? demanda Pellacia.

– Juste un truc. Ramouter ?

Le stagiaire s'éclaircit la voix.

– On a un témoin qui pourrait être la dernière personne à avoir vu Sean Delaney vivant. Le problème, c'est que c'est un drogué et qu'il était sous l'effet du produit sur le moment.

– N'importe quel avocat de la défense à peu près digne de ce nom en fera des confettis, dit Pellacia.

– Oui, c'est probable. Toutefois, ce qu'il déclare à présent, c'est qu'il a vu quelqu'un qu'il *pense* être Delaney dans ce qu'il *croit* être une ambulance. Pas un fourgon, une voiture. Les hôpitaux locaux ne gardent pas trace d'une admission de Delaney, mais ça m'a quand même fait réfléchir. Dominic Pine, un des jurés, est infirmier. Darego et Kennedy sont responsables d'avoir dénoncé Pine et Naylor au juge. La dernière personne avec laquelle on a vu Delaney pourrait être un…

– Tout ça d'après un drogué, interrompit Pellacia.

– On ne peut pas ignorer ça, chef. Si vous me laissiez finir…

– Je n'ignore rien du tout. Je n'aime pas les suppositions, et ça ressemble à un tas de suppositions. Est-ce que Pine est dans votre liste des suspects ?

– Non, concéda Henley. Mais tu ne devrais pas mépriser ce que Ramouter t'explique.

– Aucun de nos appels à témoins n'a rien donné, s'obstina le stagiaire.

– Et il se peut que ton drogué se trompe, mais c'est une piste que tu vas devoir suivre, concéda Pellacia. Où était Pine quand Delaney a été porté disparu ?

– C'est bien le problème, soupira l'inspectrice. Pine a un alibi. Il travaillait quand Delaney, Zoe et Kennedy ont disparu.

– OK, dit Pellacia. L'étape suivante consiste à interroger Bajarami. Olivier est en liberté, et elle est ce qu'on a de plus proche de…

On frappa sèchement à la porte. Joanna passa la tête par l'ouverture.

– Désolée de vous interrompre, mais j'ai pensé que vous aimeriez être au courant. Le permis d'exhumer vient d'arriver. On déterre Carole Lewis dimanche soir.

71

Il était presque vingt-deux heures. Henley songeait à toutes les occasions passées où elle aurait aimé arriver dans une maison silencieuse – mais c'était avant le départ de Rob, d'Emma et de Luna. Elle aperçut le lapin en peluche de sa fille sous la table de la cuisine et tenta de retenir les larmes qui lui brûlaient les yeux. Tournant les talons, elle remonta en voiture.

Elle n'ignorait pas qu'aller chez Pellacia était une mauvaise idée. Quand elle y arriva, elle resta dans la voiture, le moteur allumé, et observa la façade durant plusieurs minutes, voyant par la fenêtre l'éclat de la télévision s'insinuer entre les rideaux. Elle sursauta quand on tapa sans douceur à sa vitre.

– Tu comptes rester encore longtemps dans ta bagnole ? s'enquit Pellacia.

Henley baissa sa vitre.

– Rob est parti, Emma est avec lui. Même Luna est partie, dit-elle en coupant le moteur. Je ne peux pas rester dans une maison vide. C'est trop silencieux.

– Eh bien, tu ferais mieux d'entrer, alors.

– Pourquoi n'es-tu pas retournée chez tes beaux-parents ? demanda Pellacia en refermant la porte d'entrée derrière eux.

Feignant de ne pas avoir entendu, elle entra dans la salle de séjour, consciente qu'il observait son moindre geste. Le manteau de la cheminée éteinte accueillait quelques nouvelles photos. Un tout petit garçon souriant. Une femme qui avait les mêmes yeux que Pellacia mais ne se souvenait désormais plus qu'il était son fils.

– Comment va-t-elle ? demanda Henley.

– Pas mieux, pas plus mal. La semaine dernière, elle m'a pris pour l'oncle Tony. J'avais douze ans quand il est mort.

Henley songea à Ramouter et à son épouse. Elle n'imaginait pas ce que pouvaient ressentir ces deux hommes en voyant leur femme ou leur mère cesser peu à peu de les reconnaître.

– Tu perds encore, hein ? dit-elle en ramassant la manette de la Xbox sur le canapé.

Elle savait que Pellacia ne voudrait pas parler davantage de sa mère.

– Ouais. Je joue contre mon neveu de Melbourne, dit Pellacia, encore debout au seuil de la pièce. Ce petit salaud a une chance de cocu.

Je ne devrais pas être ici. On se conduit comme des gamins, songea Henley. Elle chercha quelque chose à dire pour rompre le silence inconfortable.

– Je ne reste pas, prévint-elle, en sortant le jeu du mode pause.

– Non, bien sûr.

– Il va deviner que ce n'est pas moi qui l'ai battu, dit Pellacia, hilare, en éteignant la Xbox avant d'allumer la télévision qui diffusait des actualités.

– Tu peux lui donner mon pseudo s'il veut retrouver un adversaire digne de ce nom.

Tous les deux restèrent muets un moment, se contentant de regarder les infos avec les sous-titres : en dehors de sa famille et de ses amis proches, nul ne savait que le surintendant entendait très mal de l'oreille gauche. Ils étaient assis côte à côte, laissant un peu d'espace entre eux – quoique pas assez pour empêcher le bras de l'un d'effleurer de temps en temps celui de l'autre.

– Pourquoi es-tu venue, Anj ? demanda enfin Pellacia.

– Parce que je suis contrariée et que ma maison est trop silencieuse.

– Tu n'étais pas obligée de venir ici.

– Je sais, mais toi, tu comprends. Ce boulot, ce que ça nous fait.

– C'est justement pour ça que tu as épousé Rob, non ? Tu voulais quelqu'un qui n'était pas du boulot. Quelqu'un qui ne savait pas ce que le boulot nous faisait. C'est la raison que tu m'as donnée.

Henley ne répondit pas. C'était bien ce qu'elle avait cru quand elle avait enfin décidé de rompre avec Pellacia pour rester avec Rob.

– Tu aurais pu te contenter de m'appeler. M'envoyer un texto.

– Eh bien ! On croirait que tu n'as pas envie de me voir ici.

Elle savait qu'elle le faisait marcher. À l'instant où il l'avait vue garée devant chez lui, la suite était devenue inévitable. Elle ne sut pas trop si c'était lui qui la prenait dans ses bras ou elle qui lui tendait les siens. Elle sentit simplement leurs lèvres s'unir.

– Tu m'as manqué, murmura-t-il.

Henley fit passer son tee-shirt par-dessus sa tête. Pellacia l'embrassa dans le cou, tout en glissant la main sous son jean.

– Je sais, répondit-elle.

Son souffle se bloqua dans sa gorge : il lui avait manqué aussi, mais elle ne pouvait le dire à haute voix. À présent, tout ce dont elle avait besoin, c'était qu'il l'arrache au chagrin, à la violence et au doute dans lesquels elle se noyait.

72

– Lauren, mon amour, est-ce que tout va bien là-dedans ?

– Tout va très bien. J'arrive !

Lauren étudia son reflet dans le miroir à trois faces. Elle avait tout fait pour qu'il soit satisfait. Il lui avait dit que le jaune était sa couleur préférée. Les soldes d'été étant terminées, les boutiques débordaient de couleurs d'automne, et elle avait eu toutes les peines du monde à trouver ce caraco en soie jaune parmi les noirs, les violets et les anthracites. Se tournant de côté, elle en remonta les bretelles sur ses épaules.

– Lauren, j'ouvre une autre bouteille de vin. C'est bon pour toi ?

– Impeccable, chéri.

Elle remit de son rouge à lèvres de star, s'aspergea de parfum et redressa la chaîne en argent qu'elle portait autour du cou. Il lui avait dit qu'il aimait les cheveux longs ; elle les avait laissés pousser. Il lui avait dit que l'agneau rôti était son plat favori ; elle s'était rendue au Smithfield's à sept heures du matin et avait payé une somme exorbitante un gigot bio. Il avait souhaité que leur première nuit soit fabuleuse ; elle avait poussé sous le lit les livres de développement personnel, allumé des bâtons d'encens aphrodisiaque…

Lauren se retourna vers le grand lit. Le duvet John Lewis tout neuf n'était qu'une masse chiffonnée. Elle regarda ses poignets. Sur les deux, les marques commençaient à s'effacer. Elle ne lui avait pas dit que les liens étaient trop serrés.

– Et voilà.

– Merci.

Elle prit le verre de vin qu'il lui tendait, sentant un flottement nerveux dans son estomac.

– Tout va bien, chérie ? demanda-t-il en s'asseyant sur le canapé et en tapotant la place voisine de la sienne.

– Ça va. Je réfléchissais, c'est tout. Ça va peut-être te paraître bizarre, mais je ne veux pas perdre de temps. Tu vois ce que je veux dire ?

– Je vois tout à fait ce que tu veux dire. (Il but une gorgée de vin.) Mmm. Excellent. Tu as vraiment très bon goût.

Lauren sentit la chaleur lui monter aux joues tandis qu'elle se laissait aller en arrière contre lui.

– On aurait pu dîner dehors, mais je voulais que tu aies un bon repas préparé à la maison.

– Et je l'ai apprécié, Lauren.

– Vraiment ? Ça me fait plaisir.

– N'aie pas l'air surpris. Tu as tout fait pour rendre cette soirée merveilleuse. Normalement, je ne me précipite pas dans une nouvelle liaison, mais avec toi…

Il jouait d'un doigt avec la bretelle de son caraco. Elle retint son souffle quand il glissa la main sous l'étoffe. La refermant sur son sein, il le serra plus fort qu'auparavant.

– Ça te plaît ? Tu veux que je te baise encore ?

– Oh, oui.

Lauren posa son verre sans s'apercevoir qu'elle le renversait. Du vin rouge se répandit sur la table et coula par terre tandis qu'elle se penchait pour embrasser son compagnon. Elle sentit le goût douceâtre du sang quand il lui mordit la lèvre, perçant la peau fine.

– Retournons dans la chambre, suggéra-t-il.

– D'accord. Je t'y retrouve dans une minute.

Elle passa dans la salle de bains, hors d'haleine. L'excitation de ce qu'elle s'apprêtait à refaire lui bloquait les poumons. Une crise d'asthme arrivait. Lauren ouvrit l'armoire à pharmacie et s'empara de son inhalateur. Quand elle referma le meuble, elle sursauta, surprise de découvrir dans le miroir le reflet de son amant qui lui rendait son regard. Puis la lumière s'éteignit. Aussitôt, il lui noua les mains autour du cou.

– Désolé, siffla-t-il. Je ne voulais pas te faire peur.

Lauren ouvrit la bouche pour répondre mais aucun son n'en sortit. Le nom qu'elle voulait prononcer se coinça dans sa gorge quand sa tête heurta le miroir avec force. Aussitôt, elle fut jetée à terre, le souffle coupé, et elle porta la main à sa poitrine. Un hurlement faisait vibrer la douce membrane de ses tympans. Il lui fallut une seconde pour réaliser que c'était elle qui poussait ce cri douloureux.

Je ne peux pas respirer, voulut dire Lauren en avançant à quatre pattes vers la porte. Son compagnon l'empoigna par les cheveux et tira sans ménagement. Elle sentit une pression dans le dos et une douleur dans l'épaule droite lorsqu'il la força à se retourner.

La désorientation et la terreur obscurcissaient son cerveau alors qu'elle levait les yeux vers l'être censé l'aimer. Elle ne le reconnaissait pas. Ce n'était pas celui dont les yeux étincelaient de désir et de tendresse quand il lui caressait le visage avant de l'embrasser. Tous ses muscles faciaux se tendaient d'une détermination d'acier. Ses yeux étaient morts.

La raison de la jeune femme lui disait de s'enfuir, mais la peur paralysait son corps.

– S'il te plaît, ne fais pas ça.

– N'implore pas.

Elle sentit des rotules osseuses peser sur sa cage thoracique quand il l'enfourcha. L'éclat orange des réverbères de la rue, qui s'infiltrait entre les rideaux, fit clignoter la lame argentée du couteau comme une guirlande lumineuse bon marché. Alors que Lauren tentait de se libérer en donnant des coups de pied, l'homme lui couvrit la figure de sa paume rugueuse, obstruant nez et bouche.

Le couteau s'abattit.

La jeune femme éprouva une sensation de chaleur à la gorge puis commença à étouffer. Il lui semblait qu'elle allait se noyer – mais comment était-ce possible alors qu'elle n'était pas sous l'eau ?

Tout devint noir.

Il avait dû attendre. Que la fraîcheur imprègne l'air du début de matinée, que la lumière s'éteigne dans la dernière chambre à coucher de la dernière maison. Tout en chassant avec violence un chat venu renifler les sacs posés à ses pieds, il avait bien réfléchi à ce qu'il devait en faire pour s'assurer qu'on les trouve. Cette fois, il fallait que ce soit différent. Que ce soit exceptionnel. Dix minutes encore et il partirait.

En fermant les yeux, il revoyait Lauren, son visage, dont il avait mémorisé la moindre contorsion.

Le chat revint. Il n'avait pas appris sa leçon. L'homme songea un instant à le noyer dans la mare qui s'étendait non loin de là, mais il finit par lui donner un nouveau coup de pied, plus fort que le premier, et dut se retenir de rire en le voyant rebondir contre un mur de briques. Enfin prêt, il se chargea du sac à dos posé par terre près du grand sac marin.

Lequel était à présent plus léger.

Il le souleva et se pencha pour l'inspecter. Le fond en était trempé de sang là où les membres avaient frotté contre la toile grossière. De la terre et des cailloux qui s'étaient insinués par des déchirures s'accrochaient aux chairs tranchées. L'homme passa les doigts sur la tache humide, les porta à son nez et huma. Un parfum cuivré se répandit dans ses narines. Il caressa la longue mèche de cheveux bruns prise dans la fermeture à glissière et sourit. Le sac à dos sur les épaules, le sac marin à la main, il était prêt à partir.

Il continuait de sourire car il savait déjà avoir fait un meilleur travail que *lui.*

73

Le réveil de chevet annonçait cinq heures. Bien éveillée dans un lit familier, Henley fixait le plafond en écoutant le bavardage matinal des étourneaux. Pellacia, couché sur le côté, un bras autour d'elle, avait les yeux fermés.

Alors que la culpabilité gonflait sa poitrine, elle poussa délicatement le bras de son compagnon.

– Où vas-tu ? marmonna-t-il.

– Aux toilettes.

Elle descendit du côté droit du lit et prit pied sur la moquette, nue.

– N'oublie pas de revenir.

Pellacia se déporta à l'endroit qu'elle venait de quitter et remonta la couette en haut de sa poitrine. Henley ne répondit pas mais ramassa ses vêtements et quitta la chambre. Elle se passa vivement le visage à l'eau froide pour chasser le sommeil séché de ses yeux et les marques d'oreiller de ses joues, puis elle descendit l'escalier, évitant la marche qui, elle le savait, grinçait toujours. La sonnerie stridente de son téléphone déchira le silence avant qu'elle n'arrive en bas. Passant dans le séjour, elle vit l'écran qui luisait entre les coussins éparpillés par terre, et fit la moue : pourquoi Ramouter l'appelait-il à 5 h 04 du matin ?

– Ça fait une éternité que j'essaie de te joindre. Il y en a eu un autre.

– Quoi ? murmura Henley.

Elle coinça le téléphone sur son épaule et ramassa ses baskets près du canapé.

– Des agents en patrouille ont trouvé un autre cadavre, découpé comme les premiers…

– Où ça ?

Henley se redressa en entendant grincer l'escalier.

– Dans l'Île aux Chiens.

– Comment es-tu au courant ?

– Je suis d'astreinte pour les urgences. Le CID de Limehouse a appelé la SCU et on m'a transmis l'appel.

– Où es-tu ?

– Au bureau. Je ne savais pas trop si je devais me rendre à l'Île aux Chiens ou t'attendre.

Henley se retourna pour voir Pellacia debout sur le pas de la porte, les yeux fixés sur elle, passant la main dans ses cheveux ébouriffés par le sommeil. Elle appuya sur le bouton « muet » et, par souci de sécurité supplémentaire, plaqua le téléphone contre sa poitrine.

– Tu disais aller juste aux toilettes, lui reprocha-t-il.

– Il faut que je m'en aille, dit-elle vivement.

Elle le dépassa pour prendre son sac et sa veste pendus à la rampe de l'escalier.

– Anj… implora-t-il.

– Je ne peux pas… Pas maintenant, lâcha-t-elle en reprenant la communication.

– Allô… Tu es là ? disait Ramouter.

– Tu ne peux pas… commença Pellacia.

– File à l'Île aux Chiens. Je t'y rejoins dans vingt minutes. Trente au pire. (Henley raccrocha.) Tu n'y es pas, Stephen. Ça n'a rien à voir avec nous deux. On a trouvé un autre cadavre.

74

– Est-ce qu'on a la moindre idée de qui c'est ? demanda Henley en cherchant une place pour se garer.

– Sans doute une femme, c'est tout ce que je sais. Je croyais que le copycat s'était arrêté. (La voix forte de Ramouter sortait des haut-parleurs de la voiture.) Qu'il avait épuisé son énergie.

– Ils ne s'arrêtent jamais. Parfois, ils se calment un moment.

– Un moment ? Ça n'a même pas duré une semaine.

– C'est la conférence de presse qui a dû l'exciter. Tout à coup, il retient l'attention. Il est à la une des journaux et c'est de lui qu'on parle en premier à la radio ou à la télé. On sait qui a découvert le corps ?

– Douglas Gill, répondit Ramouter de mémoire. Quarante-huit ans. C'est un artisan. Il fait des cuisines, des salles de bains, des trucs comme ça. Il avait laissé ses outils dans sa camionnette pour la nuit, il est allé les chercher ce matin, et c'est à ce moment-là qu'il l'a trouvée.

– Je me gare. Je te rejoins dans une seconde.

Une foule s'était formée derrière le ruban bleu et blanc agité par la brise. Callander Drive, dans l'Île aux Chiens, un ajout récent à la topographie londonienne, était bordée de maisons neuves identiques, couleur riz au lait. Une tente de fortune montée par la police scientifique couvrait l'allée du numéro 39.

– Halte-là ! cria un agent quand Henley posa la main sur le ruban.

– ID Anjelica Henley, de la SCU. (Elle plongea la main dans sa poche pour en tirer sa carte de police, puis lâcha un juron.) J'ai laissé ma…

– Pardon, je n'avais pas réalisé. L'EAD Ramouter nous a prévenus que vous veniez, dit l'agent, timide, en soulevant le ruban.

L'inspectrice se glissa en dessous, remercia, puis se dirigea vers son stagiaire, sous la tente. Elle aperçut en chemin un homme blanc, trapu, assis sur le perron de la maison voisine. La porte ouverte derrière lui révélait une toute petite femme vêtue d'un short et d'un blouson, qui s'entretenait avec une policière en uniforme. L'homme jeta à Henley un regard presque contrit.

– D'après ce que j'ai compris, ce n'était pas beau à voir, dit Ramouter.

– Je présume que c'est Douglas Gill ?

Henley désignait l'homme qui venait de se lever pour rentrer dans la maison.

– Ouais, c'est lui. Il pensait que quelqu'un avait crocheté la serrure de sa camionnette, mais elle ne semble pas avoir été forcée.

Le véhicule, garé à la va-vite, était couvert de poussière et de crasse citadine. Côté conducteur, un individu bien intentionné avait tracé les mots : J'AIMERAIS BIEN QUE MA COPINE SOIT AUSSI SALE. Une bande de métal nu étincelait sous le numéro de téléphone peint sur le flanc de la camionnette, et une large déchirure perçait la portière.

Henley examina la serrure. Hormis la saleté omniprésente et une éclaboussure de peinture sèche, Ramouter avait raison : elle était presque neuve.

– La camionnette n'a jamais été déclarée volée ? (Le jeune policier secoua la tête.) Donc soit il a oublié de verrouiller les portières, soit l'autre avait la clef.

– Ou il a programmé une clef électronique. C'est assez facile. (Ramouter tendit à Henley une paire de gants.) Il faut un gros travail en amont, mais ça expliquerait pourquoi l'alarme du véhicule ne s'est pas déclenchée.

– Ça représente beaucoup d'efforts, cela dit. Prendre pour cible cette camionnette en particulier, copier les clefs, veiller à ne pas laisser d'empreintes. Pourquoi ne pas se contenter de la voler, de la forcer et de la larguer quelque part avec son chargement ?

Ramouter haussa les épaules tandis qu'ils contemplaient les portières arrière closes.

– À quelle heure Gill est-il arrivé chez lui hier soir ? demanda Henley.

– Vingt et une heures, après avoir terminé un boulot à Leytonstone. Il est ressorti à vingt-deux heures, mais à pied. Il dit qu'il a retrouvé sa copine au Fox and Crown, et qu'ils y sont restés jusqu'à vingt-trois heures. Le pub est juste au coin de la rue, donc il est rentré vers 23 h 05. Et il n'est pas ressorti avant 4 h 30 ce matin.

– Ça ne laisse qu'une fenêtre de quatre heures et demie, dit l'inspectrice en ouvrant les portières de la camionnette. La victime est peut-être du quartier.

Une puanteur de chair morte agressa leurs narines.

– Oh, nom de Dieu, lâcha Henley en se couvrant le nez et la bouche de la main.

Près d'une grande boîte à outils cabossée reposait un bras proprement sectionné à l'épaule. Les faux diamants d'une montre en or rose, toujours au poignet, étincelaient au soleil. Le deuxième bras reposait sur un bleu de travail sale. Deux jambes sanglantes pointaient en direction des portières, tandis que le torse, couvert d'un caraco jaune taché de sang, se dressait au fond du véhicule, près d'un grand seau de plâtre. Une tête de femme était pendue contre la paroi, attachée à un crochet par ses longs cheveux bruns. Elle avait la bouche ouverte, la langue pendante. Deux yeux morts rendirent son regard à Henley.

– Nom. De. Dieu, lâcha Ramouter en reculant et en se pliant en deux, les mains sur les cuisses.

Il y eut un froufroutement de plastique quand Anthony entra sous la tente alors que le stagiaire en sortait rapidement.

– Désolé, j'aurais dû prévenir, dit l'expert.

Henley était incapable de détourner les yeux du visage de la jeune morte.

– C'est différent des autres. Ça sent… le frais.

– Ça paraît frais à l'œil aussi, confirma Anthony en joignant les mains dans le dos. Quelle mort atroce !

– Ils sont tous là ? demanda l'inspectrice en reportant son attention sur les membres sanglants.

– Quoi donc ?

– Les morceaux du cadavre. Notre copycat conserve des trophées. Or tout est là. Je vois les oreilles.

Henley regarda à nouveau la tête pendue. Les yeux bruns figés continuaient de lui rendre son regard. Ce fut en remarquant les lèvres couvertes de rouge à lèvres éclatant et de sang séché qu'elle comprit : cette victime-là était différente. Toutes celles du copycat avaient été abandonnées dans un rayon de trois kilomètres. Au sud du fleuve. Cette fois, la fraîcheur du cadavre laissait soupçonner que la femme avait été tuée non loin de l'endroit où on la retrouvait, donc sur l'autre berge de la Tamise.

– C'est Olivier, déclara Henley. Il nous envoie un message.

75

Tandis que des agents en uniforme faisaient du porte-à-porte à la recherche de témoins, l'inspectrice et son stagiaire remontèrent l'allée du numéro 40. La porte d'entrée s'ouvrit avant qu'Henley ait seulement eu le temps de soulever le marteau en laiton, révélant un homme aux cheveux blancs mal coiffés qui paraissait près de soixante-dix ans. Il portait un vieux maillot de l'équipe de foot Leyton Orient et un pantalon de pyjama *Star Wars*. Un bull terrier apparut à ses pieds. Henley plissa le nez sous de puissants effluves de cannabis.

– N'ayez pas peur, elle ne mord pas, dit-il en empoignant la chienne par son collier. Je vous ai vus, tous les deux, de l'autre côté de la route.

– Je suis l'inspectrice Henley. Voici mon collègue, l'agent Ramouter.

– Inspectrice ? Il ne doit pas y en avoir beaucoup, des comme ça, dans la police.

– Des comme quoi ? demanda Henley sans prendre la peine de masquer le dédain et l'irritation dans sa voix.

– Des inspectrices, je veux dire. Et jeunes, en plus.

Ramouter fit claquer sa langue et croisa les bras.

– Est-ce que vous avez trouvé un cadavre ? Je n'aurais pas cru Doug capable de ça, mais, bon, si j'avais la même copine…

– Monsieur… ?

– Bellamy. Ian Bellamy.

– Monsieur Bellamy, nous n'allons pas abuser de votre temps, mais nous avons remarqué des caméras de surveillance devant chez vous.

– Ouais, j'ai profité que je faisais des travaux pour les poser. J'en avais marre des gens qui venaient jeter leurs ordures dans ma benne. Et puis il y a eu un ou deux cambriolages l'été dernier. C'est une pure question de sécurité.

– Elles sont juste là pour l'intimidation ?

– En aucun cas. C'est du haut de gamme. Mon petit-fils bossait chez Maplin. Il m'a eu ça au tarif des employés.

– Ça vous ennuierait qu'on entre jeter un coup d'œil aux images ?

– Quoi ? Maintenant ?

Bellamy jeta un coup d'œil nerveux derrière lui.

– On se fiche du cannabis. On s'intéresse juste aux images. C'est une enquête criminelle.

Henley se pencha pour caresser la tête de la chienne. Sur la table basse du salon, se trouvaient un cendrier avec les restes d'un joint, deux sachets en plastique vides et un paquet de tabac à rouler ouvert.

– C'est pour raisons médicales, assura Bellamy. Pour mon dos. Sciatique. Hernie discale. Ça fait des années que je ne peux plus travailler.

– Les films, dit Henley en les ignorant, lui et sa collection de drogues douces.

– Par ici. C'est relié à mon ordinateur. J'ai même une appli sur mon téléphone. Il y a quatre caméras. Une au-dessus de l'allée, deux qui filment la rue et une dans le jardin.

Bellamy marcha en traînant presque la patte jusqu'au grand iMac installé dans un coin de la pièce, et en écarta une chaise de bureau déglinguée. L'inspectrice feignit de ne pas remarquer le site porno qu'il s'empressa de fermer.

– En général, j'efface les images à la fin de la semaine.

– Il nous faut seulement le film de cette nuit.

– À partir d'environ vingt-deux heures, précisa Ramouter en prenant une chaise de la grande table voisine pour s'installer près de Bellamy.

Henley resta debout.

– Ça, c'est Doug et sa copine, commenta le maître des lieux quand les images emplirent l'écran.

– Très bonne qualité, apprécia Ramouter.

– Haut de gamme, caméra 1080p, deux voies audio, vision de nuit. C'est aussi bon qu'un Blu-ray.

Henley vit Doug Gill et sa compagne passer devant la camionnette puis remonter la rue.

– OK, vous pouvez accélérer un peu ?

Bellamy hocha la tête et s'exécuta. Deux jeunes passèrent sur des scooters à 22 h 30. La porte d'entrée du numéro 37 s'ouvrit vers vingt-trois heures et une femme sortit fumer une cigarette sur le perron. À 23 h 15, Doug Gill et son amie revinrent, puis la rue resta déserte pendant une, deux, trois, quatre heures…

– Stop ! lâcha Henley.

L'horloge dans le coin supérieur droit de l'écran disait 3 h 18 quand reprit le défilement normal du film. Un homme en jean et sweat-shirt à capuche noire s'arrêtait au numéro 39. Il portait un sac à dos sur les épaules, un grand sac de toile à la main.

– Qui c'est, ça ? demanda Bellamy en regardant Henley.

– Laissez défiler, répondit-elle seulement.

Elle lança un regard entendu à Ramouter : malgré la capuche, tous les deux avaient assez vu le profil de l'homme pour savoir qu'elle ne se trompait pas : c'était bien Olivier.

Il s'approcha de la camionnette, posa par terre le sac marin et ouvrit la portière arrière sans difficulté.

– Elle n'était pas fermée, soupira le stagiaire en secouant la tête.

L'homme regarda des deux côtés de la rue avant de se défaire du sac à dos. Henley sentit ses épaules se crisper quand, avec un effort, il jeta les deux bagages dans la camionnette. Nul besoin d'être un génie pour deviner ce qu'ils renfermaient.

– Vous savez quoi ? Ça suffit comme ça. Merci. Je vais envoyer un collègue prendre une copie du film et votre déposition. C'est bon pour vous ?

– Ouais, je veux dire… C'est bon. Vous allez leur parler de l'herbe ?

Bellamy regardait par-dessus l'épaule d'Henley, en direction de la table basse.

– Seulement le film et une déposition, monsieur Bellamy. Vous n'avez à vous inquiéter de rien d'autre.

– J'ai envie d'un café, dit-elle tandis qu'ils regagnaient la voiture.

L'activité devant le numéro 39 n'avait pas cessé. Henley vit Linh pénétrer sous la tente de la police scientifique.

– Comment peux-tu encore avoir envie de quoi que ce soit après être entrée là-dedans ? dit Ramouter avec un signe de tête éloquent.

– J'ai vu pire, répondit-elle en sortant ses clefs de voiture.

– C'est vrai ? Parce que moi non.

Le stagiaire d'Anthony s'approcha, un appareil photo à la main.

– Inspectrice Henley ?

– Samuel, c'est ça ?

Il hocha la tête.

– Anthony m'envoie vous chercher.

– Quelque chose ne va pas ? demanda Henley.

– Non, tout va bien. Enfin… aussi bien que possible. La Dr Choi est arrivée, mais il va s'écouler un petit moment avant qu'on ne déplace le cadavre. Anthony voulait que je vous montre ça.

Samuel tourna l'écran de l'appareil photo vers l'inspectrice.

– Ils ont trouvé ça dans son… (Il détourna le regard.) Dans son vagin.

Henley zooma sur le permis de conduire rose.

– On a une identification, dit-elle en tendant l'appareil photo à Ramouter. (Elle le vit froncer les sourcils avant de le lui rendre.) Qu'est-ce qui ne va pas ?

– Je reconnais le nom, dit-il. Je suis sûr de l'avoir déjà vu.

– Où ?

– Je crois que c'est une des femmes qui écrivaient à Olivier.

76

Henley avait tout de suite envoyé Ramouter à l'adresse figurant sur le permis de conduire de Lauren Varma. Le stagiaire aurait dû se sentir flatté qu'elle se fie assez à lui pour le laisser visiter l'appartement de la victime en solo, mais il ne pouvait s'empêcher de penser qu'elle se débarrassait de lui. Qu'elle avait simplement trouvé l'occasion idéale de le sortir de ses jambes. Contrarié, il monta le volume de la radio et agita la tête en rythme tandis que Giggs, l'artiste de *grime music*, rappait « Talkin' da Hardest' » dans les rues de Peckham. Le tunnel Rotherhithe étant barré, on circulait au pas dans tout l'East London.

Ramouter brancha sa sirène. Son estomac eut un soubresaut d'excitation nerveuse quand les voitures qu'il suivait se mirent à manœuvrer pour lui dégager la route. À ce moment, son téléphone sonna. Baissant les yeux, il découvrit un message de l'AD Swanson, du poste local. Henley ne lui faisait tout de même pas assez confiance pour visiter l'appartement de Varma sans soutien avant que la famille n'ait formellement identifié le corps. On n'avait d'ailleurs trouvé pour le moment aucun parent.

Ramouter rejoignit Swanson sur le parking.

– Désolé, je suis un peu en retard, dit-il dans un effort pour briser la glace. Pas habitué à la circulation londonienne. Le GPS disait un quart d'heure.

– On est à Londres, mec. Il faut ajouter vingt minutes à tout ce que te disent ces machines-là.

– Je m'en souviendrai, répondit le jeune policier.

– Tu diras à Henley qu'elle me doit un service en échange de ma séance de baby-sitting.

– Ce n'est pas la question. On fait quelques vérifications et j'ai tiré la courte paille, c'est tout.

– Mais oui, bien sûr.

La porte d'entrée de l'immeuble Kingfisher était maintenue ouverte par une caisse en plastique. Quand les deux hommes prirent l'ascenseur jusqu'au quatrième étage, Ramouter s'étonna de ne pas sentir d'odeur d'urine.

– C'est plutôt un bel immeuble, remarqua-t-il comme ils sortaient de l'ascenseur et enfilaient le couloir moquetté.

– Un des meilleurs. Cela dit, je ne voudrais tout de même pas y habiter.

Ils s'arrêtèrent devant l'appartement 4F.

– Alors, qu'est-ce qu'on fait ? s'enquit Swanson. On ne défonce pas la porte, hein ? Au cas où tu n'aurais pas remarqué, je n'ai pas de bélier sur moi.

Ramouter, sans répondre, frappa. Par acquit de conscience. Il appuya l'oreille contre le battant, n'entendit rien du tout et tira de sa poche un petit trousseau de clefs dans un sac à mise sous scellés : l'un des rares objets personnels de Varma à ne pas être couverts de son sang.

– Vous cherchez Lauren ?

Derrière Ramouter, un homme blanc mince, la quarantaine, se tenait sur le pas de la porte du 4G.

– Je crois qu'elle est partie pour quelques jours, ajouta-t-il.

– C'est elle qui vous l'a dit ? demanda Ramouter.

– Ouais, je m'appelle Gio. On est voisins depuis cinq ans. Si vous voulez mon avis, elle s'est trouvé un copain, et ce n'est pas trop tôt. Elle avait l'air bien plus gai ces derniers temps en tout cas. Ce qui est marrant, c'est que je l'avais toujours crue lesbienne, ou peut-être asexuelle.

– D'accord, dit Ramouter en échangeant un regard avec Swanson. On demandera à un collègue de venir prendre votre déposition. Quand l'avez-vous vue pour la dernière fois ?

– Mmm, je crois que c'était mercredi soir. Oui, mercredi, c'est sûr, parce qu'il y avait la Ligue des Champions et que je suis sorti acheter quelques bières. Quand je suis rentré, il y avait un homme devant sa porte. Je me rappelle m'être dit tant mieux pour elle. Et puis, en gros une heure après, je les ai entendus… ben… Faire ça, quoi. Les appartements ne sont pas exactement insonorisés.

Ou bien il avait collé l'oreille contre le mur, songea Ramouter en insérant la clef dans la serrure.

Curieux que ce voisin si complaisant ne demande pas si Lauren allait bien, s'il ne lui était rien arrivé. À vue de nez, une fois qu'elle serait identifiée officiellement, Gio serait le premier à se faufiler devant les caméras pour expliquer au monde qu'on le voyait extrêmement choqué, que le quartier était pourtant très tranquille et la victime très réservée.

L'appartement était petit. Le couloir exigu. Au mur pendait un porte-clefs sans clef, près d'un poster encadré promettant que TOUT VA ALLER TRÈS BIEN. Ramouter secoua la tête devant cette ironie tragique. Il entra dans le petit séjour avec cuisine américaine. De la vaisselle sale emplissait l'évier. Sur la table du dîner reposaient deux bouteilles de vin, l'une terminée, l'autre aux deux tiers vide, ainsi qu'un verre renversé ayant formé une large tache rouge sur le sol. Le jeune policier sursauta quand un désodorisant automatique cracha dans sa direction un arôme de vanille entêtant. Les étagères accueillaient pêle-mêle de la *chick lit*, des comptes-rendus de crimes authentiques, des CD et des DVD, le tout couvert de poussière.

Ramouter chercha des yeux des photos de famille ou quoi que ce soit prouvant que Lauren Varma ne se résumait pas à des livres d'occasion et à du désodorisant bon marché, mais il ne trouva rien. Il pénétra dans la chambre, chaude, étouffante. Un édredon bleu gisait au pied du lit. Sur la table de chevet ébréchée reposait un paquet de préservatifs rouges aux emballages individuels éparpillés par terre. Ramouter inspecta la penderie et ouvrit les tiroirs. Dans le deuxième, il trouva le journal intime de Lauren Varma. La dernière entrée était datée du mardi soir :

Je sais que c'est un risque mais il faut prendre des risques dans la vie, non ? Je n'arrive pas à croire qu'après tout ce temps, je vais enfin rencontrer mon Peter. Une fois que nous serons ensemble, ensemble comme il se doit, dans les bras l'un de l'autre, tout ira mieux. On commet tous des erreurs...

– Pas si grosses que celle-là, marmonna le policier en rangeant le journal.

– Qu'est-ce que tu dis ? lança Swanson, demeuré dans l'entrée.

– Rien, rien, répondit Ramouter en s'emparant d'une liasse de lettres dissimulée par les dessous de la maîtresse de maison.

Toutes étaient glissées dans les enveloppes standard aimablement fournies par le service des prisons de Sa Majesté. Il ouvrit la première et dut se reconnaître impressionné par l'écriture d'Olivier. C'était un monstre sadique, mais on ne l'aurait jamais deviné en lisant ces pages. : il citait des sonnets de Shakespeare, parlait de son amour infini pour Lauren et de l'erreur terrible, tragique, commise par un système judiciaire en pleine décomposition.

Quand le jeune policier poussa la porte de la salle de bains, il fut agressé par une puanteur de viande pourrie, vieille, cuivrée, dont les vapeurs se plantèrent dans sa gorge.

Du sang mêlé à des lambeaux de chair et d'os couvrait le sol, tachait les joints du carrelage. La baignoire en porcelaine blanche était couverte de traînées sombres et de cheveux collés.

Un bain de sang : un terme qu'on utilisait sans vraiment penser à ce qu'il signifiait

À présent Ramouter le voyait de ses yeux pour la première fois.

77

Karen Bajarami repoussa le plateau repas. Elle avait réussi à avaler deux cuillers de purée et un peu de tourte à la viande avant d'abandonner. Les analgésiques lui avaient dérobé son sens du goût mais n'atténuaient qu'à peine la douleur palpitante autour de son œil droit. Portant la main à sa joue encore gonflée, elle essuya le pus qui avait traversé le bandage. Ce n'était pas censé se dérouler ainsi : elle se rappelait leurs conversations. Elle songeait aussi à Ade, aux coups qu'il avait reçus à la tête, et au fait que nul ne veuille lui dire comment il allait. Les infirmières croyaient qu'elle ne dormait pas la nuit à cause de la douleur, mais c'était le bruit des os brisés de son collègue qui lui donnait des cauchemars. Elle changeait de chaîne pour regarder les infos quand sa porte s'ouvrit en grinçant.

– Qu'est-ce que tu fais là ? chuchota-t-elle en voyant Olivier entrer dans la chambre.

Elle fondit de nouveau en larmes lorsqu'il s'approcha d'elle et l'embrassa sur le front.

– Tu ne devrais pas être là. Ils te cherchent. Tout le monde te cherche.

– Chut, répondit-il. Je t'ai apporté un cadeau. Ferme les yeux… pardon, l'œil.

Bajarami fit ce qu'on lui disait. Elle frissonna quand la main d'Olivier se glissa sous sa nuque, puis elle sentit sur sa peau la fraîcheur d'un collier, d'une chaîne en métal.

– Je peux regarder ? demanda-t-elle en manipulant le pendentif.

– Pas avant que je sois parti. Mais tu peux me regarder, moi.

Elle se tendit. La tendresse dans la voix d'Olivier avait cédé la place à un ton abrasif.

– Je croyais qu'il y avait un policier dehors, dit Bajarami. J'étais censée être en sécurité.

– Est-ce que tu as peur de moi ?

Son cœur battit plus vite quand il écarta une mèche de cheveux égarée sur son front.

– Non. Bien sûr que non… Mais je… Et si on te trouvait ici ? Je ne veux pas qu'il t'arrive du mal. Nos projets…

– Si ça peut te rassurer, je ne reste pas. Je venais juste te demander un service. Je manque un peu de liquidités. Je pensais que tu pourrais me filer ta carte de retrait. Ce n'est pas comme si tu devais bouger d'ici avant un moment.

– Tu veux… de l'argent ? C'est pour ça que tu es venu ? demanda Bajarami.

– Entre autres choses. (Olivier s'approcha de la table de chevet.) Il est là-dedans ? Ton sac à main ?

– Près de mon téléphone.

– J'aurai besoin de ton code, dit-il en sortant la carte du sac et en la glissant dans sa poche arrière.

– 48 73.

– Bien. Je vais partir mais, avant, il faut que je te demande autre chose.

Elle se figea lorsqu'il lui posa une main calleuse sous le menton et lui souleva la tête. Nulle émotion dans son regard, seulement une détermination d'acier.

– Tu as déjà causé à l'inspectrice Henley, dit-il en lui pressant la joue.

– Elle… elle est passée, mais je ne lui ai rien dit.

Olivier serra plus fort.

– Elle va revenir te parler. Elle n'est pas idiote. Elle a sans doute déjà compris que tu m'as aidé.

– Mais j'ai été prudente et tu… tu me fais mal, quand…

Il lui plaqua la main sur la bouche, emprisonnant son souffle dans sa gorge.

– Tu ne lui diras rien du tout. Tu m'as promis que tu serais toujours loyale. Tu te rappelles ?

Bajarami tenta de détourner le regard, d'échapper à ces yeux terribles.

– Je ne suis pas sûr de te croire, continua Olivier en plantant les doigts dans son œil bandé, couvrant toujours sa bouche de l'autre main pour étouffer ses hurlements.

Les mains de la blessée se crispèrent sur la couverture bleue tandis que des ondes de douleur écarlate parcouraient tout son corps.

– Qu'est-ce que tu diras à l'inspectrice Henley quand elle reviendra ?

Bajarami toussa et inspira avec avidité quand son tortionnaire la lâcha. Elle tenta de parler plusieurs fois alors qu'un filet de sang coulait de son œil abîmé.

– Rien, dit-elle enfin. Promis.

Olivier se redressa, satisfait.

– Loyale, dit-il.

– Loyale, chuchota-t-elle en réponse.

78

– J'avais raison, dit Ramouter. Lauren Varma.

Henley et lui, de retour à la SCU, contemplaient les centaines de lettres adressées à Olivier répandues sur un bureau.

– Je ne comprends pas comment une personne saine d'esprit peut avoir envie d'une liaison avec Olivier.

– Tu le connais, répondit l'inspectrice en déballant son petit pain au bacon. Il sait y faire.

– Mais c'est un assassin. À un moment, il doit fatalement y avoir un déclic dans ton cerveau qui te dit que lui écrire et accepter de le rencontrer ne sont peut-être pas de si bonnes idées.

– Comment Mark appelle-t-il ça déjà ? (Elle feuilleta les notes prises lors de sa conversation avec Ryan, un peu plus tôt, alors qu'il était coincé dans les bouchons de la M6.) Hybristophilie. Être attiré et excité sexuellement par les individus coupables de crimes cruels ou sanglants, par exemple le meurtre ou le viol.

Ramouter fit la moue.

– Elle croyait peut-être pouvoir le guérir, ajouta Henley, solennelle. Il arrive qu'on noue des liaisons avec des gens bizarres en se disant qu'on va les faire changer. Pour ce qu'on en sait, Olivier a pu persuader Lauren Varma de l'aider.

– Tu crois que Varma, Bajarami et peut-être même Blaine travaillaient ensemble ?

– Au point où on en est, plus rien ne me surprendrait.

– Ah, je l'ai ! La dernière lettre qu'elle lui a envoyée.

Ramouter tendit la missive en question à sa supérieure. Datée de quelques mois, le papier ligné dégageant encore un soupçon de parfum, et écrite à l'encre violette, avec des cœurs à la place des points sur les *i*. On l'aurait crue rédigée par une adolescente amoureuse dans un cahier de lycée. Henley entama sa lecture à haute voix :

« Mon chéri, comme j'ai été heureuse de recevoir ta lettre, et entendre ta voix était encore plus agréable. Ç'a été la plus belle des surprises et toute ma journée en a été illuminée. Je regrette de ne pas avoir enregistré notre conversation téléphonique. Je t'aime tellement. Ta voix me manque. Ce serait fantastique de te voir et de te toucher pour de bon. Me dire que je ne pourrai peut-être jamais te serrer dans mes bras me bouleverse. J'ai fait des courses, je t'ai acheté un survêtement et une paire de baskets. J'ai pris quelques jours de congé la semaine prochaine, donc je viendrai à la prison... »

– Bon Dieu, c'est à vomir, dit Henley. Il y en a combien d'autres ?

– D'elle ? J'en ai trouvé huit de plus. Elle lui écrivait depuis à peu près un an.

– Pauvre idiote pleine d'illusions, dit l'inspectrice avant de décrocher le téléphone de son bureau qui sonnait et d'annoncer : Inspectrice Henley.

– Salut, c'est Linh. Je n'ai pas eu l'occasion de t'appeler plus tôt.

– Comment ça se passe, là-bas ?

– On va emporter le cadavre. Je retourne à la morgue mais je voulais te prévenir : j'estime que le décès date des dernières vingt-quatre heures.

Henley hocha la tête. Si les images de surveillance n'avaient pas suffi à la convaincre qu'Olivier était responsable, la mort récente de Lauren Varma contredisait tout le *modus operandi* du copycat.

– Est-ce qu'il manque des morceaux ?

– Non, comme tu as pu le voir, deux bras, deux jambes, pas de doigts ni d'orteils prélevés, mais il y a en revanche des traces d'entraves aux poignets et aux chevilles, des ecchymoses sur la gorge et la nuque. Je ne sais pas encore si elles ont été causées *post mortem* ou non. En dehors du permis de conduire inséré en elle, je n'ai vu aucun signe d'activité sexuelle, mais je te tiendrai au courant. Je n'ai pas grand-chose aujourd'hui, alors je pourrai m'y mettre dès qu'elle arrivera ou presque. Et il y a autre chose.

– Quoi ?

– Elle a été marquée. Mais différemment.

– En quoi est-ce différent ?

– C'est une série de lettres et de chiffres le long des seins. Je ne sais pas trop ce que ça veut dire. J'ai des photos que je peux t'envoyer tout de suite.

– Merci, Linh.

Henley raccrocha et répéta à Ramouter ce qu'elle venait d'apprendre. Deux minutes plus tard, son ordinateur bipa pour signaler la réception d'un e-mail. De Linh. Elle l'ouvrit : une photo en gros plan des seins de Lauren Varma. Cinq chiffres et deux lettres tracés dans la chair apparaissaient sous le sang coagulé.

– Qu'est-ce que c'est, à ton avis ? s'enquit Ramouter. Un code postal ? Un mot de passe, peut-être ?

– Non, non. (Henley copia la séquence de caractères sur un papier.) 10743TP. Tu ne vois vraiment pas ?

– Non. Qu'est-ce que c'est que ça ?

– Tu ne trouves pas que ça ressemble à un matricule de prisonnier ?

L'inspectrice se tourna vers son ordinateur et ouvrit l'e-mail qu'avait envoyé Pellacia la semaine précédente pour confirmer sa visite à la prison de Belmarsh.

– Ah, le salaud !

Elle fit pivoter le portable vers Ramouter.

– Tu rigoles, là ? s'exclama-t-il. Peter Francis Olivier. Né le 8 novembre 1975. Matricule 10743TP. Pourquoi est-ce qu'il a fait ça ?

– Il s'en fout. Il se fout de tout. Ce n'est qu'un jeu, pour lui, répondit-elle en marchant de long en large d'un pas furieux.

– Et maintenant ? demanda le stagiaire.

– Qu'est-ce que tu veux dire ? interrogea Henley, qui cessa de marcher et tenta de se calmer.

– Eh bien, on a deux enquêtes parallèles. Le copycat plus Olivier qui s'est remis à tuer. Tu crois qu'ils travaillent ensemble ?

L'inspectrice secoua la tête.

– Non, Olivier est trop autocentré pour ça, mais on n'a le droit d'écarter aucune hypothèse. On peut demander à Mark ce qu'il en pense, mais… Graver son matricule sur les seins de sa victime… Il veille à ce qu'on sache que tout tourne autour de lui. Je doute qu'il veuille partager son œuvre avec quiconque : au fond de lui, il se dit que le copycat est son inférieur, et il veut lui montrer comment on fait.

À cet instant Pellacia franchit la porte, chargé d'une boîte de donuts.

– Vous avez démarré tôt, dit-il en la posant sur le bureau de Stanford. Tenez. C'est pas super bon pour la santé, mais ça nourrit.

Ramouter blêmit.

– Je ne crois pas pouvoir encore manger quoi que ce soit, dit-il.

– C'était si dur que ça ?

– Vas-y, explique-lui, encouragea Henley, qui parcourut pour se distraire les lettres entassées sur son bureau pendant que Ramouter résumait leur enquête du matin.

– Quelqu'un a vu Olivier depuis ? interrogea Pellacia quand il eut terminé.

– Non, personne. C'est comme s'il s'était encore fondu dans le décor.

– Et j'ai une autre mauvaise nouvelle pour vous : Chance Blaine a été libéré il y a vingt minutes.

– Merde. (Henley se prit la tête à deux mains.) Je ne voulais pas qu'il sorte. Je croyais que tu allais parler au surintendant-chef ?

– Je l'ai fait, mais il n'a rien voulu savoir. Au pire, Blaine aura des conditions de libération sur parole. Il devra dormir chez lui et n'avoir aucun contact avec les jurés encore vivants. Stanford et Eastwood se relaieront pour le surveiller durant les prochaines vingt-quatre heures. Ça devrait te faire plaisir.

– Non, ça ne me fait pas plaisir du tout, lâcha Henley en sortant du bureau à grands pas.

Elle s'observa dans le miroir de la salle de bains et grimaça : elle ne passait jamais des heures à se maquiller mais réussissait en général à masquer les cernes noirs sous ses yeux et la petite cicatrice sur sa joue. Ayant achevé de se brosser les dents, elle s'aspergea de déodorant. Il n'était pas encore midi, et elle avait déjà envie de rentrer chez elle, de se mettre au lit pour pleurer un bon coup. La porte de la salle de bains s'ouvrit. C'était Pellacia.

– Qu'est-ce que tu fais là ? demanda Henley.

– Pourquoi es-tu venue chez moi hier soir ? renvoya-t-il en refermant la porte derrière lui.

– Le moment est mal choisi.

– Quand serait-il bien choisi ? Tu te préparais à partir de chez moi sans dire un mot.

– Tu sais très bien que non. Ramouter m'a appelée et...

– Tu étais presque à la porte quand il t'a appelée.

Henley reprit son sac sur le bord du lavabo.

– Je n'aurais pas dû venir. Ça n'aurait pas dû arriver.

– Je ne comprends pas pourquoi tu continues de t'opposer à moi là-dessus.

– Parce que j'ai un mari et qu'on a un enfant. Qu'est-ce que tu veux de moi ? J'ai fait une erreur.

– C'est tout ce que je suis pour toi, alors ? Une erreur ?

– Non, bien sûr que non. Je suis désolée, le mot était mal choisi... J'étais... Je me sentais seule. L'erreur, c'est *moi* qui l'ai commise.

Pellacia fixait le vieux carrelage fêlé du sol tandis qu'Henley évitait de se regarder dans le miroir.

– Tu sais que ce que je ressens pour toi, dit-il enfin.

– Arrête. Stephen, s'il te plaît.

Il se posa les mains sur les hanches, tentant de se calmer. De se préparer.

– Je n'avais pas prévu de te rejoindre ici. Désolé.

– C'est bon. C'est moi qui suis désolée.

Elle avait envie de lui ouvrir les bras, de le serrer contre elle, mais elle se retint.

– Ce n'est pas facile. De te voir tous les jours, de m'en faire pour toi... Bref, j'ai pensé que tu voudrais le savoir : Lancaster a été officiellement suspendue dans l'attente d'une enquête. Ça ne nous dit toujours pas qui a lâché l'histoire initiale à la presse, mais, avec de la chance, on... (Pellacia laissa mourir sa voix.) Tu te rends compte que tu participes à trois enquêtes distinctes.

– Techniquement, l'évasion d'Olivier ne nous a pas été attribuée. C'est la NCA qui s'en occupe.

L'inspectrice chercha sa crème pour les mains dans son sac.

– Ce que disent les papiers officiels n'est pas si important. Tu es mêlée à tout ça. Je veux juste que tu sois prudente. Ça fait beaucoup, et je m'inquiète pour toi.

Sur ces mots, Pellacia sortit. Henley entra dans un cabinet, baissa la lunette des toilettes et s'assit, la bouche sèche. Son souffle n'était qu'une suite de halètements rapides. Elle avait envie de se déshabiller et de se jeter à l'eau, d'appliquer à son corps un traitement de choc pour retrouver son état normal. Le coup de pied qu'elle donna dans la porte des toilettes y laissa une bosse.

– Oh, nom de Dieu.

Henley se plaqua les mains sur les tempes : tout pour arrêter les palpitations dans sa tête. Elle ferma les yeux avec force, mais l'image des corps sanglants de Zoe Darego, Lauren Varma, Daniel Kennedy et Sean Delaney ne cessait pourtant de jaillir dans sa tête. C'était trop. Elle avait cru pouvoir contrôler le TSPT. Le garder sous clef.

– Henley, tu es là-dedans ? Téléphone pour toi.

Elle voulut répondre mais ses paroles furent noyées par des hoquets sanglotants.

– Henley ? lança à nouveau Joanna, sur un ton différent.

L'inspectrice se raidit quand on tapota à la porte.

– Anjelica, poussin. Ouvre-moi.

– Je ne peux pas.

– Allez. Mais si, tu peux.

Prenant une profonde inspiration, elle se leva et ouvrit la porte.

– Oh, ma chérie, viens là.

Henley tomba dans les bras de Joanna, qui la serra avec force et lui frictionna le dos.

– Je croyais que j'en serais capable, Jo, murmura-t-elle. Mais tout est en train de voler en éclats.

– Tu te mets trop la pression. Tu n'es pas obligée de t'imposer ça.

S'arrachant à l'étreinte de son amie, elle s'approcha du lavabo et fit couler l'eau froide. Elle avait les yeux rouges, gonflés, le visage pâle et les traits tirés.

– J'aurais dû prévoir ça, dit Joanna en arrachant plusieurs feuilles de papier essuie-tout au distributeur.

– Je croyais que j'étais prête, soupira Henley tandis que l'administratrice humectait le papier et essuyait le mascara ayant coulé sous ses yeux, un contact doux et frais qui la soulagea. Le premier jour, au bord du fleuve, j'avais les nerfs mais j'ai fait le boulot. Je suis allée à la morgue. J'ai regardé le cadavre de Kennedy découpé en morceaux, et je me suis dit…

Elle ne cherchait plus à retenir ses larmes.

– C'est là que ça a commencé ? demanda Joanna en lui donnant d'autres serviettes.

Le cacher plus longtemps, y compris à elle-même, était inutile. Elle se revoyait assise au bord du lit, nue, en train de regarder trembler sa main droite. Cette nuit-là, elle était allée se coucher convaincue d'être en train de mourir.

– Tu aurais dû venir me parler, lui reprocha Joanna. Tu as subi tellement de choses, ma belle. Si Rhimes était là… (Sa voix mourut.) Je regrette vraiment qu'il ait… bon. Tu vois.

– Il me manque, avoua Henley. Il me manque et je le déteste en même temps. Ce n'était pas seulement mon patron. Il me connaissait. Il faisait partie de la famille, et il s'est suicidé. Après nous avoir tous rassemblés, il ne nous a même pas demandé notre aide. J'ai horreur d'être faible comme ça, en ce moment. Regarde-moi, Jo : je suis en train de tout perdre. Je me perds moi-même.

– Il y a du Diazepam dans le tiroir de mon bureau, dit Joanna. Ne me regarde pas comme ça : les cachets doivent être éventés ; je les ai trouvés en débarrassant le bureau de Rhimes.

– Je ne devrais pas. (Henley observa son reflet dans le miroir.) Merde, j'ai une sale gueule.

– Ils sont très peu dosés. Juste de quoi te calmer. Si tu n'en veux pas, je peux aller chez les bookmakers d'en face et acheter une ou deux enveloppes d'herbe aux gars qui traînent dehors.

– Ce n'est pas la peine.

– Au moins, prends un demi-cachet.

– Juste un demi.

– Ça marche. Descends dans les anciennes cellules. Je t'apporte un thé et je te couvre pour que tu fasses la sieste une heure. Ils ont largement de quoi s'occuper un moment.

– Merci, Jo.

– C'est normal. Il faut bien que quelqu'un veille sur toi.

Le Diazepam l'avait calmée, il avait ralenti son pouls, mais il ne pouvait faire taire les voix dans sa tête. Fermer les yeux n'effaçait pas les images des cadavres découpés, sanglants. Henley s'assit, les yeux fixés sur le mur où un occupant de la cellule avait naguère gravé le mot « branleur ». Elle avait envie de verrouiller la porte et de se cacher là à jamais. De s'isoler du chaos extérieur. Elle se cogna la tête contre le mur alors que l'image d'Olivier allongé sur elle, lui léchant le visage tout en plongeant le couteau dans sa chair, s'attardait en elle à l'instar d'une vidéo sur pause. Elle entendait le psychopathe répéter sa promesse de la tuer. Elle s'était crue prête, forte. Or, à cet instant précis, elle était convaincue que cette affaire allait avoir sa peau.

79

Le calme était revenu à Queen Elizabeth Hospital. Une fois disparues les forces de sécurité exceptionnelles, journalistes et équipes de télévision avaient fini par s'en aller. Henley prit l'ascenseur jusqu'au troisième étage. Nul ne lui prêta la moindre attention quand elle dépassa le poste des infirmières et arriva à la chambre de Bajarami. Un garde de sécurité assez malingre, assis devant la porte, jouait sur son téléphone. Henley, suivant les instructions de l'affichette de sécurité, appuya sur le bouton du distributeur mural et se frotta vigoureusement les mains avec le liquide antibactérien. La télé de la chambre de Bajarami était limitée aux chaînes gratuites. La gardienne, l'œil droit toujours bandé, regardait apparemment un nouvel épisode de *Judge Rinder,* la série de téléréalité judiciaire. Sa table de chevet était couverte de fleurs, de la grappe de raisin de rigueur et d'une grande bouteille de soda Lucozade.

– Bonjour, Karen, dit Henley.

– Oh, inspectrice. Pardon, j'ai oublié votre nom, répondit Bajarami en se redressant.

Son visage restait meurtri, gonflé.

– Inspectrice Henley. À ma dernière visite, vous étiez encore bourrée de calmants.

– J'en avais besoin, mais ils m'ont retiré la perfusion. Ça, c'est des antibiotiques. (Karen tapota la canule fichée dans sa main.) Hier, j'ai attrapé une infection.

– Combien de temps allez-vous encore passer ici, alors ? demanda Henley en forçant sur ses lèvres un sourire compatissant.

– Je devrais rentrer chez moi dimanche. Les médecins attendent juste que l'infection guérisse.

– Et votre œil ? s'enquit l'inspectrice avant de prendre une chaise dans un angle et de s'asseoir. J'espère que les dégâts ne sont pas irréversibles.

– On ne le sait pas encore. (La blessée porta la main au bandage et fit la moue.) On m'a changé le pansement hier, mais c'est encore gonflé. On ne sait pas si les lésions vont être… (Elle se posa la main sur la poitrine et inspira avec difficulté.) On ne sait pas si les lésions vont être permanentes.

– Vous avez pu voir votre collègue ? interrogea Henley en se demandant si Bajarami allait laisser paraître d'une manière ou d'une autre qu'elle était en partie responsable de l'état d'Ade.

– Oh… euh… non, je ne l'ai pas vu. Comment va-t-il ?

– Toujours dans le coma. Il a une fracture du crâne et un œdème au cerveau.

La gardienne baissa la tête, fixant la couverture terne fournie par l'hôpital.

– Je… Est-ce qu'il va se remettre ?

– On ne sait pas trop.

Elle leva vers Henley son œil indemne avant de se détourner.

– Je n'aurais pas cru…

– Vous n'auriez pas cru quoi ?

– Rien. Rien. Ade ne méritait pas ça. Tout est arrivé tellement vite.

– Vous passiez beaucoup de temps avec Olivier, n'est-ce pas ?

Henley remarqua l'étincelle subtile dans l'œil de Bajarami à la mention du nom du fugitif.

– Ce n'était pas par choix. Ça faisait partie de mon boulot, voilà tout. Je n'étais pas avec lui en permanence.

– Mais vous manquez de personnel, non ? De gardiens ? C'est pareil dans la police. C'est pareil partout. (Elle se pencha en avant.) Vous êtes débordés et vous finissez par en faire plus que votre part.

Son interlocutrice hocha la tête.

– Le salaire est nul. Les horaires sont nuls, et on n'est pas assez nombreux.

– Vous saviez qu'Olivier disposait d'un téléphone portable ? (Bajarami ne répondit pas.) Avez-vous la moindre idée de la manière dont il aurait pu se le procurer ?

– Un autre prisonnier ? Ou un des gardiens. Ce ne serait pas la première fois.

– Même dans le Quartier de Haute Sécurité ? Je pensais qu'on serait un peu plus vigilant pour ces choses-là.

– Je ne savais pas qu'il avait un téléphone. (La gardienne se tortilla, mal à l'aise.) Mais ce n'est pas comme s'il était à l'isolement : il voyait d'autres prisonniers, qui ont facilement pu lui donner un téléphone.

– Il vous avait dit qu'il se sentait malade ?

Henley prit la carafe sur la table de chevet et servit un gobelet d'eau à la blessée, qui l'accepta avec reconnaissance.

– Pas du tout. Il n'a pas demandé à voir le médecin, ou alors à un autre gardien, avant le début de mon service.

– Vous n'étiez pas avec lui quand il s'est évanoui, n'est-ce pas ?

– Non, j'étais en train de faire ma ronde. Est-ce que c'est un interrogatoire ?

– Pas du tout, je voulais juste savoir comment vous alliez et vous poser quelques questions sur l'évasion. Vous êtes un témoin important. On n'a pas encore rattrapé Olivier, donc toutes les informations que vous pouvez nous donner à propos de ce jour-là sont vitales.

– J'ai dit aux autres policiers tout ce que je savais quand ils sont venus ce matin, lâcha Bajarami quasi irascible.

– C'étaient des agents de la NCA. En outre, il y a eu un autre meurtre depuis, et plusieurs indices désignent Olivier comme suspect.

– Peter ne ferait… je veux dire… Pourquoi ferait-il ça ?

Il n'échappa pas à Henley que la gardienne appelait toujours Olivier par son prénom.

– C'est un tueur. C'est son truc. Il sera sans doute inculpé de tentative de meurtre contre Ade, et aussi de coups et blessures graves envers l'agent de sécurité et vous-même.

Quand Bajarami se mit à manipuler la chaîne qu'elle portait autour du cou, l'inspectrice comprit que les questions la mettaient mal à l'aise, la rendaient nerveuse.

– C'est comme j'ai dit dans ma déposition. Tout est arrivé très vite. J'étais dehors quand j'ai entendu l'agitation et, dès que je suis entrée dans la chambre, il a… Je ne savais même pas qu'il avait la fourchette à la main.

Elle paraissait au bord des larmes, mais Henley se demandait s'il s'agissait de larmes authentiques.

– Vous vouliez me demander autre chose ?

– Oui, tout à fait. Quelqu'un a fourni de l'insuline à Olivier. Il s'avère qu'elle a été prise à l'infirmerie de la prison.

– Qu'est-ce que vous voulez dire ?

– Eh bien, je ne pense pas qu'il soit sorti de son quartier pour aller tranquillement chercher ça tout seul. Il faut qu'un gardien le lui ait apporté.

– Ce n'est pas moi.

– Vous avez la moindre idée de qui ça pourrait être ?

– Non, non… Aucune… Je ne vois pas qui pourrait vouloir l'aider. Regardez ce qu'il nous a fait, à Ade et moi.

– Et un dernier point, reprit Henley. L'entrepôt frigorifique Franklin-Jones. Ça vous dit quelque chose ?

La gardienne répéta le nom et secoua la tête.

– Pourquoi ?

– On a des images d'une femme qui vous ressemble à la réception de l'entrepôt, la semaine dernière.

– Ça ne peut pas être moi. Je ne suis jamais allée à Manor Park et je suis sûre que je travaillais la semaine dernière. Ça doit être quelqu'un qui me ressemble. J'ai une tête passe-partout.

L'inspectrice sentit son estomac tressauter.

– Je n'ai pas précisé que c'était à Manor Park.

– Je crois bien que si. Il y a autre chose ? Je suis très fatiguée, vous savez.

La chaîne que manipulait Bajarami s'était échappée de sa blouse d'hôpital et pendait désormais autour du cou.

– Non, c'est tout, dit Henley. Ma fille adorerait votre pendentif. Elle raffole des étoiles.

– Merci.

La gardienne se recula contre ses oreillers et glissa vivement le pendentif sous sa blouse.

– Qu'est-ce que c'est, le cristal, à côté ?

– Oh, je ne sais pas trop. C'est un cadeau de prompt rétablissement.

– Votre petit copain ?

– Quelque chose comme ça. (Bajarami tendit la chaîne devant elle.) Un bon ami.

Henley la laissa et gagna le poste des infirmiers.

– Excusez-moi… (Elle montra sa carte de police au jeune homme assis au bureau.) J'aimerais vous poser une question à propos de la patiente Karen Bajarami, chambre six.

– Je ne suis pas autorisé à divulguer des informations sur nos patients, répondit-il.

– Je ne veux rien savoir qui la concerne personnellement, juste si elle a eu des visites. Je vais descendre vérifier auprès de la sécurité, mais, puisque vous étiez ici…

– Elle en a eu quelques-unes, intervint la jeune infirmière assise près de son collègue et que son badge désignait comme Isma. Je crois que sa mère est revenue hier, ainsi qu'un ou deux collègues. J'ai dû leur dire qu'ils étaient trop nombreux dans la chambre.

– Quelqu'un d'autre ? demanda Henley.

– Oh, il y a eu un homme, très tôt ce matin. Tu te rappelles, Julien ? dit Isma. Il lui avait acheté quelques plateaux-repas Marks & Spencer, et il nous a demandé si on avait un endroit où les conserver.

– Ah, oui, lui, confirma Julien en ignorant le téléphone qui sonnait sur son bureau. C'est moi qui l'ai fait entrer. Il n'était pas enthousiasmé par le menu de l'hosto. Je ne peux pas lui en vouloir, je n'en filerais pas à mon chat, et je ne l'aime même pas tant que ça.

– Vous vous rappelez à quoi il ressemblait ?

Julien jeta un coup d'œil à Isma et secoua la tête.

– Pas précisément. Il était blanc, grand. Sans doute entre quarante et cinquante ans. Très sympa : il nous a donné des chocolats pour nous remercier. Ma grand-mère dirait qu'il était charmant.

– Il a clairement un plan, déclara Henley. Ça m'étonnerait qu'il reste dans le coin juste parce qu'il s'en fait pour sa copine.

– Mais pourquoi se donner la peine de lui rendre visite ? demanda Pellacia, le sourcil froncé. À quoi lui sert Bajarami maintenant ? Elle l'a aidé à s'évader et elle a failli perdre un œil pour sa peine. Pourquoi est-ce qu'elle n'a pas hurlé au meurtre quand Olivier est venu la voir ?

– Tu n'as pas vu sa tête quand je l'ai interrogée à propos du collier. Elle était enchantée.

– Il faut l'arrêter, affirma Pellacia.

– Je sais, mais je suis coincée tant que les médecins ne l'autorisent pas à quitter l'hôpital.

– La procédure n'impose pas qu'elle soit interrogée au poste, et on a de toute façon assez d'éléments pour fouiller son logement. Pour ce qu'on en sait, Olivier pourrait y être. Où habite-t-elle ?

– Kidbrooke. J'ai besoin d'une heure pour rédiger la demande. Ensuite il faudra que je trouve un juge ou un magistrat quelconque pour l'entendre.

Le surintendant consulta sa montre.

– Tu as le temps. Rédige ça, file au tribunal de Camberwell Green et vois un juge. Dès qu'on a le mandat, on fouille l'appartement ; ensuite, on arrête Bajarami. Et je me fous qu'on la dise ou non capable de quitter l'hôpital.

80

Henley imprima en deux exemplaires sa demande d'un mandat de perquisition dans l'appartement de Karen Bajarami. Si elle doutait de trouver Olivier installé dans le salon, les pieds sur la table, elle espérait tomber sur une preuve concrète de la complicité de la gardienne dans l'évasion.

Son téléphone vibra. L'appel venait de Linh.

– Salut, toi, dit Henley. Qu'est-ce qui se passe ?

– Il s'est servi d'une scie à refendre.

– Il s'est servi d'une quoi ?

– Une scie à refendre. Tu sais, comme ont les charpentiers. Regarde sur Google. Je parie que ton père en a une.

Dans l'esprit de l'inspectrice se forma l'image de son oncle Joel tenant les branches de leur pommier tandis que son père les attaquait à la scie.

– *Qui* s'est servi de ça ? demanda-t-elle. Olivier ?

– Non, pas lui, répondit Linh. Le copycat. Rappelle-toi : les coupes effectuées par Olivier étaient toujours propres parce qu'il se servait d'une scie électrique. Une scie sauteuse. Et c'est aussi ce qu'il a employé pour Varma. L'autre cinglé utilise une bonne vieille scie à main.

– Mais ça demanderait… Eh bien… (Henley ne trouva pas de meilleur moyen de formuler sa pensée.) Est-ce que ce n'est pas beaucoup de boulot ?

– Pas vraiment. Bon, tu vas trancher plus facilement une phalange qu'un fémur, bien entendu, mais, dans les deux cas, il suffit d'attaquer l'articulation. Comme quand tu découpes un poulet.

– Oh, je t'en prie, marmonna l'inspectrice dans un souffle, tout en glissant la demande de mandat dans une chemise.

– Si tu coupes l'os, ce n'est même pas forcément très dur, tout dépend de la condition physique de ta victime. Tu n'as pas intérêt à ce que ce soit un skieur ou un alpiniste – là, ton copycat aurait vraiment du pain sur la planche. Leurs os sont aussi durs que… bref, ils sont vachement durs. Moi, j'aurais commencé le travail avec une scie à métaux plutôt qu'une scie à refendre, mais je n'arrive pas bien à déterminer s'il s'est servi des deux.

– Et il a utilisé la même méthode sur les trois dernières victimes ?

Henley imaginait Kennedy, Zoe et Delaney assis, immobiles, incapables de fermer les yeux, alors qu'un homme, le visage dans l'ombre, leur sciait les membres.

– J'ai un expert en blessures qui te prépare un rapport complet, dit Linh.

– Merci, tu me facilites la vie.

– Pas de problème, et passe à la maison si tu ne sais pas où aller ce soir. Ça fait une éternité qu'on ne s'est pas bourré la gueule en refaisant le monde et en dansant sur les classiques de '95.

– Pourquoi '95 ? demanda Henley en s'esclaffant pour la première fois depuis plusieurs jours.

– Je ne sais pas, mais j'ai perdu le compte des affiches que j'ai vues pour une soirée « Revival '95 » en boîte de nuit. Bref, on se voit plus tard ?

– Sans problème.

Henley éprouvait une immense gratitude envers son amie quand elle coupa la communication.

– Un peu barbare, non ? dit Ramouter quand Henley lui expliqua comment le copycat démembrait ses victimes.

– C'est un euphémisme.

– Oui, mais je veux dire que tout son *modus operandi* est barbare. Il les paralyse, il les force à le regarder les découper et, une fois qu'ils sont morts, il les poignarde encore.

– Tu n'es pas en train de suggérer qu'Olivier est plus humain, hein ? demanda Henley, surprise.

– Non, pas plus humain. Il a juste une approche un peu plus clinique. Il est efficace.

– Avec Lauren Varma, il n'était pas question d'efficacité, dit tristement Henley. Il s'en fichait, raison pour laquelle il en a fait un tel spectacle.

– Mais il n'arrête pas de se dire victime d'une erreur judiciaire, pourtant.

– Pour lui, c'est sans doute le cas. L'erreur, de son point de vue, c'est qu'on l'ait mis en prison.

Henley avait reçu par e-mail les photos de l'appartement de Lauren Varma, envoyées par la police scientifique. Même si à Bradford Ramouter travaillait au CID, elle doutait qu'il eût jamais vu des décors comme ceux où avait été tuée et découverte Lauren Varma.

Cela ne faisait que deux semaines, et elle lisait déjà sur son visage la pression qu'imposait le travail à la SCU. Ils n'avaient pas de véritable soutien. Tout dépendait d'eux. L'unité avait été présentée comme une récompense à leur ancien patron, mais c'était en fait un moyen de le tenir à l'écart des ennuis. Bien qu'elle eût toute confiance en Pellacia pour la diriger, Henley craignait que la SCU ne soit en train de frôler la panne sèche, à présent que Rhimes était mort.

– Salim…

Il leva les yeux, conscient que c'était la première fois qu'elle l'appelait par son prénom.

– Va voir Mark Ryan. Crois-moi. Il ne faut pas rentrer trop loin dans la tête des psychopathes. C'est le genre de boulot qui t'attaque le cerveau, et ça te frappe au moment où tu t'y attends le moins. Ça fait du bien de parler avec Mark.

– Je ne veux pas qu'on croie que je ne tiens pas le coup.

– Personne ne croira jamais ça.

– D'accord. Je lui passerai un coup de fil.

– Bien. Ça ne fera pas de mal. Qu'est-ce que tu as comme projets pour le reste de la journée ?

– Relire les dépositions, voir si on n'a rien raté, et puis rentrer à la maison.

– Ça te dirait, un petit tour au bord de la mer ?

– Hein ?

– Le témoin qui a dit avoir vu Sean Delaney dans une ambulance.

– Leon Merrick ?

– Il est dans un centre de désintoxication à Hove, non ?

– Pour au moins trois mois.

– C'est ce qu'on a de plus proche d'une identification possible. Je veux que tu ailles le voir.

– Hein ? Maintenant ? Il est presque dix-sept heures.

– Oui, maintenant.

– Je ne crois pas que ma carte Oyster aille jusqu'à Hove.

– Prends ma voiture.

Ramouter fixa Henley comme si elle avait perdu la raison.

– Tu es sûre ? Je ne suis jamais allé là-bas.

– Hove n'est pas le bout du monde, Ramouter.

Elle retourna à son bureau et parcourut le dossier de l'affaire jusqu'à trouver ce qu'elle cherchait.

– Tiens, emporte ça.

C'étaient les photos d'Alessandro Naylor et de Dominic Pine prises après leur arrestation.

– Elles datent de deux ans, soupira le stagiaire en empoignant sa veste sur le dossier de sa chaise.

– Il faudra que ça fasse l'affaire, répondit Henley. On n'a pas de photo récente de Pine et Naylor, mais ils n'ont pas changé tant que ça. On verra bien si une des deux rappelle ou non quelque chose à l'ami Leon.

81

Le trajet jusqu'à Hove se déroula sans incident et Ramouter était en vérité ravi de sortir du bureau. L'intensité de la SCU – et de Henley – le rendait claustrophobe.

Alors qu'il descendait de voiture devant la clinique Elysium, il dut reconnaître que l'air de la côte était différent : pour la première fois depuis qu'il avait quitté Bradford et la pression de vivre avec une épouse en plein déni de sa démence précoce, il parvenait à respirer.

La réception évoquait celle d'un centre de remise en forme, avec canapés et fauteuils blancs de grand prix, devant une immense baie vitrée donnant sur la mer. On était aux antipodes du centre de désintoxication public où avait travaillé Sean Delaney.

– Bonsoir. Puis-je vous aider ? demanda la réceptionniste.

– Bonsoir. Agent détective Ramouter. (Il n'éprouva pas le besoin de préciser que plusieurs mois s'écouleraient encore avant qu'il ne porte ce titre à part entière.) Je viens voir un de vos patients.

Le sourire dessiné au rouge à lèvres sur le visage de la jeune femme disparut quand elle découvrit la carte de police qu'il lui présentait.

– Vous avez rendez-vous ? Nous nous flattons de notre discrétion. Nous ne pouvons pas laisser entrer n'importe qui.

Ramouter se redressa. Peut-être n'avait-il pas dit assez fort le mot « détective ». Henley ne supporterait pas une chose pareille, songea-t-il. Douée d'une autorité naturelle, ce qui ne s'apprenait pas à l'école de police, elle n'avait jamais besoin de beaucoup parler pour obtenir ce qu'elle voulait.

– Je vous répète que je suis l'agent détective Ramouter et que je veux parler à Leon Merrick.

– Énormément de journalistes viennent ici et se font passer pour de la famille ou des amis, et…

– Vous tenez vraiment à ce que mon patron appelle le vôtre ? Croyez-moi, je doute que ce soit souhaitable, pour vous comme pour moi. Je vous ai montré ma carte, je vous ai dit qui j'étais, je sais que Leon Merrick est ici et je veux lui parler tout de suite.

La réceptionniste consulta son ordinateur. Après ce qui parut à Ramouter la minute la plus longue de sa vie, elle déclara :

– Sa séance de thérapie de groupe s'achève dans un quart d'heure. Je vais vous faire accompagner jusqu'à un des salons des visiteurs. Vous voulez un thé ou un café en attendant ?

Ramouter se retint tout juste de demander s'il devait ôter ses chaussures quand une autre employée le conduisit jusqu'au salon des visiteurs. Alors qu'il venait de manger un deuxième sablé, un homme brun de haute taille entra dans la pièce et lui tendit la main, si bien qu'on vit sa clavicule pointer sous sa peau.

– C'est moi Leon, dit-il en souriant, révélant des dents ébréchées et tachées par une pipe à crack.

– Comment allez-vous ? lui demanda le policier, dont les yeux suivaient les traces de piqûres et les meurtrissures jaunies sur ses bras.

– Ça va, répondit Merrick en se laissant tomber sur un fauteuil.

– Bien, Leon, je ne vais pas vous faire perdre beaucoup de temps.

– Holà, non, tout va bien. Cet après-midi, j'ai le choix entre yoga, méditation et reiki. (Il fit la moue.) Pas même une balade sur le front de mer. Apparemment, je ne suis pas encore prêt pour ça. Vous l'avez chopée, la personne qui a tué Sean ? (Ramouter secoua la tête.) Il était très sympa, vous savez. Un type bien. Pas condescendant comme beaucoup de ces mecs-là. Il voulait vraiment aider les autres. Il ne méritait pas de mourir comme ça.

– J'aimerais vous poser à nouveau quelques questions sur ce soir-là. Je me dis que vous auriez peut-être les idées un peu plus claires maintenant que vous n'êtes plus…

– Aussi défoncé qu'une route de campagne. Qu'est-ce que vous voulez savoir ?

Ramouter sortit son carnet et le feuilleta.

– Vous disiez être allé au centre vers vingt heures.

– Il devait être un peu plus que ça, parce que je me rappelle être resté au pub un moment : il y avait le foot à la télé. Dimanche soir. Un match du championnat espagnol, je crois. Début à 19 h 30, et je ne suis pas parti avant la fin, donc il devait être aux alentours de 21 h 30.

– Et vous êtes allé tout droit au centre ?

– Ouais. J'étais en manque et, dans ces cas-là, on a une seule idée en tête, on se concentre dessus. Je me rappelle avoir pensé qu'il fallait que je voie Sean, qu'il allait m'aider. Parfois… je veux dire… Il n'était pas censé le faire, mais, s'il en avait eu, il m'aurait donné un peu de méthadone pour couper la crise. Pour me calmer.

– À quelle heure le centre ferme-t-il en général ?

– Officiellement vingt et une heures.

– Même le dimanche ?

– Ils ont des séances de thérapie de groupe. Avec de la chance, on peut avoir un biscuit à la confiture et une tasse de thé. Pas comme ici. Toutes les infusions snobinardes du monde et des pâtisseries qui n'intéressent personne.

Ramouter baissa les yeux sur sa tasse, près de la théière en porcelaine anglaise.

– Bref, je me rappelle être passé devant, et la lumière était allumée, continua Merrick en prenant un biscuit dans l'assiette.

– Comment entre-t-on dans le centre ?

– Il faut se faire ouvrir. L'interphone est branché sur la caméra de sécurité, à l'entrée. Il y a aussi une sortie de secours au fond ; je pense qu'elle est censée servir en cas d'incendie.

– On vous a fait entrer ?

Merrick se laissa aller en arrière en mâchonnant son biscuit.

– Eh non, sinon je n'aurais pas fait le tour.

– Qu'est-ce qui vous a poussé à aller voir ?

– Sean fumait. En général derrière le centre, du côté du parking. Je m'y suis donc rendu, j'ai vu que sa moto était là, et puis j'ai remarqué l'ambulance.

– Vous êtes sûr que c'était bien une ambulance ?

– Ouais. Mais pas une grosse, comme je vous ai dit au téléphone : une voiture de taille normale.

– Ce serait trop demander que vous vous rappeliez le numéro de plaque ?

– Ah, le hasard ferait trop bien les choses. La portière était ouverte et, dans ma tête à l'envers, j'ai pensé que quelqu'un pourrait m'aider, qu'il y aurait peut-être des drogues là-dedans.

– La dernière fois, vous disiez avoir vu un homme sur la banquette arrière ?

– Oui, c'est vrai. Il était effondré. Je ne voyais pas sa tête, mais il était installé dans une position bizarre, et l'autre lui poussait les jambes à l'intérieur.

– Que vous rappelez-vous de l'homme à l'arrière ?

– Comme je disais, je crois que c'était Sean, mais je n'en suis pas sûr à cent pour cent.

– Et l'autre ? Vous lui avez parlé ?

– Ouais mais, comme je disais aussi, il m'a envoyé bouler.

– Vous pouvez le décrire ?

Il y eut un moment de silence, occasionnellement rompu par le bruit des mouettes qui passaient et de Merrick qui mastiquait son biscuit.

– Blanc. Un peu plus petit que moi, et je fais presque un mètre quatre-vingt-dix, donc il faisait au moins un quatre-vingts. Il portait des vêtements foncés. Verts, peut-être bien. Des baskets, ça, je suis sûr. Brun, les cheveux courts. Plus costaud que moi mais pas autant que vous.

– Je n'avais pas l'impression d'être si costaud que ça, dit Ramouter en souriant.

– Vous ne l'êtes pas. Mais il était entre nous deux. Disons que, si c'était un boxeur, ce serait un poids super-welter.

– Autre chose ?

– Le nez cassé. Enfin bon, il m'a paru tordu. Mal rasé.

– Je vais vous demander de regarder des photos, reprit Ramouter. Est-ce que vous voyez l'homme qui se trouvait sur le parking du centre de désintoxication le 8 septembre 2019 vers 21 h 30 ?

Écartant le service à thé en porcelaine et l'assiette de biscuits pour snobs, il étala les photos sur la table. Il avait imprimé celles de douze hommes ayant accepté que leur image soit utilisée dans une parade d'identification, et les avait mélangées à celles fournies par Henley.

– Prenez votre temps.

Merrick s'agenouilla et examina les photos, en ramassa trois successivement et les posa par terre.

– Pas lui, ni lui, ni lui… (Il prit une quatrième photo et la présenta à Ramouter.) Celui-ci.

– Vous êtes sûr ? demanda le policier en prenant la photo de Dominic Pine que lui tendait une main tremblante.

– Je parierais un paquet. Sans problème.

– C'est l'homme que vous avez vu dans le parking ?

– À cent pour cent.

Ramouter comptait acheter un *fish & chips* et le déguster sur le front de mer avant de rentrer à Londres mais, en rangeant les photos dans sa poche, il se rendit compte qu'il avait perdu l'appétit.

82

– Où est Ramouter ? demanda Pellacia.

– Quelque part sur la M23.

Henley sortit son téléphone pour vérifier qu'elle n'avait pas reçu de nouveau message du stagiaire.

– Bon, au moins, on a une identification pour Pine.

– Au mieux, c'est un homme qui *ressemble* à Pine, et qu'on a *peut-être* vu en train de faire monter dans une ambulance quelqu'un qui *ressemblait* à Delaney.

– Pas d'images de sécurité du parking ?

– Rien de ce côté-là. Je ne crois pas que le conseil du *borough* se soucie tant que ça d'une poignée de bennes à ordures derrière un centre de désintox.

– Et le service des ambulances ?

– J'ai appelé pour demander si des infirmiers ont bien été envoyés au centre ou dans les environs immédiats le soir de la disparition de Delaney. Comme tu dis, les preuves sont au mieux fragiles. Un témoin toxico ne suffit pas pour effacer les noms de Naylor et de Blaine de la liste des suspects.

– Changeons de point de vue, dit Pellacia en s'approchant du tableau. Qu'est-ce qui se passe si on consacre toutes nos ressources à monter une inculpation contre Pine ?

Rhimes utilisait la même tactique quand il voyait son équipe proche du point de rupture.

– Si on se concentre sur Pine, on ne surveille plus Naylor ni Blaine, dit Henley. Le premier a déjà faussé compagnie aux agents qui le protégeaient et sa profession lui donne accès à des propriétés commerciales et privées. Quant à l'autre, c'est le petit apprenti d'Olivier. Il faudrait que je sois idiote pour croire qu'il ne sait pas comment le contacter, et vice versa.

– N'oublie pas Karen Bajarami, dit Pellacia. C'est une piste qui reste à creuser.

L'inspectrice plissa le visage, concentrée. Elle devait trouver un moyen de resserrer le nœud coulant autour des trois suspects sans mettre en danger les jurés survivants.

– Je file chez Bajarami, annonça-t-elle. Eastwood est déjà en route.

On frappa sèchement à la porte. Comme Henley se retournait, elle découvrit Ezra dans le couloir.

– Tout va bien ? demanda-t-elle, inquiète.

La première fois que l'informaticien était venu dans la salle des opérations, il était tombé sur des photos d'autopsies format A3 affichées au mur. Il n'y avait pas remis les pieds depuis.

– Ouais, j'ai juste un truc à te montrer, dit Ezra. En privé.

Henley lui lança un coup d'œil interrogateur.

– Qu'est-ce que c'est ? demanda-t-elle en le suivant dans le couloir.

– Il faut que tu me promettes de ne pas te mettre en colère, hein ? dit-il en s'adossant au mur et en tapant son mot de passe sur son iPad.

– Pourquoi est-ce que je me mettrais en colère ?

L'inspectrice savait fort bien que les découvertes d'Ezra, quelles qu'elles soient, ne seraient recevables comme pièces à conviction dans aucun tribunal au monde.

– À ma décharge, tout ce que j'ai fait…

– Qu'est-ce que tu as fait ? demanda-t-elle durement.

– Tiens, regarde, dit Ezra en lui tendant l'iPad.

– Ce sont des informations tirées du portable d'Olivier, constata Henley en faisant défiler des numéros de téléphone.

– Ouais. J'attendais que l'opérateur m'envoie le détail de l'abonnement, mais on me raconte depuis plusieurs jours que les systèmes informatiques ne sont pas disponibles.

– Alors, qu'est-ce que tu as fait ?

– Il vaut mieux pour tout le monde que je ne réponde pas à cette question. Bref, le téléphone d'Olivier est à carte. Il a bien fallu payer du temps de communication, acheter des cartes de rechange ou recharger la première en ligne.

– S'il te plaît, dis-moi que c'est la deuxième solution.

– Évidemment, ça ne sera pas admissible au tribunal, dit Ezra en souriant, mais tu peux considérer que j'ai toutes les caractéristiques de la carte de crédit utilisée.

– Karen Bajarami ne peut pas avoir été aussi bête, s'étonna Henley.

– Elle a essayé de ne pas l'être. L'achat était attribué à un de ces comptes anonymes qu'on peut alimenter et utiliser comme des cartes de crédit, mais, pour les recharges, elle s'est servie de sa propre carte NatWest, au nom de K. L. Bajarami.

– Tu es sûr ?

– À cent pour cent, mais ce n'est pas tout. Et, ça, ce sera admissible dès que j'aurai lancé la demande d'autorisation.

– Qu'est-ce que c'est ?

– Ce téléphone a été appelé par des numéros privés que j'ai pu déterminer. Le premier est celui de Chance Blaine et le deuxième…

– S'il te plaît, dis-moi que c'est celui de Bajarami.

– Un abonnement de deux ans qui expire en mars prochain. Elle paie ses factures par prélèvement direct, et elle dépasse toujours son forfait.

Pour la première fois depuis la découverte du cadavre de Kennedy, Henley avait l'impression de progresser. La panique restait nichée en elle, au beau milieu de sa poitrine, mais n'était plus débilitante. Elle appela Eastwood pour lui enjoindre de commencer seule à fouiller l'appartement de Karen Bajarami, puis s'empara du dossier consacré au vain appel de sa sentence effectué par Pine. Obtenir les minutes du tribunal avait demandé un peu de temps, suscité plusieurs discussions au sujet du service qui allait les payer, puis Joanna avait passé un coup de téléphone. Avait-elle offert un pot-de-vin, proféré une menace ou recouru à un bon vieux chantage ? Stanford prenait les paris.

Henley lut la transcription. L'avocat n'était pas parvenu à convaincre les trois juges de la cour d'appel de revenir sur la sentence de son client. Le lendemain de son arrivée en prison, Pine avait été tabassé et violé. Son assaillant lui avait ensuite injecté de l'héroïne. Deux jours plus tard, il avait souffert d'une crise psychotique provoquée par la drogue. Voilà qui cochait une autre case dans le profil du copycat établi par Mark Ryan. La victime d'une agression sexuelle traumatisante. Le problème étant que Pine disposait d'un alibi imparable qui l'éliminait en tant que suspect.

Le téléphone d'Henley sonna. C'était Eastwood.

– Salut Eastie. Comment ça s'est passé ?

– Alors, déjà, Karen Bajarami habite avec sa maman, qui n'a pas été ravie qu'on arrive à sa porte pendant qu'elle regardait *Affaire conclue.*

– Qu'est-ce qu'elle a dit ?

– Elle regarde trop la télé, si tu veux mon avis. Elle s'est mise à déblatérer qu'elle connaissait ses droits et qu'elle n'était pas obligée de nous parler. Je lui ai montré une photo d'Olivier et lui ai demandé si elle l'avait vu. Elle a dit non.

– Quelque chose d'intéressant dans l'appartement ?

– Jackpot ! Dans la chambre de Bajarami, on a trouvé un capot de téléphone portable pour le modèle dont disposait Olivier. Et aussi l'itinéraire d'un vol EasyJet pour Malaga, deux personnes, prévu hier. Noms des passagers : Karen Bajarami et Raymond McFarlane. Dans la penderie, il y avait un sac marin bourré de vêtements d'homme, y compris des sous-vêtements, le tout parfaitement neuf, cinq mille livres en liquide et des passeports. Le vrai pour Bajarami, un faux pour Olivier. Si tu veux mon avis, notre gardienne n'avait pas du tout prévu qu'il lui planterait une fourchette dans l'œil.

Henley retrouva un numéro de téléphone griffonné sur un Post-it et le composa. Quand elle avait rendu visite à Bajarami, un peu plus tôt, elle avait vu son téléphone portable sur la table de chevet, parmi les fleurs et les cartes de prompt rétablissement.

Au moment où l'appel aboutissait, un Ramouter échevelé franchit la porte. Le voyant ouvrir la bouche, l'inspectrice porta un doigt à ses lèvres.

– Allô ? (C'était la voix de Bajarami.) Allô ? (Deux secondes s'écoulèrent.) Peter ? C'est toi, chéri ?

Henley posa le téléphone en sachant qu'elle placerait bientôt les menottes aux poignets de Karen Bajarami. Sauf si la gardienne comprenait qu'elle n'avait pas eu Olivier au téléphone et tentait de s'enfuir.

83

– J'ai des nouvelles, annonça Anthony.

– Est-ce qu'elles vont me faire plaisir ?

Henley s'était sentie obligée d'inviter Ramouter et Ezra à dîner pour les remercier d'être venus travailler un samedi. Linh n'avait pas rechigné à les accompagner.

– Moi, elles me feraient plaisir. J'ai des empreintes. Une ou deux partielles, sur l'emballage plastique du cadavre de Sean Delaney. J'ai aussi du sang qui n'est pas à la victime.

– Tu es sérieux ?

– Absolument. Le seul problème…

– C'est que ça ne correspond à personne dans la base de données, devina Henley.

– Rien, et j'ai fait le test trois fois. Tout ce que je peux confirmer, c'est que le sang trouvé sur le cadavre de Delaney a le même ADN qu'un des échantillons de sperme récupérés sur celui de Carole Lewis.

– Merci, Anthony. Je sais que tu es débordé. C'est vraiment sympa.

– Hé, pas de souci. Je suis juste désolé que ç'ait pris si longtemps. Et, avant que tu ne poses la question, j'ai demandé l'analyse d'ADN de Naylor. J'espère avoir ça lundi matin au plus tard.

– C'était une bonne nouvelle ? s'enquit Ramouter.

Henley répéta ce qu'Anthony venait de lui dire. Une bonne nouvelle, oui, mais sans valeur pratique immédiate.

– C'est pire que frustrant, soupira Ramouter tandis qu'il longeaient le fleuve pour gagner le restaurant de Greenwich Pier.

– La déposition de Merrick ne suffit pas, et l'identification non plus, confirma Henley.

– Mais ça nous donne une date de travail. On sait avec précision quand Sean Delaney a été enlevé.

– Ça aide. Je me demande pourquoi il a gardé Delaney tellement plus longtemps que les autres.

– Tu as vu l'état du cadavre, renvoya Ramouter. D'après Linh, il était mort depuis au moins quatre jours quand on l'a découvert. Du coup, je me demande où le copycat l'a stocké. Pine habite au quatrième et tu as vu son appartement : c'est tout petit. Naylor, lui, vit avec son oncle et sa tante. Et si notre copycat conservait ses victimes ailleurs ? Quelque part dans le quartier.

Il les conserve bien ailleurs. Henley se rappelait leur visite à Dominic Pine. Il les avait accueillis chez lui bien volontiers, mais un détail sur lequel elle n'avait alors pu mettre le doigt l'avait chiffonnée. L'odeur de renfermé du logement, la poussière, le vieux calendrier au mur, tout cela avait ravivé le souvenir d'une affaire d'usurpation d'identité sur laquelle elle avait travaillé étant stagiaire. Frederick Jankowski, un homme de cinquante-huit ans, avait utilisé les identités d'enfants morts pour toucher près d'un million de livres d'assurances et allocations. Quand elle avait visité son appartement, à Stockwell, il y régnait une odeur de vieux costume abandonné dans une friperie, un âcre parfum de moisi, comme si nul n'ouvrait jamais les fenêtres. Il s'était avéré que Jankowski n'habitait jamais là.

Son véritable domicile était une grande demeure victorienne de Kensington.

– Demain matin, à la première heure, on rendra une autre visite à Pine, déclara Henley à Ramouter.

84

Le dépôt du service des ambulances londoniennes de Deptford, protégé par des grilles, était coincé entre une rangée de maisons mitoyennes et un magasin de vente en semi-gros.

– Combien de dépôts d'ambulances y a-t-il à Londres ? s'enquit Ramouter tandis qu'Henley agitait sa carte de police devant la caméra de sécurité du portail.

– Soixante-dix. Pour être franche, je suis passée ici un million de fois en bagnole et celui-ci était resté sous mon radar.

– Il y a énormément de choses à Londres, dit le jeune policier en tournant son attention vers le bord de la route, où une jeune femme noire aux cheveux multicolores, assise par terre, regardait dans sa direction mais droit à travers lui. Il y a même de pauvres idiots pour croire que la ville les sauvera. Quel âge crois-tu qu'elle ait ? Vingt-cinq ans ?

Henley ne jeta qu'un rapide coup d'œil de côté tandis qu'elle franchissait le portail désormais ouvert. Elle ne pouvait se permettre de ressentir la moindre compassion pour une fille en short sale assise sur l'asphalte humide.

– On fait tous nos choix. (Elle songeait à celles de ses propres décisions qui n'avaient été bonnes ni pour elle ni pour sa famille.) Le monde nous vieillit vite, parfois.

– On espérait que Dominic Pine serait là, dit Henley.

– Qu'est-ce que vous lui voulez, à Dom ? demanda Lisa, la directrice-adjointe du dépôt, tandis qu'ils traversaient à sa suite une salle de contrôle où retentissaient sonneries de téléphone et sirènes.

– Nous n'avons pas le droit de vous le dire, mais ce n'est rien qui doive vous inquiéter.

– Il n'a pas d'ennuis, alors ?

– Non. Pas du tout.

– Mmm, et ce serait trop demander que vous soyez là pour nous annoncer l'arrestation des salauds qui se sont introduits chez nous le mois dernier et ont pillé deux ambulances ?

– Ça n'a rien à voir avec ça, en effet.

– C'est un de nos meilleurs employés, affirma la directrice-adjointe, en s'arrêtant devant les ascenseurs avant d'appuyer sur un bouton. (Les portes s'ouvrirent aussitôt.) Voilà pourquoi je me suis battue pour qu'il revienne après toutes ces bêtises.

– De quelles bêtises parlez-vous ? interrogea Ramouter en attendant qu'Henley entre dans l'antique ascenseur.

– Toute cette histoire de prison. (Lisa éleva la voix pour se faire entendre alors que la cabine s'élevait dans un joyeux vacarme.) C'est un type bien. Il travaille dur et, si vous voulez mon avis, ce qu'il a fait, ce n'était pas immoral.

– Mais il a violé les règles, dit Henley. Les règles ne sont pas en place sans raison.

Son interlocutrice eut un claquement de langue et leva les yeux au ciel. Henley pressentit qu'elle allait se lancer dans un discours bien rodé.

– Est-ce qu'il a bien fait ? Est-ce qu'il a eu raison de briser le règlement du tribunal et de révéler aux autres jurés ce qu'il avait découvert sur l'Équarrisseur ? reprit Lisa alors que les portes s'ouvraient et qu'ils pénétraient dans un couloir quasi silencieux. Sans doute pas. Est-ce que ça méritait six mois de prison ? Absolument pas. Le système est ridicule. Ils étaient sur le point de le virer.

Henley fut tentée de lui dire de se taire, mais elle doutait que quoi que ce soit puisse l'arrêter, aussi demanda-t-elle plutôt :

– *Qui* était sur le point de le virer ?

– Notre conseil de discipline. Une bande d'hypocrites. Otis, l'ancien partenaire de Dom, qui travaillait avec moi depuis quinze ans, avait trafiqué le MDT de l'ambulance…

– MDT ? interrompit Ramouter.

Qui c'est, ça, Otis, merde ? se demandait Henley.

– *Mobile Data Tracking*. (La directrice-adjointe s'arrêta devant le dernier bureau, au fond du couloir, et frappa avec force.) C'est comme un GPS, expliqua-t-elle. On s'en sert pour pister nos ambulances, voir laquelle est la plus proche de l'urgence en cours. Otis avait l'habitude de l'éteindre et de le réinitialiser pour qu'on ne puisse pas le choper. Vous savez ce qu'a fait le conseil quand on s'en est rendu compte ? Il l'a suspendu huit semaines, mais avec…

Elle se tut quand un homme d'origine indienne, entre cinquante et soixante ans, ouvrit la porte. Il tendit une main qu'Henley serra.

– Vous devez être l'inspectrice Henley. Je suis Ken Devi, le directeur du dépôt. Merci, Lisa, ce sera tout.

Devi les fit entrer dans son bureau, qui présentait un contraste marqué avec le reste du dépôt. Sa table de travail était d'une propreté absolue. Ramouter commença à se tortiller, mal à l'aise, comme un élève venant d'être convoqué chez monsieur le proviseur.

– Je vous en prie, asseyez-vous. Désirez-vous une tasse de thé ou un café ?

– Non, c'est bon, dit Henley en s'asseyant sur la chaise la plus proche.

– Très bien. J'ai pris la liberté d'imprimer les informations que vous m'avez demandées. Je dois dire que j'en suis un peu gêné car je croyais rester au fait de toutes ces choses-là, étant donné les problèmes que nous avons eus par le passé.

De toute évidence, ce qu'avait découvert Devi le contrariait fort. Ramouter adressa à sa supérieure un regard d'intelligence au moment où le directeur du dépôt lui tendait une feuille de papier.

– Voici la liste des ambulances et unités d'intervention rapide dépêchées d'ici entre le 4 septembre à dix-huit heures et le 7 septembre à six heures. Comme vous le voyez, nous avons reçu un grand nombre d'appels de détresse le 6 au soir, ce qui n'est pas inhabituel en soi pour un vendredi soir, mais…

– Aucun véhicule n'a été envoyé au centre de désintoxication de Comet Street, à Catford ? devina Henley en tendant le papier à Ramouter.

– Aucun.

– Est-ce que Dominic Pine travaillait ce jour-là ? demanda-t-elle.

Devi hocha la tête, ce qui fit glisser ses lunettes sur son nez. Il les remonta.

– Il était de service de dix-huit heures à six heures.

– Qui était son partenaire ? demanda Ramouter.

Henley retint un sourire : elle s'apprêtait à poser la même question.

– Dominic est un de nos infirmiers les plus expérimentés, donc il a été affecté à une UIR, une unité d'intervention rapide. Ça se conçoit, étant donné qu'on manque de personnel : comme ça, on peut prendre en charge plus d'urgences. Alors il n'avait pas vraiment de partenaire.

– Il travaillait en solo ? demanda l'inspectrice.

– Sauf les jours où on lui confiait la formation des nouvelles recrues, il était en solo, oui.

– Vous dites qu'il travaillait de dix-huit heures à six heures ? reprit-elle.

– Oui. (Devi lui tendit une autre feuille de papier.) Voici la liste de toutes les urgences auxquelles on l'a envoyé répondre. Nous pistons nos ambulances et nos UIR avec un MDT, afin d'assigner toute nouvelle urgence au véhicule le plus proche. Celui de Dominic est resté éteint de 21 h 22 à 23 h 37.

– Tout à l'heure, Lisa nous parlait d'un dénommé Otis, dit Ramouter.

– Je suis sûr qu'elle s'est fait un plaisir de vous dire qu'il a été suspendu pour avoir éteint son MDT, répondit Devi. La seule chose sur laquelle elle et moi sommes d'accord, c'est sur le fait qu'Otis devait être suspendu.

– Combien de temps Pine et Otis ont-ils été partenaires ?

– Plus de trois ans. Je ne serais pas surpris que ce soit Otis qui ait appris à Dominic à débrancher le MDT.

– Pine a débranché son MDT plus de deux heures, reprit Henley en songeant que cela lui aurait suffi pour gagner le centre de désintoxication et enlever Delaney. Êtes-vous averti quand un MDT est éteint ?

– Non. Tout ce qu'on sait dans la salle de contrôle, c'est qu'on n'arrive pas à contacter telle ou telle ambulance. Il est impératif de répondre à toute urgence dans les huit minutes, donc, dans ces cas-là, le contrôleur se contente d'appeler la suivante.

– Au cours des six derniers mois, combien de fois Pine a-t-il débranché son MDT ?

– Sept. Les deux premières seulement entre trois et cinq minutes, avant la fin de son service, en juin et juillet. Mais, au cours des six dernières semaines, il l'a débranché quatre fois. La dernière hier matin à 5 h 37. Juste avant la fin de son service.

– Où est-il en ce moment ? demanda Henley.

– Chez lui, je suppose. Il a échangé son service avec un collègue et, aujourd'hui, c'est son jour de repos.

85

– Il doit y avoir une erreur, dit au téléphone le sergent affecté à la protection de Pine, qui paraissait à moitié endormi. Il travaille de dix-huit heures à six heures. Je l'ai conduit moi-même au dépôt à 17 h 15.

– On en vient, du dépôt, et, d'après le gérant, aujourd'hui est son jour de congé, renvoya Henley en arrivant devant la porte d'entrée de l'infirmier.

Le marteau avait disparu ; la sonnette ne retentit pas quand elle appuya sur le bouton.

– C'est insensé. J'ai une copie de son emploi du temps, et il travaille aujourd'hui et lundi, insista le sergent.

Henley mit fin à la communication et composa le numéro de Pine. Elle ne fut pas surprise d'entendre une voix féminine enregistrée lui répondre que la personne qu'elle cherchait à joindre n'était pas disponible pour le moment. Ramouter, le nez collé à la fenêtre, regardait à travers les rideaux en voile jaunis tandis que sa supérieure frappait à la porte du poing.

– Quelque chose ? demanda-t-elle, tout en faisant claquer deux ou trois fois la fente à lettres.

– Rien de visible, répondit le stagiaire.

Henley s'agenouilla et regarda à travers la fente. Elle ne vit qu'une vieille moquette et un couloir vide menant à une cuisine.

– Eh bien, il n'est ni au boulot ni ici. (Ramouter se laissa aller en arrière contre la rambarde.) Pourquoi est-ce que la Protection des personnes ne le tient pas à l'œil ?

– Parce que c'est une bande d'abrutis qui n'y comprennent rien. Ils le croient au boulot, répliqua Henley en frappant à nouveau du poing contre la porte, plus par frustration que dans le véritable espoir de réveiller un Pine en train de faire la sieste.

La porte de l'appartement voisin s'ouvrit à la volée.

– Pourquoi vous faites tout ce boucan, bordel ? Ça va pas, la tête, non ?

Une vieille femme noire apparut, un foulard bleu sombre sur la tête, le visage quasi dépourvu de rides mais le corps courbé par les ans.

– On est dimanche matin et ça fait un quart d'heure que vous tapez sur cette porte comme des sourds, lança-t-elle avec un accent traînant de Trinidad. Je devrais appeler la police.

– Désolée de vous déranger, dit Henley. Je suis…

– Me déranger ? Mon mari a de la tension et, vous, vous faites du boucan comme…

– Je suis l'inspectrice Henley et voici l'EAD Ramouter.

– Inspectrice, vous ? dit la vieille femme, la voix chargée de scepticisme.

– Oui, du poste de Greenwich. Peut-être pouvez-vous nous aider.

Les yeux nerveux de la voisine exploraient les environs.

– Qu'est-ce que vous voulez ? demanda-t-elle, une fois sûre qu'il n'y avait là personne pour l'accuser d'être une balance.

Henley ne demanda pas à entrer chez elle, sachant que son hospitalité ne dépasserait pas son seuil.

– Depuis combien de temps habitez-vous ici ?

– Oh, mon Dieu. Depuis 1978.

– Vous avez dû voir pas mal de changements dans le quartier.

– Et pas en bien, c'est moi qui vous le dis. Si mon mari pouvait voyager, y a longtemps que je serais retournée chez moi.

– Depuis combien de temps votre voisin du numéro 45 habite-t-il ici.

– Il est arrivé après nous. Je ne suis pas sûre de la date, mais c'était dans les années 80.

– Et il avait des enfants ? demanda Henley. Un fils ?

– Bertrand ? Non, non. Jamais marié. Jamais vu avec une femme. Jamais.

– Et qu'est-ce qui lui est arrivé, à Bertrand ?

– Oh, il est mort.

Henley ne prit pas la peine de dissimuler sa surprise.

– Quand ça ? demanda-t-elle en se frottant la tempe droite.

– Mon Dieu, ça doit faire sept mois, maintenant. Un cancer. Il est entré à l'hôpital et il n'est jamais revenu. C'était un brave homme.

– Alors, qui habite ici, maintenant ?

– Ma foi, personne. Il y a son neveu, Dom, Don, quelque chose comme ça, qui vient une fois de temps en temps. Je ne sais pas pourquoi le conseil n'a pas encore récupéré l'appartement. Ils ne perdent pas de temps pour réclamer leurs foutus impôts locaux, c'est moi qui vous le dis, mais…

– Vous l'avez vu souvent, le neveu ? s'enquit Henley.

– À peu près une fois par mois. La dernière, c'était il y a quelques jours : j'ai entendu tourner la machine à laver. Mais il n'habite pas ici. Non, m'dame. Il n'a jamais habité ici.

Henley, au volant, réfléchissait à toute vitesse tandis qu'ils retournaient à la SCU.

– Il est toujours passé sous le radar, dit-elle. Il travaille au service des ambulances douze heures par jour, parfois plus, et, dès que la protection a été autorisée, le copycat s'est calmé : plus d'une semaine d'inaction absolue.

– Parce que Pine savait qu'on le surveillait.

– Mais qu'on ne le suivait pas au boulot.

Le feu passa au rouge tandis que clignotaient à toute vitesse les lumières avertissant que le pont du Deptford Creek était sur le point de se lever. Henley tira le frein à main et coupa le moteur. Elle voyait deux péniches descendre la rivière.

– J'étais en train de penser que Naylor a reçu l'injonction de cesser son harcèlement en avril, dit Ramouter. Lewis a été tuée quelques semaines plus tard. Si elle en avait à ce point marre de lui, elle n'aurait pas accepté de le rencontrer dans le parc.

– Non, en effet, acquiesça l'inspectrice. Je veux que tu épluches les registres électoraux quand on arrivera à la SCU. Naylor et Pine étaient forcément inscrits sur les listes quand ils ont été sélectionnés pour devenir jurés. Ça nous donnerait une adresse. Qu'elle soit encore valable, c'est une autre histoire.

Comme Henley prenait Greenwich High Road, son téléphone sonna. Un numéro masqué, donc la SCU ou Olivier. Elle sentit la chaleur lui monter au visage.

– Salut, Anjelica. C'est Ezra.

– Tout va bien ? demanda-t-elle tandis que son pouls ralentissait. Qu'est-ce que tu fiches au bureau un dimanche ?

– Eh bien, c'est une affaire importante, n'est-ce pas, et je voulais m'assurer de te mettre au parfum. On a eu l'autorisation pour les données client du téléphone d'Olivier. Ça confirme tout ce que je t'ai déjà dit.

– Et le compte en banque ? La carte dont on s'est servi pour acheter des unités, demanda Henley en s'engageant sur le parking du poste de police.

– Tout est là. En fait, Bajarami a bel et bien créé le compte sans abonnement en se servant de sa propre carte de crédit, avant de commencer à utiliser une carte virtuelle. J'ai tout imprimé et j'ai laissé ça sur ton bureau.

– Le téléphone portable, la carte de crédit et les images de surveillance. C'est suffisant pour l'arrêter et l'inculper, hein ? s'enquit Ramouter alors qu'Henley se garait sur le parking.

– Plus que suffisant.

86

Olivier, adossé au mur dans la ruelle sombre qui séparait le 27 du 29 Callander Drive, caressait le cœur attaché aux clefs de voiture de Lauren Varma, tout en surveillant la rue. Il attendait depuis presque trois heures. La camionnette blanche dans laquelle il avait abandonné le cadavre de Lauren avait été emmenée presque sept heures plus tôt, et les derniers journalistes étaient partis. Il n'y avait plus rien de passionnant à voir. Olivier eut un petit rire pour lui-même puis il alluma une cigarette et regarda l'heure sur le téléphone portable que lui avait donné sa dernière victime. 1 h 07 du matin. Il se demandait combien de temps encore il allait s'accorder quand il vit l'homme s'engager dans l'allée à pas lents.

Se décollant du mur, il décrivit un cercle pour arriver derrière lui. Le couteau, encore taché du sang de Lauren, était dans sa poche.

– Dominic. Bonjour, mon petit.

Dominic Pine fit volte-face. Son expression surprise inspira un sourire à Olivier, qui lui barra la route quand il esquissa un pas de côté.

– Je… Je… Ne… cria Pine quand son visiteur lui posa la main sur l'épaule gauche et appuya sur un point sensible.

– Dominic Pine, juré numéro onze, récita Olivier.

– Non, non, ce n'est pas moi, se défendit l'infirmier, peu convaincant, entre ses dents serrées. Je vous en prie, je ne…

– Tu ne quoi ?

– Je ne dirai rien. Je vous en prie, laissez-moi partir.

– Chut, dit Olivier en lui posant un doigt sur les lèvres.

Amusé, il le regarda fermer les yeux avec force puis les rouvrir lentement. Il éclata d'un rire sardonique quand Pine se mit à pleurer.

– Tu espérais que je disparaisse ? demanda-t-il. On ne devrait jamais rencontrer ses héros, dit-on, mais je pensais quand même que tu serais plus enthousiaste que ça.

Olivier empoigna Pine par le col et sourit en le sentant se raidir.

– Allons, Dominic, dis quelque chose. Ça devient gênant.

– Comment savez-vous qui je suis ?

La voix de l'infirmier était un chuchotement tendu.

– Je n'oublie jamais un visage, et il n'y a pas besoin d'être un génie pour comprendre ce qui se passe. Je devrais être flatté, mais je ne le suis pas.

– Je ne sais pas de quoi vous parlez. Je n'ai rien fait du tout.

– Ouais, c'est ça. Ils reviennent toujours, tu sais.

– Qui revient toujours ?

– Les types comme toi. Les faibles. Ceux qui manquent d'assurance. Les handicapés émotionnels. Ils reviennent toujours sur les lieux du crime, mais, toi, étant dépourvu d'imagination, tu es venu sur les lieux de mes crimes à moi. C'est pitoyable, vraiment.

Olivier lâcha Pine, lui tapota l'épaule avec une affection feinte, puis il plongea la main dans sa poche, en tira le couteau et lui en posa la lame sur la gorge.

– Mais quoi, merde ?

Le fugitif diminua un peu la pression, curieux de voir ce qu'allait faire son compagnon. Se battre ou s'enfuir ? La lumière tamisée du croissant de lune qui illuminait son visage lui donna la réponse : Pine avait peur mais ses yeux abritaient une prédisposition névrotique au sacrifice.

Saisissant le poignet d'Olivier, il voulut écarter de lui la lame mais frémit quand la pointe le griffa et que le sang coula.

– Combatif, hein ? dit son adversaire en baissant le couteau. Mais tu n'es pas en position de force, là, fiston.

– Qu'est-ce que vous voulez ?

Olivier se redressa lorsqu'il perçut le défi dans le ton de Pine. Il avait déjà observé plusieurs fois – sept pour être précis – cet instant fuyant durant lequel la victime se sentait audacieuse.

– Tu poses la question comme si tu avais le choix, dit-il.

L'infirmier s'avança vers lui, la tête levée pour le regarder dans les yeux.

– C'est vous qui êtes venu me trouver, dit-il, le défiant. Vous dites que je suis pitoyable, mais c'est vous qui êtes faible et influençable. Vous avez tué une pauvre connasse parce que vous vouliez me débusquer. Ça devait vous bouffer de l'intérieur de savoir que j'étais dehors et que je poussais votre précieuse inspectrice à me pourchasser.

– Et voilà. (Olivier tapota le couteau contre la joue de Pine.) Je savais que ça finirait par sortir. Ce n'est pas moi que tu voulais impressionner, c'est elle. (L'autre ne répondit pas.) Qu'est-ce qu'il y a ? Tu n'avais pas les moyens d'acheter des fleurs à l'inspectrice ou tu t'es dit qu'elle préférerait des bouts de cadavres ?

– Va te faire foutre, cracha Pine en réponse.

Olivier racla la salive qui avait atterri sur sa joue, juste sous la paupière inférieure, à l'aide du couteau – qu'il essuya ensuite sur le torse de son copycat.

– Tu n'es pas idiot, concéda-t-il. Tu savais que je viendrais te chercher.

– Tu es prévisible, lança Pine avec une assurance forcée. (Le fugitif lâcha un rire vengeur.) Je ne sais pas comment j'ai pu croire qu'on était pareils, toi et moi.

– Nous n'avons absolument rien en commun.

– Tu aurais dû comprendre. J'ai fait ça pour toi. Si ces jurés avaient eu un peu de couilles, tu aurais été acquitté et je ne me serais jamais retrouvé en taule.

– Nom d'un chien. Tu as pris quelque chose ou quoi, mon petit ?

La rage étincela dans les yeux de Pine.

– On a tous les deux été trahis par des gens auxquels on faisait confiance, s'écria-t-il. Mais on leur a montré qui commande vraiment. Je pensais que tu apprécierais ce que j'ai fait pour toi. Que tu respecterais mon travail. *Notre* travail.

– C'est du respect que tu cherches ? persifla Olivier.

– Plus maintenant. Je ne veux plus rien de toi.

– Allons-y.

Il empoigna Pine par le coude et le traîna en direction de la ruelle qui menait à un petit parking. L'infirmier résista, ses baskets crissant sur l'asphalte, mais Olivier se contenta de le tirer plus fort, suscitant un mouvement brusque qui renversa une benne à tri sélectif. Des bouteilles en verre tintèrent sur le ciment. Olivier poussa Pine contre le capot d'une Mini noire et lui appuya son couteau sur le ventre le temps de tirer un trousseau de clefs et d'ouvrir la portière.

– Je ne vais pas avec toi, siffla le copycat.

S'écartant d'une traction, il se laissa tomber à quatre pattes. Olivier poussa un soupir d'ennui et l'empoigna par le col. Le tissu bon marché commença à se déchirer.

– Je ne vais pas…

– Ai-je dit que tu pouvais parler ? coupa-t-il en lâchant Pine. Ton travail est nul au point que c'en est gênant, mon petit. Allez, monte en voiture.

Il le força à s'installer sur le siège du passager.

– Où allons-nous ?

Olivier ignora la question, démarra et prit la direction du tunnel Rotherhithe.

Un quart d'heure plus tard, il s'engageait dans le complexe résidentiel Pepys Estate, très étendu, dans le quartier de Deptford. Trois des plus hautes tours de Londres s'y dressaient vers le ciel tels des gardiens officieux. La Tamise bordait l'arrière de ces logements sociaux naguère tristement célèbres.

– Qu'est-ce qu'on fait ici ? demanda Pine alors qu'Olivier se garait.

– On va faire une belle petite promenade au clair de lune.

Le fugitif descendit de voiture et, d'un mouvement du couteau, fit signe à son compagnon de l'imiter.

Il prit le bras de Pine et l'entraîna au bord de la Tamise. Après qu'ils eurent marché un peu, il le poussa soudain avec force contre la rambarde de sécurité et lui appuya la pointe de la lame sur la poitrine.

– Tu ne boxes pas dans ta catégorie, fiston.

Il lui referma la main sur la gorge et serra. Plus Pine lui griffait les mains, plus il serrait fort. Les eaux du fleuve, à marée haute, clapotaient contre le mur de soutènement. Le visage de l'infirmier, éclairé par les lumières tamisées des appartements voisins, s'empourpra ; ses yeux s'agrandirent, devinrent vitreux. Son tortionnaire sourit.

– Tu n'as même pas essayé de faire mieux que moi.

Il lâcha prise et tira une liasse d'articles de journaux de sa poche arrière, tandis que Pine tombait à terre, toussant, haletant.

– C'est du boulot d'amateur, affirma Olivier. (Il jeta les pages souvent lues à la tête du copycat.) Tu t'es contenté de les découper et de les semer dans tous les coins de mon manoir. Tu n'as pas soigné l'exposition.

– Tu as bien éparpillé une de tes victimes sur l'A2, toi, renvoya Pine.

– C'était un puzzle. J'avais un système. Toi, tu es une merde. Tu n'as même pas essayé de faire mieux que moi, répéta Olivier.

– Je ne sais pas ce que tu racontes.

– Tu n'es pas assez malin pour faire quoi que ce soit d'original. Tu m'as pris ma marque. Mes symboles. Ils étaient à moi. (Chaque mot qu'il crachait s'accompagnait d'un violent coup de pied dans les côtes de Pine.) Je ne te permets pas de poser ma marque sur ton boulot de merde, espèce de petit connard pleurnichard.

Il s'agenouilla et lui enserra la nuque d'une main.

– Qu'est-ce qu'ils t'ont fait ? Tu t'es pris une veste avec la jolie petite Noire, ou quelque chose comme ça ? Tu n'avais pas une assez grosse bite ? (Pine, à nouveau, lui griffait la main.) Ton amour-propre n'a pas supporté qu'elle te dénonce. Pitoyable.

– Va chier, gargouilla le copycat.

Olivier serra plus fort, comprimant la jugulaire. Il persista jusqu'à voir de petits vaisseaux sanguins exploser dans le blanc des yeux humides de sa victime. Il maintint la prise alors que le pouls de Pine ralentissait, que sa gorge commençait à enfler sous le menton…

Puis il lâcha.

L'infirmier vomit jusqu'à n'avoir plus rien dans l'estomac. Respirant avec difficulté, il empoigna la rampe rouillée et se hissa sur ses pieds.

– Ils ne soupçonnent pas… que c'est moi, dit-il. (Ses mots sortaient avec une lassitude douloureuse.) Je suis une cible. Une victime potentielle. C'est toi qui t'es évadé. C'est toi qu'ils cherchent. Pas moi.

Le rire d'Olivier résonna dans l'air nocturne immobile.

– Tu crois ça ? Je t'ai bien trouvé, moi. L'inspectrice te trouvera aussi, si je la laisse faire.

– Tu n'es rien du tout, haleta Pine. C'est grâce à moi qu'on reparle de toi.

Le fugitif se posa les mains au sommet du crâne et se pencha en arrière.

– Et c'est moi qu'on dit la proie d'illusions. Bon, eh bien, bonne chance pour tout.

Il tendit la main.

– Qu'est-ce que tu fais ? demanda Pine, surpris.

– Je te souhaite bonne chance.

– Mais, mais…

Olivier inclina la tête sur le côté alors que des sirènes de police, dans le lointain, commençaient à se rapprocher.

– À ta guise, dit-il.

– Je ne passerai pas le reste de ma vie en prison quand j'aurai terminé, moi, dit Pine d'une voix faible et peu convaincante.

– Pèse bien les souhaits que tu fais, fiston, dit Olivier en appuyant le front contre le sien. Ce n'est pas fini ; *je* ne suis pas fini. Je connais mon prochain mouvement. Je ne suis pas à la recherche d'une reconnaissance douteuse. Je n'ai aucun but particulier. Je peux t'arrêter, mais, moi, personne ne peut m'arrêter.

87

Onze heures du matin. L'AD Eastwood observait l'immeuble depuis sa voiture, tout en s'éventant à l'aide du supplément du journal du dimanche. Chance Blaine était entré là treize heures plus tôt, après sa libération. Sauf pour la lumière qui s'était allumée puis éteinte à la fenêtre de la chambre, il n'y avait eu aucun mouvement dans son appartement, au quatrième étage, depuis qu'Eastwood avait remplacé Stanford quatre heures auparavant.

Alors qu'elle s'apprêtait à piocher dans son sac de pop-corn, elle le vit.

Blaine poussa la porte de l'immeuble en sortant son téléphone. Il marchait vite, la tête baissée. Dès qu'il eut franchi un coin de rue, Eastwood démarra et le suivit. Arrêtée à un feu, elle le vit courir à petites foulées vers la gare de Woolwich Arsenal. Elle-même s'y rendit par une route transversale et descendit de voiture alors qu'il entrait dans le hall.

Elle l'y suivit mais fut gênée par deux Témoins de Jéhovah qui installaient leur stand à magazines près de l'entrée, puis avalée par un groupe d'adolescents en pleine gueule de bois. Sortant sa carte Oyster, elle franchit les barrières.

À l'autre bout du quai, Blaine s'entretenait avec un homme. Ils semblaient se disputer, et une femme qui se tenait à proximité s'éloigna de quelques pas. Soudain, une sirène stridente retentit et les haut-parleurs annoncèrent l'arrivée du train de 11 h 24 à destination de Gravesend.

Eastwood entendit le hurlement perçant de la femme bien avant le rude crissement des freins du convoi.

– Comment ça, il est mort ?

Henley s'immobilisa tandis qu'Emma courait, Luna à son côté, jusqu'à l'entrée du parc.

– Qu'est-ce qui ne va pas ? demanda Rob.

Elle forma sur ses lèvres les mots « le boulot », et lui fit signe de s'éloigner. Elle entendait des sirènes résonner au téléphone.

– Qu'est-ce qui s'est passé ? demanda-t-elle.

– Chance Blaine est mort, répéta Eastwood. Il est sorti de chez lui, et je l'ai suivi jusqu'à la gare.

– Il a sauté ?

Henley marchait à pas lents en direction de sa famille, sentant qu'Eastwood tentait de dissimuler le choc éprouvé sous un professionnalisme forcé.

– Je ne sais pas trop. Je n'ai pas vu ce qui s'est passé.

L'inspectrice percevait le tremblement dans la voix de sa collègue.

– Respire, Eastie. Prends un moment.

– J'aurais dû être plus rapide.

– Ce n'est pas ta faute. Dis-moi ce que tu sais.

– Il y a des témoins. Le problème, c'est qu'ils ne disent pas tous la même chose. Il y en a deux qui prétendent avoir vu un homme pousser Blaine devant la loco, mais un autre usager et le conducteur du train affirment qu'il a sauté.

Henley entendit Eastwood parler à quelqu'un, puis le son étouffé d'une porte qu'on claquait.

– Où es-tu en ce moment ? demanda-t-elle.

– Toujours sur place. Dans le bureau du chef de gare. Il est en train de me sortir les images des caméras de sécurité du quai. Écoute. Donne-moi une seconde. Je te rappelle.

Quelques minutes plus tard, le téléphone d'Henley bipa alors qu'Emma tirait sur son sac, cherchant sa boisson.

– Allons chercher papa, dit l'inspectrice à sa fille, tout en ouvrant un message WhatsApp pour constater qu'il s'agissait d'une vidéo : Eastwood avait filmé un écran d'ordinateur. Le message joint disait : *Je sais que c'est pas terrible, mais voilà les images du quai.*

Henley appuya sur « lecture ».

– Chance Blaine est là. Mettez en pause, s'il vous plaît. Zoomez. Voilà. Boss, jette un œil au type qui est devant lui.

Henley sentit ses jambes se dérober sous elle et tomba sur la pelouse quand elle vit Peter Olivier pousser Chance Blaine devant le train qui arrivait.

88

Henley arriva à la SCU le lundi matin avec un mal de tête carabiné. Elle avait prévu de passer le dimanche avec Rob et Emma, prévu qu'ils iraient au parc puis déjeuneraient comme une famille normale – jusqu'à ce qu'elle voie Olivier tuer Blaine. Son projet d'arrêter Karen Bajarami s'était aussi vu contrarié, en raison de l'infection contractée par la gardienne. Elle n'avait pu faire mieux que convaincre les autorités compétentes de poster un policier devant sa chambre. Aucune visite autorisée.

Elle ôta sa veste et la posa sur le dossier de sa chaise.

– Comment s'est passé le reste de ton week-end ? demanda-t-elle à Ramouter.

– Bien. Je suis monté à Bradford. (Il sourit.) Mon petit garçon… C'était très bien. Cela dit, je suis crevé. J'ai raté le dernier train… merde. (Il considéra Henley avec incrédulité.) Je n'arrive pas à croire que Blaine est mort. On est sûr qu'il n'a pas sauté ?

– Quelle différence ça ferait s'il s'était lui-même foutu en l'air ? lâcha Henley. Il est claqué.

Elle ne dit pas le reste : qu'elle s'en voulait, qu'aucun pauvre diable ne devrait passer sa matinée à nettoyer les restes de Blaine sur les rails si elle s'était battue plus fort contre le surintendant-chef.

– Linh a appelé, au fait. (Ramouter tendit la main vers le Post-it collé à son ordinateur.) La sœur de Lauren Varma viendra à dix heures pour l'identification et le cadavre de Carole Lewis est arrivé à six heures. Linh a attaqué l'autopsie et retiré de la blessure au cou des fibres qui se sont révélées être des poils de chat, des brins d'herbe et un tissu vert foncé en coton et polyester. Les uniformes d'infirmier sont en général vert foncé et composés de soixante-sept pour cent de polyester pour trente-trois pour cent de coton.

– Contamination croisée ? demanda Henley.

– Peu probable. Il n'y a jamais eu d'infirmiers sur la scène de crime. C'est un peu osé, comme hypothèse, mais Pine n'avait peut-être pas l'intention de la tuer dans le parc. S'il était en uniforme, il comptait peut-être l'anesthésier et la tuer ailleurs. Je veux dire : qui prêterait attention à un infirmier en train de soigner quelqu'un ?

– Ça ne fait toujours pas grande différence. Sans un indice prouvant que Pine était sur place ni personne pour l'identifier, on n'est pas plus près de trouver le responsable que lorsqu'on a ramassé les morceaux de Kennedy au bord du fleuve.

– J'ai les images des caméras de surveillance du parc où a été tuée Carole Lewis. Je vais les éplucher. Je trouverai peut-être quelque chose.

Henley s'approcha de la fenêtre. Du quatrième étage, sa vue était limitée à Greenwich High Street obscurcie par la pluie de mi-septembre. Cela ne faisait que quelques jours qu'Olivier l'avait appelée pour l'aiguillonner. Elle ignorait à quel jeu il jouait, pourquoi il était décidé à rester dans les environs, mais elle en arrivait à se demander si Mark Ryan n'avait pas raison, si les deux tueurs ne se livraient pas à une espèce de compétition malsaine.

Henley quitta Linh et gagna la salle d'attente toute proche, où elle salua la sœur de Lauren Varma, Katherine.

– Bonjour, je suis l'inspectrice… (Le reste se perdit dans une boucle au fond de sa tête : elle venait de se retrouver face au visage de la victime.) Excusez-moi.

– Ah, vous ne saviez pas que nous étions jumelles, devina la femme qui l'attendait. Je suis Katherine Masters.

– Inspectrice Henley.

Katherine était identique à sa sœur, sauf pour sa coupe de cheveux au carré. Elle portait un tailleur de prix plus approprié pour un entretien d'embauche que pour l'identification du cadavre démembré de sa jumelle.

– On en a pour longtemps ? J'ai un rendez-vous professionnel en ville.

– Ça ne devrait pas être long.

À mesure que Katherine suivait Henley le long du couloir, sa façade soigneusement façonnée avec maquillage de qualité et vêtements griffés sembla se fissurer. Ses phalanges se crispèrent tandis qu'elle serrait la bride métallique de son sac.

– C'est ici, déclara l'inspectrice en s'arrêtant devant la salle d'exposition.

Katherine s'arrêta également, les yeux sur la poignée de la porte.

– Euh… Est-ce que… Est-ce que je vais…

Henley lui posa doucement la main sur le bras. C'était la même question que posaient tous les parents des morts. Est-ce qu'on va être tout près ? Est-ce qu'il faudra la toucher ? Est-ce que je vais la reconnaître ?

– Vous serez derrière une vitre et je serai avec vous.

La salle d'exposition n'avait rien d'accueillant. Une bouteille d'eau et quelques gobelets en plastique étaient posés sur la petite table. Henley avait perdu le compte des fois où un membre de la famille avait empoigné l'objet le plus proche pour le jeter contre la vitre. Un éclat du verre jeté par un père éploré lui avait un jour laissé sur la joue une cicatrice désormais presque effacée.

– Vous êtes prête ? demanda-t-elle.

– Pas vraiment, répondit Katherine avant de hausser les épaules. Mais autant en finir.

L'inspectrice tapa sur la vitre, derrière laquelle attendait Theresa, l'assistante de Linh. La sœur de la victime ne bougea pas quand les rideaux s'écartèrent. Elle resta encore immobile une minute, puis elle commença à secouer la tête, tout en articulant un « non » à peine audible.

Lauren Varma paraissait entière sous le drap blanc. Rien n'indiquait qu'elle ait été découpée puis exposée tel un macabre objet d'art.

Henley sentit l'angoisse de Katherine quand elle s'approcha enfin de la vitre et posa la main sur le verre.

– Est-ce que je peux rester avec elle ?

– Excusez-moi, répondit Henley, mais je suis obligée de vous poser la question…

– C'est bien ma sœur. C'est ma La-La.

Comme Katherine se mettait à pleurer, Henley la prit par le bras et l'escorta gentiment hors de la pièce.

Elle l'accompagna sur le parking pour échapper à l'atmosphère confinée de la morgue et attendit avec elle l'Uber qui devait arriver trois minutes plus tard. La pluie avait cessé mais le ciel était toujours d'un gris brumeux.

– Elle m'avait dit avoir rencontré quelqu'un, mais… (La voix de Katherine dériva tandis qu'elle tripotait la chaîne autour de son cou.) D'après elle, c'était un collègue de bureau. Où sont ses affaires ?

– Pardon ? demanda Henley.

– Elle n'aurait pas voulu qu'on touche à ses affaires. Elle était comme ça. Et elle aurait voulu que sa chaîne me revienne.

– Quelle chaîne ?

– Comme celle-ci.

Katherine sortit de son col une chaîne en argent à laquelle étaient accrochées une étoile, en argent également, et une pierre grise.

– On avait quinze ans quand on les a achetées. C'est une pierre de lune. Lauren adore les cristaux et tous ces trucs-là. Est-ce qu'elle le portait quand on l'a trouvée ?

– Il faudra que je m'informe, mentit Henley.

Elle n'avait pas besoin de s'informer : la dernière fois qu'elle avait vu la chaîne de Lauren, c'était au cou de Karen Bajarami.

– D'accord, souffla Katherine. Elle ne méritait pas ça, vous savez. Pas ma La-La.

– Personne ne mérite jamais ça, dit l'inspectrice alors que le téléphone de son interlocutrice sonnait.

– Mon taxi est là. Vous avez besoin de moi pour autre chose ?

Henley secoua la tête.

– Pas pour le moment.

– Bon. Eh bien, merci.

Katherine Varma glissa son sac sous son bras et commença à marcher vers le portail.

– Oh, il y a une chose, se reprit l'inspectrice.

– Quoi donc ?

– Est-ce que votre sœur avait des amis ?

– Pas vraiment. Elle a toujours été un peu solitaire, mais elle m'a dit qu'elle appartenait à un groupe. Ça devait être un club de lecture. Il y avait une femme avec laquelle elle s'entendait bien.

– Elle vous a dit son nom ?

Katherine hésita, puis :

– Karen. Elle s'appelait Karen.

Henley appela Ezra en regardant s'éloigner le taxi de Katherine Varma.

– J'ai besoin que tu fasses un truc pour moi, lui dit-elle.

– Quoi donc ?

– On a saisi le téléphone et l'ordinateur portable de Karen Bajarami. Explore-les.

– Qu'est-ce que je dois chercher ?

– Tout ce qui pourrait lier Bajarami à Lauren Varma. Elles appartenaient à je ne sais quel groupe dont je me dis qu'il avait quelque chose à voir avec Olivier.

– Pas de problème. Juste un truc avant que tu raccroches : je t'ai laissé quelque chose sur ton bureau.

– Qu'est-ce que c'est ?

– Hum… Passe me voir en arrivant. Il vaut mieux que je t'explique ça de vive voix.

Henley raccrocha et rentra dans la morgue. Elle cessa de se demander pourquoi Ezra avait besoin de la voir en personne et, au lieu de cela, se prépara à rencontrer enfin Carole Lewis ; en chair et en os.

89

Carole Lewis avait été enterrée dans un cercueil bon marché au sein de la concession familiale, près de ses grands-parents maternels. Henley tenait un masque vert contre son visage. Carole, étant juive, n'avait pas été embaumée. Son cadavre avait d'abord passé quatre mois au congélateur, puis sa famille avait voulu l'enterrer dès qu'on le lui avait rendu. Malgré la vague de chaleur tardive, la tombe était pleine d'eau. La peau de la morte avait noirci, son visage était à peine reconnaissable, ses ongles étaient tombés et du liquide coulait de ses blessures au couteau.

– Je croyais que tu aurais fini, dit Henley. J'ai mal calculé.

– Désolée. Ça m'a pris un peu plus longtemps que prévu. Où en est l'enquête ? demanda Linh en ôtant ses gants et en les jetant dans la poubelle à déchets cliniques.

– Deux pas en avant, un pas en arrière.

L'inspectrice baissa les yeux sur le corps nu de Carole Lewis. Celle qu'elle avait été n'existait plus que dans les souvenirs des gens qui l'avaient aimée ou détestée, à parts égales.

– On dirait qu'Olivier et le copycat ont cessé toute activité. Qu'ils se sont fondus dans l'éther.

– Ç'aurait été plus pratique pour moi si elle avait été embaumée, marmonna la pathologiste en s'emparant d'une chemise et en feuilletant ses notes. Bon, j'ai réussi à obtenir des échantillons pour analyse toxicologique.

– Tu n'aurais pas pu te servir des échantillons d'origine ?

– Si, mais ils ont été perdus. Ça fait une autre bonne raison de l'avoir ici. Quoi qu'il en soit, je veux réaliser une analyse toxicologique complète pour chercher la présence de bésilate d'atracurium dans son organisme.

– On ne l'aurait pas vu lors de l'autopsie initiale ?

– Pas nécessairement. Elle avait aussi de la cocaïne dans les veines, pure à vingt-deux pour cent, ce qui est plutôt pas mal par rapport aux merdes qu'on trouve en général. Le reste, c'était les trucs habituels : benzocaïne, codéïne, paracétamol, et un pour cent inconnu.

– Tu crois qu'elle était défoncée quand elle est allée au parc ?

– Vu la quantité de drogue dans son organisme, oui, mais elle restait capable de comprendre ce qui lui arrivait.

– Elle a des blessures défensives, observa Henley.

– Oui, sur les paumes et les bras, ce qui suggère qu'elle a voulu empoigner le couteau et qu'elle a fait un geste comme ça.

Linh croisa les bras devant le visage.

– Son agresseur s'approche d'elle, dit Henley en prenant une bouteille d'eau pour figurer un couteau. Et il l'attaque ?

– Même si elle était défoncée, ses réflexes ont joué. Elle lève les bras, il attaque. Elle empoigne le couteau. Elle titube en arrière, se tord la cheville gauche – on l'a trouvée enflée –, tombe, et l'assassin la frappe à nouveau, cette fois à la poitrine, mais ces coups-là traversent à peine la graisse sous-cutanée.

– Il s'en prend à la gorge, compléta Henley.

– De droite à gauche.

– Pardon ?

– Le copycat est gaucher. Les coupures sont toutes du côté gauche pour l'agresseur. Je pense qu'une fois qu'elle est tombée à plat ventre, il l'empoigne par-derrière et il lui tranche la gorge de droite à gauche. Il a dû se retrouver couvert de sang. J'ai extrait des fibres de la blessure à la gorge. Un mélange d'herbe, de terre et d'un tissu quelconque. Il va falloir envoyer ça à l'analyse. N'enlève pas tes gants. Jette un coup d'œil au mollet gauche.

Henley se pencha. La marque était difficile à manquer. Pas aussi profonde que sur les autres cadavres, mais la moitié du symbole était bien là : la croix à deux barres.

– Le copycat n'a visiblement pas eu le temps de terminer son travail. Il a dû être surpris. Est-ce que ça fait de Carole Lewis la victime numéro quatre ? demanda Linh au moment où l'inspectrice s'écartait du cadavre.

– Non, ça fait d'elle la victime numéro un.

90

– Tu peux monter, tu sais. On ne mord pas, dit Henley en regardant Ezra déchirer le scotch marron qui fermait une boîte en carton.

– J'ai encore des cicatrices émotionnelles, dit-il, avant de remarquer l'expression consternée de sa visiteuse. Oh, merde, pardon, je n'ai pas réalisé. C'est juste une paire de pompes.

– C'est bon.

L'inspectrice sentit ses épaules s'affaisser un peu lorsqu'elle découvrit les baskets noires que brandissait Ezra.

– Ce sont des Air Jordan classiques qui viennent en droite ligne des États-Unis. On n'en trouve pas au Royaume-Uni. Tu as vu la carte que je t'ai laissée sur ton bureau, sinon ? Je sais que tu aimes les trucs vieille école.

– Dit le mec qui vient de payer une petite fortune une paire d'Air Jordan d'époque comme j'en avais à quatorze ans.

– C'est mon oncle qui me les envoyées de New York. Cadeau d'anniversaire en avance.

– T'es un sacré numéro. Alors, c'est une liste de relais téléphoniques.

– Oui, pour le téléphone de Kennedy. Celui que tu n'as pas encore trouvé. Attends, laisse-moi faire un peu de place.

Ezra posa son portable sur l'appui de la fenêtre avant de débarrasser le bureau de son clavier, de sa manette de Xbox et de ses baskets neuves.

– Comme tu le sais, le téléphone de Kennedy était en pleine activité jusqu'à mardi dernier, et son bracelet électronique a cessé d'émettre à Ladywell Fields le vendredi précédent. Donc, je me suis concentré sur cette période-là, entre vendredi soir et mardi matin.

– C'est Pellacia qui t'a demandé de faire ça ? demanda Henley, incapable de dissimuler qu'elle était impressionnée.

– Non, je me suis juste dit que ça m'occuperait et, pour être franc, je suis curieux. Bon, tu sais comment fonctionne un téléphone portable ?

– Ezra ! Bien sûr que je le sais.

– Juste pour être sûr. Donc, tout portable se connecte à l'antenne la plus proche quand tu l'allumes. Celui de Kennedy est un peu basique, il n'a pas de géolocalisation, mais il se connecte tout de même à une antenne, et celles de Londres ont une portée d'environ huit cents mètres.

– Le point bleu, là. (Henley désigna une tache colorée au beau milieu de Ladywell Fields) C'est le téléphone de Kennedy ?

– L'antenne à laquelle il se connecte, sur le toit de Lewisham Hospital. Ensuite il commence à bouger. Rappelle-toi que ce n'est pas l'emplacement exact…

– Mais ça l'est à moins d'un kilomètre ?

– Exactement, alors suis les points bleus.

Henley posa un doigt sur la carte et relia Lewisham à Brockley, Nunhead, Peckham… Elle s'arrêta sur le tout dernier point bleu : une antenne située au sommet du Peabody Estate à Camberwell, en face d'un tribunal d'instance.

– La personne qui a enlevé Kennedy et Zoe a évité les routes principales, remarqua Henley. C'est à l'échelle, hein ?

– Oui, un centimètre pour un kilomètre, et, dans un rayon d'un kilomètre, on ne trouve ni Lewisham High Street, ni Lewisham Way, ni New Cross Road. Toutes les antennes que tu vois sont installées sur le toit d'immeubles résidentiels dans des petites rues.

– C'est quoi, ce point vert ?

– Le téléphone de Zoe, et il suit le même chemin. Par moments, le sien se connecte à une antenne différente, comme ici. (Ezra désigna un point vert non loin du supermarché Morrisons's à Peckham.) Vu qu'elle n'a pas le même opérateur, c'est concevable.

– C'est une preuve de plus que Zoe était avec Kennedy.

– Sauf que son portable ne se connecte plus nulle part après l'antenne du Morrison's, donc sa batterie a dû rendre l'âme.

– Mais celui de Kennedy continue d'émettre à Camberwell ?

– Et ensuite, il rebondit sur trois antennes du quartier.

– Pourquoi est-ce qu'il fait ça ?

– Très probablement parce que le signal est faible et qu'il peine à se connecter à l'antenne la plus proche, expliqua Ezra. Ces trois points-là, les rouges, représentent les dernières auxquelles il se connecte le mardi matin.

Henley examina la carte. Les points en question se trouvaient l'un en haut de Picton Street, à proximité du tribunal, un autre au sommet du Camberwell College of Arts, et le dernier sur Wilson Road.

– Tu sais comment fonctionne la triangulation, hein ? demanda Ezra en l'interrogeant du regard.

L'inspectrice songea à l'ennuyeuse conférence sur les relais de téléphonie portable à laquelle on les avait envoyés, Stanford, Pellacia et elle, presque neuf ans plus tôt. Ils avaient filé discrètement en plein milieu et pris le chemin du pub.

– Si un téléphone est repéré par trois antennes, tu peux calculer la distance qui le sépare de chacun des points.

– Je te mets B pour t'encourager. (Ezra ramassa un feutre noir sur son bureau et dessina un cercle de deux centimètres de diamètre autour de chaque point rouge.) Tu vois l'intersection des trois cercles ? Le téléphone de Kennedy est quelque part là-dedans.

Henley parcourut du doigt la petite zone ovale délimitée sur la carte. Gables Close, Hanover Street, Peckham Road, Stanswood Gardens… Un quartier d'immeubles résidentiels, de bureaux, de cabinets médicaux et de longues rues bordées de maisons victoriennes, parsemées de chantiers. Quelque part, dans cet espace d'à peine plus de huit cents mètres de côté, Sean Delaney, Daniel Kennedy et Zoe Darego avaient été assassinés.

91

Il était tard. Eastwood avait un rencart, Ezra était rentré tôt et Stanford tentait de profiter au maximum de son cher forfait pour la saison d'Arsenal. Ramouter regardait des films de surveillance, vautré derrière son bureau, en proie à une espèce de transe. Henley avait dépêché deux agents chez l'oncle de Pine pour voir si l'appartement abritait le moindre signe de vie. Selon eux, il était plongé dans une obscurité absolue et la voisine affirmait n'avoir pas revu le neveu depuis la dernière fois qu'on lui avait posé la question.

– Tu devrais rentrer chez toi, conseilla Henley à Ramouter. Tu ne pourras pas continuer à regarder ça très longtemps sans devenir fou.

Le stagiaire ne tenta même pas de retenir son bâillement. Il avait sans conteste perdu l'éclat enthousiaste qu'il présentait le premier jour lorsqu'elle l'avait retrouvé dans Watergate Street.

– Tu es sûre ? demanda-t-il.

– Rentre chez toi, appelle ton petit garçon et lis-lui une histoire pour l'endormir. Mange quelque chose de sain.

– Sain ? Tu n'as pas vu mon frigo.

Ramouter s'interrompit pour répondre au téléphone.

– Oui… Je vois… Quand ? (Il se rassit au fond de son siège.) D'accord. Des visiteurs… Combien de temps avant sa sortie… Bien… Appelez-moi si ça change. Merci. (Il raccrocha.) C'était l'hôpital. Ade est mort il y a un quart d'heure.

Henley s'adossa et porta les mains à sa tête.

– Par ailleurs, Bajarami est sortie de chirurgie il y a une heure. On n'a pas pu sauver son œil.

– On dirait que tu t'attends à ce que je la plaigne.

– Non, pas elle, Ade, lâcha sèchement Ramouter en la regardant comme s'il n'arrivait pas à croire à l'absurdité de ce qu'elle disait. C'est lui que je plains. Il ne méritait pas ça. Bajarami est autant responsable de sa mort que de la présence d'une Lauren Varma découpée en morceaux dans un frigo en bas de la rue.

De colère, il donna un coup de pied dans la corbeille à papier, puis il jura quand elle éparpilla son contenu sur le sol.

– Assieds-toi un moment, dit Henley. Respire.

– Désolé, dit-il en se reprenant. Je n'aurais pas dû faire ça. Ce n'était pas bien.

– Laisse tomber. Qu'est-ce qu'on te disait à propos des visiteurs ? demanda l'inspectrice.

– La mère de Bajarami et un gardien de la prison ont voulu lui rendre visite dans la matinée. Plus personne depuis sa sortie de la salle d'opération. Aucun individu présentant ne serait-ce qu'une vague ressemblance avec Olivier n'a été aperçu autour de l'hôpital.

Henley posa son téléphone et recula sa chaise. Tous ses os réclamaient à grands cris un bain chaud, un demi-somnifère et un lit.

– Ils ont essayé de le sortir du coma provoqué, continua Ramouter, mais il a fait une hémorragie cérébrale. Il travaillait pour le service pénitentiaire depuis vingt ans.

– Rentre chez toi, dit-elle fermement. On se verra demain matin.

Elle le regarda sortir, les épaules basses, l'air vaincu. La frustration lui fit repousser son clavier, lequel heurta une tasse de café qu'elle n'avait pas terminée et dont le contenu se répandit sur son bureau. Elle se hâta d'essuyer les dégâts avec des mouchoirs en papier.

– Ça va ?

Henley n'avait pas remarqué que Pellacia avait quitté son antre. Elle n'eut pas le courage de lui mentir.

– Non. Ade, le gardien de prison, est mort. Pine a disparu dans la nature et, même s'il était assis devant nous en ce moment, ça ne changerait rien. Je dispose en tout et pour tout d'une identification effectuée par un toxicomane, décalqué sur le moment, et d'empreintes partielles qui ne correspondent à celles de personne…

Pellacia la fixait alors qu'elle-même, détournée, regardait par la fenêtre. Il se pencha en avant et lui posa la main sur la jambe. Elle ne le repoussa pas.

– Viens à la maison, dit-il.

– Je ne peux pas, soupira-t-elle. Après tout ce qui s'est passé, je ne crois pas que ce soit une bonne idée, et puis je suis crevée.

– C'est lequel des deux, l'excuse ?

Henley se retourna.

– Aucun des deux.

– Toi et moi, on est simples, tu sais, dit-il en baissant les yeux. Au milieu de tout ça. Toi et moi, c'est même la seule chose qui ait vraiment du sens. Que ce soit en tant qu'amis ou davantage. On est simples, Anj. C'est juste tout le reste, autour de nous, qui est compliqué.

L'inspectrice n'eut pas la possibilité de répondre car, à cet instant, son smartphone sonna. Elle fit la moue en voyant le nom qui s'affichait sur l'écran : Chris Synder de la *National Crime Agency*. Elle l'avait connu quand il était simple agent de police au poste de Lewisham, mais vingt-deux heures venaient de sonner : Synder avait donc peu de chances de l'appeler pour tailler une petite bavette. Elle montra l'écran à Pellacia au moment où son téléphone à lui aussi se mettait à sonner.

– Salut Chris, qu'est-ce qui se passe ? demanda Henley.

– Bon, écoute, Anjelica, je sais qu'il est un peu tard… commença Synder.

– C'est un euphémisme.

– On a un problème. Michael Kirkpatrick a disparu.

92

Michael Kirkpatrick, le juré numéro dix, était désagréable et peu coopératif, mais Henley ne lui souhaitait en aucun cas d'être la cinquième victime du copycat. Chez lui, à Streatham, elle trouva un groupe de policiers qui se repassaient la responsabilité du problème. Ramouter venait de sortir son dîner du micro-ondes quand elle l'avait appelé pour le mettre au courant, et elle avait dû argumenter un long moment avant qu'il n'accepte de rester où il était.

– Je ne voulais pas te traîner dehors, dit Chris Synder en venant à sa rencontre.

– Qu'est-ce qui s'est passé ? demanda-t-elle.

– J'ai reçu vendredi matin un message de la Protection des personnes selon lequel Kirkpatrick refusait désormais d'être protégé. J'ai répondu clairement que je n'autorisais pas l'arrêt de la protection mais, je ne sais pas... Il y a eu un court-circuit quelque part.

– Un court-circuit ? C'est une grosse connerie, Chris. Il n'y a pas d'autre mot. Vous étiez censés le tenir à l'œil.

– Je sais, dit Synder, maussade. Des nouvelles des autres ?

– Naomi Spencer est toujours au Viêt-Nam. Hamilton Bryce va bien, mais on l'a déplacé par précaution. Des agents sont avec Naylor, chez lui. Quant à Jessica Talbot et sa famille, ils sont en lieu sûr. Il n'y a que de Dominic Pine qu'on soit sans nouvelles.

Henley s'interrompit et reprit son souffle, sentant l'énormité de l'affaire qui pesait sur ses épaules.

– Raconte-moi ce qui s'est passé, enjoignit-elle comme ils s'arrêtaient à la porte.

– Personne n'a vu Kirkpatrick depuis qu'il a quitté Leadenhall Market vendredi soir vers 20 h 45, expliqua Synder. D'après son collègue Scott Boxtree, ils sont sortis du boulot vers 17 h 45 et allés boire un verre. Ils ont liquidé trois pintes chacun, puis marché ensemble jusqu'à London Bridge. Boxtree a pris le métro pour Walthamstow et a supposé que Kirkpatrick était rentré chez lui.

L'immeuble abritait six logements sur trois étages. Michael Kirkpatrick occupait l'appartement B au rez-de-chaussée, dont la porte grande ouverte révélait la présence de plusieurs policiers. Au fond du couloir, l'un d'eux s'entretenait avec une Asiatique qui paraissait furieuse.

– C'est sa compagne, Anna. Elle était en déplacement professionnel et elle dit lui avoir parlé il y a deux jours. Elle a aussi essayé de le joindre hier et, comme il ne répondait pas, elle l'a appelé au boulot…

– Et il n'y était pas ?

Henley prit les gants en plastique que lui donnait un agent en uniforme debout près de la porte.

– Non. Elle a contacté Scott Boxtree, qui lui a appris que Kirkpatrick n'était pas venu travailler. On a vérifié auprès de son supérieur hiérarchique et il n'a pas non plus prévenu qu'il était malade. Anna est rentrée chez eux après vingt-et-une heures, et elle a trouvé ça.

Synder désigna l'appartement.

Henley inspecta la porte : aucun signe d'effraction. Dans l'entrée, lettres et cartes de restaurant proposant des plats à emporter s'entassaient soigneusement sur une desserte

– mais c'était là l'unique trace d'ordre dans tout l'appartement. Une grande tache verte s'étalait sur le sol, semée d'éclats de verre. La vitre qui protégeait un maillot de football de Liverpool encadré portait une longue fêlure, et la table basse était posée selon un angle curieux au centre de la pièce, comme si on l'avait déplacée brutalement.

– Où est la Scientifique ? demanda l'inspectrice.

– J'essaie de la contacter. C'est une nuit de dingues. Mais on devrait réussir à avoir des experts ici dans moins d'une heure.

– Est-ce que les voisins ont rapporté de l'agitation ?

Synder secoua la tête.

– Rien du tout. Les gens d'en face disent qu'ils ne voyaient réellement Kirkpatrick que le week-end. Ils ne faisaient que se croiser.

Henley voyait bien ce qui avait dû se produire. Quelqu'un avait surpris le maître des lieux à la porte et l'avait repoussé à l'intérieur. À en juger par le pot de fleurs cassé et la terre répandue, il y avait eu lutte. Michael Kirkpatrick paraissait du genre à se défendre et il ne s'était visiblement pas laissé faire. Comme elle examinait la terre sur le sol, deux détails attirèrent l'œil de l'inspectrice : une empreinte de pied et un fin capuchon en plastique orange, long de cinq centimètres – peut-être celui d'une aiguille de seringue.

– Rends-moi un service. Tu te souviens d'Anthony, notre enquêteur scientifique en chef ? demanda-t-elle à Synder.

– Comment pourrais-je l'oublier ? On fait toujours appel à lui. C'est le premier sur ma liste. Tu veux que je l'appelle ?

– Si les locaux ne se sortent pas les doigts du cul, oui. Je suis sûre que la NCA a une certaine influence.

– Ça me manque de bosser avec toi, avoua Synder en sortant son téléphone.

Elle se retourna vers l'appartement. Michael Kirkpatrick avait bien été enlevé chez lui. S'il s'apprêtait à aller courir, vers six heures du matin, cela correspondait au moment où Pine avait débranché son MDT. Sept heures plus tard, cela en ferait quarante-huit qu'il aurait disparu. Encore vingt-quatre, selon Henley, et on le retrouverait en morceaux dans un coin du South-East London.

Un crachin léger s'était mis à tomber. Une femme fumait sur le perron de la maison voisine. D'autres personnes, malgré l'heure, observaient le remue-ménage depuis leur fenêtre. Henley s'approcha d'un jeune agent en uniforme. Il se redressa comme ils le faisaient tous quand il remarqua sa carte de police.

– Je peux vous aider, madame ? demanda-t-il.

– Oui. Avez-vous interrogé les voisins ?

– Tout à fait. L'agent Ogbanna et moi nous en sommes chargés. Personne n'a rien vu ni déclaré quoi que ce soit d'intéressant, mais Mme Landry…

Il désigna la femme en train de fumer sur le perron, qui regarda droit vers Henley avant de jeter son mégot par terre et de rentrer chez elle.

– Elle dit connaître Kirkpatrick seulement de vue. Il l'a aidée quelquefois à soulever sa poussette. Hier matin, un peu après six heures, elle était sortie fumer une cigarette. Son mari n'aime pas qu'elle fume à l'intérieur, et le bébé dormait.

– Qu'est-ce qu'elle a vu ? interrogea Henley.

– Une ambulance. Pas un fourgon, mais…

– Une voiture ?

– Oui, un break. Mme Landry dit qu'elle n'a pas vraiment fait attention : elle l'a vue s'arrêter devant chez le voisin mais, alors, le bébé s'est réveillé et elle est rentrée.

– Autre chose ?

– Pas vraiment. Elle a juste trouvé bizarre de n'entendre aucune sirène.

93

La Scientifique n'était pas encore arrivée quand Henley quitta le domicile de Michael Kirkpatrick. Anthony, en route pour une fusillade sur Kingsland Road, avait accepté d'envoyer deux membres de son équipe en échange d'une promesse peu réaliste de paiement en heures supplémentaires. L'inspectrice, tandis qu'elle regagnait sa voiture, sentait la colère monter en elle : quelqu'un avait déconné et personne ne voulait l'admettre. En outre, alors qu'elle appliquait au mieux de ses compétences tout ce que lui avait appris sa formation, elle avait l'impression que c'était insuffisant. L'impression d'être, elle-même, insuffisante.

Elle roula jusqu'à Greenwich. Les recherches sur les registres électoraux avaient été infructueuses : Pine ne s'était pas soucié de se réinscrire depuis sa sortie de prison.

– Il doit bien y avoir quelque chose, dit Henley pour elle-même.

Tandis qu'elle descendait Brixton Hill, elle prit son téléphone et appela Ezra.

– Vraiment désolée de t'embêter si tard, dit-elle, arrêtée à un feu rouge non loin de la prison de Brixton.

– C'est pas le problème, mais je vais peut-être te passer ma copine : elle m'a quasiment accusé de voir une autre fille en douce.

– Je lui parlerai après, si tu veux. J'aurais besoin que tu fasses quelque chose pour moi. C'est urgent, mais…

– Ça me suffit. Qu'est-ce qu'il te faut ?

– Une adresse. J'ai le nom et la date de naissance du gars, mais on se heurte à un mur de briques en ce qui concerne son adresse actuelle. Je me disais que, peut-être, des comptes en banque, des téléphones, des impôts locaux…

– OK, OK, j'ai saisi.

– Je te revaudrai ça, Ez, assura Henley.

En lui donnant les seuls renseignements personnels dont elle disposait sur Dominic Pine, elle n'ignorait pas ce qu'elle lui demandait : précisément ce qui l'avait envoyé en prison. À ce stade, toutefois, elle ne voyait pas d'autre moyen : Kirkpatrick venait de passer du statut de disparu à celui de kidnappé, et il y avait de grandes chances pour que, vingt-quatre heures plus tard, il soit mort.

– Qu'est-ce que tu fais là ? demanda Henley en pénétrant dans la kitchenette de la SCU.

Ramouter, en jean et sweat à capuche, attendait que la bouilloire finisse de chauffer.

– Je culpabilisais de rester chez moi à regarder les plus beaux buts de la semaine alors que quelqu'un d'autre vient d'être enlevé. Un thé ?

– Super, merci.

Elle résuma ce qu'elle avait vu à l'appartement de Michael Kirkpatrick et le témoignage de la voisine. Ramouter secoua la tête et jura aux bons endroits.

– Alors, qu'en penses-tu ? demanda-t-il en poussant vers elle un paquet de biscuits fourrés. Il se conforme à son plan ou on l'a poussé à l'escalade, selon toi ?

– Si quelqu'un l'a poussé, c'est Olivier, en tuant Lauren Varma. On n'y est pour rien. (Henley trempa un biscuit dans son thé.) La période de repos du copycat est terminée, c'est tout. Si on cherche les points positifs… (Elle leva les yeux au ciel pour signifier l'absurdité qu'il y avait à chercher du positif dans une telle situation.) Il se déplace et il est imprudent. Il n'avait encore jamais enlevé une victime chez elle. Je crois qu'il surveille tous les jurés. Il connaît leurs horaires de boulot, leurs adresses. Il les a tous enlevés en terrain découvert. Et, à moins d'être cinglé, on ne se méfie pas d'une ambulance. Si tu es dans la rue, à pied ou en voiture, quel est ton instinct naturel ?

Ramouter se laissa aller en arrière avant de répondre :

– Dès que tu entends cette putain de sirène, tu t'arrêtes. Si tu es au volant, tu te pousses sur le bas-côté.

– Mais tu ne juges jamais ça louche, hein ? Tu manifestes éventuellement de la curiosité, mais tu ne trouves pas ça bizarre pour deux sous. Sauf si l'ambulance arrive chez quelqu'un sans sirène, sans gyrophare, et disparaît aussi tranquillement.

– Pine ramasse ses victimes dans son ambulance. Il les conduit quelque part et, ensuite, il faut qu'il la ramène à…

– Au dépôt. Il prend la même unité d'intervention rapide à chaque fois. On y trouvera forcément l'ADN d'au moins une des victimes. Même s'il est très doué et très prudent, je doute qu'il puisse nettoyer assez bien un véhicule pour en éliminer toute trace de preuve.

– Mais on ne peut pas se présenter au dépôt et demander à leur emprunter leurs UIR. Pour l'instant, on mène l'enquête avec des hypothèses et des suppositions.

Henley ne le contredit pas. Ils demeurèrent assis en silence, buvant leur thé et regrettant tous les deux que ce ne soit pas une boisson plus forte.

– Alors, on la joue comment ? demanda enfin Ramouter.

Elle s'apprêtait à lui répondre que le thé et la causette avaient constitué une distraction bienvenue, mais qu'il était presque une heure du matin et qu'elle devait rentrer, quand son téléphone sonna.

– Ez ? dit Henley, qui ne s'attendait pas à avoir aussi vite des nouvelles de l'informaticien.

– Prends un crayon, enjoignit Ezra. J'ai deux adresses. D'abord le 76 Beech Avenue, Bexleyheath. Il l'utilise pour un compte en banque, mais il y a aussi une certaine Eileen et un certain Ivan qui habitent là. C'est noté ?

– Sans problème, dit l'inspectrice en griffonnant l'adresse au dos d'une enveloppe. Suivante.

– 158 Hanover Street, Camberwell. Contrats d'électricité, de gaz, d'eau et de téléphone portable.

Elle remercia Ezra et l'autorisa à prendre sa matinée : elle arrangerait le coup avec Pellacia.

– Avant que tu ne raccroches, boss, tu te rappelles la carte des antennes téléphoniques. Tu l'as encore ?

– Attends une seconde. (Elle récupéra la feuille de papier pliée qui se trouvait sous le *Metro* de la veille.) Je l'ai.

– Qu'est-ce que tu vois ?

– Merde, dit-elle en posant le doigt sur l'intersection des trois cercles dessinés par Ezra.

Hanover Street s'étendait au milieu du secteur. Si elle voulait avoir le moindre espoir de retrouver Michael Kirkpatrick en un seul morceau, il fallait qu'elle se rende à Camberwell. Et tout de suite.

94

La façade du 158 Hanover Street, au bout d'une longue rangée de maisons mitoyennes, était obscurcie par des renouées du Japon et des rosiers en grand besoin d'être taillés. Devant s'étendait une petite cour qui, comme celle de plusieurs voisins, accueillait une benne à ordures – en l'occurrence remplie de débris de placoplâtre et de planches. Sur la gauche, une porte en bois couverte de peinture noire écaillée devait mener au jardin, derrière la maison. Malgré l'heure, le tout début de matinée, la rue n'était pas silencieuse.

– Qu'est-ce que tu en penses ? s'enquit Ramouter en observant les lieux.

– Jetons un petit coup d'œil, décida Henley.

– Tu ne veux pas attendre les renforts ?

– Ils seront là d'ici un quart d'heure. On regarde, c'est tout, répéta-t-elle, sans trop savoir si son stagiaire croyait un mot de ce qu'elle disait.

Un mur d'au moins un mètre quatre-vingts entourait le jardin, elle n'avait donc aucune chance de voir par-dessus, mais elle remarqua qu'une ruelle courait derrière. Comme Ramouter l'y suivait, ils dérangèrent un renard qui les fixa quelques secondes avant de s'enfuir. Elle s'arrêta devant un portail en bois. Par l'espace entre les lattes, elle découvrit l'arrière de la maison, au bout d'un jardin moins envahi par la végétation que la petite cour. Fenêtres et porte étaient tapissées de journaux. Une cabane de jardin se dressait sur la droite. Quand Henley manœuvra la poignée du portail, elle entendit de l'autre côté un cadenas cogner contre le bois. Au même instant, il lui sembla percevoir un bruit de coups.

– Tu as entendu ça ? chuchota-t-elle à Ramouter.

Il secoua la tête.

Elle appuya à nouveau sur la poignée. Cette fois, tous deux entendirent un grand coup puis un plus faible en provenance de la cabane. Une lumière, alors, s'alluma dans la maison. Henley distingua les contours vagues d'une silhouette par une fenêtre en verre dépoli du premier étage.

– Il y a quelqu'un, dit-elle à Ramouter. Va frapper à la porte et vois si on te fait entrer.

– Qu'est-ce que je lui dis ? Si c'est bien lui.

– La vérité, répondit Henley, tandis que s'éteignait la lumière à l'étage. Que Michael Kirkpatrick a disparu et qu'on vient s'assurer que lui va bien. Ensuite, mens : dis qu'Olivier a été vu dans le quartier.

Ramouter appuya sur la sonnette. Tandis qu'il attendait, il consulta sa montre et tendit l'oreille pour guetter l'arrivée des renforts, mais il n'y avait au loin ni sirènes ni lumières bleues clignotantes. Nerveux, il sonna encore, non sans espérer que l'homme vu par Henley à l'étage n'ait été qu'une hallucination, puis il se risqua à pousser la porte. Il sentit sa gorge se serrer lorsqu'elle s'ouvrit, révélant un couloir sombre où tictaquait une pendule. Le parquet nu craqua quand Ramouter s'avança. La maison sentait l'humidité et la sciure de bois. Au bout d'un long couloir, la lumière d'une cuisine se projetait sur le carrelage. Le stagiaire songea à tourner les talons. À attendre. Au lieu de cela, il continua d'avancer.

La cuisine avait été démantelée. Il y restait un évier et, sur les murs, la trace de placards disparus. La pièce était vide, sauf pour un four à micro-ondes posé sur un réfrigérateur. Ramouter éternua quand la poussière de vieux plâtre arrachée aux murs lui chatouilla le nez.

La maison avait sans conteste été occupée récemment. Que la porte soit ouverte signifiait qu'on était parti à la hâte. C'était sans doute rassurant, mais le visiteur ne pouvait chasser l'impression qu'un détail anormal lui échappait. Remarquant sur le sol de ciment nu des empreintes qui n'étaient pas siennes, il s'accroupit et suivit des yeux les volutes sanglantes humides laissées par une paire de baskets : elles entraient dans la cuisine, décrivaient un cercle puis retournaient dans le couloir… mais ne partaient nullement en direction de la porte d'entrée.

Henley trouva une table basse abandonnée dans la ruelle, près d'un lampadaire cassé et d'un barbecue rouillé. Le portail étant cadenassé, elle ne pouvait le franchir à la sauvage sans faire assez de bruit pour alerter Dominic Pine. Elle en approcha la table, posa le pied droit au bord du plateau et se hissa, sentant les supports métalliques du meuble ployer sous son poids, puis des échardes se planter dans ses paumes quand elle empoigna le haut du portail.

Une voiture bruyante passa. Quand elle franchit le coin de la rue et que le bruit du moteur diminua, Henley enfourcha le portail et chercha à l'aveuglette une prise pour le pied de l'autre côté, tandis que les épines d'un rosier se prenaient dans son jean. Faute de trouver le point d'appui voulu, elle se laissa choir sur le sol cimenté, tomba en arrière, se cogna le coude et fit la grimace quand une douleur aiguë fulgura dans son bras. Elle l'ignora. Achevant sa roulade, elle bondit sur ses pieds et posa la main contre la paroi de la cabane – qui paraissait solide, différente des constructions légères où l'on rangeait généralement tondeuses à gazon et aspirateurs cassés.

L'inspectrice se figea lorsque la lumière extérieure s'alluma sous l'effet d'un détecteur de mouvement, éclairant les journaux qui masquaient les ouvertures. Quoique le jardin fût envahi par la pelouse négligée et la mauvaise herbe, un sentier tracé par des passages répétés menait tout droit de la maison à la cabane – dont l'unique fenêtre, face au bâtiment principal, était noircie. Henley donna deux coups de pied en bas de la porte de la dépendance avant de coller l'oreille au battant. Cette fois, elle entendit clairement la chute d'un objet et des cris étouffés.

95

Douze heures plus tôt…

Il s'était défendu mais le tueur était plus fort. Il avait senti un poing s'écraser sur son nez, sur sa mâchoire, et entendu un bruit d'os brisés tandis que sa bouche s'emplissait de sang, que sa langue balayait des éclats de dents. Un instant, il avait cru reprendre le dessus quand il avait frappé des poings et des pieds, puis plaqué la bouche sur l'oreille de son adversaire et mordu, tiré, déchiré. En entendant le tueur hurler, il avait cru la partie gagnée, mais un objet dur l'avait alors atteint à la tempe. Il ne se rappelait pas qu'on l'avait traîné par terre. Il ne se rappelait pas avoir été déshabillé ni adossé à un mur.

– Tu es réveillé ? Pas trop tôt.

Il reconnaissait la voix mais s'avérait incapable de tourner la tête. Tous ses muscles étaient figés. Il ne pouvait que regarder droit devant, dans la lumière tamisée de la petite pièce. En face de lui s'encadrait une fenêtre aux rideaux fermés. Il aurait voulu lever la tête, ouvrir la bouche, dire qu'il était désolé, que, si on le laissait partir, il ne répéterait rien à personne, mais il ne pouvait pas bouger.

– Tu as dû te demander ce que ça te ferait de n'avoir aucun contrôle. Tu ne peux que regarder, écouter les voix dans ta tête et te demander encore et encore : pourquoi moi ?

L'homme paralysé sentait s'agiter les petits muscles autour de ses yeux tandis qu'il cherchait en vain à apercevoir celui qui parlait, à trouver le danger, mais il cessa tout effort quand une paire de jambes apparut dans son champ de vision. Il vit la droite se lever mais ne sentit rien du tout lorsque le pied percuta sa poitrine et le renversa sur le flanc. Il avait envie d'implorer : « Ne fais pas ça. Par pitié, ne fais pas ça. » Il s'efforçait encore de parler, voire de bouger le petit doigt, quand il sentit des piqûres d'épingles dans son cou et sa mâchoire. Son corps se réveillait. Il ouvrit la bouche.

– Non, murmura-t-il en levant les yeux, puis à nouveau quand le tueur l'empoigna par les jambes et le traîna par terre.

– Désolé, je ne t'entends pas. Il va falloir que tu parles plus fort.

– Non, répéta-t-il.

– Mmm, je crains qu'il ne soit un peu tard pour ça. Je ne peux pas vraiment m'écarter de mon plan.

Il s'efforça de lever la tête, de suivre le bruit des pas dans la pièce, puis la lame aux dents acérées apparut devant lui.

– Non, dit-il encore, tandis qu'elle s'agitait pour le narguer.

Il entendit un rire.

– Je crois que je vais commencer par un bras, déclara le tueur. Si j'attaque par la jambe, je risque de trancher une artère importante et je ne voudrais pas que tu rates le meilleur.

– S'il te plaît. Arrête, implora-t-il.

Il aurait dû se réjouir, considérer comme une bénédiction de ne ressentir aucune douleur, mais il savait ce qu'on était en train de lui faire. Inclinant la tête en arrière, il ferma les yeux, mais ne put ignorer la sensation de son bras droit qu'on tirait doucement ni le fleuve de vibrations né des évolutions de la scie. Il ne put éviter d'entendre le grincement plaintif de la lame qui coupait l'os. Au bout d'un moment, cela cessa. D'abord rien ne bougea, puis il entendit un souffle oppressé suivi d'une exclamation satisfaite, et la scie fut jetée par terre.

– Regarde-moi ça, dit calmement le tueur.

Il reconnut la cicatrice en forme de fer à cheval sur son bras détaché. À neuf ans, il n'avait pas écouté sa mère quand elle lui avait dit de descendre du toit de la grange – il n'écoutait jamais – et il était tombé. L'os avait transpercé la chair. Ce même os qu'il voyait à présent que son bras passait sous ses yeux. Il reconnaissait ses doigts. Quand le membre tranché saigna sur son visage, il ne ferma pas les paupières mais laissa le sang lui emplir les yeux, à la recherche de l'obscurité.

Il ne put toutefois éviter d'entendre la scie qui s'enfonçait dans sa jambe.

96

La porte de la cabane était fermée par un autre cadenas, mais le bois montrait des signes de pourrissement et les vis de la serrure étaient rouillées. Henley, s'accroupissant, chercha dans les hautes herbes un outil quelconque pour la défoncer. Ses doigts se refermèrent sur du métal froid : une lame de tondeuse à gazon faussée qu'elle inséra entre chambranle et serrure. Quand elle força, elle la sentit s'enfoncer douloureusement dans sa main déjà bourrée d'échardes et maculée de terre. Au bout de deux minutes, cependant, les vis rouillées s'arrachèrent et la serrure tomba. L'inspectrice jeta la lame dans l'herbe et tira la porte.

Elle faillit heurter Michael Kirkpatrick qui gisait par terre, garrotté, les pieds vers la porte, et levait sur elle des yeux écarquillés par la peur. Elle retint un haut-le-cœur : dans la cabane flottaient l'odeur cuivrée du sang ainsi que des remugles d'urine et de chair putréfiée.

– Vous vous souvenez de moi ? Inspectrice Henley.

Sortant son téléphone, elle activa la fonction lampe de poche. Kirkpatrick était bâillonné avec du ruban adhésif argenté. Sur son visage semé de coupures et d'ecchymoses, le sang avait coulé jusqu'à coaguler dans les plis du bâillon. Ses mains étaient liées derrière son dos à l'aide de fil électrique noir, gênant la circulation au point qu'il avait les poignets violets, gonflés, les doigts presque blancs.

Henley ôta le plus délicatement possible le ruban adhésif de sa bouche.

– C'est fini, c'est fini, je vous protège, dit-elle comme il expirait longuement puis commençait à s'étouffer de larmes.

– S'il vous plaît, je vous en prie, il va me tuer, bordel, dit-il, la voix rauque, tremblante. Il a promis de me tuer.

– Mais non, il ne vous tuera pas.

Elle empoigna sa radio, espérant que Ramouter aurait branché la sienne et sortirait de la maison.

– Ici l'inspectrice détective Henley. Code Zéro. J'ai besoin d'une assistance médicale immédiate au 158 Hanover Street, Camberwell. Sierra. Écho. Cinq. Quatre. Charlie. Lima. Je répète : j'ai besoin d'une assistance médicale.

Henley posa la radio et chercha autour d'elle de quoi couper les câbles entravant les poignets et les chevilles de Kirkpatrick.

Elle frissonna. Ici avaient eu lieu les meurtres.

Près d'un établi de charpentier, un gros rouleau de plastique transparent était debout dans un angle. Deux grandes scies et une plus petite reposaient sous la table de travail. Le sol était taché de sang séché et la lumière faisait luire un objet métallique non loin des pieds de Kirkpatrick : un anneau serré autour d'une longue tresse noire identique à celles de Zoe Darego.

Des éclats de plâtre plurent sur Ramouter depuis le plafond. Restant immobile, il écouta les bruits de la maison. La pendule du couloir tictaquait toujours, le robinet de la cuisine lâchait à intervalles réguliers une goutte dans l'évier en céramique… Le jeune policier suivit les empreintes sanglantes vers l'escalier qui menait à l'étage. Il posa la main sur la rampe de bois rugueux. Le tapis poussiéreux couvrant les marches étouffa le bruit de ses pas.

Le niveau supérieur se révéla exigu, confiné : un couloir long d'à peine un mètre vingt, donnant sur une salle de bains, une chambre au lit défait et une troisième pièce à la porte fermée. Ce fut dans celle-là qu'entra Ramouter. Une puissante odeur de sang frais lui donna la nausée alors qu'il allumait la lumière.

– Oh, nom de Dieu !

La moquette trempée de sang dans lequel il pataugeait ne fut pas seule responsable de son hoquet : il se trouvait face à la tête tranchée de Dominic Pine.

Le reste du corps avait été disposé sur le sol à l'instar d'un puzzle macabre. Il fallut moins d'une seconde à Ramouter pour empoigner sa radio. À cet instant, la voix d'Henley demandant une assistance médicale crépita dans l'appareil.

Le policier, en reculant d'un pas, heurta un obstacle solide. Il sentit un souffle chaud contre son oreille.

– EAD Salim Ramouter. Je ne pensais pas vous revoir si tôt.

Il lâcha sa radio, fit volte-face et se trouva nez à nez avec Peter Olivier. La peur l'empêcha de s'écarter.

Le fugitif pointa un couteau en direction des restes de Pine.

– Mon œuvre vous plaît ? J'ai cherché la composition idéale. J'ai manqué de temps, mais j'ai fait de mon mieux.

Ramouter ne répondit pas. La terreur qui courait dans ses veines empêchait son cerveau de fonctionner.

– Vous avez perdu votre langue, EAD Ramouter ? Il faut vraiment que vous travailliez vos compétences sociales.

Le policier heurta le bras gauche de Pine en reculant d'un pas mal assuré.

– Ne fuyez pas. (La voix du tueur était douce, presque tendre.) Celui-ci, derrière vous, a tenté de s'enfuir, et vous voyez où ça l'a mené.

Olivier fit un geste brusque. Ramouter poussa un cri quand le couteau lui perça le bras, ressortit, se planta à nouveau. Ignorant la douleur et le sang qui noircissait sa manche, il repoussa son adversaire, ramassa sa radio et appuya sur le bouton d'urgence.

– Code Zéro… cria-t-il avant qu'Olivier ne se jette sur lui, l'épaule en avant.

Il grogna de douleur, recula en titubant et se cogna la tête contre le mur avant de tomber sur le torse de Pine. Désorienté, il ne remarqua pas tout de suite qu'il avait les mains plongées dans les intestins du mort.

Le tueur le frappa du poing au visage puis appuya sur son bras blessé.

– Je vais vous arranger aussi bien que j'ai arrangé votre inspectrice. Vous laisser un souvenir de moi.

Ramouter voyait la porte ouverte derrière Olivier l'appeler en silence. Alors qu'il l'écartait d'une bourrade, son adversaire planta à nouveau le couteau dans sa blessure ouverte, ce qui lui arracha un hurlement.

La voix d'Henley jaillit de la radio.

– Ramouter. Ramouter. Réponds !

Avant que le jeune policier ne puisse lui crier de s'enfuir, Olivier lui décocha un nouveau coup de poing au visage, assez fort pour lui casser les dents. Comme le goût du sang envahissait sa bouche et qu'il crachait des éclats de molaire, son tortionnaire empoigna la radio.

– Bonjour, inspectrice, dit-il. J'ai votre petit avec moi. Ou plutôt *sous* moi.

Le pied de Ramouter le frappa rudement au bas-ventre. Des sirènes de police commençaient à résonner dans le lointain. Le stagiaire voulut mettre à profit son avantage momentané : il se retourna et tenta de se mettre sur ses pieds, mais, pris de vertige, retomba. Le canal de la radio avait été changé pour une discussion collective : des policiers confirmaient qu'ils se dirigeaient vers le domicile de Pine.

– Olivier ? hurla Henley dans le haut-parleur.

– Henley ! cria Ramouter.

Le tueur lui empoigna la jambe. Il sentit une piqûre vive à la cheville et eut l'impression que de l'eau glacée courait soudain dans ses veines. Baissant les yeux, il constata que son adversaire tenait une seringue vide – qu'il lâcha pour tendre la main vers une scie sauteuse en charge dans un angle de la pièce. Ramouter parvint à se lever et, serrant les dents, se jeta sur Olivier, décidé à l'arrêter. Le tueur poussa un cri, s'accrocha à lui pour se stabiliser, mais s'effondra tout de même. Tous les deux roulèrent dans l'escalier, brisant les balustres dans leur chute.

Ramouter ne sentit rien du tout quand l'autre atterrit sur lui. Il tenta de bouger les jambes et en fut incapable. Tout son corps se changeait en ciment. Ses articulations étaient figées, ses muscles contractés, bloqués. Il entendit une fenêtre voler en éclats mais fut incapable d'ouvrir la bouche pour hurler à l'aide.

– Ramouter ! cria Henley d'une voix à peine audible à travers les sirènes de plus en plus fortes.

Le jeune policier voulut tourner la tête mais n'y parvint pas. De sa position couchée, il vit la porte d'entrée s'ouvrir et Olivier sortir en courant, sans regarder en arrière. Quelques secondes plus tard, il entendit un crissement de freins et le bruit caractéristique du métal heurtant la chair et les os.

97

Hanover Street était illuminée comme si l'aube pointait en avance. Les sirènes s'étaient tues mais les lumières bleues clignotaient encore. La police ayant défoncé le portail derrière la maison, des infirmiers étaient en train de déposer sur une civière un Michael Kirkpatrick déshydraté et en état de choc. Henley avait dû le contraindre à la lâcher lorsque avait retenti l'appel de détresse de son partenaire.

– Où est Ramouter ? demanda-t-elle alors que des agents en uniforme envahissaient le jardin.

– Toujours à l'intérieur, répondit l'un d'eux. En vie mais blessé. Les infirmiers s'occupent de lui.

– Et Olivier ? Peter Olivier était dans cette maison. Je l'ai entendu.

– Je ne sais pas, madame. Personne n'a dit l'avoir vu.

– Et Dominic Pine ?

L'agent secoua la tête.

– Aucune trace non plus, mais on n'a pas encore fouillé partout.

Henley suivit les infirmiers poussant Kirkpatrick en direction de l'ambulance qui l'attendait.

– Où l'emmenez-vous ? demanda-t-elle.

– À King's College Hospital, répondit une infirmière.

– D'accord. (Elle se tourna vers l'agent de police qui l'avait suivie.) Vous voulez bien rester avec lui en permanence ? Il ne doit pas être laissé seul. C'est bien compris ?

– Vous ne venez pas avec moi ? demanda Kirkpatrick. J'ai besoin de vous.

– Je vous promets que je viendrai, dit Henley en lui pressant la main, mais il faut d'abord que j'aille voir quelqu'un. D'accord ?

Elle tenta d'ignorer l'assaut de ses émotions – choc, chagrin, anxiété et une euphorique poussée d'adrénaline – tandis qu'elle contournait la maison à petites foulées. Une BMW, qu'ils avaient vue un peu plus tôt, était garée devant chez Pine. Une grande toile d'araignée de fêlures s'épanouissait sur son pare-brise. Le conducteur, un jeune Indien, se tenait debout sur le bas-côté en compagnie d'un agent, appuyé à sa voiture.

– Je ne l'ai pas vu, disait-il, tremblant. Il est sorti au pas de course, comme ça. Je n'allais même pas tellement vite. Il s'est jeté sous mes roues.

– Oh, mon pote, j'ai cru que tu l'avais tué, ajouta le passager du véhicule, appuyé contre sa portière.

– Qu'est-ce qui s'est passé ? lui demanda Henley.

– Ma pauvre, tout ce que je sais, c'est qu'un cinglé de Blanc s'est rué sur la route. Il doit être sous crack ou je ne sais quoi. On était peinards en bagnole et, d'un seul coup, y a ce mec qui se retrouve sur le capot. J'ai cru qu'il était mort. Mon pote, là, s'est mis à hurler.

– Je ne hurlais pas, Ashton, affirma le conducteur.

– Pourquoi tu mens, mec ? demanda le dénommé Ashton. Écoutez : il s'est mis à hurler, et, moi, je suis descendu.

Henley avait envie de les secouer tous les deux.

– Vous avez vu d'où il venait ?

– Non, il est carrément sorti de nulle part. Je suis descendu de bagnole, j'ai voulu l'aider. J'essayais de me conduire en bon citoyen et tout ça. J'ai dit que j'allais appeler une ambulance…

– Où est-il ? Où est-il passé ?

– C'est ce que j'essaie de vous expliquer. Il s'est barré. On aurait cru qu'il avait juste trébuché. Il s'est relevé et il a couru vers l'immeuble. Je l'ai filmé qui foutait le camp. Vous voulez voir ?

– Ne bougez pas, lui intima Henley en voyant Eastwood venir vers elle.

– Stanford m'a prévenue. Comment va Ramouter ? demanda la nouvelle venue.

– Tout ce que je sais, c'est qu'il est vivant, Dieu merci. Olivier était ici et il a réussi à lui tomber dessus.

– Comment ça, Olivier était ici ? Non mais… (Eastwood se prit la tête à deux mains, exaspérée.) C'est quoi, ces conneries ?

– Aucune idée. (L'inspectrice regarda autour d'elle.) Tu vas accompagner Kirkpatrick à l'hôpital. L'ambulance n'est pas encore partie. Une fois qu'il sera calmé et qu'on le laissera sortir, prends sa déposition. J'ai besoin de savoir tout ce qu'il a vu et entendu avant mon arrivée ici. Et ne le quitte pas, Eastie. Je veux quelqu'un que je connais et à qui je fais confiance pour le tenir à l'œil.

Eastwood hocha la tête et courut à l'ambulance.

L'adrénaline d'Henley commençait à se diluer. Elle savait que Ramouter était vivant mais s'inquiétait encore de ce qu'elle allait découvrir – et dont elle était responsable. Elle sentait la honte monter en elle : elle l'avait mis en danger ; elle avait failli le tuer.

Le soulagement la submergea lorsqu'elle le vit étendu par terre, parfaitement figé, sauf pour ses yeux humides. Elle s'agenouilla près de lui et lui essuya ses larmes.

– Comment va-t-il ? demanda-t-elle à l'infirmier qui le soignait.

– Il a reçu plusieurs coups de couteau au bras, mais je n'ai aucune idée de la profondeur des blessures. Il a aussi des bleus sur le torse, donc des côtes cassées éventuelles, mais il ne peut ni bouger ni parler. Comme il a été salement tabassé, il a peut-être la colonne vertébrale endommagée.

– Non, dit Henley en repérant la seringue sur le sol. On lui a injecté du bésilate d'atracurium.

L'infirmier secoua la tête et marmonna quelque chose – « J'en ai ma claque de ces conneries, j'aurais dû me faire porter pâle », crut-elle comprendre – alors que deux de ses collègues apparaissaient à la porte avec un brancard.

– Vous savez depuis combien de temps il est comme ça ? demanda-t-il.

– Pas plus de vingt minutes, répondit l'inspectrice.

Elle leva les yeux pour voir Stanford descendre l'escalier, blafard.

– Bon, d'accord, merde, dit l'infirmier. Je n'ai jamais rien rencontré de pareil. Je ne sais même pas ce que c'est, l'atra… l'atraci… le machin comme vous dites, là.

– Ça paralyse, dit Henley, avant d'ajouter pour Ramouter : Je t'accompagne à l'hôpital, t'en fais pas.

Elle lui pressa la main, ne sachant même pas s'il le sentait, puis elle se sortit du chemin quand les infirmiers le posèrent sur le brancard.

– La Scientifique est en route ? demanda Stanford.

– Qu'est-ce qu'il y a là-haut ?

Henley n'attendit pas la réponse, elle savait déjà.

– Il est mort, n'est-ce pas ? Dominic Pine ?

– Dans la chambre. En morceaux. Un paquet de morceaux. Je ne peux pas remonter là-haut. Tu ne devrais pas y aller non plus. Qu'est-ce qui s'est passé, Henley, bordel ?

– C'est Olivier qui est passé.

– Tu es sûre que c'était lui ?

– Je l'ai entendu dans ma radio… Il a dit mon nom. C'était lui. Oh, bon Dieu, Ramouter. Comment ai-je pu…

Sentant la panique monter en elle, elle se pencha et se posa les mains sur les genoux.

– Hé, pas de ça, dit Stanford.

Il l'entoura d'un bras et la releva délicatement. Elle le laissa la serrer contre lui tandis qu'on emmenait Ramouter sur son brancard.

– Ne te fais pas de reproches.

– Comment veux-tu ? J'aurais dû attendre les renforts. Je n'aurais pas dû le laisser entrer seul là-dedans. J'ai déconné, Paul. Il ne me le pardonnera jamais.

– Ce n'est pas ta faute. Tu ne pouvais pas savoir, assura Stanford avec conviction.

– Facile à dire. Je n'arrive pas à croire que Pine se soit foutu de nous les yeux dans les yeux depuis le début.

– Pine, c'est le cadet de nos soucis, maintenant. Ce qui compte, c'est qu'on ait récupéré Kirkpatrick et que Ramouter soit encore des nôtres. Tu veux jeter un œil à la cuisine avant que la Scientifique ne commence son boulot ?

– C'est moche ?

– Comparé à ce qui est en haut ?

– Dis-moi.

Stanford frotta ses joues à la barbe de trois jours.

– Depuis que je suis dans le métier, je n'avais encore rien vu de pareil.

Henley enfila ses gants et entra dans la cuisine. Le moteur du réfrigérateur tournait bruyamment. Elle ouvrit la porte.

Sur l'étagère du bas gisait un sac en plastique empli de courgettes pourries dans une flaque de liquide brun visqueux. Cinq ampoules de bésilate d'atracurium reposaient sur celle du haut. L'inspectrice ouvrit le tiroir à légumes et en sortit un sac fermé à l'aide d'un zip.

– Oh, nom de Dieu, lâcha-t-elle.

À l'intérieur du sac, les yeux de Zoe Darego lui rendaient son regard.

98

– Je n'ai jamais eu autant de succès de toute ma vie, plaisanta Ramouter en s'asseyant dans son lit.

L'effet du bésilate d'atracurium avait commencé à se dissiper au bout de quarante minutes, mais les médecins lui avaient tout de même fait passer une IRM pour vérifier que sa colonne vertébrale était intacte. Henley, Pellacia et Stanford se tenaient tous les trois dans la chambre, et plusieurs agents montaient la garde à l'extérieur. Il était presque six heures du matin ; le soleil levant commençait à percer les nuages.

Ces derniers temps, Henley avait vu assez d'hôpitaux pour toute une vie.

– Comment tu te sens ? demanda-t-elle tandis que Pellacia prenait le dernier café sur le plateau et le lui passait.

– J'ai l'impression d'avoir été assommé par Hulk, répondit Ramouter. Ça fait mal chaque fois que je respire.

– Je suis vraiment désolée. J'aurais dû attendre. (Elle déchira trois sachets de sucre et en versa le contenu dans le café du blessé.) Je n'aurais pas dû te laisser entrer dans la maison.

– Comment voulais-tu deviner qu'Olivier y serait ? Si ça peut te consoler, je ne crois pas qu'il voulait me tuer, dit-il, peu convaincant.

– Non, ça ne me console pas.

Porter le gobelet à sa bouche le fit grimacer : il avait trois côtes cassées, dont une lui avait perforé un poumon. Les coups de couteau au bras étaient profonds ; un nerf avait été tranché.

– Vous avez parlé à ma femme ?

– Non, mais j'ai eu ta belle-sœur il y a un petit moment, répondit Pellacia. Je lui ai dit de ne pas s'inquiéter, que tu allais très bien, mais elle a tout de même affirmé qu'elle viendrait à Londres aujourd'hui avec ta femme.

– Ça lui ressemble bien. Et Kirkpatrick ?

– Il est ici, dit Henley. Déshydraté et en état de choc, mais aucune blessure grave. Mentalement, je ne sais pas comment il va s'en sortir.

Elle ne pouvait s'empêcher de songer à sa propre épreuve. Au désespoir avec lequel elle s'était accrochée à Pellacia quand il l'avait trouvée. Les antidépresseurs et les séances de thérapie ne l'avaient pas empêchée de revivre cette scène encore et encore. Kirkpatrick leur avait confirmé avoir été enlevé par Pine. Il s'était défendu mais avait vite perdu connaissance et était revenu à lui dans la cabane de jardin, avec Pine penché au-dessus de lui, lui promettant de revenir et de commencer par lui couper le bras gauche – mais Pine n'était jamais revenu.

– Et Olivier ? interrogea Ramouter, dont les yeux filèrent vers la porte.

– Il n'est pas ici, et tu es protégé : il y a des agents dans tout le service. Tout le monde le cherche. La voiture qui l'a renversé n'allait pas très vite, mais il a forcément été blessé. Je ne sais pas comment il a pu s'enfuir.

– C'est le diable en personne, c'est tout, déclara Stanford.

– Alors, on en est où ? demanda Ramouter. Pine est mort et Olivier toujours en cavale, c'est ça ?

Henley consulta sa montre et secoua la tête. Elle était épuisée, écrasée de culpabilité, et elle avait encore du travail.

– On attend le feu vert pour arrêter et interroger Karen Bajarami, répondit-elle. Blaine mort, c'est le seul lien qui nous rattache à Olivier.

– Je veux être là quand vous l'interrogerez, dit le stagiaire.

– Tu rigoles, non ? Pas question, répliqua Pellacia, alors que son téléphone sonnait.

– Il faut que j'y sois, boss, implora faiblement Ramouter. Sans elle…

– C'est hors de question. Tu es ici pour plusieurs jours et tu ne reviendras pas à l'unité avant d'être en pleine forme. Tu as un poumon perforé et des côtes cassées : ça fait de toi un sujet à haut risque pour lequel je n'ai franchement pas besoin de me prendre la tête.

– D'accord, boss, soupira Ramouter, maussade.

– Pour être franc, tu as vraiment une sale gueule, lui dit Stanford une fois Pellacia sorti. J'aime autant ne pas voir cette horreur pendant quelques jours.

– Merci, répondit le stagiaire. Ça, c'est de l'amour.

– Et merde.

Pellacia, adossé à l'immeuble de la SCU, jeta le paquet de cigarettes vide vers la benne ouverte au fond du parking, et la manqua. Il contourna le bâtiment en se passant les mains dans les cheveux de frustration : il avait l'impression de ne pas tout maîtriser. Sa vie et son travail à la tête de la SCU échappaient à son contrôle, partaient en torche. Avoir découvert que Dominic Pine était le copycat puis constaté son décès aurait dû consacrer sa gloire. Au lieu de cela, il récoltait un jeune policier à l'hôpital et Olivier en liberté, qui continuait de tuer. Pour tout arranger, il avait brisé sa propre règle en laissant Henley revenir dans sa vie. Mais il avait besoin d'elle.

– T'as l'air un peu stressé, mec.

La voix familière lui donna la chair de poule. Son pouls s'accéléra quand il fit volte-face. Olivier baissa la capuche de son sweat, révélant son visage couvert de sang séché, traversé de griffures profondes. Il avait la lèvre inférieure fendue, gonflée.

Pellacia voulut empoigner la radio dans sa poche, mais le tueur fut plus rapide et le frappa à l'estomac avec une brique, si bien qu'il se plia en deux, tout l'air chassé de ses poumons. Olivier se pencha pour l'empoigner par les cheveux. L'affolement s'empara du policier : il ne parvenait pas à respirer. Henley lui avait dit que, lors de sa première crise de panique, elle avait eu l'impression qu'on lui enfilait un sac en plastique sur la tête. La dernière pensée de Pellacia avant de perdre connaissance fut pour elle.

Le reste de la journée consista à prévenir les jurés survivants qu'ils n'étaient plus des cibles potentielles car le copycat, Dominic Pine, était mort. Henley avait donné une brève conférence de presse alors que l'équipe d'Anthony s'employait encore à récolter des indices chez Pine. L'image des yeux morts de Zoe ne cessait de la hanter. À l'étage, on avait trouvé des photos des trois victimes mutilées punaisées au mur de la chambre. Même si sa vie en avait dépendu, l'inspectrice aurait été incapable de comprendre pourquoi Pine avait exposé ces photos, sans parler de causer toute cette douleur. Pour surpasser Olivier ? Pour se venger de gens n'ayant fait que leur devoir ? Mesquin. Égoïste. Narcissique.

Un monstre.

Henley était parvenue à rentrer chez elle et à se doucher avant la conférence de presse prévue à dix-huit heures, mais elle restait épuisée – debout depuis plus de vingt-quatre heures, et sa journée n'était pas terminée. Un coup de téléphone lui ayant appris que Karen Bajarami pouvait sortir de Queen Elizabeth Hospital, Stanford et Eastwood, sur les rotules, étaient allés l'arrêter. Le premier, pendant la conférence de presse, lui avait envoyé un sms confirmant que la gardienne se trouvait au poste de Lewisham, en cellule, dans l'attente d'un interrogatoire auquel elle avait été déclarée apte.

– Avec toi, j'ai l'impression d'être le petit copain de secours, commenta Stanford pendant qu'Henley tapait le code secret qui leur permettrait d'entrer dans la zone de détention.

– Arrête de faire ta mijaurée, répondit-elle.

– Je n'y peux rien. Ç'a été toi et moi pendant des années, et puis voilà qu'un petit parvenu s'amène et prend ma place. Comment va-t-il, d'ailleurs ?

– J'ai appelé il y a une heure. Il se remet bien. D'ici deux jours, il sera chez lui.

– En fait, je le plains, avoua Stanford.

La zone de détention abritait plusieurs suspects qu'on mettait en garde à vue ou qu'on inculpait. L'inspectrice frappa à la porte de la salle d'interrogatoire numéro trois et entra. Une Karen Bajarami qui paraissait au trente-sixième dessous posa sur elle son œil intact, l'autre restant couvert d'un bandage. Henley reconnut l'avocate commise d'office : Morgan Tyler, une des meilleures.

– Bonsoir, inspectrice, dit Tyler. Nous sommes prêtes.

99

La salle d'interrogatoire était froide comme toujours. La climatisation bourdonnait en fond sonore. Stanford prit place auprès d'Henley, sortit sans un mot trois CD vierges et les inséra dans le graveur. Bajarami, assise en face de l'inspectrice, s'était presque recroquevillée dans l'angle, comme si elle voulait disparaître. Elle semblait pâle et sur le point de s'évanouir.

– Avant que nous ne commencions, me permettez-vous de vous appeler Karen ?

Henley achevait de taper les données préliminaires de l'interrogatoire sur le moniteur.

– C'est bon, répondit la gardienne.

– Le médecin permet qu'on vous interroge. Avant cela, désirez-vous quelque chose ? De l'eau, une autre tasse de thé…

– Non, c'est bon.

– Bien. (Henley appuya sur la touche d'enregistrement.) Nous allons donc commencer. Je suis l'inspectrice détective Anjelica Henley. Est aussi présent…

– Le sergent détective Paul Stanford.

– Nous nous trouvons dans la salle d'interrogatoire numéro trois du poste de Lewisham. Cet entretien est enregistré en audio et en vidéo. Nous interrogeons aujourd'hui… Pourriez-vous confirmer votre nom pour l'enregistrement ?

Karen Bajarami consulta du regard son avocate, qui hocha la tête.

– Karen Irina Bajarami, dit-elle.

– Merci, dit Henley. Est aussi présente votre avocate…

– Morgan Tyler, du cabinet Tyler & Lawson. Je vous informe dès à présent que ma cliente répondra « pas de commentaire » à toutes les questions qui lui seront posées.

Henley acheva les présentations et mises en garde sans quitter Bajarami des yeux.

– Karen, vous avez été arrêtée pour avoir introduit en prison un article interdit, un téléphone portable, pour avoir aidé le prisonnier Peter Olivier à s'évader, entravé le cours de la justice, empêché l'enterrement légal d'un cadavre, et pour vous être rendue complice d'un meurtre. Nous avons d'ores et déjà exposé les faits à votre avocate. Je vous informe aussi que la fourniture du téléphone portable à Olivier et le paiement de ses communications par vos soins sont prouvés. Qu'aimeriez-vous dire à ce sujet ?

Les deux policiers s'apprêtaient à entendre Bajarami répondre « pas de commentaire » à toutes leurs questions pendant une heure.

– Ce n'est pas ce que vous croyez, dit-elle.

Stanford tapota le pied d'Henley sous la table.

– Karen, je vous rappelle le conseil que je vous ai donné pendant la consultation, intervint Tyler en prenant une note dans son carnet.

– Pardon, pardon. Pas de commentaire.

– Comme vous le voyez, l'opérateur mobile confirme que le compte a été créé à l'aide d'une carte de crédit à votre nom. Vous l'avez ensuite alimenté à trois reprises.

– Pas de commentaire.

L'inspectrice se fatiguait déjà de ces « pas de commentaire ».

– Vous n'étiez pas la seule femme avec laquelle Olivier était en contact, dit-elle soudain.

Le regard choqué de la gardienne lui apprit que le tueur était bien le levier à employer.

– Qu'est-ce que vous voulez dire ? demanda Bajarami.

– Je vous rappelle à nouveau le conseil que je vous ai donné pendant la consultation, à savoir répondre « pas de commentaire » à toutes les questions posées, répéta Tyler, mais Henley perçut la résignation dans sa voix : l'interrogatoire ne se déroulerait pas comme elle le souhaitait.

– Vous aviez une liaison avec Olivier, n'est-ce pas ? demanda l'inspectrice.

– Oui, en effet.

– Bien qu'il s'agisse d'un manquement absolu à vos devoirs de gardienne de prison ?

Tyler parut sur le point d'intervenir encore, mais Bajarami répondit avant qu'elle ne puisse ouvrir la bouche.

– Vous ne comprenez pas. Il était différent avec moi. Ce n'était pas l'homme qu'on décrivait.

– Il a tué sept personnes avant d'arriver à Belmarsh.

– C'était une erreur judiciaire. Il y a eu des confusions.

Henley dut donner à Stanford un coup de pied sous la table pour l'empêcher d'éclater de rire.

– Vous êtes gardienne de prison depuis huit ans. Ce genre d'incident vous était-il déjà arrivé ? continua-t-elle.

– Non, bien sûr que non. Je suis compétente et il s'en rendait compte. Il me traitait avec respect, pas comme certains autres prisonniers.

– Quand votre liaison a-t-elle commencé ?

– Il y a environ dix-huit mois, et ce n'était pas ce que vous croyez. Il voulait juste quelqu'un à qui parler. Il était très doux, très gentil. Pas un monstre. Il disait que je le comprenais.

Cette fois, ce fut au tour de Tyler de masquer sa surprise par un toussotement en croisant le regard d'Henley.

– Et lui, il vous comprenait ?

– Oui, tout à fait. Il est intelligent et compatissant.

– Qui a eu l'idée du téléphone ?

– Moi.

– Vous ?

L'inspectrice avait besoin d'une confirmation pour l'enregistrement.

– Oui. C'était dur. Le voir tous les jours sans pouvoir lui parler correctement. Je veux dire : j'ai un travail à accomplir, mais j'avais tout le temps envie de lui parler.

– Vous lui parliez souvent ?

– Un soir sur deux.

– Vous lui envoyiez des vidéos ?

– Non. Son téléphone était basique. Je ne pouvais pas faire ça.

– Est-ce que vous lui montriez des vidéos ?

– Oui. Sur mon téléphone.

– M'avez-vous filmée devant chez moi, en train d'ouvrir un carton qui renfermait la tête d'Elliot Cheung ?

Bajarami hésita et jeta un coup d'œil à son avocate.

– Je ne veux pas répondre à ça, dit-elle.

– Votre avocate a dû vous informer qu'un interrogatoire de police ne fonctionne pas comme sélectionner des bonbons dans une confiserie. Si vous choisissez de répondre à certaines questions et d'ignorer les autres, ça ne sera pas bon pour votre image.

– Merci d'éviter les commentaires sur les conseils que madame Bajarami a pu recevoir pendant la consultation. Posez-lui une question ou mettez fin à l'interrogatoire, trancha Tyler.

– Le SD Stanford va vous montrer des images prises par les caméras de sécurité installées à la réception de l'entrepôt frigorifique Franklin-Jones, à Manor Park, dit Henley.

Stanford appuya sur « lecture » et fit pivoter son ordinateur portable vers Bajarami, qui observa les images, impassible.

– Êtes-vous la personne que l'on voit sortir avec la tête d'Elliot Cheung dans une boîte en carton ? interrogea Stanford.

La gardienne porta les mains à son front, en proie à un visible désarroi.

– Est-ce vous sur cette vidéo ? répéta le sergent. Ce n'est pas une question difficile.

Son ton disait clairement qu'une seule réponse était acceptable.

– Oui, dit Bajarami sans élever la voix. Oui.

– Vous trouviez-vous à proximité du domicile de l'inspectrice Henley quand la tête d'Elliot Cheung a été livrée devant sa porte ?

– Oui.

– Olivier vous avait-il donné l'instruction de filmer ainsi l'inspectrice devant chez elle ?

La voix de la gardienne était à peine un murmure. Son visage restait caché derrière ses mains.

– Oui, dit-elle.

– Il faut que vous parliez plus fort, l'encouragea Henley.

– J'ai dit oui, cria-t-elle. Il voulait tout voir. Il voulait vous voir, vous.

L'inspectrice la regarda lutter pour maîtriser la jalousie sombre et venimeuse qui bouillonnait en elle.

– Saviez-vous qu'il appelait d'autres femmes ? demanda Henley en sortant une photo de Lauren Varma.

– C'est qui, ça ? demanda Bajarami.

– Une fille qui croyait elle aussi avoir une liaison avec Olivier.

– Vous mentez.

– Une fois qu'il s'est évadé, après avoir essayé de vous tuer, il est allé tout droit la retrouver.

– Non. Ce n'est pas vrai. Il m'aimait.

– Vous étiez au courant pour Lauren Varma, n'est-ce pas ?

– Je n'ai pas la moindre idée de qui il s'agit.

– Ce n'est pas vrai. Lauren et vous avez fait connaissance en ligne. Vous apparteniez toutes les deux à un groupe de soutien aux femmes en couple avec des prisonniers.

– Je ne sais pas de quoi vous parlez.

– Vous avez alors réalisé que vous aviez quelque chose en commun : être toutes les deux amoureuses de Peter Olivier, et Lauren vous a ensuite avoué qu'elle correspondait avec lui.

– Non, non, dit Bajarami en secouant la tête.

– Vous étiez jalouse et ça vous a mise en colère. Vous pensiez être la seule.

– Comment aurais-je pu être jalouse ? Je ne savais rien du tout à son sujet. C'est des conneries, tout ça.

– Bon. (L'inspectrice sortit deux sacs à mise sous scellés pleins de lettres.) Voici la pièce RE/3, lettres de Lauren Varma à Peter Olivier, et la pièce SR/4, lettres de Peter Olivier à Lauren Varma. Toutes ces lettres portent vos empreintes digitales.

Son interlocutrice devint blafarde.

– Des lettres d'amour, ajouta Henley.

– Elle était obsédée, déclara calmement Bajarami.

– Il va falloir que vous parliez plus fort pour le micro.

La gardienne secoua vigoureusement la tête.

– Rien. Je n'ai rien dit du tout. Pas de commentaire.

– Karen, éplucher toutes les lettres qui arrivent à la prison ou qui en sortent fait partie de votre travail, n'est-ce pas ?

– Oui.

– Vous avez donc lu les lettres d'Olivier, puisque vos empreintes figurent sur toutes ces pièces.

Bajarami ne répondit pas.

– Vous savez ce que je crois, Karen ? (Henley but une gorgée d'eau.) Je crois qu'une autre femme vous disputait son affection et que ça ne vous plaisait pas. Vous avez lu les lettres : ça vous a mise en colère. Passait encore que Lauren Varma vous confie en ligne ses sentiments pour Olivier, mais, quand vous avez découvert qu'elle lui écrivait, qu'il lui répondait…

– Arrêtez. Arrêtez. Vous n'avez pas idée.

– Vous lisiez son courrier. Vous avez donc lu ce qu'il disait à Lauren dans ces lettres. Stanford ?

L'interpellé s'éclaircit la voix et commença à lire :

– *Je me touche en regardant ta photo. J'imagine ta douce bouche autour de ma…* Il est très explicite. *Aucune autre femme ne peut me faire ressentir ce que tu m'inspires.* Aïe, ça fait mal, ça. Découvrir que vous n'étiez pas autre chose que la… comment on appelle ça, dans la rue, inspectrice ?

– La copine de secours, répondit Henley.

Tyler détourna la tête, les lèvres plissées.

– C'est ça : la copine de secours. Ça fait mal. Très mal, conclut Stanford en replaçant la lettre sur la table.

– Vous avez dit à Olivier de se débarrasser d'elle, reprit l'inspectrice. Karen, nous avons la copie de plusieurs sms que vous avez envoyés à Olivier trois jours avant son évasion.

– *Si tu m'aimes vraiment, tu t'en débarrasseras,* lut Stanford sur la feuille imprimée devant lui. *Tu disais que j'étais la seule. Je veux que L disparaisse.* Et il a fait ce qu'on lui disait.

Bajarami porta la main à sa bouche mais ne fut pas assez rapide : Henley avait vu son sourire.

– Parce que vous avez aidé Olivier à s'évader, Lauren Varma repose désormais en six morceaux à la morgue de Greenwich, acheva Stanford.

La gardienne baissa la main.

– Qu'est-ce que vous racontez ? demanda-t-elle.

– Vous lui avez fourni de l'insuline qui a déclenché une crise d'hypoglycémie, avec des symptômes d'infarctus, reprit Henley. Une fois à l'hôpital, vous vous êtes arrangée pour être avec lui, puis vous l'avez aidé à s'évader.

– C'est faux.

– La seule chose que vous n'aviez pas prévue, c'était qu'Olivier tue Ade.

– Il ne l'a pas tué. (Bajarami se mit à pleurer.) C'était un accident.

– Il lui a cogné la tête par terre tellement fort qu'il lui a brisé le crâne, et il vous a planté une fourchette dans l'œil. Je ne sais pas pourquoi, je doute beaucoup que perdre cet œil ait fait partie de vos projets.

– Non, non, c'était… Il m'aime.

– Karen. Vous avez perdu un œil. C'est de l'amour, ça ? (Henley se pencha en avant.) Quel était le projet ? Vous deviez quitter votre travail et partir avec lui vers le soleil couchant ? Commencer une nouvelle vie ensemble ?

La gardienne ne répondit pas, reniflant bruyamment.

– On a trouvé dans votre appartement les billets pour Malaga. De l'argent et un sac empli de vêtements d'homme. Des passeports. Dont un faux. C'est un autre chef d'accusation, en plus de la préméditation d'un meurtre.

– Voulez-vous une pause ? demanda Tyler en tirant de son sac un paquet de mouchoirs en papier qu'elle donna à sa cliente. Une autre consultation ?

– Non, non, ça va, répondit Bajarami.

– Il a tué une femme. Elle lui écrivait et il lui répondait. Il l'a séduite, il a couché avec elle, et puis il l'a coupée en morceaux, insista Henley.

– Il ne ferait pas une chose pareille. Il m'a promis qu'il…

– Que vous a-t-il promis ?

– Rien du tout.

– Où est-il ?

– Je ne sais pas.

– Je ne vous crois pas.

Bajarami éclata de rire.

– Ça ne m'étonne pas. Il n'arrêtait pas de parler de vous. Il disait que vous aviez bousillé sa vie. Vous l'obsédiez.

– Où est-il, Karen ?

– Quand vous veniez le voir à la prison, son visage… s'illuminait. La manière dont il vous regardait. Il ne me regardait jamais comme ça. Il voulait vous retrouver. Vous et l'autre flic qui l'avez envoyé dans ce trou d'enfer. Qui avez bousillé sa vie.

Stanford et Henley échangèrent un regard.

– Quel autre flic ? demanda le sergent.

– Votre supérieur. Celui qui était avec vous à la conférence de presse.

Henley sentit son cœur lui tomber au fond de l'estomac. Stephen.

– Comment comptait-il le retrouver ? demanda-t-elle en tentant de conserver une voix égale.

– Je ne sais pas. Je n'ai pas vraiment fait attention.

– Vous êtes amoureuse de lui, Karen. Vous écoutez la moindre de ses paroles. Vous avez risqué votre vie pour lui…

– Inspectrice, je vous suggère de poser une question à ma cliente plutôt que de lui faire des discours grandioses, intervint Tyler en se redressant sur sa chaise.

– Que vous a dit Olivier ?

– Qu'il voulait le retrouver. Qu'il voulait vous faire payer à travers lui. Le terroriser un peu. Je l'ai prévenu que ça ne marcherait pas, mais Peter a dit qu'il était tout aussi coupable que vous. Que vous étiez tous les deux responsables des cadavres qu'on trouvait dans les rues, pas lui.

Stanford chuchota quelque chose à l'oreille d'Henley.

– Pour l'enregistrement, le SD Stanford quitte la salle d'interrogatoire à 21 h 28. Où est Peter Olivier ?

– Je ne sais pas, répondit Bajarami, entêtée.

– Karen, je sais qu'il vous a rendu visite à l'hôpital. Un témoin l'a aussi identifié dans la rue où vous habitez. Vous avez été en contact avec lui. Où est-il ?

– Pas de commentaire.

– Karen, plus longtemps Olivier reste en liberté, plus il y a de chances pour que quelqu'un d'autre soit assassiné. Vous avez déjà sur la conscience la mort de deux innocents. Vous en voulez vraiment une autre ?

– Ce n'est pas ce que…

– Où est-il ?

– Je ne peux pas vous le dire, s'écria la gardienne. Il me l'a fait promettre.

– Je vous le demande à nouveau. Où est Peter Olivier ?

Bajarami fondit à nouveau en larmes.

– Je ne peux pas, pleurnicha-t-elle.

– Karen. Je vous en prie. Où est Olivier ?

– Et s'il apprend que je vous l'ai dit ? Il a tué Lauren… Et s'il…

– Où est-il ?

La gardienne souffla comme si elle avait reçu un coup de poing à l'estomac.

– Convoys Wharf. À Deptford, dit-elle.

Henley connaissait bien Convoys Wharf. Elle avait grandi à un jet de pierre de ce complexe de vingt hectares, au bord du fleuve, qui abritait à l'époque un centre prospère de fret aérien et de transports routiers. Chercher Olivier parmi les innombrables entrepôts abandonnés reviendrait à chercher une aiguille dans une meule de foin.

– Où ça, dans Convoys Wharf ? demanda l'inspectrice.

– Non. Je ne peux pas, murmura Bajarami en baissant la tête.

– Comment ça, vous ne pouvez pas ? Il faut que vous me disiez où il est, Karen.

La gardienne conserva la tête baissée et resta silencieuse, tordant le bas de son tee-shirt.

– Mais, bordel de merde, s'emporta Henley, se moquant que son éclat soit enregistré et bientôt examiné par les avocats et les juges qui liraient la transcription. Vous savez ce que vous êtes en train de faire, hein ? Vous protégez un assassin. Un homme qui n'hésiterait pas à vous tuer et qui n'en aurait aucun regret. C'est bien compris ?

– Pas de commentaire, répondit Bajarami.

– Convoys Wharf, c'est immense. Étiez-vous convenus de vous retrouver à un endroit précis après sa fuite de l'hôpital ?

Ce fut subtil mais la gardienne hocha la tête.

– Pour l'enregistrement, Karen Bajarami vient de hocher la tête. Est-ce que ça veut dire oui, Karen ?

– Oui. Mais je ne vais pas vous dire où. Je ne peux plus répondre à vos questions. Je n'y réponds plus. C'est terminé.

– Karen, c'est…

– J'ai dit : c'est fini, cria Bajarami. Pas de commentaire. Pas de commentaire…

Henley résista à la tentation violente de la gifler à la volée. Au lieu de cela, elle reprit :

– Je vais suspendre l'interrogatoire à 21 h 43. Ne croyez pas une seconde que…

Elle se tut quand Stanford ouvrit la porte sans entrer et lui fit signe de le rejoindre.

– Qu'est-ce qui ne va pas ? demanda-t-elle quand il l'attira dans une autre salle d'interrogatoire.

– Je n'arrive pas à trouver Pellacia, dit-il. On a appelé son portable, le bureau et même son fixe, chez lui. Personne ne l'a vu depuis qu'il a quitté l'hôpital. Il était censé participer à une réunion au Yard il y a six heures. Il n'y est jamais arrivé.

100

Les agents envoyés au domicile de Pellacia signalèrent son absence, et celle de sa voiture. Ezra et Joanna confirmèrent qu'il n'était pas rentré à la SCU et qu'espérer voir des films de sécurité tenait du vœu pieux, car les caméras posées à l'extérieur du poste de Greenwich Station avaient été déconnectées huit mois plus tôt, dans le cadre des économies de la police métropolitaine. Toutes les tentatives pour contacter Pellacia par radio n'avaient généré que des parasites. La dernière personne à avoir vu le surintendant était Henley, quand il avait quitté l'hôpital.

– Je ne comprends pas, dit-elle, tandis que Stanford et elle gagnaient en voiture le centre industriel de Convoys Wharf – où avait déjà été envoyé un fourgon avec les rares agents que pouvait fournir le poste de Lewisham.

Elle prit une longue inspiration, tout en vérifiant que son gilet anti-arme blanche était bien bouclé.

– Pourquoi l'enlever ? reprit-elle. Pourquoi se donner cette peine ? Olivier n'a jamais montré le moindre intérêt pour Pellacia. D'après Bajarami, c'est moi qui l'obsède. D'ailleurs, le simple fait qu'il se cache à Convoys Wharf… J'ai grandi sur le trottoir d'en face. C'est comme si tout ce qu'il fait servait à…

– Te mettre le nez dedans ? acheva Stanford. Te montrer à quel point il te connaît ? Ou bien c'est une vengeance.

Pardon d'être brutal mais, si Pellacia ne l'en avait pas empêché, il t'aurait tuée.

– Prends la prochaine à droite. Par l'autre route, il n'y a pas d'entrée, dit Henley comme son collègue franchissait un feu rouge. Qui sait vraiment ce qu'il y a dans la tête d'Olivier ?

– Il y a toi.

– Qu'est-ce que tu veux dire ?

– Tu ne quittes pas son esprit. Trouver Pine le premier et le tuer. Ça te fait du mal. Tuer à moitié Ramouter. Ça te fait du mal. Enlever l'homme qui t'aime. Ça te fait du mal.

Henley sentit les larmes lui brûler les yeux. Tout ce que disait Stanford était vrai.

– Qu'est-ce qu'il va faire, alors ? demanda-t-elle. Le torturer et le laisser en petits morceaux de l'autre côté du fleuve ?

– Sans vouloir faire semblant d'être optimiste, on n'est pas encore sûrs qu'il l'ait enlevé. Pour la première fois de ma vie, j'espère que quelqu'un est seulement passé sous un autobus.

Stanford s'arrêta devant le portail d'entrée de Convoys Wharf. Un peu plus de deux semaines auparavant, Henley passait en voiture devant ce même portail quand Pellacia l'avait appelée pour lui apprendre qu'un cadavre gisait au pied des Watergate Steps. Elle frissonna et entendit la voix de sa mère qui disait : « Quelqu'un a marché sur ta tombe. »

Il était presque 22 h 30. Les gens du quartier, clients du pub The Admiral, se tenaient à l'extérieur de l'établissement, leur pinte à la main, et observaient sans surprise l'activité policière. Le centre industriel était abandonné depuis dix ans, entouré de murs couverts de graffitis et d'affiches protestant contre tout nouveau lotissement. La guérite du gardien était vide et l'herbe avait poussé dans les fêlures de l'asphalte. Pour ce qu'en savait Henley, ce qui se préparait pouvait fort bien être une chasse au dahu.

Il faisait un noir d'encre. Les seules lumières provenaient des gratte-ciels de Docklands et du faisceau mobile des torches que tenaient les premiers policiers arrivés pour chercher Pellacia et Olivier. Henley et Stanford s'approchèrent d'une déchirure dans la clôture, qu'ils franchirent tous les deux. Le canal ouvert sur leurs radios annonça que d'autres unités étaient en route pour les aider dans leurs recherches. Enfin !

– Et si Pellacia n'est pas là ? demanda Stanford.

Henley lui tourna le dos, refusant de montrer qu'elle avait peur. Pour elle, pour lui et pour Pellacia.

– C'est peut-être juste Olivier qui joue avec nous. Qui joue avec *moi.*

– On n'est pas forcés d'aller plus loin. On peut attendre les autres unités avec les chiens, affirma Stanford, comme des voix de policiers retentissaient encore dans sa radio.

Henley balaya les alentours du regard. Les quelques agents qui se trouvaient là à la recherche de Pellacia ne connaissaient pas les lieux comme elle. Ils cherchaient au hasard.

– Tu as peut-être raison, reprit Stanford, hésitant. Si ça se trouve, Olivier et Pellacia ne sont même pas là.

– Non, on y va, décida-t-elle en vérifiant le niveau de batterie de sa propre radio.

– D'accord. Je protège tes arrières. Alors, par où on commence ? On est dans ton fief.

– Il peut être n'importe où, répondit Henley. (Elle fit courir sa torche sur le mur noir qui bordait la droite du centre industriel.) Il y avait des vieilles maisons au fond, vers la Tamise.

– Tu veux qu'on aille par là ?

Elle acquiesça.

Le bruit des vagues qui se brisaient contre le mur de soutènement se fit plus fort à mesure que les policiers avançaient vers le quai. Six bâtiments résidentiels restaient debout, tous en divers états de délabrement. Henley et Stanford pénétrèrent dans la première maison. Des aiguilles de seringues, des cuillers noircies, des préservatifs usagés et des pipes à crack artisanales étaient éparpillés sur le sol, mais il n'y avait aucun signe de vie. Les radios crépitaient. Nulle trace de Pellacia ni d'Olivier. Les deux policiers continuèrent leur fouille des bâtiments.

– On perd notre temps, soupira Henley comme ils sortaient du dernier.

– Et ça ? demanda Stanford en braquant sa torche sur la maison du Maître charpentier, de l'autre côté du mur.

Celle-là, officiellement, n'appartenait pas à Convoys Wharf, mais Henley se rappelait fort bien avoir escaladé le grand portail avec Simon et leurs copains pour aller s'y amuser quand ils étaient adolescents.

Un instant, elle pria pour succomber à une crise de panique. S'ils franchissaient le mur, Stanford et elle seraient isolés. Elle les mettrait tous les deux en danger. Toutefois, si Pellacia était là, ils avaient une chance de le trouver.

– Ça te dit d'escalader un mur ? demanda-t-elle.

– Tu rigoles, hein ?

– Mais oui. Viens. Je connais un chemin.

Henley avait ramené Stanford sur Watergate Street, puis dans la ruelle menant aux marches où on avait retrouvé le torse de Daniel Kennedy. Et, là seulement, elle l'avait obligé à escalader un mur à sa suite.

Il jura en touchant le sol et en trébuchant sur un vélo abandonné.

L'inspectrice entendit un bruit de verre brisé et se figea, elle porta un doigt à ses lèvres pour faire signe à son collègue de se taire. Tous les deux contournèrent la maison. Les fenêtres et la plupart des portes étaient condamnées à l'aide de planches. Seule restait dégagée la porte de derrière. Le battant de sécurité métallique qui la couvrait naguère, arraché, pendait sur le côté.

– Ils ne sont peut-être pas là, chuchota Stanford tandis qu'ils marchaient vers la porte.

Il n'y avait derrière la maison ni clôture ni mur, seulement une terrasse qui donnait directement sur le fleuve en contrebas, où traînaient quelques vieux transats et au bout de laquelle se dressait un grand auvent en dur. Henley entra, laissant Stanford à l'extérieur.

– Stephen, tu es là ? lança-t-elle, alors que le faisceau de sa torche révélait bouteilles de bière et emballages de plats à emporter vides.

La pièce était par ailleurs déserte. L'inspectrice ressortit.

– Anjelica ! lança la voix de Stanford dans l'obscurité.

Elle pivota sans le voir.

– Où es-tu ?

– Par ici. Sous l'auvent. Il est…

Comme sa phrase s'achevait brutalement, Henley cria son nom et se mit à courir vers l'auvent, dépassant les transats. Dans sa hâte, elle trébucha et s'étala. Elle tenta d'ignorer la douleur aiguë, brûlante, qui explosa dans son épaule gauche.

– Oh, mon Dieu, hoqueta-t-elle en apercevant son collègue effondré devant elle.

Des briques cassées et les morceaux d'une brouette rouillée jonchaient le sol. L'inspectrice pria que Stanford eût simplement perdu l'équilibre et se fût cogné la tête. Il gisait sur le flanc, la bouche entrouverte. Un petit filet de sang coulait sur son front. Rampant jusqu'à lui, elle chercha son pouls. Il était assommé pour le compte, mais elle respira mieux en sentant sous ses doigts le sang qui palpitait en rythme, avec force. Elle empoigna sa radio et appuya sur le bouton d'urgence.

Puis elle releva les yeux.

Pellacia, entièrement nu, était pendu par les bras aux poutres de l'auvent. Des ecchymoses marquaient sa poitrine au-dessus du croissant et de la croix à deux barres tracés sur son ventre. Le vent agitait doucement le sac en plastique qui lui recouvrait la tête.

Tu arrives trop tard. Olivier a gagné, hurla la voix dans la tête d'Henley.

Elle regarda autour d'elle, surprise que le tueur ne soit pas là, fièrement campé devant elle, jubilant et applaudissant l'échec de sa vieille ennemie, mais il n'y avait personne. Stanford restait inanimé tandis que le cadavre de Pellacia pendait tel l'objet d'un sacrifice barbare.

Henley se prit le ventre à deux mains, convaincue qu'on lui arrachait les tripes. C'était de sa faute si cet homme était mort. Elle n'avait personne d'autre à blâmer. Un vent froid venu du fleuve la gifla avec force. Devait-elle décrocher Pellacia ? Attendre ? Où était Olivier ?

Sa radio crépita. Des policiers lui demandaient de confirmer sa position. L'appareil lui tomba des mains quand elle vit le sac en plastique se coller contre la bouche de Pellacia et mouler ses narines alors que l'air en était aspiré. Un choc électrique traversa Henley : il était en train d'étouffer, mais il était encore en vie.

– Stephen ! cria-t-elle.

Se dressant sur la pointe des pieds, elle tendit la main vers la tête du surintendant mais ne parvint pas à refermer les doigts sur le sac. Elle s'empara d'une vieille caisse de bière posée non loin de là, la retourna et monta dessus.

– Merde, jura-t-elle quand son pied traversa le plastique recuit par le soleil. (Elle le ressortit avant de monter en équilibre précaire sur les bords plus solides de la caisse.) Je vais te descendre de là.

Ayant arraché le sac de la tête de Pellacia, elle se battit avec la corde qu'on lui avait nouée autour des poignets, la sentit se détendre sous ses doigts tandis qu'elle jetait autour d'elle des regards anxieux – mais il n'y avait aucune trace de quiconque. Pour ce qu'elle en savait, Olivier pouvait aussi bien s'être enfui qu'attendre dans l'ombre de terminer ce qu'il avait commencé.

Henley tomba de la caisse quand la corde se détacha et que Pellacia s'affaissa dans ses bras. Il tourna la tête vers elle en gémissant. Son œil droit fermé était noirci, gonflé. Des coupures et des ecchymoses dévoraient tout le côté gauche de son visage et son menton.

– Je suis là, Stephen, je suis là, souffla-t-elle en l'allongeant sur le dos et en ôtant sa veste pour l'en couvrir.

Tandis qu'elle confirmait leur position par radio, elle entendit Stanford gémir derrière elle.

– Ils nous rejoignent. Les unités sont en…

Elle s'interrompit en entendant qu'on l'appelait.

– Inspectrice Henley, criait Peter Olivier.

Elle balaya du regard le secteur dans lequel il devait selon elle se trouver, mais ne le vit pas.

Pellacia tendit la main vers elle et ouvrit la bouche, mais ses paroles se perdirent dans le bruit d'un hélicoptère de police et des vagues de la marée montante qui s'écrasaient contre le mur de soutènement.

Henley voulut empoigner par le goulot une bouteille cassée mais, avant qu'elle ne puisse la brandir, Olivier arriva derrière elle et la tira par les cheveux. Elle sentit des racines s'arracher sous sa poigne de fou furieux.

– Je ne pensais pas que vous seriez assez bête pour venir le chercher, avoua-t-il en la traînant par terre.

Elle poussa un cri quand des cailloux pointus et des éclats de verre se plantèrent dans la petite portion de son dos qui n'était pas couverte par le gilet anti-arme blanche.

– Pour vous, j'avais prévu autre chose.

Henley griffa les bras de son agresseur, sentant ses ongles percer la peau. Elle entendit Stanford crier son nom au moment où le projecteur de l'hélicoptère de police les baignait de son faisceau.

– Merde, lâcha Olivier, aveuglé.

Titubant en arrière, il desserra son étreinte. L'inspectrice sentit décroître la traction sur sa chevelure et, saisissant sa chance, s'écarta d'une secousse. Elle n'avait toutefois pas encore pu se redresser quand Olivier tira son couteau et se rua sur elle. Empoignant par réflexe sa matraque de service, elle le frappa à la tête, ce qui l'étourdit un instant. Elle avait eu tout juste le temps de se remettre debout quand il recommença à s'avancer vers elle d'un pas lourd, le couteau à la main, la forçant à reculer vers le fleuve. Elle voulut le frapper à nouveau mais manqua son coup, et il lui planta le couteau dans la poitrine – et la lame plia au contact du Kevlar. Tous deux roulèrent au sol, Olivier écrasant Henley sous son poids au bord de la terrasse. Elle le frappa à plusieurs reprises dans le dos. Sans même grimacer de douleur, il lui plaqua les poignets au sol et se souleva au-dessus d'elle. Désormais à marée haute, les eaux du fleuve battaient bruyamment le mur de soutènement. L'inspectrice ne savait trop d'où venaient les embruns qui la frappaient : était-ce l'eau putride de la Tamise ou des gouttes de sueur salée coulant du front d'Olivier. Il lui lécha la joue. Lentement. Sa langue dessina le coin des lèvres d'Henley puis remonta vers son œil, tandis qu'il pressait plus fort le bas-ventre contre sa jambe.

– Ça vous plaît ? (Il tourna la tête vers un Pellacia encore inerte.) Je vais vous montrer que cet homme là n'est pas assez fort pour vous. Qu'est-ce que vous croyez que ça va lui faire de me voir en vous ?

Henley tenta de lever les genoux pour se dégager, hurlant sous l'effort, écœurée par le poids qui l'écrasait et le souffle chaud malodorant qui pénétrait ses pores. Les projecteurs de l'hélicoptère inondèrent tout le secteur alors que de nouvelles gouttes d'eau lui éclaboussaient le visage. Elle entendit des voix de policiers les appeler par radio, Pellacia, Stanford et elle. Alors que des lumières bleues apparaissaient à travers les fissures du mur, Olivier eut un mouvement qui donna à l'inspectrice assez d'espace pour lui assener un violent coup de genou à l'entrejambe, puis un autre. Comme il grognait de douleur, elle avisa les bords tranchants d'une bouteille brisée. L'empoignant par le goulot, elle en frappa Olivier au visage. Le verre déchira la chair et un éclat y resta fiché. Les hurlements du tueur percèrent les oreilles d'Henley mais se perdirent dans le bruit des sirènes. Tandis qu'il roulait sur lui-même, elle se retourna à quatre pattes puis se leva et, sans attendre, lui donna un coup de pied dans les côtes, aussi fort qu'elle le put.

– Espèce de salope, cria-t-il en grimaçant.

Les projecteurs faisaient étinceler le morceau de verre fiché dans sa joue.

Henley tournait déjà les talons pour s'enfuir, courir auprès de Pellacia et de Stanford, quand Olivier bondit sur ses pieds, l'empoigna, la fit pivoter vers lui et l'entraîna vers le bord de la terrasse. Parvenant à libérer son bras droit, elle frappa l'éclat de verre planté dans la chair du tueur et l'enfonça plus profondément. Un sang rouge et chaud lui éclaboussa la main. L'adrénaline qui courait en elle lui donna alors la force de repousser son adversaire, lequel, déséquilibré, relâcha son étreinte. Des pas retentissaient dans son dos, mais elle savait ne pas avoir le temps d'attendre la cavalerie : elle poussa donc à nouveau, de toutes ses forces. Un hurlement monta dans l'obscurité. Henley, immobile, retint son souffle jusqu'à entendre les éclaboussures sonores, violentes, que souleva le corps d'Olivier en touchant l'eau.

101

Henley était recroquevillée au fond d'un fauteuil dans la chambre d'hôpital de Pellacia. Cela faisait trente-quatre heures qu'Olivier avait disparu dans la Tamise. La police fluviale avait cherché son cadavre en vain. Sans doute s'échouerait-il quelque part dans les prochains jours car on estimait improbable que le tueur ait survécu à la chute, mais Henley n'était pas convaincue. Stanford disait qu'Olivier était le diable, et elle ne doutait pas qu'il eût raison.

Elle ouvrit les yeux pour voir Pellacia, assis dans son lit, en train de la regarder. Il avait récolté une fracture de la clavicule ainsi qu'une épaule démise, et souffert d'hémorragies internes en raison d'une rupture de la rate, si bien qu'on l'avait transporté d'urgence en chirurgie. Les symboles tracés sur son ventre, peu profonds, n'avaient pas nécessité de points de suture, mais ils laisseraient des cicatrices.

Après s'être éveillé d'un sommeil induit par la morphine, Pellacia avait expliqué comment il s'était laissé surprendre sur le parking de la SCU. Il se rappelait l'agression puis son réveil dans le coffre d'une voiture, avant qu'Olivier ne le tabasse et ne l'assomme une deuxième fois.

Stanford, lui, souffrait d'une petite commotion et avait trois points de suture au cuir chevelu. On l'avait gardé vingt-quatre heures à l'hôpital, en observation, puis renvoyé chez lui.

– Tu devrais dormir encore.

Henley fit la moue et se déplia pour sortir du fauteuil. Les coupures au bas de son dos lui paraissaient encore à vif quand elles frottaient contre les pansements. S'approchant de Pellacia, elle lui posa tendrement la main sur la joue et l'embrassa sur le front.

– Je te croyais rentrée chez toi.

– Oui, mais je suis revenue.

– Ça me fait plaisir, dit-il doucement, avant d'ajouter en voyant l'inquiétude de l'inspectrice : Ça doit avoir l'air pire que ça ne l'est.

– J'en doute, répondit-elle

Ses yeux descendirent jusqu'au grand bandage couvrant le ventre de Pellacia. La blessure suintait et la vague image d'une croix à deux barres apparaissait sous la gaze.

– Qu'est-ce qu'il y a ? demanda le blessé en lui prenant la main.

Henley ne put se contraindre à prononcer le nom d'Olivier.

– Ils le trouveront, assura Pellacia.

Elle secoua la tête.

– Tant qu'on ne m'aura pas montré le cadavre, je ne dormirai que d'un œil. Je ne réussirai pas à…

– Personne n'aurait survécu à une chute pareille, Anjelica, ni à cette eau-là. Personne.

Henley ne répondit pas. Elle déposa un baiser léger sur la joue de Pellacia, puis reprit sa main.

– Il faut que je parte.

La déception envahit le visage du blessé, qui se détourna pour regarder la fenêtre. Au bout d'un moment, il reprit la parole :

– J'ai réfléchi à Elliot Cheung. Essayé de comprendre pourquoi Olivier l'avait choisi.

– J'aimerais bien le savoir. (Henley s'écarta du lit.) Cheung n'était lié à aucune autre victime. Il s'est peut-être juste trouvé au mauvais endroit au mauvais moment, et Olivier l'a tué parce que… parce qu'il en a eu envie.

Cela paraissait léger et improbable à ses propres oreilles.

– Le pauvre gosse ! Et Karen Bajarami ?

– Elle est passée devant le juge ce matin. Eastwood a confirmé qu'on lui avait refusé une libération sous caution. Son affaire a été transmise à Old Bailey. Elle devrait partir pour la prison de Bronzefield dans l'après-midi.

– Elle seule va vraiment être punie et envoyée en taule pour tout ça. Je commence à me dire que Pine et Olivier s'en sont bien sortis, soupira Pellacia, amer. La vie de Bajarami sera un enfer vivant quand les autres prisonniers réaliseront que c'est une ancienne gardienne. Lorsqu'on saura pourquoi elle est tombée, je ne serais pas surpris qu'elle se fasse buter.

– Tu sais quoi ? Je m'en fous un peu, dit Henley. Qu'elle soit en prison ne suffira pas, mais ce sera quelque chose. Il faut que quelqu'un paie pour toutes ces vies innocentes.

– Je crois que Pine a payé. Olivier s'en est assuré.

– Ce n'était pas son boulot, renvoya Henley, sombre, hésitant entre colère et ressentiment. J'avais fait une promesse aux grands-parents de Zoe et je ne l'ai pas tenue. Ce n'est pas moi qui ai attrapé l'assassin de leur petite-fille, c'est Olivier. Il m'a volé ma promesse.

Elle essuya ses larmes et sortit de la chambre, ignorant Pellacia qui l'implorait de revenir, tandis que la voix dans sa tête répétait sans cesse les trois mêmes mots sur un ton moqueur : *Olivier a gagné. Olivier a gagné.*

102

Henley, debout sur le perron de la SCU, tentait de comprendre où se trouvait Olivier quand il l'avait observée cet après-midi là. Malgré une pluie battante, elle ne tentait pas de se mettre à l'abri, incapable de chasser l'impression que le tueur serait toujours là à l'observer. À l'attendre. Elle tira son téléphone et garda un long moment le doigt figé au-dessus du nom de Stanford. Elle avait le désir intense de s'enfuir aussi loin de la SCU que possible.

Le téléphone dans sa main se mit à vibrer ; le nom et la photo de Rob apparurent sur l'écran. Elle prit une profonde inspiration. Son doigt hésita au-dessus de la touche de refus puis pressa celle d'acceptation.

– J'ai vu les nouvelles, dit Rob. C'est terminé, alors ?

– Oui, c'est terminé, répondit-elle. Je t'en parlerai plus tard, mais cette affaire-là est close.

– Et Olivier ?

– Il est… mort, dit Henley en sachant qu'elle mentait.

– Vraiment ? Alors, c'est bon ? Tout ça, c'est fini ?

– Oui. J'espère bien.

Elle baissa les yeux sur sa main droite couverte d'un gros bandage. Il lui avait fallu quatre points de suture et elle avait très probablement subi des lésions nerveuses irréparables.

– Je n'arrive pas à croire qu'il ait vraiment disparu. Qu'il soit sorti de nos vies pour de bon, avoua Rob. Comment est-ce qu'il… ? Oh, en fait, je m'en fiche un peu. Je veux juste que tu rentres à la maison. Qu'est-ce que tu vas faire maintenant ?

– Qu'est-ce que tu veux dire ? demanda-t-elle.

Quand elle descendit les marches en direction de la High Road, elle crut voir une silhouette familière de l'autre côté de la rue, debout devant la pharmacie ; le visage d'Olivier sur le corps d'un homme qui s'abritait de la pluie.

– Je veux dire : qu'est-ce qui nous attend, nous ?

Henley ferma les yeux avec force pour tenter de chasser l'image du corps du tueur frappant la surface du fleuve.

– Est-ce qu'on peut en parler quand Emma et toi rentrerez à la maison, Rob ?

– Oui, bien sûr. Où es-tu, là ?

– Toujours à la SCU, dit-elle.

La pluie lui fouettait le visage, froide, violente. Elle s'écarta du bord du trottoir quand le feu passa au rouge et qu'un bus à deux niveaux s'arrêta devant elle, lui bouchant la vue.

– Bon… on ne risque… on a besoin…

Les paroles de Rob lui parvenaient clairsemées en raison de coupures du réseau.

– Je t'entends mal, dit-elle.

– Je disais : on a besoin de toi. Emma a besoin de toi, mais il faut que je sache, Anjelica. Est-ce que tu as pris ta décision ? Est-ce que c'était ta dernière affaire ?

Elle ne répondit pas. Le feu passa au vert et le bus redémarra. Devant la porte de la pharmacie, à présent, une femme se battait avec son parapluie. Henley ne voyait qu'Olivier. Le visage d'Olivier sur toutes les personnes qui entraient dans son champ de vision – et, quand elle fermait les yeux, il était là aussi. Elle sentait son poids sur elle. Elle sentait son odeur. Le cœur battant à tout rompre, elle fut un instant incapable de respirer. La pluie glacée ne diminuait en rien la chaleur qui oppressait son visage. Des fourmis naquirent dans sa jambe et la parcoururent de haut en bas, de bas en haut, tandis que déferlait sur elle une vague de terreur.

Olivier était *vivant.* Elle le sentait.

Henley regagna en titubant les marches de la SCU et s'assit sur le béton mouillé. La peur de mourir, la perte de contrôle momentanée l'avaient vidée. Plongeant la main dans la poche de son blouson, elle en sortit la carte professionnelle de la thérapeute conseillée par Mark Ryan la semaine précédente, puis elle colla à nouveau le téléphone contre son oreille.

– J'ai besoin d'aide, Rob.

REMERCIEMENTS

Merci du fond du cœur aux « *Trash Fictioners* » Amber, Esther, Jem, Jonathan, Luke, Patricia, Stau et Steph, qui étaient là au tout début, quand *L'Équarrisseur* a entamé son existence sous la forme d'un devoir de quelques pages pour notre master d'écriture créative à l'Université de la City, à Londres. Vous avez parcouru toutes les étapes de ce voyage avec moi et je n'aurais pu espérer un meilleur groupe d'amis auteurs. Notre amitié et le fait que nous continuions à nous soutenir les uns les autres me ravit. J'ai hâte de vous revoir lors de notre prochain dîner.

Un très grand merci à Claire McGowan, Laura Wilson et William Ryan, qui ont vu avant moi le potentiel de *L'Équarrisseur*, et n'ont cessé de m'encourager. Vos conseils et votre soutien ont été pour moi inestimables.

Mon agent, Oli Munson, sait que, selon moi, tout ce voyage avec *L'Équarrisseur* a été complètement « fou », mais ce roman ne serait pas entre vos mains sans lui et sans la merveilleuse équipe de A.M. Heath. Vous êtes tous super, et travailler avec vous a été une joie absolue. Merci pour tout.

Et aussi à ma directrice littéraire, Manpreet Grewal, qui aime autant que moi Henley et Olivier, et qui m'a poussée efficacement à construire, à aller un peu plus loin avec *L'Équarrisseur*. Je savais que HQ était la maison d'édition idéale pour moi, et je tiens à remercier tous les membres de l'équipe qui, depuis le tout début, ont fait preuve d'enthousiasme pour le livre.

Merci à John Glynn et à la fantastique équipe de Hanover Square Press qui s'occupent de mon roman aux États-Unis et se montrent tout aussi enthousiastes. J'ai adoré travailler avec vous tous.

Une mention spéciale à Sarah Hilary, mon mentor, qui continue à me soutenir. Merci à une de mes plus anciennes amies, Amanda O'Brien, qui a répondu à toutes mes questions sur la procédure policière.

Plein d'amour et de gratitude aux étoiles qui m'ont guidée : maman, papa, Gavin, Jason, Shelee, Edwin, Gaynor, Harminder, Kirsty et Lavinia, qui m'ont soutenue durant toute cette folie et n'ont jamais manqué de décrocher leur téléphone pour écouter les derniers virages et rebondissements de mon voyage.

Merci à toute ma famille, à tous mes amis, pour leur amour, leur soutien et leurs encouragements incessants. Que je n'aie pas mentionné votre nom ne signifie pas que je vous oublie. Je vous aime tous. Toujours et à jamais.

Enfin, merci, cher lecteur, d'avoir acheté mon roman. J'espère qu'il vous a plu et que vous n'hésiterez pas à me contacter.

RÉALISATION : NORD COMPO À VILLENEUVE-D'ASCQ
ACHEVÉ D'IMPRIMER SUR ROTO-PAGE
PAR L'IMPRIMERIE FLOCH À MAYENNE
DÉPÔT LÉGAL : OCTOBRE 2021. N° 143445 (98994)
IMPRIMÉ EN FRANCE